———— 每本书都是一座传送门

次元书馆

叁 往生之刃

我会修空调 著

华中科技大学出版社
http://press.hust.edu.cn
中国·武汉

目 录

001 / 第 1 章　肉！肉！肉！

027 / 第 2 章　屠夫的刀

041 / 第 3 章　屠夫的选择

061 / 第 4 章　肉联厂

074 / 第 5 章　午夜屠夫

086 / 第 6 章　屠夫之家

122 / 第 7 章 苏醒的蜘蛛

149 / 第 8 章 益民便利店

170 / 第 9 章 楼长的礼物

199 / 第 10 章 金生的故事

215 / 第 11 章 益民保安公司

第1章 肉！肉！肉！

李若男已经很久没有见过自己的男朋友了,她觉得自己命特别不好,总是不断遇见渣男。

在爱情最开始的时候,那些人说着海誓山盟、天长地久,但当他们厌倦了之后,就会偷偷离开,消失在自己的生活中。

最后陪伴在自己身边的,只有父母。

"若男！快去把垃圾扔了！你的房间都臭了！这么大的人了,怎么一点儿形象都不注意！"卧室门被直接推开,唠唠叨叨的妈妈从来不知道隐私是什么意思,"你这以后怎么嫁得出去？你是想要啃老啃一辈子吗？"

李若男很不情愿地从床上爬起,她将几个包好的黑色大袋子从柜里取出,有些吃力地提着它们走出了房门。

漆黑的楼道里没有安装任何灯具,脚下的台阶有些湿滑,李若男很讨厌这个家,可除了这个家她也没有其他地方可去。走出楼道,她看向十字路口的另一边,那家她从来都没有去过的便利店,今晚似乎格外的热闹。

"开业大酬宾吗？听爸爸说,那家便利店好像换了老板。"李若男撇了撇嘴,不再关注四周,她用力将手中的黑色袋子扔进垃圾桶,"别了,我的爱情。"

也许是太过用力,其中一个黑色袋子被划破,浓浓的臭味飘散了出来。

"真是麻烦。"

李若男蹲在垃圾桶前,正在想办法重新系好袋子,她忽然听见了一个脚步声。

"需要帮忙吗？"

酥酥的声音传入耳中,半蹲在地的李若男扭头看向身后,她的心咚咚地跳了起来。

那是一张非常英俊的脸,比自己的任何一位前任都要帅气好看。

"不用，不用……"李若男连连摆手，她突然想到自己还没有化妆，头发也很油。

"注意安全，不要在外面停留太久。"男人说完后，抱着灵坛看向旁边的墙壁，那里张贴着一张张残破的广告，他似乎是在寻找一个落脚点。

"你是想要租房子吗？"李若男盖上垃圾桶的盖子，慌忙起身，"我知道一间很不错的房子！你先在这里等一下，我去问问我家人。"

李若男匆匆跑上二楼，男人觉得有些莫名其妙，在他准备继续查看广告上的信息时，旁边一家理发店的门被轻轻推开，一个中年男人把自己的头伸了出来："喂！不要待在那个地方，你旁边那栋小楼里死过人。一家三口煤气中毒，一个都没跑出来，全死了。"

理发店里的那个男人还想要说什么，他突然听见了脚步声，吓得赶紧缩回了理发店中。

"你在跟谁说话？"李若男喘着气跑下了楼，"走吧，我爸给你腾出来了一个房间。"

"你想要邀请我去你家住？不打扰你们吗？"年轻男人性格比较腼腆，他抱着灵坛，看起来文文弱弱，一副人畜无害的样子。

"当然不打扰啊！我已经给我爸妈说好了，他们也都很想见见你。"李若男抓住男人的手臂，那种久违的温暖，让她脸上露出了掩饰不住的笑容。

她半拉半拽将年轻男人带到了小楼二层，推开门后，她的父母已经坐在了餐桌旁边。

"爸妈，这就是我们的新房客。"

昏黄的灯光照亮了温馨的小屋，坐在餐桌旁边的父亲抬头看了年轻人一眼，他推了推眼镜，示意年轻人不要见外："过来坐吧。"

"伯父、伯母好。"年轻人文质彬彬，特别有礼貌，他抱着灵坛坐在了餐桌旁边。

"大晚上你怎么一个人在外面晃悠，无处可去吗？"李若男的母亲扎着头发，看着感觉很贤惠。

"我要到街道的尽头，路上可能会比较危险，所以我想要找几个安全的落脚点。如果遇到危险，我可以暂时躲到那些比较安全的建筑中。"

"你要去街道尽头？"父亲皱起了眉毛，"我劝你还是不要乱跑比较好，你先在这里住下吧。"

父亲声音中带着威严，作为一家之主，他似乎已经习惯了这样说话。

"不会麻烦你们吗？我身上也没有多少钱，可能付不起房租。"

"房租什么的无所谓，你只需要答应我们一个要求就可以了。"母亲起身走到了年轻人身边，这时候关门声响起，锁链滑动，李若男将客厅防盗门锁死了，"我们可以保护你，给你吃的，给你住的地方，但你从今天开始不许再离开这房间一步。"

"不能离开？"年轻人有些犹豫，"如果就我一个人倒没什么，可我也要问问我朋友的意见。"

屋子里的灯光开始闪动，在灯光亮起的时候，那一家三口表情正常，可是当灯光熄灭的时候，他们三个全部眼白外翻，面容扭曲苍白。

"既然已经进来了，那就安心住下。"父亲的声音听着很可怕，他掀开了菜盘上倒扣的碗，"吃饭吧，以后你会习惯这里的生活。"

光线扭曲，年轻人看向了餐桌，一个个菜盘中摆放着虫子和散发腐臭味的肉块。

"吃啊，不要客气！厨房里还有很多呢！"母亲看着年轻人，用筷子夹起肉块放入年轻人面前的碗里，"吃吧，吃吧，很好吃的！"

"阿姨，要不还是算了吧？我就不给你们添麻烦了。"年轻人想要起身，但这时候屋内的灯光彻底熄灭了。

黑暗中响起了奇怪的声响——砰、砰、砰……

拿着一条锁链的李若男从自己卧室走出，她换上了一条崭新的裙子，脸上带着无比开心的笑容："这次，我绝对不会再让你无缘无故失踪了。"

"锁链拴不住一个男人的心，只要他有手有脚，就还是会逃离。"母亲疼爱地揉了揉李若男的头，她从厨房里取出一把菜刀，母女两个的脸上已经没有任何血色，她们的表情扭曲残忍，理智正在慢慢被吞没。

"留下吧，我们会把你养得白白胖胖。"李若男看着年轻人的胳膊，笑眯眯地自言自语，"没关系，以后我可以给你喂饭。"

见对方拿出了刀子，年轻人知道没有办法拒绝了："你们确定我可以住在这里？想住多久都没有问题？"

"是的，你可以一直住下去！永永远远地住在这里！"

那一家三口脸上的皮肤开始慢慢腐烂，在他们走到年轻人身前的时候，原本紧张惶恐的年轻人突然平静了下来。

"我还是第一次听到如此奇怪的请求。"他将怀里破破烂烂的灵坛打开,"都出来吧,房东说我们可以永永远远住在这里,把这地方当成我们自己的家就好了。"仅有的光亮被扭曲,小屋里的气温降低到了冰点。

"你在跟谁说话?"

父亲最先感觉到不对,他刚问出这句话,屋子里就响起了小孩的哭声,紧接着一条条手臂从灵坛中爬出!

怨念膨胀,浓重的血腥味冲散了屋内的臭味,一个个阴沉恐怖的怨念挤满了客厅。

年轻人坐在餐桌旁边的椅子上,将手中的筷子放下,他轻轻靠着椅背,目光平静地扫过那一家三口,脸上自始至终都带着温柔的笑容。"阿姨,以后我们可就是一家人了。"

被数道怨念围在中间,那一家三口差点裂开。

"家人之间不用拘束,随便坐。"

那一家三口被按在餐桌旁边,他们看着对面的年轻人不知该如何是好,过了半天,戴着眼镜的父亲干咳了几声:"我们家比较小,感觉住不下这么多人的……"

"没事,我们不嫌弃。"年轻人手指轻敲餐桌,似乎在思考着什么。

他不说话,那一家三口也不敢发出声音,只不过父亲和母亲疯狂地用眼神交流,然后他俩死死瞪着李若男,这丫头似乎是觉得啃老不过瘾,现在开始坑爹了。

"其实我真的没有恶意,虽然你们想要伤害我,但我这个人一向比较大度。"年轻人的话让那一家三口燃起了希望,"我们来算一笔账,你们威胁要杀死我,我既往不咎。现在我能让你们一家三口魂飞魄散,但是我没有那么做,这是不是相当于我间接救了你们一家三口的性命?你们一家三口每个人都欠我一条命?"

年轻人说话的语速很快,不过他说得好像确实有点道理。

"我之前说过,我的目标是前往街道另一边,需要几个安全的落脚点。如果你们愿意跟我合作,报答救命之恩,那我们以后就是朋友,就是家人。但如果你们不愿意合作,那就没办法了……"

"愿意!当然愿意!随时欢迎你们过来,这里就是你们最安全的落脚点。"李若男的父亲反应非常快。

"以后你会知道,这是一个多么正确的决定。"年轻人从口袋里取出了一个血红色的纸人，将其中的一小片被血液浸透的纸撕下，喂给了李若男的父亲。

同一时间，年轻人的脑海里也响起了一个冰冷的声音。

"编号0000玩家请注意！你已成功完成G级隐藏任务——不能逃离的家。

"任务完成度未超过百分之九十，获得基础奖励自由技能点加一，李若男一家三口友善度加十，地图点亮建筑加一！再点亮十栋建筑，将获得探索地图初级奖励！"

坐在餐桌旁边的年轻人就是韩非，他也知道这种通过实力碾压完成任务的方式，任务完成度会比较低，但他现在已经没有时间去细细探索每一个任务了。再加上他已经升到了十级，再去做G级任务，经验奖励并没有那么多。

现在韩非的胃口已经很大了，他需要尝试的是F级的任务。

走到窗口，韩非看向外面的街道，李若男居住的二层居民楼就在十字路口另一边的街道上，位置十分关键。

"这里将是我在这条街道上占据的第一栋建筑，我会慢慢把这里清理干净，交到更多的朋友。"

完成了一个任务，现在的韩非可以自由退出游戏了，他的胆子更大了。

让所有怨念回到灵坛中，韩非离开了小屋二楼，他不是那种嗜杀的人，只要对方拥有理智，能够交流，他都会尝试和对方做朋友。如果对方不愿意，再让其他怨念出来说服。

实际上韩非现在已经有了一套专属于自己的鉴别方法，他会用自己当诱饵，去测试"鬼怪"残存的理智。都说不要轻易去测试人性，这句话韩非现在深有体会。

其实他在遇到李若男之前已经见过几个"残魂"和一个怨念了，只不过那些家伙现在全都被塞进"哭"和萤龙他们的肚子里了。跟着韩非小半个晚上的时间，"哭"和萤龙的实力也在飞速增长。

萤龙的伤口已经完全愈合，身上散发出的怨念也比之前更加恐怖了，他的独眼似乎拥有了新的能力。

"哭"的表现更加惊人，这个饱受折磨的瘦弱男孩跟其他怨念不同，别的怨念实力越强体形会越庞大，"哭"则正好相反，他把所有的恨和痛苦都压在了身体里。他不断压缩自己的怨恨，此时他的身体已经出现了轻微的变化，哭声比以前恐怖太多了。

"走，去下一栋建筑，今夜我要点亮地图上的十栋建筑。"

深层世界里的大部分"鬼怪"都会待在一个地方，让自己的怨念缓缓浸透房间的每个角落，就像幸福小区之前的那些住户一样。但现在韩非来了，他根本不在乎什么规则，在他的眼中只有朋友和敌人，为了更好地存活下去，他可以成为天使，也能够去做魔鬼。

等所有怨念都回到灵坛中后，韩非的表情又变得和之前一样了。

他正要往前走，旁边理发店的门再次打开，那个男人的脸小心翼翼地伸了出来："你竟然活着出来了？"

韩非露出了惊慌失措的表情，他喘着气，快步朝理发店跑去："他们一家想要杀了我，我好不容易才跑了出来！"

"那他们肯定会追过来的，要不进我店里躲躲？"男人眼中闪过一丝恶毒和贪婪，他脸上露出了兴奋的笑容。

"夜色理发店？这店名就感觉不怎么正规。"

看着满地的碎头发，韩非都不知道自己应该踩在什么地方，这绝对是他见过的最脏、最乱的理发店。

"嘭！"

等韩非进入店内之后，男人转身将卷帘门合上，屋子里瞬间只剩下他们两个人了。

满是裂痕的镜子映照着韩非的脸，他眼中的惊恐几乎要溢出。

屋内的气氛越来越压抑，那个中年男人丝毫没有掩饰自己的恶意，直接从旁边的吧台上取出了一把剪刀。

"年轻人，常在夜里走，可是很容易撞'鬼'的。"锋利的剪刀发出咔嚓咔嚓的声响，中年男人露出了自己的手臂，他的双手的手指被针线缝合在了一起，看着非常怪异。

"谢谢你救了我，他们一家人真的全是疯子，他们还准备砍断我的四肢，然后让我永远留在他们家里。"韩非似乎惊魂未定，声音中带着一丝感激。

"他们一家确实都是疯子，但是……"男人的头颅慢慢扭动，"你跟着他们好歹还能活下去，现在你连活着的机会都没有了。"

男人嘴里发出怪笑，眼中满是兴奋和得意，他觉得自己的运气非常好。"这家店的主人去了畜牲巷，他需要一个看门的人，所以就把我做成了活着的人偶。你看我手臂上的针线，你看我胳膊上的刀痕，你看我的脸！"

男人越来越激动，他抓着剪刀，不断向韩非展示自己身上的疤痕。

细密的针线将他的皮肤缝合在一起，这个中年男人感觉就像是一个用人皮缝合成的布娃娃。在极端的折磨中，男人已经疯了，他迫切地想要发泄出这种痛苦，他想要把自己曾经遭遇的事情在韩非身上重新演练一遍。

"我会把你做成店主想要的样子，然后让你在这里接替我。不过你放心，我没有店主那么残忍，我只会破开你的胸口和脖颈。"男人说着就朝韩非走来。

"你不是这里的店长吗？"韩非脸上惶恐不安的表情慢慢散去，"能在这种地方开店的人都很恐怖，我倒是还挺想见一见他，理发店是个新产业。"

"装疯卖傻在我这里行不通，你现在还有什么遗言吗？"男人脸上的针线快要裂开，他的身体里被塞满了沾染血迹的头发。

"小东西长得还挺别致。"韩非扮猪吃虎是为了防备偷袭，毕竟深层世界步步杀机，猎物和猎手的角色随时都会转变。不过现在确定店长不在，他也不用再演下去了。

打开灵坛，韩非任由"哭"和萤龙走出，两道怨念联手，将男人打到快要魂飞魄散了。

"夜色理发店的店长去了畜牲巷，说不定我还能遇见他，这个人皮玩偶就先留着吧。"韩非捡起地上的男人，对方仅有的阴气被"哭"吞食，只剩下一个破破烂烂的皮囊。

"触摸灵魂深处的秘密。"

自从技能升级之后，韩非能够感受到的也越来越具体，他甚至可以通过触摸对方的内心，将其记忆中印象最深的人还原出来。韩非从男人身上感到了深深的恐惧和不安，那种隐藏在心底的恐惧源自某个人。

"从男人心里的印象来看，理发店店长的实力非常强悍，绝对不是普通怨念！"

韩非带着邻居们对付普通怨念很容易，中等级别的怨念就会有些吃力，全力以赴的话能打过，但杀不死。如果遇到了像金生、小八那样的顶级怨念，那能够逃命就已经算是运气好的了。

韩非将男人的皮囊折叠压实后，塞进了灵坛里，又让萤龙搜查了一下店内的物品。萤龙在便利店里工作过很长一段时间，见过各种各样的好东西，练就了一只慧眼，能够发现普通怨念很难注意到的宝贝。

"店长，这理发店内的假发上残留着很重的怨气。"

萤龙领着韩非进入理发店深处，在掀开床铺之后，大家都惊呆了。

床铺上摆放着一颗颗人头，那些人头的表情都非常痛苦。小小一个理发店内竟然存放着这么多阴气和尸体，韩非来之前根本没有想到，理发店店长似乎在图谋一件大事。

别的理发店都是给顾客剃头发，这家店是直接给顾客剃头。理发店店长将遗憾和怨念的头砍下，用恨意和绝望来温养头发，那些头发被灌满了阴气，仿佛最坚韧的绳索。

"这头发上的阴气对你们有用吗？"

"有用。"

"那还等什么？吸干了阴气，我们赶紧跑啊！这时候要是被理发店店长抓住，就算我们没有干什么亏心事，那估计也说不清楚了。"

在吞食掉理发店内最后一丝阴气后，"哭"的身体发生了异变。

小孩的哭声在耳边响起，周围十米范围内所有残念都受到了影响，悲伤、痛苦、绝望，无数负面情绪从心底涌出，如同浪潮般不断拍打着人的理智。空气变得极为压抑，世界上所有的快乐和开心似乎瞬间消失了，就仿佛上帝在那一刻按下了控制人类情绪的开关，每个人的心里都只剩下悲痛和绝望。

瘦小的"哭"眼角流出了血泪，他伸出自己的双手，抱起那残破无人在意的灵坛，从灵坛最下层摸出了一张皱皱巴巴的照片。

照片中依稀能看到一个怯生生的孩子，他的旁边还站着一个被涂抹掉了脸的成年人。

阴气凝固，几乎化为实质，双眼流血的"哭"死死地盯着那张照片，看着照片中的自己。

他几次伸手想要把照片毁掉，但是现在的他依旧做不到。

那照片对"哭"来说似乎代表着记忆中的某个东西，他以为自己变得更加强大、更加恐怖后，就可以毁掉那东西，但事实证明，他还是无法做到。

指甲挖破了皮肤，绝望和痛苦让他失控，他干瘦的身体上开始冒出一根根锋利的尖刺，如同荆棘一般。那些比刀子还要锋利无数倍的尖刺都是由悲伤和痛苦的情绪转化而成的，吞食了大量阴气的"哭"似乎拥有了新的能力，他不只可以影响别人的情绪，还可以把自己的悲伤和痛苦以另外一种形式表现出来。

"怨念的实力越强，他们心中的痛苦和绝望就会越浓烈吗？"韩非清楚"哭"的遭遇，他有些心疼这个孩子。

伸手轻轻抓住布满荆棘的胳膊，韩非蹲在了"哭"的身前："不要着急，你迟早能够做到自己想要做到的事情，我们大家会一直陪着你的。"

韩非能看得出来，"哭"想要变得更加强大，他愿意离开幸福小区，愿意跟着韩非去面对种种危险，愿意付出很大的代价。可事实上就算他真的变强了，依旧无法面对过去的某一段记忆。他把所有的绝望压缩在心底，拼尽全力挤压自己的灵魂，但是那悲伤的情绪并没有被隐藏，反而如同针刺一般穿透了他的皮肤，让他变成了一个越来越难以接近的怪物。

韩非的手掌被划出了血，但是他丝毫不在意，和"哭"承受的痛苦相比，他这根本不算什么。

不用再多说什么，这时候安静地陪伴就是最好的安慰。

"哭"能够遇到韩非是他的幸运，否则他即使成了最恐怖的"鬼"，也无法面对自己的记忆，因为那个时候他早已面目全非，成了自己曾经最厌恶的怪物。

手臂上的尖刺慢慢消失，"哭"不想伤害韩非。因为不想伤害，所以他开始控制那些由悲伤和痛苦化作的尖刺。

"哭"最终平静了下来，周围十几米的悲伤烟消云散，"哭"又恢复了平时的样子。

"他突破了？"独眼店员萤龙很是惊讶，体形瘦小的"哭"此时给他的感觉很危险。"看着这么瘦弱，可他似乎比一般的中等体形的怨念还要可怕。"

"中等体形的怨念是什么意思，你能不能说得具体点？"韩非也对"哭"现在的实力很好奇。

"我就是中等体形的怨念，看着跟正常人身高差不多。比中等体形怨念更恐怖的是大型怨念，就比如红嫁衣女，还有益民私立学院里的那个女教师。她们就算把怨气全部收拢，身体也会比普通人大许多。再往上就是顶级怨念，他们距离蜕变为恨意只差一步，实力只能用恐怖来形容。"萤龙对韩非忠心耿耿，无论韩非问什么，他都会认真解答。

"不过在这座城市里，体形只是判断实力的标准之一，还有很多稀奇古怪的'冤魂'和'厉鬼'无法通过体形大小来判断实力，就像便利店以前的纸人店长。它能够和大型怨念厮杀不落下风，手段还非常多，那天要不是它被死楼内的人围攻，你应该没有机会抄它后路。"

"明白，所以还是谨慎些比较好，小心驶得万年船。"韩非让身边的怨念回到灵坛中，然后他将理发店内的一切布置恢复原样，这才离开。

根据脑海中上任楼长留下的地图，韩非抱着灵坛，沿着街道，悄悄往前走。

被黑夜笼罩的城市处处透着诡异，道路两边很多店铺都关着门，敢在这地方开门营业的店铺毕竟也是少数。韩非在经过了居民楼、理发店和几家小吃店后，慢慢停下了脚步。

灵坛中的萤龙和"哭"不断向他发出警告，示意他避让开前面的建筑，这还是萤龙第一次向他预警。"益民宠物诊所？一家宠物店吗？"

不远处的宠物店装扮得很温馨，招牌是粉红色的，玻璃店门上还贴有很多小猫小狗的照片，看起来很萌。

"越是可爱的东西，在深层世界就越致命。"

韩非的首要目标是转职，既然萤龙和"哭"都让自己避开，那他也不会强行进入。暂时离开，不代表就会放过，韩非的想法是柿子先挑软的捏，等周围的怨念被收服了，再来啃这块硬骨头。

屏住呼吸，韩非绕开了益民宠物诊所，他又往前走了十几分钟，萤龙再次发出警告。

益民便利店和幸福小区中间的那条街道叫益民街，韩非现在已经快走到街道尽头。

在益民街和另外一条街道相交的地方修建了一座老式电影院。这家电影院有一个很怪异的名字，叫"天堂"。

韩非觉得这个名字很熟悉，他打开物品栏，从中找到了天堂电影院的工作证以及一张大合照。

在韩非刚开始玩游戏的时候，幸福小区一号楼曾被外来者入侵，这天堂电影院的工作证就是韩非从那些外来者身上找到的。天堂电影院的工作证是演员这个职业的触发条件之一，不过韩非现在并不想去天堂电影院这种完全未知的地方。

再说了，演员这种普通职业和"午夜屠夫"比起来，诱惑力还是稍微弱了一些。

韩非记住了天堂电影院的位置，远远避开，他拐入了另外一条街道。

这座被黑夜笼罩的城市似乎根本没有边界，韩非拐进另外一条街道，破旧阴森的建筑拥挤在一起，里面不时发出瘆人的声响。

萤龙和"哭"预警的次数越来越多，韩非的心慢慢悬了起来。"应该快到了！上任楼长留下的地图上显示的就是这里。"

两边的建筑变得低矮破旧，四周慢慢安静了下来，一片死寂里隐约有猩红的眼珠睁开，无人的角落里也有什么东西在移动。

走了五六分钟后，韩非侧身站在阴影中，就算有萤龙和其他邻居在，他现在也一点儿安全感都没有，这地方就仿佛会吃人一样，一步走错就会送命。挪动脚步，韩非来到一栋老楼的背面，在地图标注本该是畜牲巷的地方，只有一家看起来生意不错的饺子馆。

大红色的招牌上写着"鲜肉"两个字，不用走到门口就能闻到从店内飘出的肉香。

"畜牲巷在这家店后面？还是说我现在已经进入了畜牲巷？这系统怎么什么提示都没有？"所有建筑都透着极为危险的气息，只有那家鲜肉饺子店不同，店内依稀还能看到有人影在晃动。

"萤龙没有给我提醒，那就是说里面应该还算安全。"

韩非缓缓走出阴影，推开了那家饺子店的门。

浓郁的肉香涌入鼻腔，刺激着韩非的味蕾，在这一瞬间，他竟然感觉到了饥饿，那种饿意逐渐变得强烈起来。和灵坛中的怨念沟通，韩非发现了更惊人的事情，躲藏在灵坛里的"鬼"也产生了饿意，他们受到的影响似乎比韩非还要大得多。

空气中浓浓的肉香挑逗着味蕾，韩非站在门口，本能告诉他这家店不太安全。

从外面看饺子店并不起眼，但是进入里面以后韩非才发现，屋内空间很大。写着肉字的灯笼挂在墙上，简陋的木桌木椅上刷着暗红色的油漆，地砖缝隙里隐约有不知名的虫子爬过。歪歪斜斜摆放的木桌上依稀能看到油渍和污迹，似乎刚刚有人在这地方吃过什么东西。

从那厚厚的油污来看，不太像是饺子。

在韩非进店的时候，屋子里还有其他客人在，只不过对方根本不在意韩非，闷头吃着碗里的东西，那狼吞虎咽的架势，就好像要把自己用筷子的手也吃掉一样。

"这边请。"

站在入口，还有些犹豫要不要离开的韩非，听到了一个男人的声音。

他顺着声音的方向看去，后厨的布帘被掀开，一个戴着猪脸面具的人走了出来。

他端着一个巨大的托盘，盘上摆放着三个大碗，诱人的香气就是从碗内飘出来的。

"请坐，您要吃点儿什么？"

男人将三个大碗全部放在了店里另外一个客人桌上，那位客人将盖在碗上的盖子掀开，直接下手从碗里抓出了一些东西塞进自己嘴巴里。

他吃得很香，浑然忘记了自己严重肿胀、似乎快要撑裂开的肚子，还有桌子另一边高高摞在一起的饭碗。

"我能跟你打听个事吗？"韩非还是没敢往里面走，看着那个戴着猪脸面具的人，心里直发毛。

萤龙和"哭"确实没有发出预警，但他们有可能不是因为没有感知到危险，而是被某种东西蒙蔽了。

"吃完饭，再问什么也来得及，您现在一定已经很饿了吧？"男人拿起油乎乎的抹布随便擦了擦桌子，他也没有勉强韩非，就让韩非坐在靠近门口的位置。

听到男人的话，韩非总觉得对方想要说的是，吃完饭就该上路了。

这个戴着猪脸面具的怪人，看着很和善，但给人的感觉就像是刑场上的刽子手一样。屠户宰杀畜牲多了，身上会带着一股血腥和油臭味；刽子手也同样如此，只不过杀人毕竟和宰杀畜牲不同，他们身上散发出的气味也略有些不同。

"菜单在墙上，您看着点。"戴着猪脸面具的男人就这样站在韩非旁边，被他那张古怪丑陋的猪脸盯着，韩非浑身都不自在，他隐约觉得面具下面的眼珠不像是人类的眼睛。

"那就来一碗鲜肉饺子吧。"韩非指了指排在最前面的菜品。

"就一碗饺子吗？"男人依旧没有离开，他那诡异的眼眸看向了韩非怀中的灵坛，"一碗饺子恐怕不够分。"

"先来一碗尝尝味，好吃我们再多点一些。"韩非面不改色，实际上心已经悬了起来，对方看出了藏在灵坛中的怨念。

"好嘞。"那男人似乎很好说话,他再次拿着抹布给韩非擦了下桌子,"您稍等。"

他将一个暖瓶放在韩非桌上。"茶叶在前台的柜子里,想喝什么您自己泡。"说完,他扯着嗓子朝后厨喊道,"一碗热气腾腾的鲜肉饺子!"

等戴着面具的男人走后,韩非赶紧打开灵坛想要和萤龙交流,但当他亲眼看到萤龙时才发现情况比自己想象的还要糟糕。

韩非只是感受到了饥饿,产生了想要进食的欲望而已。

灵坛内的怨念则是直接咬住自己的身体,他们仅有的理智被那饥饿感折磨到了崩溃的边缘,一个个面目扭曲,眼中满是疯狂。

"这饺子店好邪性!"

撕咬着自己的身体,怨念们急需进食,似乎只有吃才能让自己平复下来。

他们的这个状态让韩非想起了发狂的徐琴,之前徐琴使用全力之后,诅咒爆发,她吃完了家里所有的肉才恢复过来。

"再待下去,恐怕我的邻居们会开始自相残杀。"

怨念本就是绝望和痛苦的结合体,能够保持理智已经极为不容易,现在这种情况简直就是在逼着他们失控。饥饿最能激发恶意,在饿到极限的时候,人可以做出任何事情。

韩非起身,正要离开,饺子店的门忽然被推开。

阴冷的风吹散了店内的肉香,一个留着长发、脸色苍白的中年人进入店内。他穿着一件纯黑色的衣服,那衣服好像是用头发编织出来的,上面还带着一些古怪的花纹,仔细看的话,会发现那是一张张人脸。

"不会这么巧吧?"

中年人提着一个被血染红的木箱,他身上带着一股刺鼻的臭味,那气味好像是香水和尸臭混合在一起形成的。中年男人进入店内,随便找了张桌子坐下,然后他打开了木箱。

屋内的肉香瞬间被血腥味掩盖,正在疯狂进食的另外一位食客呆呆地看了他一眼。

中年男人并不在意这些,等戴着猪脸面具的店员从后厨走出的时候,他双手伸进箱内,从中取出了一颗人头。

"是他吗?"

店员望着那颗人头，他的猪脸面具发生了变化，好像是在笑。

"有点接近，但不是。"

听到这个回答后，中年男人狠狠将头颅扔进木箱，问道："到底谁才是屠夫？这已经是第四个了，为了找屠夫，我还被那个女疯子盯上了。"

"她还没有死吗？"

"应该快了。"中年男人面目阴沉，眼中透着一丝恶毒，他从木箱的血水中捞出了一把餐刀，"我偷了她一把刀，她那个诅咒已经不完整了。"

中年男人苍白的手指被刀锋划破，渗出了鲜血。

中年男人感觉到疼痛后，不仅没有松手，还更加用力地攥住了餐刀："我最痛恨的就是诅咒！"

"别生气，要不要吃点什么东西？"店员笑呵呵地看着中年男人。

"你这里的肉，我可不敢……"中年男人说到一半，看见了店员危险的眼眸，他没有再说下去，而是合上了木箱，朝店门外走去。

店员也没有阻拦他，直接回了后厨。

"真是晦气。"

中年男人逃出了饺子馆，在他开门的时候，韩非也跟了出去。

其实他早就看到韩非了，这个年轻人让他感觉很不舒服，他也不知道那种不舒服源自什么东西。转身进入一条小巷，中年人发现韩非依旧跟在身后，他终于停下了脚步。

"我们应该是第一次见面吧？"中年男人回头盯着韩非，他手提木箱，声音冰冷。

"大叔，我有些东西想要问问你。"韩非的眼睛死死地盯着中年男人手中的木箱，"你刚才拿出的那把餐刀是从哪里弄到的？"

"从一个死人的身体上拔出的。"中年男人发现小巷四周出现了好几道阴寒的气息，他感觉有些不妙。

"我们也都不是什么好人，非常容易做一些冲动的事情，所以你最好还是趁着我们可以正常交流的时候，老老实实回答我的问题，不要做出让大家都后悔的事情。"

韩非盯着中年男人的脸，他没有任何表演，声音冷冰冰的，非常瘆人。

"让开，我要回去了。"留着长发的阴柔男人抓紧了木箱，他注视着韩非，并没有要开口的意思。

"我不管你住在什么地方,今天如果你说不清楚的话,我手里这个小盒子就是你最后的家。"

漆黑的巨蟒钻入鬼纹当中,韩非从物品栏里取出了那个血色纸人。满身是血的纸人摇摇晃晃站在地上,浑身散发出浓浓的不祥气息。

长发中年男人本来并没有将韩非放在心上,直到他看见了那纸人的脸。被血液包裹的妖异面容透着一种惊心动魄的美,纸人竟然也可以如此的惊艳?

彻骨的寒意涌入身体,那张脸对于长发中年人来说再熟悉不过。那独一无二的美象征着极致的残忍和危险,他甚至不愿意提及那个恐怖的名字。

"你跟她是什么关系?"看见血色纸人,长发中年男人的声音都发生了变化,他已经做好了最坏的打算。

"简单地说,算是邻居关系。"

"邻居关系?"长发中年男人眼中闪过一丝疑惑,深层世界中确实也存在某些羁绊,但那基本上都是被诅咒强制连接起来的,其他的关系就连父母子女之间都不能互相信任,现在韩非居然为了一个邻居要跟自己拼命。

在长发中年男人看来,韩非应该仅仅是想要找个借口干掉自己,他根本不相信韩非是真的为了那个女人。另外他也不认为这个世界上会有人愿意帮那个疯狂、暴食的女人。

中年男人身上由头发编织成的衣服散发出刺鼻的尸臭味,那些人脸花纹开始扭曲,露出了极为痛苦的表情。他身上的每一根头发似乎都是从尸体身上弄下来的,带着浓浓的恶意。

"看来你是真的不准备回答了。"

吞食了海量阴气的黑色巨蟒完全钻入了鬼纹当中,韩非皮肤表面的温度不断下降,甚至凝结出了霜花。

这对一个活人来说非常痛苦,但从韩非脸上看不出一丝难受,他扭曲的脸上只有疯狂和一丝担忧。

"我会让你开口的。"别说韩非现在有邻居帮助,就算只有他一个人,他也会想尽办法缠住长发中年男人。

韩非这个人有时候其实很简单,你曾经帮过我,那你遇难了,我一定全力去救你。刚到幸福小区,徐琴不止一次救过他,所有的恩情韩非都没有忘记。更别说后来徐琴帮助他控制住了血色纸人，韩非现在还记得当时的场景，徐琴用餐刀贯穿自己的手掌和纸人，让自己的血铺满了纸人的身体。只有十级的韩非，能够操控这个残缺的F级别诅咒物，完全是因为徐琴。

"动手！"

毫无征兆，数道阴寒的气息同时冲向长发男人，攻击来自各个方向，数量非常多。

韩非跟对方走出饺子馆的时候，其实就已经准备动手了，他提前将灵坛中的怨念放了出去，埋伏在四周。现在的韩非早已不再是当初的小白，他深知这座城市的处世法则，想要知道真相，最保险的做法就是把对方打到不能撒谎为止。

从一开始他就没想过要和平解决，毕竟这涉及徐琴，他不敢有任何大意。刚才的交涉也只是为了拖延时间，让邻居们完成合围。

哭声传入耳中，长发男人无法确定声音的位置，敌人似乎有可能在十米以内的任何地方出现。敏锐的五感被哭声干扰，慢慢地，长发男人耳边只剩下凄惨的哭声，那声音能够把人折磨疯掉。

"你们……"

长发男人没想到韩非说动手就动手，根本不在乎其他东西。他失去了先机，瞬间变得被动。

长发男人刚从畜牲巷出来，本身并不在巅峰状态，现在他又被联手围攻，局面对他极为不利。

擒贼先擒王，与其盯着所有人打，不如先干掉一个。他阴冷的眼睛看向了韩非，身上的衣服化为黏稠的黑发，中年男人在迅速老化，他身体当中的阴气全部注入了黑发当中。

眼看着中年男人朝自己冲来，韩非没有任何慌乱，为了活命他曾和失控的马满江近身厮杀过，有之前的经验，这一次他变得更加沉着了。

整个深层世界，韩非算是一个异类，他是最弱小的人，也是最无畏的人，更是能够颠覆大多数"鬼怪"认知的人。

不躲不闪，韩非摆出了最标准的警用格斗站姿，他身上的鬼纹勒入皮肤，但他就好像感受不到疼痛一样。在中年男人进入他身边两米范围之内后，他全身绷紧的肌肉瞬间爆发出惊人的力量。

"触摸灵魂深处的秘密!"

一记侧鞭腿直接扫在了长发中年男人腰部,被黑发保护的身体瞬间凹陷进去了一大块。

中年男人眼珠外凸,不可思议地看着自己的身体,他怎么都想不明白,一个人类,为什么可以痛击自己由怨恨和痛苦组成的身体?

埋藏在内心深处的情绪被窥探,对方的攻击似乎还可以穿透阴气的防护,直接触及灵魂深处?

身上的黑发缠绕上了韩非的腿,但让他没有想到的是,眼前这个男人根本不在意自身死活,把肉体当作绳索,他竟然想要使用锁技?!

事实上能够退出游戏的韩非,可以在零点几秒内规避致命伤,不在意死亡的韩非现在是最强状态。如果韩非单独遇到长发中年男人,他肯定不会硬碰,但现在有邻居们的帮助,他只需要困住对方,为邻居们争取到时间就可以了。

哭声在耳边响起,长发中年男人还没找到杀死韩非的机会,他面前就已经出现了一张纸人的脸。低头看去,一个浑身血红的纸人不知道何时爬到了他的胸口上,那纸人长得就和畜牲巷里最恐怖的女人一样。噩梦踩在了自己身上,那张美到窒息的脸对长发男人来说却象征着厄运和不幸。

"为什么这纸人身上也散发出了诅咒的气息?"

那个女人本身是诅咒聚合体,让长发男人心惊的是,纸人上散发出的诅咒气息并不输给那个女人。

"到底是怎么回事?为什么突然会有这么多的怨念和诅咒想要帮那个女人!"

这在深层世界中是不可想象的,长发男人完全想不明白,这些怨念全都疯了吗?不问缘由,竟然会为了一个恐怖残忍的诅咒聚合体出手。在这里自私冷漠才是正常的,他哪里能够想到内心执念完全不相同的"厉鬼"们会因为一个人,全部走在了一起,拧成了一股绳。

黑发编织成的衣服被刺破,意识在哭声中变得恍惚,在他准备使用自己能力的时候,后背被暴捶。一个身体粗胖的怪物带着不祥的气息砸在了他的后背上,被那怪物触碰过的地方开始迅速腐烂,臭掉的残魂中有一只只手指粗细的黑色虫子在爬动。那东西叫难虫,每当大灾来临之前,它们就会率先出现。

再不反抗就没有机会了,长发男人打开染血的木箱,那颗人头滚落在地,他此时也顾不上去捡，直接从木箱的血水里取出了一把生锈的剪刀。木箱内存放的剪刀不止一把，平时它们全部被浸泡在鲜血中，封存于木箱之内。那剪刀看着锈迹斑斑，似乎连纸都剪不开，但是当剪刀触碰到李灾兄弟两个的身体之后，他们的灵魂竟然被剪出了一道口子。

"这剪刀似乎才是理发师的本体？"

长发男人在抓住剪刀的时候，他的神智瞬间受到了影响，双眼变得赤红，咬着自己的头发，开始无意识地呼喊起一个名字。

"编号0000玩家请注意！你已成功触发G级唯一性隐藏任务——理发师。

"理发师（怨念）：勤劳的他在街角开了一家理发店，他喜欢自己的这份工作，因为他有一个不为人知的秘密，他患有很严重的恋发癖。

"抚摸、轻嗅甚至舔食头发能带给他无与伦比的刺激，渐渐地，他不再满足于在工作中触摸头发。他想要拥有更多的、属于不同人的头发，他想用那些人的头发编织出一个茧，然后把自己永远关在里面。

"任务要求：杀死理发师，彻底毁掉理发师的剪刀，让剪刀中被囚禁的怨念解脱；或者选择救赎理发师，帮助理发师完成梦想，为他编织一个用头发做成的茧。"

没有任何犹豫，韩非直接选择了杀死理发师。

"魂飞魄散了，什么癖好就都治好了。"

被数道怨念围攻，其中还有刚刚完成突破的"哭"，理发师能撑到现在已经很不容易。

他的身体被血色纸人侵入，那个脸上带着笑容的纸人阴险恐怖，拼了命地想要往他的伤口里钻，仅仅想一想，理发师就感到害怕。但他千防万防，最终还是被血色纸人找到了机会。细碎的血色纸片钻进了肉中，挤进了灵魂里。

本就被哭声折磨到极限的意识，此时又多了一种疼痛，那感觉就好像是眼珠内被塞进了纸片一样，想要用手弄出来，但手指就算伸进自己的伤口，也触及不到自己的灵魂。

遇到这群疯子，也算是理发师倒霉。其实他心里也觉得无辜，自己明明什么都没有做，就是进饺子店里开了下木箱而已。

"难道他们真的是为了那个女人？就因为他们都是邻居，这小区的人是全都有病吗！"

再拖延下去，局面会对理发师越来越不利，他隐藏在黑发下面的眼珠快速转动，看了一眼巷子外面的饺子店："不能往那里逃，店主对所有人形怨念都抱有极大的敌意，如果让他看到我虚弱的样子，一定会第一个站出来杀掉我，将我包进饺子中。除了饺子店，现在能甩开他们的地方也就只有畜牲巷了。"

理发师眼中满是血丝，他刚从那么危险的地方跑出来，没想到就又要回去。眼中闪过一丝恶毒，理发师已经在心中发了毒誓，有机会一定要杀掉韩非和所有的怨念。

蕴含阴气的头发外衣变得残破，露出了他那干枯丑陋的身体。已经快要到达极限的理发师，猛然将手中的木盒对准韩非甩出。他已经察觉，看起来最不像"厉鬼"的韩非，其实才是所有"厉鬼"的主心骨。

木盒中的血水漫天洒落，一道道亡魂哭喊着从木箱里跑出，这些韩非都没有在意，他真正在意的是混杂在血水中的一把餐刀。那把餐刀很普通，但是韩非却记得非常清楚，徐琴曾经将这把刀借给过自己。

看着刀柄上缠绕的薄薄一层人皮垫子，韩非想起了很多事情："她一直没把人皮垫子取下来啊。"

一次性将木盒里囚禁的所有残念放出，理发师的身体迅速老化，他把自己的残魂藏进了黑发中。

"你们要找的那个女人死在了畜牲巷里，你们永远也不可能找到她！"

丢下这句恶毒的诅咒，理发师的身体完全被外衣吸收，紧接着那件外衣碎裂开，无数黑发散落在地，朝着各个方向跑去。

"想走？"

正常来说，现在已经没机会追上对方了，不过韩非早就料想到了这种情况。

他把徐琴的餐刀收好，然后盯着那血色纸人。刚才在打斗的过程中，血色纸人将身体的一部分塞进了理发师的灵魂中，他隐约还能感到那些碎纸片的位置。

"追！"

韩非的最终目的是死楼，怨念进入其中会被随机分开，但是诅咒物却不受影响，韩非还想着跟徐琴一起进入其中。无论理由是什么，韩非都必须找到徐琴！

韩非抓住人皮包裹的刀柄，让黑色巨蟒先离开自己的身体，其实只要理发师继续拖下去，韩非的身体会被阴气入体，遭受重创，可惜理发师完全被韩非不要命的气势唬住了。阴气入体的时间控制在了三十秒以内,再加上韩非把升级的属性点全加在了体力上,此时虽然也受到了一些影响,但并不严重。

他和幸福小区的邻居们一起跟在血色纸人身后,进入了街道深处的小巷。

以前韩非只是在靠近街道的地方行走,这还是他第一次深入城区。

错综复杂的巷子,大包小包的垃圾,无处不在的恶臭,还有脚下那混杂着血迹的泥泞。涂抹着污迹的墙壁上画有种种瘆人的图案,偶尔能看到一两扇紧闭的房门,如果不是为了追查徐琴的下落,韩非绝对不会进入这仿佛迷宫一般的巷子中。

岔路口越来越多,韩非就算记忆力远超常人,此时也有些混淆,因为所有巷子都太相似了。

"那家伙要去什么地方?"夜长梦多,韩非现在就想赶紧杀死理发师,对方当然也不傻,位置不断变换,好像能感知到韩非一直在追赶自己。

越是深入巷子,周围就越不对劲,很冷、很安静、很阴森。巷子深处似乎和外面的城市是两个不同的世界,这一点跟现实中的新沪很像。核心城区灯火璀璨、热闹非凡,城区边缘则全都是荒凉破败的老式建筑。

也不知道过去了多长时间,血色纸人突然停了下来,众人面前出现了一个岔路口。

两条幽深的小巷似乎是通往不同地方的,左边那条巷子口立着一个被砍掉了头的石狮子,巷子里血腥味很重,连地上的泥路都带着暗红色。右边的小巷里飘散着腐臭味,隐约能看到什么东西的尸体被扔在了巷子角落,不时有奇怪的虫子在尸体中爬过。

这两条巷子给人的感觉都很不舒服,无论是选择左边还是右边,似乎都非常危险。

"理发师身上的气息就是在这里消失的,他会选择哪一边?"

地上没有脚印,理发师没有留下任何痕迹,他从一开始就打定主意要躲到这里来。

"要不我们也分开追?"萤龙有些不确定,这是唯一的办法,但在未知区域这么做非常危险。

思考片刻后,韩非摇了摇头:"我们分开追赶的话,假如巷子里还有岔路口那怎么办?血色纸人只有一个,跟着它才能找到理发师。"

所有邻居都盯着血色纸人,那个和徐琴外貌一模一样的纸人在原地停留了很久，然后走向了右边堆放有动物尸体的巷子。

"跟上！"

血色纸人上蕴含了徐琴的诅咒，它似乎是又感知到了什么东西，所以才突然做出了选择。

韩非快步向前，此时他心里只想抓住理发师，问清楚徐琴的下落。可当他刚迈入右边的巷子，一股浓烈的臭味就如同巨浪般直接拍进了他的大脑中，五感几乎被那臭味弄得失灵。

同一时间，系统冰冷的声音也在韩非的脑海深处响起。

"编号0000玩家请注意！你已成功解锁隐藏地图畜牲巷！触发F级隐藏任务——畜牲巷！

"畜牲巷（F级隐藏任务）：人类的爱、希望和恐惧与动物没有什么两样，它们就像阳光，出于同源，落于同地。如果你不相信的话，我可以先从恐惧和死亡来证明给你看。

"任务要求：存活。"

没有时间限制，没有探索目标，没有强制要求去做任务事情，这个F级隐藏任务的要求仅仅只有简简单单的两个字——存活。

当韩非听到系统说出这句话的时候，他已经产生了非常不妙的感觉。

他从来没有接到过如此直白的任务，这种直白的任务往往预示着极度的危险。

"我刚才好像还听到了隐藏地图四个字，畜牲巷也是隐藏地图？"

看向自己四周，韩非被浓烈的腐臭味包裹，他身边只剩下了那个血色纸人，其他的邻居全都不见了。转过身，韩非发现回来的路也没有了，他的身后不再是岔路口，而是一条幽深的，也不知道会延伸到什么地方的巷子。

"没事，至少血色纸人和徐琴养的小宠物都跟我在一起，这还不算最糟糕的情况。"

永远保持乐观是韩非能在深层世界存活下来的原因，只有任何时候都不放弃希望的人，才有那么一丝看见天亮的机会。将血色纸人捧在掌心，韩非甚至都还没来得及打开物品栏，他就听见身后的小巷子里传来了粗重的喘息声。

那声音不太像是活人发出的，更像是饥饿的野兽终于发现了一个受伤的猎物。

韩非根本不知道是什么东西发出的声音，就下意识地远离声音，小巷里连个躲藏的地方都没有，等看见再跑可能就来不及了。他的反应算相当快了，可就算这样仍旧不行。

伴随着浓烈的恶臭，幽暗的小巷深处走出了一个佩戴着猪脸面具的怪物。它身体比正常人高出很多，裸露在外的皮肤上满是伤口和牙印，更让人感到害怕的是，它的猪脸面具下半部分被砸碎，那猪脸面具下面似乎还是一张猪脸。

绞肉用的锯片嵌在后背的肉中，那个怪物满是油污和血迹的衣服上捆绑着锁链，宽大的手掌中握着一把用来剁骨头的刀。

"肉，肉，肉！"

面具下的眼珠死死盯着韩非的后背，它带着那刺鼻的臭味，如同失控的战车般突然加速，冲向韩非。

刀子划在了墙壁上，锁链当啷作响，在猪脸怪物靠近之前，韩非就已经跑出了几米远。这怪物带给韩非的震撼无法用语言来表达，他在市面上最恐怖的杀人魔游戏中都没有遇到过这样的敌人。太真实了，那令人窒息的压迫感，那刺鼻的血腥味和恶臭，突然出现的怪物根本让人生不出反抗的念头。

"肉！肉！肉！"

韩非现在都不知道那家伙到底是活人变成了畜牲，还是畜牲披上了人皮。从幸福小区跑到畜牲巷，中间又让阴气入体跟理发师干了一架，韩非现在十分的疲惫，但再累他也不敢停下脚步。

"畜牲巷里可能不止那一个怪物，在吸引来更多怪物之前，我首先要找个可以藏身的地方。"疲惫感让韩非的脚步越来越沉重，但他的大脑却一直保持着清醒，"现在唯一的好消息是我可以随时退出游戏，这是一张保命底牌。"

至少今夜韩非有信心能够活下去，无法和身后的怪物拉开距离，实力相差巨大，只能从其他角度思考破局的方法。

"任务没有规定时间和完成方法，难道我只有活着逃离畜牲巷才算是任务成功吗？又或者这个存活还有其他的意义？是想让我明白生命和死亡、存在和消逝？"

脑海里浮现出蜘蛛写的那本《畜牲巷》，韩非为了体验角色，将蜘蛛的几本书全都看了一遍。"蜘蛛眼中的世界和常人不同，那是一个跟现实几乎脱轨的地方，在那里每个人心底的欲望和想法都会表现出来，当欲望强烈到一定地步，他就不再是人，而是披着人皮的怪物。

"每当遇见那样的怪物都会发生不好的事情，所以蜘蛛选择了封闭，他将所有人格困在了'屠夫之家'。如果这么去想的话，畜牲巷里至少应该有一个没有怪物的地方，那就是蜘蛛所在的'屠夫之家'，我说不定还能在那里见到真正的蜘蛛！"

想要躲避怪物追杀，要不离开畜牲巷，要不就去寻找"屠夫之家"，韩非现在能想到的办法就只有这两个。

脚步声还在几米之外，呼啸的风声带着臭味从身后传来，正在分心思考问题的韩非头也没回，身体朝旁边闪去。

"嘭！"

猪脸男人手中的剁骨刀擦着他的左肩砸在了墙壁上，满是血污和苔藓的墙皮被划出一道深深的痕迹，韩非根本不敢想象这把刀砍在自己身上会怎样。

沉重的刀子砸在墙上，掉落在韩非身前，他看到之后第一时间想要捡起刀子，装进物品栏，或者带走，反正不能留给对方。可他刚用手触碰到刀柄，脑子里突然炸响了一声惨叫！

紧接着那惨叫声就仿佛浪潮一般，不断涌来，连喘息的机会都没有留给韩非。

"编号0000玩家请注意！你已发现G级诅咒物品——刀！

"刀（G级诅咒物）：畜牲巷里藏着各种各样的刀，每一把刀上都残留着诅咒和怨念！

"编号0000玩家请注意！每一位午夜屠夫都拥有自己的刀，也许你可以在这里找到一把属于你的刀！"

只有物品栏认可的诅咒物才能够装入其中，如果不能把这把刀装进物品栏带走，光用手拿那只会拖累自己的速度，还会受到其中诅咒的影响。

韩非瞬间明白了，对方敢将刀投掷出来，那是因为知道自己无法使用它的刀！

"长得这么像畜牲，脑子竟然还这么好使。"

拿刀失败，韩非和怪物之间的距离又被拉近了一些。

"还不能下线！现在离开游戏下次还会在巷子里出现，依旧会被追赶，我必须要趁着这次机会，尽量为自己创造出一个安全的环境。"

牙齿咬出了血，韩非玩命地狂奔，但是他的速度却越来越慢，幸亏他之前又加了几点体力，否则刚才拿刀的时候就已经被追上了。

"肉！肉！肉！"

那猪脸怪物也被猎物的气息刺激到发狂，面具下的眼珠已经充血，它疯狂挥舞着剁骨刀，似乎随时都会再次投掷。

"为什么会有这种怪物啊！"

在错综复杂的巷子里逃命，韩非也早已迷失了方向，他记不清楚自己跑过了多少个路口，也无法确定自己的位置。

他只知道巷子里的臭味越来越浓，地上的尸体越来越多，稍不注意就会被绊倒。

"跑不动了……"

肺里火辣辣地疼，韩非已经有点喘不上气，他感觉自己的身体快要散架了。

"必须找个地方下线。"

韩非盯着自己前面的一个拐角，他打开了属性面板，准备跑过拐角立刻下线。可还没等他跑到拐角那里，就看见在小巷角落的垃圾堆里有一个五六岁大的小孩，他正躲藏在尸体之下！

那孩子也看到了韩非，明亮的大眼睛中满是惶恐不安。

"畜牲巷里也有小孩？"

这地方人和畜牲似乎对调了，垃圾堆里的那个小孩就像一只流浪猫的幼崽，躲在妈妈的尸体下面，一动不动，对外面世界的所有东西都感到害怕和畏惧。如此危险的地方，失去了母亲的保护，他必死无疑。

韩非不敢有任何异常的表现，他怕身后的怪物发现垃圾堆里的孩子，还像之前那样继续往前狂奔。

但命运似乎给他开了一个玩笑，在他加速往前跑的时候，身后追击的脚步声却减弱了！

韩非扭头看去，那个恐怖的猪脸怪物慢慢停下了脚步，它抓着那把剁骨刀，看向了巷子角落里的垃圾堆。

盖在垃圾堆上的尸体正在轻轻颤抖，那个藏在妈妈尸体下的小孩太过害怕，全身都在打颤。

宽大的手掌抓住了尸体的手臂，猪脸怪物一把将孩子妈妈的尸体甩向旁边，猩红的眼眸盯上了尸体下面的小孩。口水顺着嘴角滑落，开裂的面具无法遮住它丑陋至极的脸。

"肉！肉！肉！"

听到了身后的声音，韩非也停下了脚步，他内心真的无比矛盾。

猪脸怪物被小孩吸引，现在正是千载难逢的逃跑机会，但他不能就这样扔下那个小孩不管。

韩非五指拧得发白，他完全不是猪脸怪物的对手，现在也无法确定那孩子是不是别人布置的陷阱，就算不是陷阱，对方应该也只是游魂和残念。能在深层世界中存活下来，韩非已经习惯从最坏的角度考虑问题，毕竟这可是在最绝望、最阴暗的深层世界中，这是一个完全没有光亮的地方。

那个怪物沾满血污的手指握住剁骨刀，腥臭的口水顺着丑陋的猪脸滑落，放弃了棘手的韩非，它完全被饥饿占据的脑子里现在只剩下那个小孩。

那个孩子趴在垃圾堆里，身体打颤，脸色苍白，不断往垃圾堆深处蜷缩，小小的手紧紧抓着旁边的尸体。已经跑不了，已经无处躲藏，结局似乎已经注定了，接下来就会发生最残忍血腥的一幕。

剁骨刀高高扬起，在刀子快要落下的时候，小巷中传来了急促的脚步声！

本已经逃走的韩非，不要命地冲向了猪脸男人！

"过来！"

抓住黑色巨蟒，狰狞的"鬼脸"在狂笑，满身阴气的韩非狠狠撞向了那个怪物！

小孩看见了韩非，可他的脸上依旧残留着惊恐。

韩非的手臂被猪脸怪物抓住，骨骼错位，满脸是血的他死死瞪着那个小孩："跑啊！"

小孩爬出了垃圾堆，慌忙朝后巷另一边跑去。

此时韩非的手臂已经完全错位，剧痛刺激着神经。

那猪脸怪物早已被饥饿支配了脑袋，它一口咬向了韩非的肩膀。鲜血直流，韩非知道无法躲闪，任由肩膀被咬住，他听到了牙齿和骨骼碰撞的声音。疼痛已经要把韩非折磨疯了，但他睁着猩红的眼睛就是不退出游戏，那眼眸一直盯着远去的小孩，他想要为对方争取到足够的时间。

血液浸透了外衣，韩非用仅剩的手臂砸向怪物的脖颈，然后伸手抠向怪物的眼珠。在绝对不利的情况下，韩非抓瞎了对方的一只眼睛，暴怒的怪物狠狠将韩非摔砸向旁边的墙壁。

韩非的骨骼几乎要被震散了，落地之后他迅速滚动，躲过了对方的刀子。视野已经变得有些模糊，血流进了眼里，但韩非依旧没有后退。

他捂着自己失去知觉的手臂，站立在小巷中间。双方的体力根本不是一个等级，从体形上就能看得出来，这是一场完全被压制的、必输的厮杀。

猪脸男人的面具也被血弄湿，它默默地盯着韩非，似乎是在疑惑，为什么刚才拼了命逃跑的人，现在却又固执地拦在了路中央。

这个问题它想不明白，被饥饿冲昏的大脑告诉它，它现在就要立刻吃掉眼前的人。

"肉！肉！肉！"

猪脸怪物嘶吼着冲向韩非，韩非也再次迎击！

刚才的撞击，让他的小腿受了一点儿伤，他知道自己已经跑不掉了。

一次次被砸倒，一次次站起。韩非自己也记不清楚了，他手臂被拗断，肩膀被咬出了白骨，意识也开始模糊。在最后一次被怪物咬住的时候，韩非勉强睁开了染血的眼睛，巷子另一边已经看不见那个小孩了。

"我真是疯了，才会做这样的选择。"

韩非咳出一大口血，让黑色巨蟒悄悄躲藏起来，他在意识消散的最后一刻退出了游戏……

第 2 章 屠夫的刀

韩非取下游戏头盔,直接栽倒在地。

他的心脏跳得非常快,大脑因为受到了太过强烈的刺激,导致双眼模糊,呼吸也变得困难。身体各处不断传来剧痛,他浑身一点儿力气都没有了。

韩非躺在冰冷的地板上,双瞳许久之后才重新有了焦点。

"我竟然为了救一个 NPC,把自己搞成这个样子。"

深层世界中的疼痛是实实在在的,韩非都不知道自己是怎么撑到小孩跑远的。

"也许当初的最优解是逃跑,不过,人和畜牲毕竟是不一样的。"韩非没有后悔自己的决定,如果重来一次,他依旧会冲过去。冰冷的地面让韩非慢慢恢复冷静,他开始思考一个非常严肃的问题。

"下次上线怎么办?"

畜牲巷是隐藏地图,步步杀机,到处都是陷阱,还有恐怖的猪脸怪物。

韩非在游戏里小腿受伤,肩膀被咬得能看见骨头,一条手臂严重骨折。别说逃命,他连走路都有些吃力。这种情况下,他怎么在畜牲巷活下去?

"那猪脸怪物被饥饿支配,丧失了理智,它应该不会忍受饥饿的折磨在原地蹲守我。等我下次上线后,它大概率已经去其他地方寻找食物了。只要它不守尸,那我就还有一丝活路。我现在需要寻找一个地方养伤,我的物品栏里还有关于缝合的道具和书籍,正好可以在自己身上试一试。"

黄赢第一次进入深层世界的时候,曾把物品栏里的一些东西取出来,为了感谢孟诗给他做的粥。当时韩非将黄赢的医学书籍和训练相关技能的道具全部装进了物品栏,他根本没想到有一天会以这种方式,在自己身上用到那些东西。所有的付出都会有收获,这次的遭遇也让韩非下定决心要学习更多的东西,比如潜水、攀岩、药理学、急救等。

"别人都是学习累了,玩会儿游戏。我是为了玩游戏,拼命学习。"

看了一眼贴满受害者照片的墙壁,接触《完美人生》这款游戏前,韩非是一个龙套演员,演戏就是他生命的全部。现在不同了,他除了演技有很大提升之外,还自学了犯罪心理学、管理学,精通侦查和反侦查,擅长跟踪和综合格斗。以前他总觉得自己的学习能力很差,最近他才慢慢明白过来,原来那个时候自己的潜力没有被完全开发出来。

"黄哥说不定跟我一样,都曾有类似的困扰,以后我可以让他也成为更优秀的人。"

身体稍微恢复了一些力气,韩非从地上爬起,他打开冰箱找了些吃的,然后钻进了被子中。暖暖的被窝好像有种神奇的能力,能够治愈疲惫的心。

早上八点多,韩非被闹钟弄醒,今天是《悬疑小说家》正式开拍的第一天。

韩非简单洗了个澡便冲出房门,下楼的时候,警方已经等候很久。

他本来还想着与警方分开,但是负责布控追捕蝴蝶的警察很负责地告诉韩非,蝴蝶很可能会在拍摄现场动手,不能有任何大意,韩非决定配合警方的工作。

乘坐警方配给便衣警察的车辆,韩非来到了新沪北郊的富贵肉联厂。

第一天拍摄大家都铆足了劲,不管是演员,还是现场的工作人员,所有人都对这部戏抱有很大的期待。

早上韩非赶到的时候,白显和李染两位最有名气的演员已经开始拍摄,他们活动非常多,拍完《悬疑小说家》的戏还有其他事情要忙。

"能把大家全部凑在一起很不容易,我希望你们都能把自己最好的演技呈现出来,别留下遗憾。"张导早上六点多就和工作人员一起来到了肉联厂,亲自检查布景和道具,能看得出来,这位老牌大导演真的想用这部戏冲击大奖。

想法很美好,但真正等到开拍之后,问题接踵而来。

先是饰演大学生人格的小童因为人物情绪不到位,连续NG多次;紧接着是饰演阿梦的小孩糖果,在蜘蛛房间里被不知名虫子咬了一口,疼得哇哇大叫。

演员接连出现问题就算了,多次检查过的拍摄现场也发生了很多预料之外的事情。遮光板上莫名其妙出现了裂痕,明明充满电的摄像机却在工作几分钟后显示电量不足。

诸如此类的怪事非常多，这部悬疑灵异电影的拍摄，似乎也变得悬疑灵异起来了。

小的问题也就算了，等拍摄到中午的时候，有一幕蜘蛛从现实彻底坠入自我人格意识中的场景。

这个场景在蜘蛛的脑海里是以死亡的形式表现出来的，他在恍惚和崩溃中从四楼坠落，身体被楼边大树的枝叶击打，随着意识越来越模糊，他在坠落的时候，仿佛看到了还有另外一个自己站立在四楼。本我、自我和超我，在蜘蛛的脑海里被现实和想象分割开。

这如此抽象的一幕对导演和演员都是一个考验，张导的计划是现实拍摄，寻找一位特技演员，在有安全防范的情况下，让他做韩非的替身从四楼坠落。

张导不喜欢用科技来虚拟场景，他是现在为数不多的，依旧坚持实景拍摄的导演。

做韩非替身的特技演员在圈子里也特别有名，是张导特意从外省找来的。一切都准备好了，但在拍摄的时候，那位经验丰富的特技演员却出现了失误。他没有跳向设定好的区域，导致身体被树枝划伤。

张导也考虑过这种情况，他让预备的特技演员上去，但对方出现了同样的失误。对于特技演员来说，很多时候失误可能是要送命的，所以他们每一个动作都会思考成百上千遍，但两位特技演员竟然都出现了失误。

张导去查看演员伤势时，那两位特技演员说出了一件很可怕的事情。他们感觉自己在蜘蛛房间起跳的时候，好像有什么东西突然抓住了自己的腿。如果只是一位特技演员这么说那就算了，关键是两个人异口同声，他们明明互相也不认识，却给出了一样的理由。

"这么邪乎？"

剧组里有人偷偷把这件事传了出去，起初没人相信，后来传得多了，大家也感觉心里毛毛的。

有人建议张导还是使用虚拟技术比较好，但张导这人压根儿不相信世界上有"鬼"，他带着韩非亲自跑到蜘蛛房间里查看。

"你觉得世界上有'鬼'吗？"

"我不知道世界上有没有'鬼'，但我觉得这栋楼内没有'鬼'，只是有些人在装神弄鬼。"

韩非跟着张导进入了四楼蜘蛛的房间,他们推开了阳台门,仔细检查四周。

"张导,他俩跳的时候我们就在旁边,根本没有什么手啊!"道具组的人苦着一张脸,如果是因为道具有问题出了事,那他们可是要负责任的。

"录像让我看一下。"张导检查了一下拍摄录像,不管从哪个角度看,都没有所谓的人手出现。他看了半天,倒是发觉特技演员在跳的时候,都会有一个侧头的动作,似乎是不经意间往某个地方看了一眼。走到阳台边缘,张导朝楼下看去,没有发现任何异常。

"真是邪门。"张导叫来摄像组继续在这里拍摄,拿出自己的手机联系新的特技演员过来。他打了好几个电话,可惜新沪并没有符合条件的特技演员,外省与张导合作过的特技演员,最快也要等到傍晚才能过来。

"要不我们先拍摄下一幕?"白显也走了进来,他听到了剧组里的一些议论声,想要稳定一下大家的情绪,尽快进入工作状态。

"白天拍摄都不成功,晚上拍这种比较危险的戏,难度会更大。"张导有些担忧,不过现在也没有别的办法了,"先去拍你们九个人目睹死亡的戏份吧,小童情绪调整过来了吗?"

白显有些无奈:"以前他老是被别人叫做天才,大家总是捧着他。结果那天韩非的表演给他造成了很大的冲击。都是同龄人,他现在有点受刺激,所以总想要突破自己的演技。"

"演技哪有那么容易突破的?不过他有这个心思是好事,你让他赶紧过来吧,他那个人物其实并不复杂。"有的导演重视剧情,有的导演喜欢弄些大场面,而张导的戏则大多是以演员为核心进行的,他非常重视演员。

在张导和白显说话的时候,韩非站在了阳台上,他闭上了眼睛,按下了脑海中那个关于记忆的开关。

属于他的情绪和意识慢慢沉淀在了脑海深处,他细细回味着作家书籍中的每一句话。剧本是根据原著改编的,添加了编剧和心理医生的私人感情,而原著则是蜘蛛亲笔书写的。所有的人物,所有的剧情,所有的故事都是蜘蛛对世界的认知。

他的书里,藏着最真实的自己。

家属院旁边的肉联厂已经被还原,如果不去看远处那大片废弃的建筑,此时韩非所看到的场景应该和蜘蛛一样。他的手指抚摸着泛黄的书页，想要进入蜘蛛这个角色，但他脑海里却突然浮现出了昨晚的遭遇。真实的畜牲巷里，堆满了发臭的尸体，仿佛一座永远都无法走出去的迷宫，每一个拐角都可能遇到猪脸人身的怪物，它们被饥饿驱使，它们……

想到这里，韩非的脑海突然又传来剧痛，不知是哪一根神经被牵动，他伸手捂住了自己的头。

开膛破肚，支离破碎，残忍的怪物，挥动手中的剁骨刀。在那锋利的刀子劈砍向小孩的时候，碎裂的面具下露出了一张被饥饿支配的猪脸。通红的眼珠向外鼓起，韩非看到了猪脸面具下的表情。怪物的五官确实和畜牲一样，但那狰狞邪恶的表情韩非却只在人的脸上看到过。

"畜牲巷里的那些怪物本来就是那个模样吗？最开始的怪物又是从何而来？"

翻开手中的书，韩非打开了蜘蛛的内心。

它们佩戴着猪脸面具，不知是不是因为面具戴久了，就算取下了面具，它们依旧还是怪物。

我时常看到人们大口吞食着什么东西，那东西流出了金色的油脂，肥美香甜。楼内的老人说那叫时间，床下的"鬼"却说那叫善意。

当再也找不到那东西后，它们开始割掉对方身上的肉，满口流油地吃着最肥美的地方，丝毫不在意自己已经畸形的身体。

我偶尔会感觉这个世界很好懂，但我却发现自己逐渐开始看到另一个世界。

这两个世界并列在我的眼眸中，仿佛黑夜和白天。

我逐渐不知道自己属于哪里，我迷失在了小巷中，我看着越来越多同行的人也戴上了面具，似乎只要这样去做，除了饥饿之外，便不会再拥有任何痛苦。

承载两个世界的天平开始倾斜，我的身体在慢慢向一侧滑落，不知道是我拥抱了某一个世界，还是某一个世界抛弃了我。

蜘蛛的文字很特别，像是一个疯子在臆想，如果不是进入过深层世界的畜牲巷，韩非也很难明白文字背后隐藏的秘密。

"那些猪脸怪物似乎曾经也是人！它们戴久了猪脸面具，变成了猪脸怪物！"想到这里韩非又发现了一个问题，"它们为什么要戴上猪脸面具？难道在畜牲巷里，只要戴上面具就不会再被攻击？那也不对啊！书中提到猪脸怪物会互相割掉对方身上的肉！"

韩非想不明白，他觉得有机会自己要弄到一个面具才行。

拿起《畜牲巷》那本书，韩非已经完全进入了蜘蛛的角色，他开始配合张导和其他演员对戏。发挥出全部实力的韩非，演技可以用恐怖来形容，忘词、卡壳这种情况根本不存在，他自己的戏份全部都是一条过，以严苛著称的张导都挑不出任何问题。

跟他对戏的演员，从年轻演员到老戏骨全都压力很大，一次因为自己的失误NG没关系，笑笑就过去了，次次都是因为自己NG，那就是再沉着的人也笑不出来了。其他八位演员以前多多少少还有点轻视韩非，现在只要发现是跟韩非对戏，立刻抓紧时间酝酿情绪，反复多背几遍台词。因为韩非的存在，整个剧组的拍摄效率都提升了。

夕阳快要落山，剧组已经提前拿出了照明灯，在作家房间里的风铃声响起的时候，第三位特技演员终于赶到了拍摄现场。

张导亲自检查完所有安全装置，然后给演员说明了动作要领和想要的效果之后，让那位演员来到了四楼阳台。和前两次不同，这回韩非和很多工作人员也来到了四楼，大家都想要亲眼看看，会不会真有什么灵异事件。

换好衣服，化好了妆，在韩非走到阳台上，背对大家的时候，特技演员替换了韩非，他穿着和韩非一样的衣服，爬上阳台，开始做最后的准备。

所有机位布置好，在收到提示之后，那名特技演员深吸一口气，头颅不自觉地朝旁边扭动了一下，似乎是看向了某个地方，随后他才朝着商量好的地方跳下。起跳的时候没有任何问题，但在发力时，那位特技演员明显收了一下力。

又失误了。

"怎么回事！"

连续三位特技演员都出了问题，天快黑了，大家又想起了关于这栋楼的某些传说，还有跟作家蜘蛛相关的种种传闻。

"人没事吧？伤得重不重？"张导急匆匆地看向那位特技演员，对方伤得不算重，但好像留下了什么心理阴影。

特技演员看向那栋楼的时候，表情有些害怕："导演，我在往下跳的时候，感觉好像有人抓住了我的脚。"

听到他这么说，屋子里鸦雀无声，所有人都看向了张导。三位特技演员来自不同的地方，相互之间也不认识，但是却给出了同样一个说法。感觉就像是冥冥中有一股力量在阻止张导拍摄蜘蛛的故事。

"导演……"白显走了出来，"要不我们还是尝试用虚拟技术吧？现在科技很发达，绝对做得比真的还真。"

"比真的还真，那也不是真实的。"张导轻轻叹了口气，他正要跟道具组再想办法的时候，韩非走了出来。

"你也想要劝我吗？"

"不是。"韩非默默地盯着四楼的房间，开口说道，"别找替身了，让我来跳吧。"

他声音不大，但是他这句话一说出口，屋内所有人都很震惊地看向了他。

"不行，开什么玩笑？绝对不行！"张导想都没想就直接拒绝。

"我的体力要比一般的特技演员好，也有过一些做危险动作的经验。"韩非没有撒谎，在金生的管理者任务中，他直接从四楼跳到了三楼的空调外装机上，没有任何安全防护装置。

真要说拍摄动作电影，那韩非确实比绝大多数特技演员都更有经验，毕竟他的表演没有 NG，只有成功。

旁边的其他演员也被韩非的话语惊到了，他们现在终于明白，这个背后没有任何公司的年轻人是怎么走到现在的。

少部分演员连台词都不愿意念，这个演员竟然敢去做特技演员都不敢轻易尝试的动作。

什么是敬业？这就是敬业啊！

"马上天就要黑了，导演，让我试一试吧。"韩非也想知道那三个特技演员到底看见了什么，他今天晚上还要回去打游戏，一直拖下去也不是事。

在检测了韩非的身体素质后，张导最终同意下来，但心里捏着一把汗。合同上明明没要求演员去做这么危险的事情，韩非还是第一个主动要求做这些的演员，张导拍戏这么多年，头一次打心底开始欣赏一个演员。

动作要领韩非已经牢记在心，所有安全装置全部检查了四遍之后，韩非开始了这场戏。

他走在蜘蛛的房间里，一切都已经还原，这一刻他就是蜘蛛。现实的边界已经模糊，在意识和灵魂坠落的时候，蜘蛛将亲手杀死那个留恋现实的自己，将主人格送入意识深处，展开一场和其他人格之间的死亡游戏。

踩在阳台边缘，韩非慢慢伸开双手。没有紧张，没有惶恐，韩非彻底代入了蜘蛛。

在收到导演提示之后，韩非看向了目标点，但就在这时，他的目光似乎捕捉到了什么东西。韩非微微侧头，在三楼的某个地方摆着一面镜子，镜中似乎有另外一个人正准备跳楼。

韩非看到了，心却丝毫不受影响，他已经见过太多恐怖的事情了，那镜中的场景甚至无法在他的心里掀起一朵微弱的浪花。

纵身跃出！

灵魂在坠落，意识在脱离，身体被树枝击打，风声呼呼地灌入耳中。韩非的表情和当初的作家一样，脸上没有恐惧，只是带着一点点悲伤。

摄像机拍下了这完美的一幕，韩非让片场所有人都感到不可思议。他做到了特技演员都不敢轻易尝试的事情，而且完成得比任何一个特技演员要好。人们甚至在他的身上看到了曾经蜘蛛的身影。

痛苦，却不绝望；满眼悲伤，却又好像坚定地相信着什么。

韩非在身体坠落、意识凝固的时候，忽然产生了一种非常熟悉的感觉。当他戴上游戏头盔后，在血色凝固世界的时候，身体也会有这种失重感。

"难道蜘蛛曾在现实里看到过那个世界，他书中描绘的场景，他意识中虚拟的那个地方，其实是深层世界？"

黑盒隐藏在三个地方，人心深处、脑海深处、噩梦深处。韩非不知为何会想到这些，他竭力控制着身体，都按照导演的要求，安稳地从预留的树枝中穿过，然后落在了安全网上。

在身体和安全网触碰的时候，韩非就好像是突然感觉到了什么一样，他朝四单元某个地方看了一眼，在一扇窗户后面，站着一个脸色惨白的、类似于人的东西。

身体在安全网上弹起，等韩非再往四单元看时，那东西已经不见了。

安全网开始下放，导演和工作人员同时跑了过来。

"韩非！你没受伤吧！"

"太完美了！这是我看过的最棒的一个镜头！"

"摔落的那个表情震撼到我了！到底有过怎样的经历才能做出那样的表情！"

"无可挑剔！"

工作人员急忙跑来，韩非却一直盯着四单元，直到张导抓住他的手后他才回过神来。

"韩非，你手好凉啊！你还好吧？"

"没事，镜头能用就行，我可不想再跳一次了。"韩非从安全网上爬起，他搓了搓自己的手。如此危险的动作他连眉头都没皱一下，但仅仅和那个东西对视了一眼，他的双手就变得冰凉，这似乎是身体本能的反应，心脏仿佛在瞬间停止了跳动。

之前那些特技演员失误的原因还是没有找到，工作人员也没深究，只想把韩非经典的一跃记录下来。其他的演员走到了韩非身边，就连德高望重的李怀名都觉得韩非很不错，至少在敬业方面，他已经很久没有看到这样的演员了。

"科技一直在进步，演员这个工作也没有那么累了。本来是好事，但我发现有些年轻演员饰演的角色缺少一点儿那种感觉。不是演技不好，是差一点儿味道。"李怀名看着韩非很是感慨，"遇到你之前我还想不明白他们到底差了些什么，现在我算是懂了。"

韩非想要站起来，可李怀名却摆了摆手："好好休息，我期待跟你继续合作。"

"李老，我之前问你的时候，你不是说以后会少接戏吗？你可不能偏心啊？"白显分别给李老和韩非递了水，他拍了拍韩非的肩膀，"你这一跃注定会成为经典，老弟，我现在压力很大啊！我还想靠这个角色冲刺最佳男演员呢，结果现在我竟然有种拖后腿的感觉？"

"你们可别这么说。"韩非连连摆手，他认为自己并没有做什么太大的事情，只是拼尽全力在演好蜘蛛罢了。

不过可能是在深层世界里求生的原因，韩非对拼命的理解和其他人不太一样。

《悬疑小说家》第一个重要镜头拍摄完毕，整部戏也将从现实转入意识深层，接下来就是九个人格之间的对决。

跟其他演员聊了几句后，韩非就一个人跑到了角落里，他拿出手机拨打了厉雪的电话，将自己在坠落时看到的所有事情告诉了对方。警方已经在四周布控，不管对方是什么东西，他应该都没办法离开肉联厂家属院。

第一天的拍摄算是顺利结束，虽然怪事频发，但结果还是好的。

韩非从北郊赶回老城区还要一些时间，他急着回家打游戏，所以在完成拍摄后，没有掺和警方后续的安排。他在一位便衣的陪同下，回到了老城区。

跟深层世界里要处理的事情比起来，现实中遭遇的一切简直就像是度假。

韩非买了一堆好吃的，然后打开电脑，找到了一个专业医生做缝合手术的视频看了起来。

一边吃，一边看，韩非也没觉得有什么，他只是在抓紧时间学习，因为今晚他可能就要自己缝合肩膀上的伤口了。

"肌肉等一般对张力要求不高的组织可使用外八字缝合，缝合肌肉时，注意收线力度不能太大，以免损伤肌肉……这家酱牛肉味道真不错，很适合下酒，可惜我晚上要玩游戏，不能饮酒。"

失业的时候，韩非待在家里天天度日如年，现在他却感觉时间过得飞快。

还没有好好享受日常生活的乐趣，就又到午夜零点了。

"那畜牲被饥饿冲昏了头脑，肯定要去寻找食物，大概率不会守尸。"

做好了心理准备，韩非连接好各种线路，戴上了游戏头盔。

血色降临，被黑夜笼罩的城市瞬间凝固，韩非这次多体会了一下那种感觉，确实和当初蜘蛛意识坠落时有一点点相似。

睁开双眼，刺鼻的臭味涌入鼻腔，剧痛让韩非的脸部瞬间扭曲。他紧紧咬着牙，双腿无力地跪倒在地，身体朝一侧倾斜，靠在了垃圾堆上。被撕咬开的肩膀看着十分吓人，如果不进行缝合，伤势会越来越严重。

"幸好那个猪脸怪物没有守尸……"韩非刚松了一口气，小巷岔路口忽然传来了脚步声，"我幸运值为九，应该不会那么倒霉吧？"

韩非脑中的想法还未散去，他就看到拐角另一边走出了一个戴着猪脸面具的女人！

她肥硕的身体上满是粗大的血管，腰间的围裙上绑着一圈人类的牙齿，就像有些猎人喜欢收集猎物的牙齿一样。应该是捉迷藏的被动能力发挥了效果，猪脸女人没有发现躲在垃圾堆里的韩非。

韩非头皮发麻，他现在根本跑不掉，连挣扎的力气都没有。他现在考虑要不要演一具尸体，但他实在没有自信骗过畜牲的鼻子，那些家伙对能吃的活物应该很敏锐。

疼痛和恐惧疯狂折磨着韩非，他贴着墙壁，勉强站起。在巷子里偶尔也会经过一些房门，可大部分门都上了锁，韩非之前被追赶时也试过暴力踹门，可根本打不开。在他几乎要绝望的时候，距离垃圾堆不远处的一小扇门被打开了。

"屋里有人？"

那扇门开得正是时候，就好像是在故意等待韩非过去一样。他脑子都还没做出决定，身体就已经朝那里移动，用尽最后的力气躲进了房中。

门后的黑暗里爬出一条黑色巨蟒，悄无声息地关上了门，虚弱地趴在韩非腿边。

"你一直在等我？我离开后，你一直躲在这里？"绝处逢生，韩非一把抱住了黑色巨蟒，又牵动了伤口，疼得呲牙咧嘴，"我一直以为你是个傻子，是我错怪你了，我向你道歉。"

黑色巨蟒拱在韩非腿边，它感觉自己得到了韩非的夸奖，就算是身体已经非常虚弱，但它依旧开心地甩了甩尾巴。

巷子里的女屠夫还未走远，韩非也不敢多说话，安静地倾听着门外的动静。

那沉重的脚步声和浓重的臭味逐渐远去后，他才彻底松了口气。

"活下来了。"

抱着黑色巨蟒软趴趴的身体，一人一宠物在这危机四伏的畜牲巷里相依为命，他俩不约而同地想起了徐琴。

"根据理发师透露的信息，徐琴应该还在畜牲巷中，说不定我能在某个地方遇到她。"韩非从物品栏里摸出了血色纸人。徐琴曾将自己的血浇灌在纸人上，在纸人身体里添加了属于她的诅咒。血色纸人应该是感受到了徐琴本体的位置，和徐琴长得一模一样的脸缓缓看向某个地方。

"处理下伤口就去找徐琴，等我跟徐琴和其他邻居会合后，再见到落单的猪脸怪物，就可以干掉它了。"韩非勉强从地上爬起，扶着墙壁打量这个房间。在自己下线后，黑色巨蟒不知道遭遇过什么事情，它能找到这个破房子也算是运气好。

碎裂的青石砖上满是凝固的血污，不过可能是因为"肥料"充足的原因，小院里杂草茂盛，还长着一些韩非也认不出来的植物。穿过小院，推开厅堂破旧的木门,不大的屋子里看不到活人存在的痕迹,映入眼中的只有一口木棺。棺材摆放在房间正中央,棺盖被刀子和斧头砍碎,棺材里面也没有尸体,胡乱扔着很多染血的衣服。

"衣冠冢?"衣服上的血污已经发黑,衣服的主人应该死了很长时间了。韩非还想继续翻找,但他的身体状况实在不允许他继续拖延下去。

"来,你帮我一个忙,咬住针线这一边。"韩非躲藏在屋子最里面,然后从物品栏里取出黄赢练习技能用的缝合针线。脑中回想着视频里介绍的方法,嘴里咬着衣服,韩非的手比绝大多数医生还要稳,要知道他可是在自己的肉上穿针引线。用时十分钟,韩非在那小宠物的帮助下完成了简单的缝合。伤口上的线歪歪扭扭,看着有些可怕,不过总算是止住了血。

"血不再流了,不过手骨错位,这要怎么办?"

韩非将衣服撕扯开,然后在小院里找到树枝,简单将左手固定住。全部弄好后,脸上毫无血色的他直接躺在了棺材旁边。

"徐琴制作的食物能够快速恢复血量,还有其他特殊的功效,等这次找到她之后,一定要让她多做一些,我要随身携带。"

在深层世界里,韩非身体的愈合速度要比现实中快很多,他现在还没有完全搞懂这个世界的规则。他自从开始游戏后,就疲于奔命。在生存都是问题的情况下,他根本没时间去试验其他东西。

躺在破旧的房间里,韩非稍微休息了一会儿,不过躲在屋子里也不安全,他在短短几分钟里就两次听见门外有脚步声响起。也许有一个猪脸怪物此时就在附近徘徊。

"畜牲巷里的房门对那些猪脸怪物来说就像是摆设一样,它们只要愿意随时都可以进来,原本住在房间里的人估计也是被它们杀害的。"

看见房间的惨状,韩非慢慢从地上爬起,他把能够活动的右手伸进棺材中。

一件件染血衣服下面藏着一本被画满了红色叉号的族谱,一个个名字被划掉,看着有些瘆人。

"每个名字都代表一个活人吗?"在族谱的最后一页,韩非找到了唯一一个没有被划去的名字——王升,"这会不会是垃圾堆里那小孩的名字?"

他试着将族谱放入物品栏,让他没想到的是,他一下就成功了,脑海里出现了系统的提示音。

"编号0000玩家请注意！你已成功发现任务物品——王家族谱！

"王家族谱：这本族谱的存在，证明畜牲巷里曾经住有很多活人。弄清楚人间巷是如何变为畜牲巷的，对你逃离这里可能会有一定的帮助。"

系统的提示没头没尾，韩非也不知道这族谱有什么用处，他只能暂时将其收好。

韩非发现厢房里残留了大量指甲抓挠墙壁的痕迹。土墙上的抓痕混杂着血迹，就好像屋子里曾经关着一个失去了理智的疯子，哪怕把手指全部挖出了血，也要逃离这个房间。

"这巷子里的房间似乎都没有修建窗户，每一个屋子都好像一个封闭独立的盒子，一旦关上门后，里面的人发生任何变化，外面的人都不知道。"

进入厢房，视野被抓痕占据，这种冲击感更为强烈，这个小小的屋子里溢满了绝望和痛苦。"被关在屋子里的是人，还是怪物？"

厢房里没有一件完整的家具，韩非皱眉在满是血污的破烂中翻找有用的东西。当他看向床板下面时，他的双瞳瞬间缩小。

在床下最不起眼的角落里，有一只齐腕被砍断的手。那只手散发出浓烈的臭味，皮肤已经发黑，但就算这样，那五根手指依旧紧紧握着一把断裂的剔骨刀。

"刀？"

在畜牲巷里，刀是一件很特殊的物品，这个隐藏地图中所有的刀似乎都被诅咒了，全都是可怕的诅咒物。

"难道这是一个无主的诅咒物吗？"

韩非胆子很大，他拿出血色纸人以防不测，然后让黑色巨蟒把床底下的手弄出来。

巨蟒不情不愿地伸向那只黑手，在它碰到那只手的时候，粗大的身体猛地甩动了一下，就好像是被什么东西刺激到了一样。委屈巴巴地看着韩非，黑色巨蟒坚决不再靠近那只断手了。

"你不是什么东西都能吃吗？"

安抚了一下黑色巨蟒，韩非忍着剧痛，用自己已经骨骼错位的左手去够那把刀。他的想法也很简单，反正左手现在已经半废了，摸一下顶多全废，自己完好的右手不受影响就好。

指尖慢慢靠近，韩非本想着借助系统的鉴定功能看看那把刀还可不可以继续使用，可谁知道他手指触碰到剔骨刀的瞬间，他的大脑就好像被十几双手臂狠狠揪住了。

无法形容的疼痛直接作用于灵魂，韩非感觉自己的意识快要被撕裂了。他想要抽回手臂，但是身体失控，最简单的动作都无法做到。拼尽了全力，他仅仅把眼睛睁开了而已。

满是抓痕的屋子里，溢满了恐惧和痛苦的厢房中，此时此刻站立着六个浑身是血的残魂。他们面目狰狞，身体残缺，一部分灵魂被囚禁在了剔骨刀中。

"畜牲巷的刀里囚禁着灵魂！"那一双双手臂要把韩非撕碎，他们早已失去了理智，"男女老少都有，似乎是一家人？难道他们就是原本生活在这小院里的人？"

生死关头，韩非根本没有任何犹豫，他直接从物品栏里拿出了那本族谱。破旧的王家族谱掉落在地，翻开了某一页，六道残魂的注意力被族谱分散。抓住这刹那的时间，韩非扫视残魂，他忽然发现其中有一个残魂长得和垃圾堆里那具女尸很像。

"王升！我救过王升！"抱着赌一把的想法，韩非全力呼喊。

大脑中传来的剧痛减弱了一些，六道残魂扑到了自己身上，似乎想要从韩非身上看出什么。大概几秒钟之后，那六道失去理智的残魂停止伤害韩非，他们从韩非的意识和身体之间穿过，重新回到了剔骨刀中。

同一时间，韩非的脑海中再次响起系统的提示：

"编号0000玩家请注意！你已发现残缺G级诅咒物——刀！

"刀（残缺G级诅咒物）：这把刀曾杀死过一家六口，本是一把灭门的刀。"

第 3 章 屠夫的选择

韩非刚在生死边缘走了一遭，惊魂未定，他看着那断手中的刀，深吸了一口气，胆子又大起来，蹲在了那断手旁边。韩非也知道那把快要碎裂的刀很危险，但让他就这样离开，他又有点不甘心。

"我第一次触碰到猪脸怪物的刀时，系统给我提示，说每一位午夜屠夫都拥有自己的刀，也许我可以在这里找到一把属于自己的刀。从它这个提示来看，想要获得午夜屠夫这个隐藏职业，首先要在畜牲巷里获得一把刀才行。"

畜牲巷里的刀大多都被怪物掌控，就算是无主的刀，上面也满是失去理智的冤魂，不能被轻易使用。但眼前这把刀对韩非来说是个机会，因为他救了王升一命，刀内的冤魂似乎没有那么敌视他。

"这也算是善有善报吧。"

要在畜牲巷里寻找属于自己的刀难度非常大，一不小心就会送命，韩非之前的冲动，倒帮他找到了一条捷径。做好心理准备之后，韩非又准备去触碰那把剔骨刀。看到韩非不断作死，黑色巨蟒已经往后爬去，还用尾巴挡住了眼睛。

指尖第二次碰到了剔骨刀，阴寒的气息顺着手臂传入大脑，韩非打了个冷战。

"那六个被囚禁在刀内的残魂没有再出来！"

开了一个好头，韩非的胆子更大了，他一点点掰开断手的手指，然后将剔骨刀握在了自己掌心！

"编号0000玩家请注意！你已成功在畜牲巷中获得一把被诅咒的刀，是否正式开启午夜屠夫隐藏职业获取任务！"

"是。"韩非没有多想就直接选择了开启，他来到畜牲巷原因之一就是为了隐藏职业。

"编号0000玩家请注意！接下来你所做的每一个选择都有可能影响最终结果！

请选择你的第一个任务！

"可选任务一：用你手中的刀杀生，随便杀死什么都可以，杀死一个人，杀死一个'鬼'，或者一个畜牲。

"可选任务二：用你手中的刀，救一个人，或者救一个'鬼'，一个畜牲。"

摆在韩非面前的是两个截然相反的选择，杀戮和救助。

"如果我选择救助的话，救助的标准是什么？我能不能把徐琴养的小宠物打伤，然后再给它治疗好？"不完成任务，韩非就无法下线，他会被永远困死在游戏里。

"算了，徐琴养的小宠物感觉不是人，也不是'鬼'，更算不上畜牲，连系统都不知道它是什么。再说它刚救了我，我也确实下不去手。"思索片刻后，韩非选择了第一个任务，杀死某个东西。

相比较救助，杀戮要更容易。

接下了第一个任务，韩非想将剔骨刀收进物品栏，但他刚产生这个想法，手掌就传来刺痛，那六个丧失了理智的怨念并没有完全认同韩非。

"想拥有一把属于自己的刀好难。"

在深层世界找到一把刀很容易，但想要找到一把可以伤害到"鬼"的刀，那就非常困难了。

小心翼翼地将剔骨刀收好，韩非没有贸然行动，他计划在屋子里待够三个小时再出去。可天不遂人愿，仅仅过了十几分钟，房门外面的脚步声就再次出现，那猪脸怪物似乎是闻到了什么气味，一直在这附近徘徊。

"真是难缠。"脚步声出现得越来越频繁，对方似乎正在慢慢缩小探查范围，韩非身边的黑色巨蟒也开始感到不安，"不能再待在这里，那脚步声的主人似乎快要发现我了。"

身体已经稍微恢复了一些，韩非在那脚步声又一次出现后，屏住了呼吸。等脚步声远去的时候，他和黑色巨蟒果断离开宅院，朝与脚步声相反的地方走去。有了之前的经验，韩非这次没有着急，他放缓脚步，不让自己发出任何声音。

在他走到小巷拐角的时候，那个沉重的脚步声再次响起。腰间缠绕着人类牙齿的猪脸女人出现了，她已经徘徊了很久，这次她似乎终于确定了什么，她停在了韩非刚刚离开的老屋门口。

"嘭！"

手中厚重的刀砸在了门板上，猪脸女人脸上带着残忍的笑容，眼中满是兴奋的光亮。她确定屋子里躲藏有人，她嘴里流出黏液，手臂上血管暴起，疯狂抡砸着刀子。

木门被砍碎，她嘶吼着冲进了老屋里……

这场景让韩非冷汗直流，这畜牲巷里没有一个安全的地方。他头也不回，想赶紧离开，可就在这时候，他脑海里响起了系统的声音。

"评价一：细心、果断，你拥有惊人的直觉和精准的判断，以及不错的运气。你适合非常多的职业，当然也包括屠夫。"

"任务开始后'每一个选择都会影响最后的结果'，这个选择不仅指选择了什么任务，还指我在遇到事情之后做出的决定？"

刚刚摆脱危机，韩非不敢大意，他在错综复杂的巷子里穿行，尽力记住每一条路。他想要利用自己超强的记忆力，在脑海中绘制出畜牲巷的地图。只有清楚了每一条路，才有机会找到出路。

躲避猪脸怪物，尝试推动小巷里的每一扇门，然后依靠血色纸人慢慢接近徐琴，韩非拖着受伤的身体，进行一场极限游戏。走过了三个岔路口，借助黑色巨蟒探路，韩非提前避开了两个猪脸怪物，在他进入第四个岔路口的时候，死寂的巷子里忽然传来了一声猫叫。

那声音很小，但韩非却听得很清楚。

他扭头看向了角落的垃圾堆，一只黑猫被压在尸体下面，它的腿部被锈迹斑斑的铁丝穿透。它越是挣扎，铁丝勒得越紧。

"陷阱？还是说有人故意折磨它取乐？"

猫叫声可能会引来某些东西，此地不宜久留，不过韩非想到他刚才接到的任务，只要他用那把刀杀生就可以完成任务，杀死一只失去了行动能力的猫也算是完成任务。

"完成任务应该不是最重要的，最重要的是我做出的选择。"

没有犹豫，韩非先让黑色巨蟒靠近，确定垃圾堆里没有隐藏其他东西之后，韩非拿起那把被诅咒的剔骨刀砍在了铁丝上。

在他把铁丝从黑猫腿上取下来的时候，那只受惊的猫噌地一下就跑走了。

"如果是有人布置的陷阱，当对方发现猫叫声停止后，肯定会过来查看，我要赶紧离开才行。"

韩非将剔骨刀收好，他还没走出几步，脑海里就又响起了系统的提示音。

"评价二：选择了杀戮的你，却救了一只猫。也许你心里明白，一个对动物残忍的人，也会变得对人残忍。"

"午夜屠夫"是《完美人生》游戏中极为少见的隐藏职业，转职难度极高，想要获得这个职业要经过重重考验，不过这也从侧面证明了这个职业的价值。

获取难度和职业强弱是呈正比的，想要成为"午夜屠夫"，那就要跑到隐藏地图里去做困难的隐藏任务，这在正常的《完美人生》游戏中几乎不可能有人做到。

"系统的评判到底有什么用？感觉现在就是它在给我打分，看我是否跟这个职业契合一样。"放走了黑猫，韩非不敢在原地停留，他记住这个岔路口的位置，继续往前。

"系统发布的任务看似很简单，只是让我用手中的刀杀生，但我觉得就算完成了任务，也不一定能够获得'午夜屠夫'这个职业，这个系统又没用，又阴险，还特别喜欢玩弄人性。"

如果不知道畜牲巷的背景，韩非可能会完全按照自己的喜好去进行选择，但他在现实里知道了蜘蛛的事情，为了扮演蜘蛛，他还专门跑到肉联厂家属院体验蜘蛛曾经的生活。

随着不断深入了解，韩非在做出选择的时候会思考一个问题，假如蜘蛛遇到了这样的场景，他会怎么做？

不受其他八个副人格的干扰，韩非站在蜘蛛主人格的角度去考虑。

"《畜牲巷》是蜘蛛为了记录自己眼中的世界，写下的第一本小说，在他的世界里，按照他的想法去做，或许才是最优解……"韩非脑中思考着问题，他没走出多远，黑色巨蟒就快速缠着他往后撤，它似乎看到了什么东西。

"我没有听见脚步声啊？"出于对黑色巨蟒的信任，韩非果断后撤。

等了半天，见还没有异常后，韩非和黑色巨蟒再次进入那条小巷。空气中的血腥味明显变得浓郁，泥泞的小道上满是血迹和污秽，踩在上面黏糊糊的，就算很小心，也会发出"啪嗒""啪嗒"的声音。地上和墙壁上全都是未凝固的血迹，这巷子里不久前发生过一场惨烈的厮杀。

韩非本想着远离是非之地，换一条路，但他手中的血色纸人却有了反应，似乎徐琴所在的位置就在前面。

"这些血迹和徐琴有关?"脑子里仅仅冒出这个念头,脚就不自觉地往前走。在危机四伏的畜牲巷,徐琴这个名字对于此时的韩非和黑色巨蟒来说,有种莫名的安全感。

为了不发出声音,韩非走得很慢。空气中的血腥味和臭味浓烈到能让人窒息,韩非在转过一个拐角时,眼睛轻轻眯起。

一个体形高大的猪脸怪物瘫倒在一堆垃圾上,它的肚子上破开了一个大洞,胸口还在微微起伏。脸上的面具布满裂痕,严重残损,面具之下他的嘴里发出仿佛婴儿般的哭声。那哭声很微弱,这个猪脸怪物似乎快要不行了。

"是谁把它弄成这样的?"在看到半死不活的猪脸怪物时,韩非瞳孔缩小,腿部肌肉绷紧,直接拿出了那把剔骨刀。

杀生才能完成任务,眼前就有一个非常完美的机会。猪脸怪物虚弱不堪,受了那么重的伤,它连动都动不了,这简直是天赐良机。

"肚子上的大洞是撕裂伤,徐琴使用的武器是餐刀,也就是说把它打伤的不是徐琴,而是另外一个东西。"韩非缓缓接近,手中的刀也在轻轻颤抖,那一家六口都想要报仇,恨意几乎凝为实质,让刀刃变得更加锋利。

韩非的大脑急速运转,思考所有可能被忽视的细节。"怪物不是被徐琴弄伤的,血迹呈喷射状,整条巷子里都是血肉残渣,能看得出来,它好像是被什么东西追杀到了这里。对方完全是在享受虐杀带来的快感,一个喜欢折磨猎物的家伙,会好心把猎物放走?"

韩非还在拐角处,就看见受伤猪脸怪物旁边的一扇木门被推开了。一个身高接近三米、一只眼珠被戳瞎的猪脸怪物出现了。面具的下半部分损毁,露出了丑陋的猪脸,它右手握着一把厚重的剁骨刀,左手拖拽着一长串用麻绳捆起来的人头。

"是它?!"韩非的眼睛瞬间红了起来,他肩膀和手臂上的伤就是拜这个猪脸怪物所赐!他拼尽全力,最后才趁着对方大意,弄瞎了对方一只眼睛。

"它好像又变强了一些?"韩非眼中冒出了危险的光,"只要能杀了那个奄奄一息的猪脸怪物,我就算是完成了一件任务。可惜退出游戏还有另外一个限制条件,那就是必须待够三个小时,现在还不到时间。"

韩非在看到对方的瞬间,脑海里就浮现出了一个虎口夺食的计划。他想要用自己的刀杀死地上那个猪脸怪物，在完成任务的瞬间，下线退出游戏。如果不是游戏时长未达到要求，他现在可能已经偷偷绕到猪脸怪物身后了。

"不能退出游戏，我就算抢到了人头，以我现在的身体状态也很难逃脱。"韩非仿佛隐藏在黑暗中的毒蛇，双眼死死盯着猪脸怪物的后背，他可以救助受伤的猫咪，也可以不择手段杀死丧失人性的怪物。

"我需要一个机会。"

拖拽着人头的猪脸怪物从旁边的老宅走出，它看了看四周，然后一脚狠狠地踩在了地上那个怪物的伤口上。它似乎希望对方发出更加惨痛的叫声，好吸引一些东西过来。连续几脚过后，血水浸透了垃圾堆。明明是长着猪脸的畜牲，但血液却仍旧像人血那样鲜红，这似乎是在告诉韩非，它们曾经可能也是人。

瘫倒在地的猪脸怪物伤口撕裂，逐渐停止挣扎，它瞳孔涣散，握紧的手指也慢慢松开。面具残缺的猪脸怪物似乎很不满意，它放下了手中的人头，嘴里发出一声声嘶吼，然后举起了手中的剔骨刀。它要用自己手中的刀砍下同类的脑袋，把对方扭曲丑陋的灵魂囚禁在自己的刀中。

"猪脸怪物之间会相互厮杀，还是说那个猪脸怪物是因为面具残损，所以才无差别攻击任何东西？"韩非安静地注视着一切，他目光冰冷，不掺杂任何情绪，浓烈的杀意也被他用演技完美地隐藏起来。

猪脸怪物嘴里发出瘆人的笑声，剔骨刀已经举起，在它狠狠将剔骨刀砍向地上那怪物的脖颈时，原本已经放弃挣扎的怪物突然向旁边挪动身体。厚重的剔骨刀直接砍进了怪物的肩胛骨中，在剔骨刀被骨头卡住的刹那间，那个瞳孔涣散的猪脸怪物发出一丝刺耳的尖叫！

它的身体像鱼一般弹起，它伸手从破开的肚子里取出了一把短刀，用力刺向面具残缺的那个猪脸怪物胸口。

太突然了，谁都没有想到濒死的猪脸怪物还会反抗。

面具残缺的猪脸怪物松开了握住剔骨刀的手，可还是慢了一步，短刀从它胸口刺入，向下划出了一道很长的伤口。地上的猪脸怪物太过虚弱，否则这一下就能刺中对方的心脏。

面具残缺的猪脸怪物根本没想到会被袭击，暴怒的它抓起地上的同类狠狠撞在墙壁上。两个体形惊人的"畜牲"在厮杀，整条小巷的地面似乎都在震动。

肚子破开大洞的猪脸怪物知道自己无法活下去，所以它不断嘶吼，拼尽全力弄出声响，想要吸引更多的危险物靠近，它要把杀死自己的"人"一起拽进地狱。那个猪脸怪物垂死挣扎过后，最终被剁骨刀砍下了脑袋，短刀也被剁骨刀砸断。

在短刀碎裂的时候，四道哀嚎的亡魂被强行吸进了剁骨刀中。原本看着就极为恐怖的剁骨刀上现在又多了几道血痕，散发出的阴冷气息更加浓郁，上面缠绕的恨意也愈发强烈了。

那个面具残缺的猪脸怪物捂着自己胸腹处的伤口，一脚踢开同类的头颅，朝着同类的尸体吐出了几口血水。它觉得这还不解气，又砸断了对方的骨头。发泄怒火并不能让它的伤势有所好转，伤口进一步撕裂之后，它靠着墙壁，抓着手中的剁骨刀慢慢离开。血迹滴落在地，它并没有发现自己身后有一道阴冷的目光一直在注视着自己。

"我找到最适合的猎物了。"

从猎物变为猎手，这是走向屠夫的第一步。韩非悄无声息地走出躲藏之处，他看向了猪脸怪物被砍下的头颅，伸手取下了对方的猪脸面具。

韩非为了饰演蜘蛛，反复阅读了《畜牲巷》这本书。蜘蛛在书里有专门对面具的描述，那猪脸面具很特殊，很多人可能就是因为佩戴久了猪脸面具，才从人变成了畜牲。似乎只要戴上面具，除了饥饿之外，便不会再拥有任何痛苦。

韩非最开始觉得佩戴猪脸面具后就不会再遭到同类袭击，但刚才发生的那一幕让他意识到事情没有那么简单。

"想要成为屠夫就一定要戴上面具吗？"面具损毁严重，上面满是裂痕，根本无法遮住整张脸。韩非手中拿着那面具，内心隐隐有一种想要戴上面具的冲动，他也不知道自己为什么会产生这样的想法。似乎手中的面具可以勾出他内心深处的野兽，引导他的兽性。

大脑里仿佛有个声音在不断催促着他，只要戴上这面具，他就可以真正成为畜牲巷的一员，不再被针对，其他的猪脸怪物也不会把他当作首要目标。

这面具似乎就是区分猎物和猎手的凭证。

韩非的呼吸变得粗重，拿着面具慢慢靠近自己的脸，最后面具停留在距离他鼻尖一厘米的地方。

"我似乎可以抵御住面具里那个诱惑的声音。"演技提升到了大师级之后，韩非脑海里仿佛多了一个可以控制情绪的开关，他把所有记忆和情感沉淀在脑海深处，成了一个几乎完全空白的人，他可以短时间内压制住自己的欲望。

残损严重的猪脸面具想要唤醒韩非心底的野兽，但是韩非的内心空空荡荡，也许只有完美的猪脸面具才能勾引出韩非内心深处的东西。不过那东西估计也不是野兽，大概率是一个从未见过的"鬼"。

"以后我或许会需要这东西，但不是现在。"韩非将面具收起，他看了一眼地上那具残缺的尸体，顺着地上的血迹，悄悄跟在了另外一个猪脸怪物后面。

当他从那具尸体旁边走过的时候，韩非脑海第三次响起系统的提示音。

"**评价三：我曾在童话里看到过这样一句话，让邪恶与邪恶同归于尽，善良的人连手都不要弄脏。**"

韩非也不知道这个评价是好还是坏，现在他脑子里只思考一件事，那就是怎么干掉独眼猪脸怪物。

进入畜牲巷两个晚上的时间，韩非已经适应了这个地方，不管是无处不在的尸臭味，还是偶尔会飘过的血腥味，都无法影响他分毫。在这个空气都浑浊肮脏的地方，韩非没有佩戴面具，仍保持着理智和清醒。

独眼猪脸怪物越来越虚弱，要先找个地方休息一下。它目标非常明确，一直朝着畜牲巷北边移动。韩非默默跟在后面，让他感到意外的是，血色纸人感知到徐琴的位置也在北方，他正好顺路。

韩非腿上的伤还没好利索，没办法奔跑，但好在那个猪脸怪物被伤到了要害，行动也不快。这两个家伙保持着一个安全距离，就这样在巷子中移动。

"为什么他们都要去北边？那里有什么？"

现实中，肉联厂在新沪北郊，肉联厂家属院也在偏北的位置。

越往北，巷子角落里堆积的尸体越多，除了尸体外也出现了被劈碎的诅咒物。畜牲巷里的刀，似乎能通过斩碎其他诅咒物来强化自己。

空气中的血腥味愈发浓重，几乎快化为黑红色的雾气。韩非感觉自己每一次呼吸都有血丝往鼻腔里钻，肺里似乎有一股铁锈的腥味。

"我之前一直在畜牲巷外围？"没有人追赶，韩非将自己的记忆力发挥到了极致，他不仅记住了每一条路，还把路上所有可以藏身、能够卡视野的死角全部记在了脑海里。

"那个怪物到底要去什么地方？"韩非不知道怪物要去哪里，但是他发现血色纸人的反应越来越强烈，那张和徐琴一模一样的脸上露出了妖异艳丽的瘆人表情，纸人在笑。

继续朝巷子深处移动，血腥味终于化为了血雾。韩非看着眼前被雾气笼罩的巷子，想起了他在做益民私立学院管理者任务中看到的灰雾，一个是由大量负面情绪聚集而成，一个是由杀意和血液汇聚而成。

巷子里脚步声变多，怪物的密度要比外围大很多。韩非想过要不要先退出去，可是血色纸人的反应实在太过强烈，徐琴应该就在前方不远的地方。

韩非跟着独眼猪脸怪物在巷子里移动，在经过一面爬满了血丝的墙壁后，意外发生了！

身高接近三米的独眼猪脸怪物忽然停下了脚步，它就像是感知到了危险一样，将剔骨刀放在身前，仅剩下的那只眼珠盯着血雾的某个角落。

起初韩非还没意识到发生了什么，当他再靠近一点儿后，他听到了大口咀嚼和疯狂吞咽的声音。发出声音的东西丝毫不加掩饰，仿佛完全被饥饿支配，脑海中只剩下吞咽和进食。血色纸人脸上的笑容更加明艳，如果不是韩非抓着，它可能自己都要跑出去了。跟在韩非身后的黑色巨蟒也在扭动身体，想往前爬，但是它又害怕猪脸怪物，感觉很是纠结。

韩非按住黑色巨蟒的身体，用完好的右手握住了那把剔骨刀，他感觉自己期盼已久的机会终于要来了。

已经受伤的猪脸怪物发出带有警告意味的嘶吼声，它挥动手中的剔骨刀，猩红的独眼在眼眶中不断跳动。

小巷深处的咀嚼声突然停止了，就好像从未出现过一样。

片刻之后，血雾被搅动，五根苍白纤细的手指抓着一把餐刀从血雾中伸出。脚步声响起，一个浑身被血染红、佩戴着半张猪脸面具的女人出现在畜牲巷。她舔去唇角的血迹，面具下的目光越过猪脸怪物，看到韩非之后，那比血雾还要鲜红的嘴唇露出了一个笑容。

女人身上有种特殊的美，浓烈妖异，带着浓浓的血腥味，让看见的人心惊肉跳。她仅仅唇角勾动，那个笑容就让整片血雾失色。半张丑陋可怕的猪脸面具和另外半张白皙精致到无可挑剔的脸颊形成了鲜明的对比，让所有看到的人内心都受到一种冲击。

　　独眼猪脸怪物也看到了女人的笑容，它嘶吼的声音慢慢减弱，猩红的猪眼里映照出了女人的身影，歪斜的嘴巴流出黑红色的血水，露出了参差不齐、沾着碎肉的牙齿。它往前走了一步，发现女人看着某个地方。随后它好像明白了什么事情，扭头看向了自己身后。在猪脸怪物扭头的刹那，血雾中的女人没有任何征兆，突然开始加速。

　　血雾飘扬在身后，恶毒的诅咒混杂在血色中，薄如蝉翼的餐刀仿佛化为了鲜红的线条，那种锋利仿佛能够将整个肮脏的世界切割开一样。

　　"嘭！"

　　厚重的剃骨刀堪堪挡住餐刀，巨大的力量让女人身体后倾，可这时候那个外衣被血染红的女人的身体却呈现出了一个常人根本无法做出的动作。她手中的餐刀瞬间变为多把，猪脸怪物根本不知道那些刀具是怎么出现的，它只看到自己挡下了女人的第一刀，随后女人手中的餐刀就好像血花一般绽放。一把把锋利的刀刃直接挑断了猪脸怪物手臂上黑色的血管，血流如注。

　　女人稳稳落地，她抓着手中的刀，看向猪脸怪物的目光根本不像是在看一个活物，更像是在看某种待处理的食物。和猪脸怪物大开大合、粗暴疯狂的进攻动作不同，女人每次出刀都瞄准怪物身体最薄弱的地方，肢解对方。她像一个顶级的厨师，保持着食材的新鲜度，直到最后一刻才将死亡作为礼物送给食材。

　　身高接近三米的猪脸怪物在女人面前显得僵硬笨拙，像是砧板上的一块肥肉。血液飞溅，空气变得湿润，血雾更加浓郁。它意识到自己不是女人的对手，也许没有受伤的话还有机会，但现在继续跟对方缠斗，死亡只是一个时间问题罢了。

　　猪脸怪物心里打起了退堂鼓，动作更趋向于防守，趁一次将女人逼退之后，它没有任何犹豫，转身就朝身后跑去。女人非常灵巧，速度也很快，它只有全力逃跑，才有机会活命。

　　以杀戮为生的怪物现在正被追杀，让饥饿支配的大脑开始担心自己被摆上餐桌，成为别人的食物。注意力完全被身后的女人吸引，猪脸怪物根本没有注意到小巷阴暗的角落里，有一道没有感情的冰冷目光，正盯着它的脖颈。

　　沉重的脚步声越来越近，埋伏了许久的韩非一直在等这一刻。他从来都不是什么宽容大度的人，在深层世界宽容忍让只会让对方得寸进尺，睚眦必报，对方反而会在针对你之前多考虑一下后果。因为如果不能一次性干掉你，那将会引来不断的报复。

猪脸怪物就犯下了这个错误，它那颗被饥饿支配的脑子，让它做出了一个错误的选择。原地守尸是当时唯一可以杀死韩非的机会，可惜它没有珍惜。它没有杀死韩非，但韩非不准备给它活路。

在猪脸怪物和女人对峙的时候，韩非已经计算好了他和怪物之间的距离，他接下来将要做的动作，也在脑海中模拟了无数遍。

有心算无心，韩非考虑到了各种情况，他调整自己的呼吸，收敛了所有气息，仿佛角落里的一具尸体。沉重的脚步声终于临近，伴随着刺鼻的血腥味和浓烈的臭味，狂奔的猪脸怪物出现在小巷拐角。

它已经顾不上去管胸腹部那破开的大洞了，它甚至还踩到了自己垂落出来的脏器。一路上都是血，身体承受着剧痛，但是它却不敢有任何多余的想法。

逃命，逃命！

强烈的求生意志让它拼命想要远离身后的女人，它忽视了周围。以野兽那被饥饿支配的大脑，又如何能够明白活人的谋算？看似没有任何问题的小巷尽头，在它靠近的时候，浓郁的黑暗中突然出现一道身影！

韩非卡准了时间，所有的一切都在他的计划中，包括猪脸怪物此时的动作，他甚至预测到了猪脸怪物看见自己之后的第一反应。

"死！"没有任何迟疑，黑色巨蟒早已提前钻入鬼纹，被鬼纹强化后的身体散发出浓浓的阴气，韩非根本不在乎自己的身体被二次伤害，他心里那仿佛冰海一般的杀意汹涌而来，再也抑制不住！

一跃而起，手里满怀恨意的剔骨刀刺入了猪脸怪物的脖子！

"啊啊！"

韩非抓着刀柄想要砍下猪脸怪物的头颅，手臂上的肌肉爆发出全力，青筋暴起，可惜他的体力还是有些不够。剔骨刀砍到一半就无法再向下，那体形庞大的猪脸怪物扬起手中大得夸张的剁骨刀。

韩非无法抽出剔骨刀，果断松手，将刀子留在了猪脸怪物的脖颈里。那把剔骨刀上残留着一家六口的亡魂，被猪脸怪物杀死的亡魂对所有猪脸怪物都带着强烈的恨意。满是裂痕的剔骨刀其实本身并不锋利，锋利的是恨。只要刀子刺入了猪脸怪物的身体，恨意就会缠绕上它的身体。

　　心中只想着逃命的怪物根本没有想到，看似普通的小巷拐角处还会藏着一个人。畜牲巷里的屠夫明明都是独来独往的，但它遇到的这两个家伙似乎就像是提前商量好了一样，配合默契。

　　胸腹处破开了一个大口子，一只眼睛被戳瞎，脖颈还被刺入了剔骨刀，猪脸怪物就算生命力再顽强，此时也快要不行了，被饥饿占据的眼眸中头一次出现了惶恐。

　　"你也会害怕吗？"韩非已经完成了自己要做的事情，他快速后退。

　　血红色的雾气笼罩了巷子，那个戴着半张面具的女人踩着满地的血污，仿佛死神一般追了过来。她速度非常快，动作极为灵活，猪脸怪物连她的衣角都触碰不到，只能眼睁睁看着自己身上的伤痕越来越多。胳膊和腿被卸开，那体形庞大的怪物在女人手中不过是一块稍微大点的食材。随着最后一道血线划过，猪脸怪物挥舞剔骨刀的手臂掉落在地。

　　女人顺着肌肉纹理切割，在高强度的战斗中轻松找到了骨骼的缝隙，以及筋脉连接的薄弱点。天知道她到底解剖过多少活物，才会练就如此娴熟的技法。她的杀戮带着一种特殊的美感，简直就像是血红色的艺术。

　　韩非抱着刚从鬼纹里钻出来的黑色巨蟒，看呆了。

　　佩戴着半张面具的女人在血雨中踱步，她轻轻走过，地上只剩下被整齐分割开的肉块。猪脸怪物依旧在哀嚎，但是它已经失去了抵抗的能力，仿佛砧板上的肉。

　　这一点异常让韩非稍微有些不解，在猪脸怪物奄奄一息的时候，他走出了黑暗，主动靠近对方。但让他没有想到的是，看见他过来，那个女人竟然直接停手了，放弃了地上的猪脸怪物，向后退去，让自己待在血雾中。女人没有让猪脸怪物靠近韩非，她自己也没有接近韩非。

　　隔着独眼猪脸怪物快被肢解开的身躯，韩非和那女人站立在巷子两边。在犹豫片刻之后，韩非还是叫出了那个名字：

　　"徐琴？"

　　血雾里的女人既没有点头，也没有摇头，她只是指了指自己脸上的面具，阻止韩非靠近。

女人似乎正处于一种错乱癫狂的状态，距离很远就能感受到她身上浓重的血腥味和瘆人的杀意。外衣都被血迹完全浸透，面具下的眼眸之中溢满了诅咒。她似乎正处于失控的边缘，这让韩非想起了之前的事情。

诅咒能带给徐琴力量，但也会让她失去自己，那种负面的东西只有靠不断进食才能抵消。韩非坚定地往前走去。因为当遇到难以解决的事情时，两个人至少还能够相互分担和依靠。见韩非靠近，女人直接退入血雾中，她再次指向脸上的面具，那丑陋的面具似乎要和她的脸长在一起了。

"你是因为那面具所以不愿意让我过去吗？"韩非从自己口袋里取出了一张残缺的面具，他看向血雾里的女人，然后抬手准备将面具戴在自己的脸上，"你如果觉得戴上面具会变成怪物，那我跟你一起。"

按下脑海中那控制情绪的开关，韩非借助大师级演技的能力，让自我情绪和记忆沉淀，可就在那面具快要按到脸上时，血雾汹涌而来，一把利刃从侧面打落了面具。看着手里残缺的面具碎片，韩非抬起头，那个穿着血色外衣的女人不知何时已经走到了他身前。

浓重的血腥味几乎让韩非睁不开眼睛，他不知道眼前的女人到底在畜牲巷里经历了什么事情，他有很多问题想要询问，但张开嘴巴之后却说不出一句话。手伸进贴身的口袋，韩非从中取出了一把用人皮包裹的餐刀。

"有人偷了你的刀。"韩非的手抓着沾满诅咒的刀锋，把刀柄伸到了女人面前，"听那小偷说，只要缺少一把餐刀，你拥有的诅咒就会不完整，实力就会减弱。"

此时对方只要握住刀柄，往前一送，就能轻易将刀锋刺入他的身体。在深层世界，除了韩非，应该不会再有另外一个人敢这样把沾满诅咒的刀子递给别人。

猪脸面具之下的眼眸里闪过不同的人脸，女人苍白纤细的手缓缓抬起。在满是残肢碎肉的畜牲巷里，在不断扩散的血色大雾中，女人抓住了刀柄。

"以后不要再把刀尖对向自己。"熟悉的声音从面具下传出，女人这话似乎想要表达两种意思。

"换作其他人我当然不会这么做。"韩非松开了握住刀刃的手，手掌流出了浅浅的黑血，他却好像完全感觉不到疼痛。

在韩非松开手的瞬间，女人将手中的餐刀直接刺入地上的猪脸面具，看似普普通通的面具里竟然流出了血。等面具彻底碎裂后，女人才收起餐刀。她猩红的眸子注视着韩非,看了许久。接着,她进入旁边的一栋破宅子,从中拿出了一根干枯的树枝。被削过的树杈上刺着一颗颗心脏,有的还在轻微跳动。

"这是什么?"

"猪心。"

将树枝扔给韩非,女人又朝旁边扫了一眼,那黑色巨蟒故意讨好般想要往前爬,但是女人却转身再次进入了旁边的老宅。黑色巨蟒爬到一半停了下来,它张开漆黑的嘴巴,好像在无声呼喊,它感觉女人好像不认识现在这个样子的它了。

韩非拿着猪心,小心翼翼靠近地上的独眼猪脸怪物。那怪物身体几乎被肢解,此时还留着一口气。

它看到韩非过来,丑陋的脸上却不再狰狞,而是露出了和人一样的表情。黑色的眼珠没有了焦点,它血色消退,嘴里发出很微弱的声音,似乎是在向韩非求饶,希望韩非能够放过它。

"放过你,就是伤害更多无辜的人。"

猪脸怪物知道自己无法逃过这一劫,它的眼神变得恶毒,仿佛已经看到了韩非的下场,它认为最终韩非也会沉沦在血肉的地狱里。

"我要成为午夜屠夫,不是因为我喜欢杀戮,也不是因为鲜血能带给我快感和刺激,我只是想要拥有拿刀的权利,更好地活下去。如果靠杀戮能够给楼内居民带来安全和希望,那我不管是做屠夫,还是其他什么职业都可以。"右手抓住剔骨刀,韩非不再耽误时间,用尽全力砍下了猪脸怪物的脑袋。

血液染红了他的衣服,当猪脸怪物失去最后一丝生机后,韩非收到了系统的提示。

"评价四:杀戮对屠夫来说是一份工作,不管砧板上的活物是什么,死亡是屠夫赠送给猎物的最后一份礼物。"

人们为了食物杀死了牲畜,吞食其肉。畜牲巷里的怪物屠了王家满门,残缺的尸体就堆在小巷的角落。

一个杀戮是为了存活,一个杀戮是为了取乐,同样都是杀戮,但却有本质上的不同。

系统刚才对韩非的评价也有这个意思,屠夫和屠夫之间是不同的。

"编号0000玩家请注意!你已成功完成杀生任务!结合任务评价,现在你与隐藏职业'午夜屠夫'契合度为百分之七十五！

"注意！职业契合度越高，越能发挥出职业特性和职业能力！

"现在的你已经初步具备成为'午夜屠夫'的资格！你可以看出大部分屠刀的灵魂！

"屠刀对'午夜屠夫'至关重要，好的屠刀能够大幅提高职业契合度，不好的屠刀时时刻刻想要杀死自己的使用者。

"如果你确定进行转职，请携带你选择的屠刀，前往屠夫之家！

"屠夫之家（隐藏地图中的隐藏建筑）：在畜牲巷的最北边，有一栋只有双手染血的人才能够看到的红房子。

"注意！在进入那栋建筑之前，请一定要记住佩戴面具！"

"屠夫之家？这不是蜘蛛杀死自己其他八个人格的地方吗？还必须佩戴面具？蜘蛛最讨厌的不就是佩戴猪脸面具的人吗？"韩非反复看了一遍任务信息，完成了杀生任务后，已经拥有了成为"午夜屠夫"的资格，但最后的转职地点是在屠夫之家。系统只是警告他一定要佩戴面具，但没有说不佩戴就无法完成任务。

"这畜牲巷里的任务处处透着诡异，我还是做两手准备比较好。"徐琴斩碎了一个面具，但地上的猪脸怪物头上还有一个面具。韩非擦去血迹，将其收入物品栏中。

距离转职更近了一步，找到了徐琴，另外完成任务之后再过段时间他就可以随时退出游戏，好消息一个接着一个，韩非也稍微松了口气，没有那么紧张了。

"对于屠夫来说，屠刀非常重要，还不能随便更换，这畜牲巷里那么多把刀，看来我要好好挑选一下。"韩非说着看向了自己手中的那把剔骨刀，此时他看到的信息和之前完全不同。

"丧门（残损G级屠刀）：囚禁着一家六口的亡魂，以恨意为刀锋！因刀中'恶鬼'曾反噬过使用者，导致刀身破碎，携带着极为不祥的诅咒。

"注意！因你救过他们的家人，所以暂时拥有使用这把刀的资格，可如果你想要将这把刀作为你的屠刀，那就要做好被反噬的准备。

"综合评价：这是一把反噬过使用者的刀，它比你想象中要强大，也比你想象的要危险！使用该刀后，职业契合度将降低至百分之六十五，大概率会被诅咒。"

看到系统的评价后韩非皱起眉头，然后他又拿起那把剁骨刀。刚一碰到那把剁骨刀，他的手指就被划出一道伤口。浇灌了猪脸怪物血液的剁骨刀，对韩非充满了恶意。他强忍着疼痛查看了一下，发现如果使用剁骨刀转职的话，职业契合度会降低到百分之五十以下，有可能直接转职失败。

"适合自己的刀还真是难以寻找。"

韩非也是触摸过之后才发现剁骨刀上残留有猪脸怪物的恶意，他还记得猪脸怪物在杀人之后会把对方的屠刀砍碎，此时他也想要试一试。

扬起剔骨刀，韩非对准剁骨刀的边缘往下砍。

丧门中的六道亡魂疯狂啃咬着剁骨刀中的恶意和杀意，失去了主人的剁骨刀根本无法反抗，刀身上鲜红色的血迹开始慢慢褪去。在剁骨刀上的血迹完全消失、断裂之后，韩非那把剔骨刀出现了非常明显的变化，刀身之上的裂痕减少，散发出的气息更加阴冷和邪恶。

"这是一把会反噬主人的邪刀，缠绕着浓浓的恨意，不是谁都可以驾驭的。"

绝大多数人都不会使用这样的刀子，在生死厮杀中，零点几秒的迟疑就可能送命。如果关键时刻，自己最信任的刀具出现了问题，那后果是致命的。韩非也不是太想使用这把刀，但他目前没有其他的选择。

收起剔骨刀和独眼猪脸怪物的面具，韩非抓着徐琴送给自己的树枝，他用系统鉴定了一下树杈穿刺的猪心。

"被血液浸泡的猪心：这是一道由高级厨艺制作出的菜品，添加了种种特殊配料，制作者的厨艺应该是最近有了新的突破，制作的食物变得更加美味了。食用后有百分之六十的概率被诅咒，百分之三十五的概率加快身体伤势的恢复，百分之五的概率触发未知反应。"

"徐琴给的果然是好东西。"韩非觉得自己跟徐琴很默契，吃徐琴的料理可能会被诅咒，但他幸运数值非常高，正常来说中诅咒的概率很低。

将猪心全部收入物品栏中，韩非扭头看去，他发现徐琴还是没有从那老宅里出来。

"徐琴？"

看着地上那被徐琴砍碎的猪脸面具，韩非忽然意识到了一件事，他带着黑色巨蟒急匆匆跑向不远处的老宅。

木门半开着，宅院里到处都是血迹，韩非宛如进入了一个血红色的世界。墙壁、树木，随处可见刀痕，这院子里发生过极为惨烈的厮杀。

"看来徐琴应该是彻底失控过一次，刚才我在跟踪独眼猪脸怪物的时候，曾听到了咀嚼和吞咽的声音，徐琴只有在失控的时候，才会疯狂进食。"沿着被血浇灌出的小路进入厅堂，屋子后墙上写着一行血字——所有屠夫都在追赶我，跟着我的话，你会死的。往南走，不要回头。

韩非找遍了屋子都没有找到徐琴，他看着墙壁上的血字，那字迹和徐琴在五楼自己房门上留下的字迹完全一样。

"徐琴是怕自己连累我吗？她到底做了什么事情，为什么会被所有怪物追赶？"徐琴可能有自己的考虑，其实她一直没有回幸福小区就已经说明了问题。

"血雾是从畜牲巷北边飘散过来的，徐琴让我往南走，看来北边应该是畜牲巷最危险的地方。"韩非此次进入畜牲巷也有一部分原因是为了转职，想要获得"午夜屠夫"这个隐藏职业，他只有去屠夫之家，而屠夫之家就在畜牲巷最北边。

"现在大部分屠夫都在追赶徐琴，对我来说倒是一个机会。我只有尽快转职为'午夜屠夫'，才能帮上她的忙。幸好我提前把餐刀还了她，她的诅咒完整，应该能够挺过这一劫。"

没有急着离开，韩非等到可以自由退出游戏后，才走出了老宅。

"如果遇到危险，你自己注意逃命，不用管我。"韩非摸了摸黑色巨蟒的头颅。似乎是因为徐琴没有认出它，黑色巨蟒情绪变得有些低落，"你现在变化比较大，她没认出来也正常。"别说徐琴，连系统都没鉴定出这"黑色巨蟒"到底是个什么东西。

韩非现在距离获得隐藏职业只差一步，他不愿意就此放弃，趁着能够自由退出游戏，正是往前探索的好时候。另外他也想要弄清楚徐琴身上到底发生了什么事情，她为什么会佩戴上那张猪脸面具。

"系统曾提示我，如果要进入屠夫之家，一定要记住佩戴面具，难道说徐琴之前进入了屠夫之家？我在饺子馆里还听到理发师和店主提到过屠夫两个字，那个理发师虽然没有变成猪脸怪物，但好像是在为猪脸怪物们卖命，帮助他们找什么东西。"

脑海里的线索浮现出来，韩非仔细回忆后，产生了一个推测："猪脸怪物、理发师，包括徐琴在内，他们好像都在寻找一个人。"

已经适应了畜牲巷的韩非，现在想要弄清楚这里发生过的事情，他不仅要成为

"午夜屠夫",还要亲眼看看蜘蛛内心扭曲的世界。

"蜘蛛和蝴蝶是死敌,只有见到蜘蛛,我才能更加了解蝴蝶,知晓蝴蝶的弱点。"

调整好状态之后,韩非进入了血雾中。

越是靠近北边,血雾就越浓重。墙角堆着尸体和各种残破的衣服,到处都能看见沾染血迹的物品。

"真是个疯狂的地方。"

血雾里猪脸怪物的数量明显增多,它们全都被饥饿支配,拿着各种各样的刀具,带着粗重的喘息声,瞪着猩红的眼珠,在巷子中穿行。与外围的怪物比起来,这里的怪物更加强壮和疯狂,但是韩非却发现了很奇怪的一点。

明明看起来已经没有什么理智的猪脸怪物,在遇到活人之后,竟然不会选择直接杀死对方。它们往往会将猎物折磨到只剩下最后一口气,拖拽着猎物朝血雾深处走。韩非已经不止一次看到拖拽着活人的猪脸怪物了,它们的自我意识好像完全被某种东西支配着,忍受着进食的欲望,也要把猎物送往某个地方。

这矛盾的做法引起了韩非的注意,他仗着自己可以退出游戏,跟在了某一个猪脸怪物后面。血雾里浓烈的血腥味掩盖了韩非本身的气息,再加上捉迷藏的被动能力和谨慎的性格,对方一直没有发现韩非。

穿过了几条巷子,韩非记下了来时的路,实在不行他会选择后撤。

血雾愈发浓郁,奇怪的是,在这么恐怖的地方还能不断听到活人的惨叫声,再绝望的地方,似乎也有人在拼尽一切地努力活着。

"畜牲巷里到底还有多少活人?"

狭窄的巷子慢慢变宽,韩非跟着那猪脸怪物足足绕了半个小时,眼前的场景终于发生了变化。在巷子尽头,韩非看见了一座庞大的肉类加工厂!

如果把一条条满是尸体和垃圾的小巷比作血管,那么这座肉联厂就好像是整个畜牲巷的心脏,笼罩一切的血雾就是从肉联厂深处飘散出来的。

不由自主地停下了脚步,韩非发现自己在面对那座肉联厂时,心底的种种欲望被挑动,记忆中最不好的事情全部冒了出来,拥挤在脑海中。那肉联厂里似乎有一个声音在诱惑着他,让他放下对自己内心的束缚,引导兽性接管身体。

"新沪北郊富贵肉联厂?"

在发现肉联厂之后,韩非立刻朝四周看去,现实中蜘蛛居住的肉联厂家属院就在肉联厂旁边,深层世界里屠夫之家应该也在肉联厂附近才对。视野被血雾阻挡,韩非看不到太远的地方,旁边也没有其他的路可以走。

他犹豫片刻后,偷偷溜进了肉联厂中。

刚一进门,韩非就被血腥味刺激得快要窒息,整个肉联厂内部都是红色的,走在其中,仿佛行走在血海底部。

现实里肉联厂是肉类联合加工厂的简称,除了对畜禽进行屠宰,还集冷鲜肉生产、熟肉制品、肉类开发、冷藏储运等为一体。让韩非没有想到的是,深层世界的肉联厂一点儿也不比现实中的差,那些猪脸怪物对肉的追求已经到了病态的地步。

这里和现实唯一的区别,只是人和牲畜的地位进行了对调而已。

简简单单扫了一眼,韩非的心脏就被狠狠地揪起,那种难受的感觉让他无法呼吸。血丝在眼前飘落,韩非看到了进入深层世界后最可怕的一幕。

沉淀在脑海最深处的某种东西隐隐开始松动,似乎童年时就有这样一个血色夜晚。不过韩非此时并没有察觉,他只想离开这个地方。

"这哪里是肉联厂?这根本就是地狱。"韩非勉强控制住自己的情绪,深吸一口气,他强迫自己迈出脚步。

此时他仅仅站在入口附近,肉联厂深处才是最恐怖的地方,那里不断响起惨叫,血雾也是从那里飘散出来的。韩非向着肉联厂深处走去,没碰任何东西。当他走到肉联厂中间时,黑色巨蟒突然发出预警,它拉着韩非往后跑,已经来不及了。

原本空无一人的肉联厂里响起了沉重的脚步声,一道道狰狞的黑影从肉联厂深处走出,它们好像刚刚进行完某种仪式,猪脸面具全部露出了满足的笑容。

"这么多怪物?"

肉联厂内的怪物数量远超韩非预料,此时再想要躲藏已经有些来不及了。他赶紧向后退去,在经过某条污水排放通道时,脚下的铁网忽然自己发出了声响。

韩非低头看去,在污水沟渠里,有个小男孩正满脸慌张地朝他招着手。

"王升?"沟渠里的男孩正是他之前救过的孩子。韩非来不及犹豫,打开松动的铁网,爬进沟渠,然后将排污沟渠的铁网重新安好。

血污和脏器混杂在污水里,冲刷过韩非的身体,他和自己之前救过的那个孩子趴在污水中,一动不敢动。脚步声越来越近,血雾里的怪物踩着有些松动的铁网走过,被饥饿支配的它们并没有发现韩非和小男孩。

脏脏、散发着恶臭的沟渠，成了救命的地方。

等脚步声远去之后，韩非顺着铁网缝隙看向外面，那些猪脸怪物似乎又要开始下一轮的狩猎了。

韩非慢慢挪动身体，外衣被血污弄湿，他忍受着刺鼻的臭味和血腥味，稍稍侧身看向那个小男孩，确定四周没有怪物之后，才敢开口说话："你怎么跑到这里来了？"

第 4 章 肉联厂

趴在沟渠深处的小男孩衣服已经湿透,他身上满是污迹和脏东西,那张小脸惊魂未定,眼中溢满了恐惧。他不知道应该怎么办,只能躲在沟渠里。

"那些怪物已经离开了。"人真的是一种很特别的生命,韩非明明也很害怕,但在小男孩面前,他却不想露出任何不安。

也许是韩非的表情带给了小男孩一丝安全感,那孩子抓着韩非的衣服,神情稍有舒缓。他不哭也不闹,就好像已经被恐惧折磨得失去了哭泣的能力,韩非看着那孩子安静的样子,更加心疼。活在这样的世界里,在最肮脏、最血腥、最恶臭的地方,那孩子根本不知道希望为何物,明明他没有犯任何错误,却像是被惩罚一般。偶尔会有血肉和脏器从身边流过,韩非温柔地轻轻拨开了四周的脏东西。

"害怕吗?"听到韩非的声音,小男孩先是点了点头,然后又摇了摇头,"你是我见过最坚强的孩子,我们一定会逃出去的。"

韩非轻声安慰,花了好长时间,对方才慢慢理解了韩非的意思,终于愿意和韩非交流了。这小男孩要比同龄的孩子瘦弱,他还不会说完整的话,只会配合着手势,结结巴巴地说一些单独的词语。

韩非大概弄清楚了小男孩想要表达的意思。这孩子被韩非救了之后就一直往小巷深处跑,但他运气真的很差,进入血雾后又被另一个猪脸怪物抓住。不过对方并没有杀死他,打断他的一条腿后,将他带到了肉联厂中。他本以为自己死定了,没想到工厂深处还有其他被抓住的大人。那些大人想尽一切办法,在集体移动的时候,用自己的身体遮挡,将这孩子藏在了沟渠中。

"还有其他大人在?"韩非一直觉得自己的力量和那些怪物比起来太过弱小,所以当他听到工厂里有其他人的时候,立刻做出决定,要把那些人救出去。

等四周听不到任何脚步声后,韩非拆下铁网,悄悄爬了出去。小男孩腿被弄断,不方便移动,所以韩非让他继续留在沟渠中。

将铁网恢复原样,韩非和黑色巨蟒躲藏在一台台不知名的机器后面,朝着工厂深处走去。

整个肉联厂被划分为不同的区域,和现实中一样。韩非为了拍戏把所有场地都看了好几遍,牢牢记住了每台机器的位置,现在帮了他很大的忙。

越是靠近工厂深处,血雾就越浓重,轰隆隆的机械运作声中夹杂着惨叫和哀嚎,一眼望去,真的是人间炼狱。韩非随时准备让黑色巨蟒钻入鬼纹,他在走过一面完全被血迹铺满的红墙后,看到了他毕生都难以忘掉的场景。

肉联厂深处有一个深不见底的血池。

在那血池左上方,黏稠的血丝串联着一个个猪脸面具;而在血池右上方,生锈的黑色铁钩上悬挂着一个个活人的灵魂。象征畜牲的猪脸面具和代表活人的灵魂挂在血池两边,仿佛一个巨大的黑色天平。

"这是什么?"

那一张张猪脸面具上带着各种各样的表情,有阴险、有冷漠、有愤怒、有恶毒,那每一张脸都盯着旁边的活人,恨不得将其一口吃掉。旁边被铁钩贯穿的人个个身上带伤,他们无力挣扎,没有了希望,但他们依旧维持着人的形状,他们脸上虽然满是痛苦,但眼中至少还坚持着某一种东西,或是善良,或是思念,或是亲情,或是生而为人的尊严。

韩非盯着黑色天平,思考如何才能救下那些人的时候,身后传来了脚步声。他赶紧躲藏到了某一台机器后面,屏住呼吸。

哭喊声和求饶声在肉联厂中响起,一个体形高大、浑身伤疤的猪脸怪物,拖拽着两个男人走到了血池旁边。它的猪脸面具露出了兴奋的笑容,猎物越是哭喊,它就越开心。怪物嘴里发出嘶吼声,将那两个长相几乎一样的男人扔到血池旁边。

那两个男人好像是双胞胎,只不过兄弟两个性格完全不同。弟弟不断哭喊求饶,他抓着被折断的手臂,捂着自己胸口的刀伤,趴在地上。哥哥身上的伤势要比弟弟重很多,他的表情因为疼痛而扭曲,额头满是青筋,但他却一句话都不说,只是偶尔会看向那个怪物,似乎在寻找反击的机会。

猪脸怪物似乎很享受掌握别人生死的感觉,它任由弟弟哭喊求饶,直到弟弟燃起一丝希望,以为这样就能活命时,狠狠一脚将弟弟的肋骨踹断,把弟弟扔进了血池中。弟弟碰到血水的时候，发出刺耳的惨叫，皮肤被血水融化，身体慢慢下沉。弟弟完全被血水吞没之后，屋内的血雾又浓郁了一分，紧接着在弟弟刚才消失的地方，浮起一张猪脸面具。

那猪脸的五官和弟弟有几分相似，脸上带着自私和不满。

"猪脸面具是人做成的？"躲在暗处的韩非目睹了这一切，他内心久久无法平静下来。

原本他以为畜牲巷里都是畜牲，但现在他才发现，这巷子里所有的畜牲都是人。换句话说，有些人保留着人的形状，但有些人就是畜牲。这条巷子只不过是把美丽的外衣撕去，将真实的一切血淋淋地暴露出来。

弟弟的面具被一根根血丝吊起，挂在了黑色天平左侧。

猪脸怪物狰狞狂笑地看向了哥哥，它挥动屠刀逼着哥哥来到了血池边缘。在它准备将哥哥踹进血池的时候，身受重伤的哥哥突然向一侧躲闪，然后抱住了猪脸怪物的腿，他想要将猪脸怪物也拽进血池里！

哥哥自始至终都没有放弃，可惜他的力气太小了，和猪脸怪物根本不是一个等级。残破的身体划出一道弧线，哥哥也落入了血池中。

血水灼伤了他的皮肤，灌入他身上的每一道伤口，但不管血水如何冲刷，都无法改变哥哥灵魂的模样。他明明和弟弟很像，但是灵魂的韧性却完全不同。哥哥忍受着痛苦，他不惧汹涌的血水，一次次想要爬上岸边，又一次次被猪脸怪物踹入血池。

哥哥紧咬着牙，在血池中拼尽全力游动，最终他抱住血池中央的柱子。他想要爬上柱子，毁掉天平左侧的那些猪脸面具！

哥哥遍体鳞伤，一点点向上爬。猪脸怪物饶有兴致地看着他，在哥哥快要触碰到那些猪脸面具时，一个粗大的铁钩贯穿了他的肩膀，将他拖到了血池右上方。他抓着铁钩挣扎，无法挣脱。血液从哥哥身体上滴落，但他依旧保持着人形，脸上带着无畏。

远处的韩非也看到了这一幕，那些进入血池依旧能够保持人形的灵魂，他们身上都携带着人特有的某种品格。也正是那份坚持和品格，让他们可以保持人的形状，维持人的理智，就算在血水的冲刷下，也没有变成被操控的畜牲。

"畜牲巷里竟然没有畜牲。"看到猪脸面具形成的过程后，韩非心底冒出森森寒意，用最残忍的方式屠杀活人的不是畜牲，而是活人自己。

哥哥拥有无畏的品格，忍受剧痛和折磨，想要爬上柱子拿下弟弟的面具。弟弟却冷眼注视着哥哥，仇视一切，只剩下不满，它好像在巴不得哥哥赶紧死掉，变得和自己一样，变得不人不鬼。

那对双胞胎外表相似，性格却完全不同。

他们在畜牲巷里，一个被血丝粘黏，变成了猪脸面具；一个骨肉被撕裂，仍旧维持着人的尊严。现实中复杂的人性在畜牲巷里变得直白，这个混乱疯狂的地方根本没有第三种选择。

哥哥依旧在铁钩上挣扎，猪脸怪物看着他发出刺耳的笑声。

片刻后，一个身体极为肥胖的猪脸怪物从血池后面的房间"走"了出来，刚才就是它让铁钩穿透了哥哥的肩膀。和其他猪脸怪物不同，这个怪物的身体严重退化，它身上和人相似的地方很少。肥大的身体勉强挤出了房间，它双腿粘黏在一起，脚下和后背上满是向四周延伸的粗大的血管。有的血管和工厂连接，有的则伸入深不见底的血池中，它似乎和这个肉联厂是一体的。

看到那肥胖的怪物走出，血池旁边的猪脸怪物停止大笑，它似乎很害怕对方，直接转身离开。

"怪物也会害怕的怪物？"韩非目光扫向那个和血肉工厂相连接的怪物，它身体要比普通猪脸怪物大一倍，满是肥肉的脖颈上悬着一个铃铛，像是风铃。

"这个怪物明显跟其他怪物不同，它是肉联厂的管理者？如果能够杀了它的话，肉联厂会不会大乱？"韩非慢慢握紧了剔骨刀，他知道想要杀死对方并不容易，必须找准时机才行。

"满身血管的猪脸怪物可以操控肉联厂里的东西，只有杀掉它才能救下被铁钩贯穿的灵魂。"看着悬挂在天平右侧的一个个残魂，他们虽然遍体鳞伤、身体严重残损，但他们的灵魂中却蕴含着一种特殊的力量。那种力量连血池都无法消融，在深层世界中极为少见，是人性中被淬炼出的最闪耀的部分。

"现在肉联厂里没有其他怪物，但是只凭借我一个人的力量恐怕不太够……"韩非还在思考如何杀死对方时，肉联厂正门处忽然传来了巨响，墙壁倒塌，窗户玻璃碎裂，似乎有人在工厂门口打了起来。

大概几分钟过后，沉重的脚步声响起，两个浑身流血的猪脸怪物互相提防着走进肉联厂。

个子稍矮的那个怪物拖拽着两具同类的尸体,每具尸体上都满是细密的伤痕,它们脸部的面具也被彻底击碎。

另外一个猪脸怪物身高超过了三米,它是韩非在进入畜牲巷后见过的最强壮的怪物。那身高超过三米的怪物,身上用鲜血绘制出了古怪的花纹,仿佛图腾一般,仔细看的话竟然和韩非身上的鬼纹有些相似。不过,最吸引韩非注意的不是怪物身上的鬼纹,而是它手中抓着的人。

"'哭'!"

那个体形瘦小的男孩紧闭着眼睛,他身体完全扭曲变形,皮肤表面被人用鲜血画满了诡异的符号。每当"哭"想要挣扎的时候,所有符号都会散发出浓浓的血腥味。

"'哭'杀了两个猪脸怪物?"猪脸怪物相互之间不会合作,"哭"应该是连续战斗,最后被那个身高超过三米的猪脸怪物阴了。

看着那个怪物身上诡异的纹路,韩非也暗自小心,那猪脸怪物应该掌握有某种特殊的能力。

矮个猪脸怪物将同类的尸体丢入血池,尸体和碎裂的面具一起在血池中消融,它做完这些之后,偷偷朝那个肥胖怪看了一眼,想要讨些奖励。

肥胖的猪脸管理者今天心情似乎很差,它靠近矮个猪脸怪物之后,一根血管插进了矮个的胸口,猛吸了几大口血肉之后,将矮个甩到一边。奖励没有捞着,反而损失了大量血肉,矮个的身体变得更加虚弱了。它畏惧地看了一眼肉联厂里的两个同类,连滚带爬地跑向出口。

肥胖的猪脸管理者吸收过血肉之后,露出了满足的表情,然后它又盯上了那个身高超过三米的猪脸怪物。

韩非期望的打斗没有发生,那个身高超过三米的怪物抓着"哭"来到血池边缘,将"哭"扔进了血池里。

在"哭"触及血液的瞬间,整片血池沸腾了!

沉积在血池中的恶意仿佛锁链般缠绕住了"哭",池底黑红色的血污开始上涌,如同一只手撕扯着"哭"的身体。皮肤被血水侵入,禁锢住"哭"的诡异符号和他的皮肤一同被冲刷掉,那种痛苦简直无法想象。凄惨的哭声在血池上方响起,悲伤和痛苦的负面情绪影响到天平两边悬挂的面具和残魂。

猪脸管理者没有想到"哭"的能力是范围性引动绝望，它立刻操控血池中的锁链，将"哭"拽进了血池深处。哭声减弱，天平两边的面具和残魂才恢复正常。猪脸管理者狠狠地瞪着那个异常壮硕的怪物，如果它没有第一时间发现问题，说不定"哭"真的会弄出大乱。

不散的怨念在血池中形成了一个漩涡，哭声逐渐减弱。韩非的心也悬了起来，他担心"哭"也变成一张面具。

怨念漩涡足足过了十几分钟才消失，猪脸管理者操控着一个个黑色铁钩将"哭"捞了出来。

"哭"的阴气散去了大半，身上看不到一块好肉，但最核心的记忆不仅没有消失，反而在血池的淬炼下，变得清晰了。"哭"一直不敢面对的记忆，在魂飞魄散的折磨中，不知不觉与之相融。"哭"与其他的怨念不同，别的怨念越强大，体形就会越大，他正好反了过来。此时那些最痛苦的记忆已经融入，再次支撑起他瘦小的身体。

猪脸管理者和高大的猪脸怪物只看到了奄奄一息的"哭"，它们都没有发现，当"哭"被铁钩从血池里捞出的时候，他已经停止了哭泣。

生锈的铁钩将"哭"拽向血池边缘，猪脸管理者正想要再检查一下"哭"的状态，肉联厂门口处突然传来一声惨叫。两个怪物朝身后看去，一颗长着猪脸的人头滚落在地，最先离开的矮个猪脸怪物被人斩首了！

偌大的肉联厂里响起了一个女人疯狂的笑声，随着血腥味不断加重，一道身影朝着血池走来。弥漫的血雾仿佛她的裙摆，那鲜红的嘴唇勾勒出一个惊心动魄的弧度。手中的餐刀不断滴落血珠，彻底失控的徐琴出现在了肉联厂中。

所有屠夫都在追赶她，她竟然还敢来这个地方！

猪脸管理者也顾不上检查"哭"，直接将他挂在了黑色天平的右上方。它挪动笨重的身体想要回到肉联厂最深处的那个房间，但是陷入疯狂的徐琴已经冲了过来。猪脸管理者和那个高大的猪脸怪物被动迎击，它们两个被徐琴拖住了。

看到这一幕，躲在机械后面的韩非知道自己的机会终于来了。他放出了血色纸人，悄悄进入肉联厂最深处的那个房间。猪脸管理者身后的血管从房间中延伸而出，那个房间一定存在着秘密。

"只要干掉管理者,所有遭受折磨的人应该都有机会获救!"

韩非不顾身上的伤势,让黑色巨蟒钻入鬼纹,忍受着阴气入体带来的痛苦,拼尽全力跑向了工厂最深处那扇血红色的门。

越是靠近,空气中的血雾就越浓稠,此时的韩非就像是一条逆游在血海中的鱼。身上的伤口再次开裂,剧痛让他面目扭曲。他现在可以退出游戏,可以离开,但他走了,剩下的人怎么办?

韩非嘴巴咬出了血,握着剔骨刀,直接冲进了管理者居住的房间。在他进入房间的同时,身后响起一声刺耳的尖嚎!

猪脸管理者放弃了徐琴,肥胖的身躯如同一座小山般向韩非冲来。一旦被堵住房门就很难逃脱,但韩非现在没有更多的选择,这个机会千载难逢,绝对不能错过。

进入屋内,满眼都是血色。这房间如同一枚巨大的心脏,墙壁、地板、屋顶,到处都是粗大的血管。黑红色的血液在其中涌动,甚至能够听到血液灌入血池的声音。

"管理者身后的血管将他和整个工厂连接起来了,他就是通过这些血管操控工厂里所有血肉工具的。"越是危急,韩非就越是冷静,慌乱无法带给他任何帮助,只有绝对的冷静才能加大存活的概率。

进入屋内的瞬间,韩非就挥动剔骨刀,用那一家六口的恨意斩断屋内的血管。刀锋划过,黑红色的血液四处飞溅,韩非的身体已经湿透,他紧咬着牙。"还要再多砍一些!"

只有让管理者无法操控工厂内的各种东西,他才有机会爬上黑色天平去救人,否则那数十个生锈的铁钩可以轻易洞穿他的身体。蕴含着浓浓恶意的血液溅落在他的身上,皮肤被烧灼出恐怖的疤痕,韩非却一点儿也不在意。

诡异的风铃声在工厂中响起,怒火攻心的猪脸管理者恨不得将韩非千刀万剐,他怎么都没想到工厂里还隐藏着一个人,更没有想到那个人竟然还可以使用屠刀!

韩非此时到了房间深处,手臂变得沉重,当他用刀刺向血管汇聚最密集的地方,砍断最后一道血管时,整座工厂都开始轻微晃动,仿佛地震了一般。铁钩不断碰撞,深不见底的血池边缘出现细小的裂痕,连那悬挂着人性的漆黑天平也开始微微倾斜!

能做的都做了，此时韩非站在房间深处，那个怪物也快要冲到门口了。路即将堵死，韩非用没有受伤的右手握住剔骨刀，他必须离开，接下来他还有更重要的事情要做。

没有任何迟疑，韩非朝着房门冲去。

"拼了！"浓郁的臭味和血腥味混杂在一起，他无论如何都要离开这个房间！

韩非提前放出的血色纸人在关键时刻阻拦了猪脸管理者一秒，正是这一秒钟之差，让他有了机会！他没有减速，在即将和怪物庞大的身躯相撞时，韩非只来得及扭动身体，把自己的后背对向怪物。在完成张冠行的隐藏任务时，他曾获得过一个被动能力，效果是背部伤害减弱。可就算是这样，他也感觉内脏受了不轻的伤，喉咙里全都是血。

不再去分心操控血色纸人，韩非滚落在地，此时此刻他的目光紧紧盯着血池中央的黑色天平。在徐琴出现的时候，工厂外面就已经响起了沉重的脚步声，锁定她气息的屠夫们正在朝这边赶来。

韩非知道自己没有多少时间，不管前面是地狱，还是死亡，他都必须去做。他忍受着常人无法想象的疼痛，从地上爬起，他双眼看着悬挂在铁钩之上的"哭"，后退几步，然后疯了一样朝着血池全速冲刺。

一脚踩在血池边缘，韩非用尽全力跳向血池中心的柱子！

所有残魂都看到了他不顾一切的样子，正在最深绝望中挣扎的"哭"也看到了韩非。落入血池，要不魂飞魄散，要不就得忍受扒皮般的痛苦，这些东西难道韩非不知道吗？

世界上很少有天生勇敢的人，但有很多明明对后果一清二楚，却依旧愿意选择往前的人。

"嘭！"

韩非肩膀撞在了血池中央的柱子上，伤口被扯裂，鲜血染红了后背。他双手死死抱着那满是血渍的黑色柱体，用自己最快的速度朝"哭"爬去。

猪脸管理者见韩非带着屠刀爬上了天平，它双眼赤红，肥大的双手狠狠扇着地面。它丑陋的脸已经扭曲，抓起地上被韩非斩断的血管，插入自己心脏。细密的血丝将血管和它的心脏连接，猪脸怪物用这种方式勉强操控其人性天平上的黑色铁钩。

韩非遍体鳞伤，抱着柱子往上爬已经非常不容易，他很难避开那粗大的铁钩。

他现在已经无法后退，明知道越往上爬就越有可能被钩子钩住，可他仍旧朝着残魂和"哭"移动。

工厂外面不断有猪脸怪物出现，徐琴受到的压力也在慢慢增大。

血池边缘的猪脸管理者发出扭曲的笑声，它操控着铁钩一次又一次钩向韩非的身体。在铁钩第四次袭来的时候，韩非的手臂已经快要没有力气了，他眼眸之中那铁钩在不断放大。意识想要驱使身体躲闪，但是双臂和双腿都到了极限。

眼看那铁钩要穿透韩非的胸口时，所有人都没有想到的事情发生了。刚刚被悬挂在铁钩上的双胞胎哥哥的残魂，晃动铁钩，用自己的身体为韩非挡住了钩子！

哥哥的腹部被穿透，样子无比凄惨，但是他却咬牙看着韩非。

"谢谢。"

韩非抓住钩锁，又往上爬动。他跟双胞胎哥哥不同，他可是带着剔骨刀爬上天平的！

锋利的恨意斩断了猪脸面具上的血丝，随着越来越多的猪脸面具破碎掉落，悬挂着人性的天平开始朝韩非那边倾斜，他已经快要碰到悬挂在最上方的"哭"了。

丑恶的猪脸怪物无法进入血池，猪脸管理者操控的铁钩又被其他残魂用身体挡住，它全身的肥肉都因为愤怒开始颤抖，从来没有一个人能够把它逼到这种地步。满是血丝的猪眼向外凸起，猪脸管理者盯着还在往上爬的韩非，那个遍体鳞伤的家伙明明随时都会倒下，但他就是带着一身的血不断打破猪脸管理者的认知。那具它一只手就能掐死的弱小身体里，似乎隐藏着一种它完全无法理解的力量。它再次操控起巨大的铁钩，但是越来越多的残魂，用自己的身体挡住了锋利的铁钩。

天平中间的柱子上残留下了一道狰狞的血迹，那是韩非爬过的路。不畏死亡，不惧恶意，韩非终于爬到了天平之上。

手中的剔骨刀无法斩断锁链，韩非使用"触摸灵魂深处的秘密"抱住了"哭"单薄的后背，想将他从铁钩之上取下。

血肉工厂里已经大乱，越来越多的猪脸怪物赶了回来。时间分秒流逝，在韩非快要把"哭"救下来的时候，远处的沟渠铁网被砸开，一个腰间缠着人类牙齿的猪脸怪物抓着王升走了过来。它和独眼猪脸怪物曾在同一片区域出现，它似乎在之前看到过韩非为了救王升，和独眼猪脸怪物硬拼的场景。

见那怪物掐着王升的脖子走来，韩非立刻意识到不妙，他的身体已经到极限了，要知道他现在的体力值也仅仅只有十三而已,主要靠的还是鬼纹带给他的增幅。

手臂真的一点儿力气都没有了,韩非看着对方毫无人性的眼珠,他做出了决定。

"先别管我!"韩非让黑色巨蟒离开鬼纹把身体里储存的阴气灌给"哭"。"哭"的实力要比他强很多,哪怕"哭"只是恢复部分实力也可以改变现在被动的局面。

几乎是在黑色巨蟒离开韩非身体的瞬间,鬼纹一下变得暗淡,没有鬼纹保护,韩非只是个普通的人,疼痛一浪接着一浪袭来。周围满怀恶意的鲜血直接渗透进了韩非的身体中。钻心的疼痛,让他意识模糊,血污好像直接钻进了他的灵魂,正一点点吞咬着他的记忆。

他勉强睁开眼睛,看向血池边缘。

那腰间缠绕着活人牙齿的猪脸怪物,抓着王升的肩膀,将他的双腿泡入血池。

充斥着肮脏和恶意的血液爬上了王升的双腿,烧灼着他的灵魂,那个孩子忍受着大人都难以承受的痛苦,竟然没有哭泣。

那张小小的脸蛋看着人性天平之上的韩非,很努力很努力地想要挤出一个笑容,但他最后扯出来的是一个他自认为的微笑。生活在畜牲巷里,他没有见过真正的笑容。为了活命,不被怪物发现,他妈妈临死前的最后一句话是让他老老实实待在自己尸体下面,不准哭。

没有学过笑,也不会哭,这个孩子最后看向韩非的表情,就像是一朵要和世界告别的小花。弱不禁风,正在凋零,但它至少曾开在荒芜之上。

看到这一幕,韩非握紧了手中的剔骨刀。

也许是察觉出韩非可能要做出什么事情,王升趁着猪脸怪物将他提起的时候,一口咬住怪物的手,他从来没有那么用力过。猪脸怪物猝不及防,使劲甩了下手,将王升扔进了血池中。小小的身体被血液侵蚀,无数的恶意疯狂涌入他的身体。王升太小了,他没有变成猪脸面具,但也根本无法游到柱子旁边。身体一点点下沉,他似乎也已经做好了准备。

看着逐渐消散的双手,疼痛反而被另外的情绪取代,他不太明白为什么活着,那么努力地生存,只是为了多看一眼这个满是畜牲的小巷吗?

"噗通!"

在王升意识弥留之际,他听到了什么声响,睁开眼睛向上看去。

遍体鳞伤的韩非咬着一把剔骨尖刀跳进了血池中!血丝和恶意迅速缠绕上了他

的身体，疯狂钻入他的伤口，一秒钟不到，他自身的血管就开始破裂。略有些粗糙的手伸向王升，王升也下意识地抓住了他。

韩非想要带那孩子离开的时候，一条条黑色锁链从血池底部冒出，同时缠住了两人的身体。王升想要把韩非推开，可是已经来不及了。黑色锁链将两人向下拖拽，那股力量他们根本无法抗衡。

拽着王升手臂的韩非也终于到了极限，他真的一点儿力气都没有了。身体沉向血池深处，窒息感越来越强烈，可就在这时候，韩非忽然感觉有人抓住了自己的肩膀，有一股力量想要将他带到血池上。

韩非艰难地扭过头，看见双胞胎中的哥哥抓住了他，拼命往上游。

深不见底的血池之上绽放出一朵又一朵无比鲜艳的血花，在黑色巨蟒帮助下恢复了部分阴气的"哭"，将一道道残魂救出。没有任何言语交流，被救出的残魂全部跳入血池中，他们忍着那宛如扒皮般的疼痛游向韩非和王升。当"哭"和最后一道残魂跃入血池的时候，庞大的黑色天平彻底倾斜倒塌。

猪脸面具漂浮在血池之上，用各种各样怨毒的表情怒视彼此。

坚守着人性的残魂则全部游向了血池深处，他们被拖向那深不见底的黑暗，但是没有一个人后退。忍受着恐惧和折磨，这些残缺不全的灵魂最终看到了世界的真相。

在血池最底部，沉淀着半颗腐烂的心。

所有的恶意、痛苦全都是从那颗心上冒出的，整个畜牲巷的罪孽，不过是半颗心上的恶。

"那会不会是蜘蛛的半颗心？一半象征着恶，那应该还有另外一半象征着善？代表善的半颗心在哪里？"粗大的锁链将那半颗心固定在血池底部，韩非在看到那东西的瞬间就决定去破坏它，"这半颗腐烂的心应该就是源头，毁了它，畜牲巷估计也会被毁掉！"

右手抓住刀柄，韩非已经不准备留力气往回游了，仅剩的力量聚集在右手上，挥刀斩向那个腐烂的心！

锋利的恨意砍在腐烂的心上，只蹭破了一点儿皮。无边的黑血涌来，韩非留下的伤口瞬间复原。怪不得猪脸管理者没有在血池底部设置任何防范措施，充满恶意的血池里根本没有什么东西能够真正伤到那颗腐烂的心。

韩非的手已经没有力气了，但他还是固执地挥刀，他不想放弃。刀刃划破血水的速度开始变慢，在韩非连刀都挥不动的时候，一只小小的手也按在了刀柄之上，王升想要帮助韩非。

没等韩非反应过来，一条条手臂和韩非一起抓住了那把刀柄。

所有残魂的身体都在血水的冲刷之下变得更加残破，他们正在慢慢消失，可仍旧没有一个人松手，更没有一个人后退。刀锋举起，血池中出现漩涡，所有残魂的力量集中在了韩非手中，挥刀！

冷硬的心痂被一层层斩开，当砍到一半的时候，黑血涌动，刀锋和那颗腐臭的心僵持住了。无尽的黑血不断恢复那半颗心上的伤势，韩非手中的剔骨刀不断发出声响，刀身上的裂痕越来越多，最终随着砰的一声脆响，那把剔骨刀在血池中碎了！

握着刀柄，看着崩碎的刀刃，自从进入深层世界后，韩非从来没有像现在这样绝望过。

唯一的刀已经碎了，他谁也救不了！

同样的场景，他小时候似乎也遭遇过，记忆被深深刺伤，意识在崩溃的边缘。他的眼睛没有光亮，所有挣扎似乎什么都改变不了，他到头来好像还是那个他。

血水涌入了身体，在韩非感觉自己的心也快要腐烂掉的时候，王升抓住了他。

这个小孩就像当初韩非不顾一切救了他一样，他此时也露出了和韩非当时一样的神情。他在模仿着韩非竭力想要露出一个帅气的笑容，但最终只是咧了咧嘴。这应该就是他留给人间的最后一个表情，笑完之后，他主动撞向了碎裂的刀锋。

身体被血水冲散，但人性最后的一丝光点涌入屠刀。

王升似乎只是一个开始，随着一道道残魂撞入屠刀，那些残魂把最后坚守的品格和人性全部送入了韩非的屠刀中！

畜牲巷里所有的屠刀都蕴含着诅咒，囚禁的亡魂数量越多，怨念越强，屠刀就越恐怖。

畜牲巷里到处都是最丑恶的人性，但就是在这人间地狱里，也隐藏着最美的人性。

无数残魂涌入了刀中，铸成了一把最为特殊的屠刀！

手握刀柄，韩非脑海中响起了系统的提示。

"往生（F级专属唯一性屠刀）：这是一把深层世界从未出现过的屠刀，它没有锋刃，却能斩断一切，见鬼杀鬼，见神杀神！

"专属屠刀奖励：该屠刀因你出现！使用该屠刀后，你与午夜屠夫职业契合度将提升至百分之百！"

第5章 午夜屠夫

在深层世界这个不起眼的角落里，被血水冲刷着灵魂的韩非握紧了手中的刀。

他的身后曾经站满了同行的人，现在却只剩下他自己。所有人都将希望和最美好的东西留给了他，他要活下去，带着他们所有的期许活下去。

无刃的刀上出现了微弱的光，那人性中最美好的品格如同萤火般在黑夜中闪耀，和整个世界相比，他们显得微不足道。但在这一刻，他们驱散了血池中沉淀的恶意，为韩非照亮了一条生路。

"编号0000玩家请注意！你与隐藏职业午夜屠夫契合度达到百分之百！是否跳过传承仪式，成为午夜屠夫！

"注意！跳过传承仪式后，你不再继承任何人对这个职业的理解，你将赋予这个职业全新的意义！职业特性会出现部分变化！"

不用去屠夫之家就可以完成转职，代价是无法获取正常的职业特性。

也就是说，韩非一旦选择现在转职，那他获得的午夜屠夫职业，将和深层世界所有的午夜屠夫都不相同！

如果换个时间，韩非也许会犹豫，但现在他没有选择的机会，能够多增强一点儿实力，就多一分活下去的概率！

韩非果断选择跳过传承，在确定成为"午夜屠夫"之后，他的属性面板上爬满了血丝，深不见底的血池里再次出现恐怖的漩涡。

"编号0000玩家，恭喜你成功获得稀有隐藏职业——午夜屠夫！

"职业能力一：刀具类诅咒抗性加百分之三十。

"能力二：血肉类诅咒抗性加百分之三十。

"能力三：高级刀具精通（屠刀就像是身体延伸出的一部分，你可以自由使用任何屠刀）。

"能力四：暴食，进食可快速恢复身体伤势，吞食肉类后身体伤势恢复速度翻倍。

"职业契合度达到百分之百！解锁专属职业能力五：升级获得属性点后，当你选择将该属性点加在体力上时，额外获得一点体力！

"职业契合度达到百分之百！解锁专属职业能力六：血液和厮杀能够让你兴奋，血量低于百分之十后，速度和爆发力翻倍！

"因未进行传承仪式，职业特性发生改变！

"职业特性：黎明屠夫，你是一位专门猎杀屠夫的屠夫！当你在面对双手染血、嗜杀成性的敌人时，你的屠刀将变得更加锋利！"

没有时间去看系统的提示，韩非感觉他的身体和手中的屠刀之间产生了一种特殊的联系。一个个名字宛如不可磨灭的符号，刻印在往生屠刀中。握着这把屠刀，韩非能感受到他们灵魂的温度。那一双双手仿佛永永远远同韩非一起握着刀柄，他们连血池都无法融化的品格成了最锋利的刀刃。

面对的敌人越是血腥邪恶，韩非手中的屠刀就越是锋利。

抬起手臂，韩非和刀中所有的残魂一起，将往生屠刀斩向血池底部那存在了不知道多长时间的心脏。冷硬的心痂被斩碎，腐烂的血肉被切开，恶意和恨意不断纠缠，但什么都无法阻挡刀锋落下！黑色锁链一寸一寸碎裂，随着那半颗腐烂的心脏被斩开，血海倾覆，血池四壁崩塌，整座血肉工厂都在剧烈摇晃。

畜牲巷的根基动摇了！

从来没有人做过的事情，韩非做到了。蜘蛛都无法走出的畜牲巷，韩非找到了"出路"。他的手依旧紧紧握着往生屠刀，但身体已经无法再动弹了。

在他快要被崩塌的血池掩埋时，一只手抓住了他的胳膊。

瘦弱的"哭"背起韩非，朝着血池上方游去。

韩非靠在"哭"的后背，奇怪的是，就算他没有使用"触摸灵魂深处的秘密"，此时依旧能够感受到"哭"的情绪。这个幼时饱受虐待的孩子似乎对他敞开了心扉，不管是快乐，还是痛苦，都不再隐藏自己，"哭"真的改变了。

浮出血池，韩非贪婪地呼吸着空气，他朝四周看去，血肉工厂的地面已经开裂，到处都是血水，这地方似乎快要坍塌。

猪脸怪物大多心怀恶意和怨恨，它们只要碰到血水，就会融入血水中，成为恶意的一部分。它们已经不再管徐琴，而是朝着外面逃窜，想着如何保命。

作为诅咒聚合体,血水同样也会对徐琴产生影响,不过她却好像在等什么人,不仅没有着急离开,还主动朝最危险的血池走来。

工厂的顶棚向下砸落,那几个高大的猪脸怪物早已不见了踪影,只剩下脖颈上悬挂着风铃的猪脸管理者。它肥大的身躯靠在一台绞肉机旁,它拽起地上断裂的血管想要插进自己的身体,可惜不管它做什么都无法阻止工厂被毁掉。它不安地嘶吼着,在看到韩非和"哭"爬出血池后,所有的怨恨爆发了。

满是肥肉的双臂抱起绞肉机,疯狂地朝韩非冲来。

"一起死吧!"

在猪脸管理者距离韩非还有好几米的时候,一把锋利的餐刀从远处飞来,斜斜地插在它和韩非中间。血雾明明已经散去了很多,但是徐琴周身依旧被浓重的血煞笼罩。猪脸管理者的猪脑根本算不出来,身后的女人到底杀了多少怪物。

在徐琴和猪脸管理者厮杀时,韩非从物品栏里取出了徐琴留给他的食物,让"哭"把猪心放入他嘴里。

韩非第一次使用了"午夜屠夫"的职业能力——暴食,随着艰难地咀嚼,第一块肉下肚,一股温暖的力量从腹部传向身体各处。

"徐琴做的肉蕴含诅咒,不过我正好对血肉类诅咒有抗性;她喜欢用餐刀,我正好对刀类诅咒也有抗性……"不断地进食,所有肉类都化为一股暖意。

当韩非吃掉第六颗猪心的时候,他终于恢复了对身体的掌控,意识也变得清晰。摇摇晃晃从地上爬起,韩非握着手中的屠刀,看向了那个猪脸管理者。

"现在轮到你了。"

人是很复杂的生命,大多时候无法简单地用好和坏来区分。每个人身上都有神性和兽性,畜牲巷里的绝大多数人都选择了兽性,而韩非则选择了和它们相反的路。

猪脸管理者正在和徐琴交手,单论力量它是徐琴的数倍,可它庞大的身躯成了累赘,一直待在血肉工厂深处的它根本打不到徐琴。它想要借助肉联厂中的铁钩,但是黑色天平已经沉入了血池,整个工厂都在坍塌。

身上的伤口越来越多,猪脸管理者开始害怕了。它想要逃走,可它根本无法摆脱徐琴,背对徐琴的代价是一条手臂彻底被斩断,庞大的身躯摔倒在地。它曾带给无数灵魂伤痛和残忍,现在它自己的身上也出现了数不清的伤口。

那颗肥硕的猪头倒在血水中,嘴里发出不甘的嘶吼,它最后看到的画面是手提屠刀的韩非。它真的无法理解,那羸弱的身体为什么能够一次次站起?

比他强壮、比他恐怖、比他凶狠的野兽都已经倒下,凭什么他还能站立在这片血红色的世界中?

畜牲巷里明明只有野兽才能存活,人只是食物而已。

猩红的猪眼向外凸起,它浑浊的眼珠里倒映着韩非的身影。它看见韩非手中的屠刀向下挥落,人性中最美好的品格化为了薄如蝉翼的刀锋,那微弱的光点逐渐占据了它的眼眸,在一瞬间,它好像看见了漫天星河。不知道从什么时候开始,它记忆中已经只剩下无边的黑夜,它都忘记星光是什么样子了。

血如雨下,世界颠倒,猪脸管理者的头颅滚落在地,悬挂在它脖颈之上的风铃也被韩非一同斩碎。

"在作家的记忆中,所有不祥的事情都是从风铃响起开始的。现实里,每当天快要黑时,作家房间的风铃都会被吹响。那位住在肉联厂家属院的老人在听到四楼的风铃声后,表情也开始惶恐害怕。

"从种种迹象来看,风铃可能就是蝴蝶对作家的心理暗示之一,蜘蛛潜意识中已经形成了一个印象,只要风铃响起,就会发生不好的事情。这样也能说得通,为什么畜牲巷里血肉工厂的管理者会佩戴一个风铃。"

把活人变成食物和畜牲的工厂已经彻底毁了,血池下那半颗腐烂、满怀恶意的心也被斩碎,现在韩非只需要再找到另外半颗心,应该就能弄清楚畜牲巷中所有的秘密,说不定还可以见到蜘蛛本人。

随着那半颗心被韩非斩碎,弥漫在畜牲巷里的血雾变淡了一些,那些恐怖的猪脸怪物似乎都逃到了畜牲巷外围区域。

"哭"搀扶着韩非和徐琴会合,三人没有多说什么,准备先离开这里。韩非和"哭"对畜牲巷的了解远不如徐琴,他们决定跟着徐琴。

把所有阴气全部灌输给"哭"的黑色巨蟒,现在又变成了一条手指粗细的小黑蛇。它从角落爬出,委屈巴巴地想要靠近徐琴,但又害怕徐琴没有认出它,把自己一脚踩死,犹豫片刻后它还是爬到了韩非的手腕上。

徐琴带着他们离开了肉联厂,朝着肉联厂北边走去。

在他们走出十几米后,那片血肉工厂彻底倒塌,血流成河,所有的猪脸面具都被埋在了废墟中。同一时间,韩非脑海里接连不断响起了系统的提示。

"编号0000玩家请注意！你已成功完成F级主线任务——第一份正式工作！获得基础奖励自由技能点加三！

"恭喜你在这座城市找到了第一份正式工作！完美的工作是完美人生的重要一步！

"玩家已成功完成转职！交易面板正式开启！

"找到了工作的你又完成了一个人生目标！现在你可以通过交易面板和其他人进行交易！"

韩非看了一眼新出现的交易面板，他并没有在意，在这鬼地方，难道让他跟"鬼"去做交易吗？比起交易面板，韩非更在意的是自从他完成转职之后，他的面板上开始出现细小的血丝，仿佛某种很浅的花纹。

在看到主线任务的完成提示之后，韩非才发现自己从离开幸福小区到现在也没过几天时间。

"难道是因为在深层世界中的生活过于充实，所以才让我产生了度日如年的错觉？"

摇了摇头，韩非又看向了系统的另外一条提示。

"编号0000玩家请注意！你已成功完成F级隐藏任务——畜牲巷！

"隐藏任务的完成方法并不固定，根据完成程度不同，奖励也有所不同！

"原任务要求为存活，希望玩家在畜牲巷中坚守人性，在人性瓦解的那一刻任务即为失败。玩家需要在维持人性的情况下，逃离畜牲巷，系统将根据玩家坚持时间长短，发放不同的奖励。

"因编号0000玩家毁掉了畜牲巷的根基！隐藏任务成功！任务完成度百分之百！

"恭喜你获得基础技能点加二！双倍任务经验！因百分之百完成隐藏任务，额外追加奖励——畜生道！

"畜生道（F级残缺面具）：午夜屠夫职业专属面具！佩戴该面具后体力加一！隐藏所有活人气息，不过会受到兽欲影响！不建议长时间佩戴！

"注意！该道具处于残缺状态！修复完整后将获得全新能力！

"编号0000玩家请注意！你已成功升至十一级！自由属性点加一！"

看完了所有任务信息后，韩非也有些惊讶，他没想到畜牲巷这个隐藏任务直接完成了。

系统的那些话总结起来就是——我只是让你活着逃出任务场地，结果你直接把任务场地的根基毁了，这是一个十级玩家可以做出的事情吗？

"能完成任务就算是意外之喜，接下来我该去寻找屠夫之家了。"

韩非首先将升级带来的属性点加在了体力上，因为午夜屠夫的专属职业能力，韩非体力直接增加了两点，现在他的体力值已经到了十五。现在的他如果再遇到幸福小区那些变态杀人狂，该逃跑的就是对方了，而且他们还大概率逃不掉。

拥有捉迷藏的被动天赋，加上"午夜屠夫"的职业特性，韩非铁了心想要追一个人，绝对能活活逼死对方。

"感觉变强了很多，可惜升级也无法直接恢复身上的伤，我还要休养一下才行。"

叹了口气，韩非虚弱地朝徐琴那里靠了靠，"哭"的身体太过瘦弱，他害怕"哭"一直搀扶自己累着，至少他是用这个理由来说服自己的。

"姐，你那里还有吃的吗？我有些怀念你在幸福小区做的饭菜了。"

徐琴已经很久没有回过幸福小区了，有些记忆变得陌生，但是当她听到韩非说的那句话时，满是血污的世界里好像多了一些其他的色彩。简简单单很普通的一句话，可在遇到韩非之前，却从来没有听人说过。整个深层世界里，只有韩非喜欢吃徐琴做的饭菜。

不是敷衍的称赞，也不是虚伪的迎合，徐琴能够看得出来，韩非是真的想要吃自己做的东西。

她唇角轻轻上扬，那完美的唇线带着一种难以形容的美。自己做的饭菜能被人喜欢，这就是一种很简单的幸福。

"你想吃的话，我可以给你做。稍微忍耐一下，就快要到地方了。"徐琴似乎是担心韩非摔倒，还主动伸手搀扶住了他。

脑海里系统不断提示徐琴的友善度在增加，韩非也不知道自己做了什么事情，其实他已经不在意那些了，他真的把徐琴当作了家人。救赎和信任在很多时候都是相互的，他在获得徐琴友善度的同时，他也将自己的友善和信任给了徐琴。

韩非心中对家人的概念比较模糊，现实中从来没有像徐琴这样愿意照顾他的人，这种感觉很特别。别人眼里被食欲和杀意支配的诅咒聚合体，在韩非眼中却是一个温柔、喜爱美食、多次救过自己、身上优点数都数不过来的邻家姐姐。他自己都不理解,为什么那么多人不喜欢吃徐琴做的饭菜?似乎上任楼长也是因为这一点,让徐琴对他印象一般。

摇了摇头,韩非驱散脑中多余的想法,接着刚才的问题问道:"到地方,到什么地方?"

"去北边的一栋建筑,那建筑里隐藏着一些人,不过你最好不要把他们当作人来看待。"

"危险吗?"

"比外面要安全一些,不过畜牲巷已经发生了变化,那个地方应该也会出问题。走吧,那里有我存留的一些东西,以及可以治愈你伤势的药。"

"药?"韩非没有多说什么,他相信徐琴的判断,"好,那我们现在就过去。"

经历了重重危机之后,死里逃生的韩非靠在"家人"旁边,他觉得这一刻自己很放松,内心也确实久违地感受到了愉悦,他试着牵动嘴角,但露出的笑容依旧只是他演出来的微笑。

"《双生花》上映的时候我更多的是感慨,那个时候内心的快乐,还不如现在的十分之一,看来我真有可能在这个游戏里找回自己丢失的微笑。"

继续往北走,畜牲巷两边的建筑开始变得杂乱无章,似乎象征着管理者的内心已经彻底混乱。周围的屋宅破破烂烂,歪歪斜斜,看着扭曲又怪异。这地方应该也发生过很血腥可怕的事情,所有建筑的墙砖都被血液浸透成了黑红色。

在经过几栋很不起眼的四层老楼时,徐琴停下了脚步。她回头看了一眼韩非和"哭",叮嘱道:"进入楼内后,不管里面的人说什么话,你们都不要相信。"

韩非紧跟着徐琴进入那栋破旧的四层老楼,就在他迈入楼内的瞬间,脑海里出现了系统的提示音。

"编号0000玩家请注意!你已发现隐藏地图中的隐藏建筑——屠夫之家!"

"这里就是屠夫之家?"韩非停下了脚步,他原本放松的神经再次绷紧,蜘蛛最重要的两本书分别是《畜牲巷》和《屠夫之家》。

畜牲巷代表了他看到的世界,屠夫之家则象征着他自己的内心。

"跟紧我。"佩戴半张面具的徐琴进入楼内,从外面看很普通的老楼,其实内有乾坤。

这些建筑全部被打通,里面各个房间相互连接,形成了一个迷宫。弯弯绕绕,走了十几分钟后,徐琴带着韩非和"哭"来到了三楼的某个房间。

他们停在一扇血红色的房门前面,那门上还挂着一张猪脸。不是面具,是活生生剥下的脸。

"住在这里的人表面上看着很正常,拥有各自的职业,他们就像是为了躲避猪脸怪物追杀,被迫躲在建筑中团结互助一样。但实际上他们每一个人都手染鲜血、心怀鬼胎,他们不仅想要杀死那些畜牲,还想要杀死楼内的所有活物。"徐琴压低了声音,自从进入这栋建筑之后,她的声音就变了,"我能感受到他们身上的杀意,那些家伙都想要成为楼内唯一的活人。"

"唯一的活人?"徐琴的描述让韩非想起了蜘蛛的九个人格,如果把这栋破旧的建筑比作蜘蛛的心,想要成为唯一的人格,那就要把心里的其他人格全部杀掉。

扭动门把手,徐琴打开了眼前的血门,破旧的屋子里坐着一个六十多岁的老人,他似乎患有严重的白内障,那双眼睛和正常人完全不同,眼皮一翻,下面几乎都是眼白和黑色的杂质。

老人瘫坐在床上,他身体看起来很差,腿脚好像也不怎么灵活,不过他人倒是非常热情。察觉徐琴进来后,他掀开了盖在腿上的被子,表现得非常激动。

"谢天谢地,你总算是平安回来了。"老人一瘸一拐地走到了徐琴面前,他似乎很担心徐琴。

"给我两个面具,我要带他们离开。"

"离开?"老人微微一愣,随后无奈地摇着头,"都多少年了,你怎么还想着离开?周围全都是怪物,我们根本逃不出去的!这个世界非常的危险,你只有待在这里才是最安全的……"

"马上给我两个面具。"徐琴根本不在意老人说什么,她拿出了自己的餐刀,语气森冷。

"不是我不给你,医生说面具只能给对我们有用的人,你旁边这两个人,一个伤得这么严重,一个年龄这么小。我如果把面具给你,医生会生气的。"老人缩着脖子,他话语中一直拿医生做挡箭牌,仿佛全都是医生的错。

"什么叫对你们有用的人?有具体的标准吗?"韩非对眼前的老人很好奇,他印象中蜘蛛的六号副人格李叔就是个六十多岁的老人,表面对谁都好,实际上阴险狡诈,内心变态,具有严重的反社会倾向。

"外面到处都是畜牲，这世道活着可太不容易了，我们大家也都是相互照应。"老人随便扫了韩非一眼，他的注意力更多还是集中在徐琴的身上，"这样吧，你们答应帮我做两件事，我就给你们两个面具。"

"一件。"徐琴的话斩钉截铁，没有任何商量的余地，"如果你不愿意给，那我就去找其他人。"

"好，一件就一件。"老人咧开了嘴巴，露出了黑黄色的牙齿，"我已经好久没有见到住在四楼的作家了，我希望你们能帮我找到作家的下落。"

在老人开口的同时，韩非就看向了任务面板，但奇怪的是，他并没有收到任务提示，感觉那个老头好像只是随便说说而已。

徐琴点了点头，领着韩非和"哭"走出了房间。

等距离房门比较远后，韩非轻轻抓住了徐琴的手臂："姐，我有个想法想要跟你交流一下，其实我们还有一种更快速获得面具的方法。"

凑到徐琴旁边，韩非压低了声音："那个老头在骗我们，比起以身犯险去寻找作家，不如我们直接把那个老头干掉怎么样？"

正在擦拭着餐刀的徐琴听到了韩非的话，她眼中闪过一丝意外，似乎是惊讶于两个人竟然想到了一起。

"编号0000玩家请注意！徐琴友善度加一！心有灵犀，配合默契，你们的关系已经变得更加紧密了。"

韩非脑海里再次出现系统的提示，他的话似乎是说到了徐琴的心坎里。

"姐，你不会也是这么想的吧？"

将擦好的餐刀收起，徐琴看了看韩非受伤的手臂，轻声说了两个字："不急。"

在徐琴的带领下，他们离开了三楼，穿过一个个空房间，按照特定的规律来到了一楼。这栋破旧的老楼里几乎所有房间都被打通，不过大部分房间都被布置成了陷阱，稍不注意就会死得很惨。

"你们先在这里休息一会儿，我去给你找一些吃的和药。"徐琴转身进入了厨房中，这个房间似乎是她在屠夫之家的据点。

仅仅过了几分钟，浓郁的肉香就从厨房里飘出。韩非的鼻子整晚都被恶臭折磨，此时闻到那香味后感觉就跟来到了天堂一样。

"新鲜的食材味道最好，所以我也没有准备太多东西。"徐琴端着一个铁盆从厨房走出,她眼眸猩红,手指纤细苍白,艳红色的外衣还在滴血。

常人看到这样的她端着一锅肉走出厨房,第一反应肯定是夺门而逃,担心自己会成为铁盆里装的下一个对象。但是韩非非常乖巧地坐在桌边,看着徐琴和那盆肉,食指大动。

极高的幸运值,再加上"午夜屠夫"对血肉类诅咒和刀具类诅咒的抗性,种种先决条件让韩非可以肆无忌惮地享受徐琴的美食。

铁盆中浓稠的肉汁散发出沁人心脾的香味,韩非用还能活动的那只右手,迫不及待地吃了起来。

"哭"见韩非吃得那么香,也舔了舔嘴唇,好奇地吃了一口肉。他本质上还是个小孩,只不过他的记忆中只有绝望,现在在韩非的帮助下,"哭"属于孩子的那一面也慢慢显露了出来。"哭"吃下第一口之后,感觉非常惊艳。可等他准备去吃第二口的时候,他瘦弱的身体上竟然冒出了黑色的诅咒,吞进肚子里的肉好像活了一样,似乎还在发出野兽的嘶吼声。

费了好大劲,"哭"才在徐琴的帮助下祛除诅咒。他捂着自己的肚子,远远地离开了餐桌,看着大快朵颐的韩非,他眼中只有羡慕。

"原来并不是所有人都有资格吃她做的饭菜。"望着餐桌旁有说有笑的两人,"哭"拽着那条一直想要往韩非身上爬的小黑蛇,走到了旁边。

韩非是真的在享受美食,转职成功之后,他对血肉的渴望远比自己想象的要强烈。也幸好他的午夜屠夫职业拥有全新的职业特性,否则的话,他很可能会在不断吞食的过程中迷失。

整整一大盆肉被韩非全部吃掉了,其实他也触发了诅咒,内脏好像被人一拳又一拳重击,但他没有表现出痛苦,他不想让徐琴不舒服。仗着自己有血肉类诅咒的抗性,再加上诅咒本身并不强烈,韩非倒是全扛了过去。

在吃完那一大盆肉后,韩非不仅身体上的伤势好了大半,他对血肉类诅咒的抗性又提升了一点儿。长期锻炼下去,韩非说不定能创造出一个免疫血肉类诅咒的奇迹。

"姐,这屋子是你的吗?你怎么在畜牲巷还有自己的房产?"韩非看着自己的肚子,明明吃了那么多的肉,他却完全没有产生饱腹感。

"我的意识中有很多不同的诅咒,其中有一个诅咒就来自畜牲巷深处。那个女厨师哀求我杀了她，带她离开，失控的我将其化为了诅咒的一部分。"徐琴和普通怨念不同，她是一个诅咒聚合体，她的实力也不能简简单单用怨念的那一套体系衡量。

韩非一开始根本没有往这方面想过，此时徐琴一说，他才想起蜘蛛的八号副人格就是一位女厨师，其性格复杂程度仅次于作家，在第一次杀人之前，非常善良；在第一次杀人之后，性格出现巨变，从厨师变为屠夫。

"这是很早以前的事情了，当时上任楼长还没有失踪，他得知我进入过畜牲巷后，还曾拜托我寻找一个人。"

"寻找一个人？"

"那个人叫蜘蛛。上任楼长只知道这个名字，没有其他任何信息，我直到现在都还没有找到他。"徐琴将铁盆收起，"杀掉那个女厨师后，我获得了她的部分力量，也继承了她在楼内的房间和面具。"

手指轻轻敲击脸上的猪脸面具，徐琴又说出了另一个重要信息："每一张面具背后都有一个数字，我暂时不知道这数字的含义，不过楼内很多都在收集面具，似乎找齐面具后就会有所发现。"

"那你面具后面的数字是多少？"

"八号。"徐琴没有隐瞒，直接说了出来。

"应该不是巧合，面具背后的数字可能就是蜘蛛不同人格的编号。"韩非盯着徐琴的脸，脑中在思考另外一个问题，徐琴杀掉了原本的八号人格，将其转化为诅咒。

如果作家还想要按照以前的方式获得救赎，那他是不是需要杀掉徐琴？

"或许我应该换一种思路，现实里蜘蛛杀掉了所有人格，结果他和蝴蝶只能算是打了个平手。他知道了蝴蝶的弱点，但并没有利用好这个弱点。理论上，应该存在更完美的解决方法。"

韩非正在努力思考解决办法时，房门忽然被敲响。屋内几人眼神瞬间都发生了变化，就仿佛训练好了一样，全部看向房门。

徐琴拿出餐刀，将门打开。

一个背着书包，只有八九岁的小孩站在门口。

正常来说，这个年纪的孩子应该已经懂很多东西了，但门口的那个小孩却痴痴傻傻，似乎患有先天性的脑部疾病。

他说话结结巴巴，半天也表达不出自己的意思，许是太过着急，他直接从书包里拿出随身携带的纸和笔。片刻后，他将画好的图画递给徐琴，那泛黄发臭的纸张上，画着一个拿着猪脸的医生。

看到画上的图案后，徐琴示意韩非待在屋内不要乱动，她则跟着小孩离开了。

"蜘蛛的七号副人格名字叫阿梦，智力存在缺陷，喜欢画画，这一切正好和刚才的那个小孩吻合。"韩非在看到小孩的瞬间，脑海里就浮现出了对应的信息。"这孩子能在屠夫之家活下来，很不简单，他似乎还能看到很多别人看不见的东西。"

望着紧闭的房门，韩非示意"哭"和黑蛇不要离自己太远，他隐隐觉得有什么事情要发生了。

第6章 屠夫之家

徐琴离开后,韩非开始查看屋子。

这个房间以前是属于八号副人格的,屋子里可能会残留有一些有用的线索。

"整栋建筑里所有房间的布局都差不多,跟肉联厂家属院里的房型很像,连屋子里摆放的神龛都一模一样。"

停在客厅角落,韩非刚进屋的时候就注意到了神龛,只不过当时他伤还没有好,没有乱动。"不管是现实世界里,还是深层世界的畜牲巷里,作家居住的建筑中都有大量神龛,但他在《屠夫之家》中清楚地提到过,他不信神灵。"

缓缓取下神龛上的黑布,韩非刚准备将神龛上的木质小门打开,"哭"突然拦住了他。

"你感受到危险了吗?""哭"如临大敌,像一只受惊的野猫。

看着神龛缝隙中渗出的血渍,韩非最终没有打开那扇小门。"神龛上的血迹已经干枯,那扇通往神灵的小门应该很久都没有打开过了。我还是不要冒险,等徐琴回来,征求下她的意见比较好。"

整个房间打扫得非常干净,所有东西都摆放得整整齐齐,屋主人甚至有点强迫症的感觉,连装饰品之间的距离都是一样的。客厅、厨房、卫生间给人的感觉都很不错,可进入卧室后,就不一样了。

地板上到处扔着带血的纱布和衣服,床铺被刀子划得破破烂烂,随处可见干枯凝固的血迹。头顶的灯被砸碎,衣柜倾倒,书桌被锯开,卧室里所有能够藏人的地方,全都被毁掉了。窗户被水泥砌死,白色的墙壁上满是用刀子和指甲挖出的字迹,歪歪斜斜,遍布整个房间,那一个个刺眼的血红色文字里仿佛蕴含着屋主人的痛苦,光是看一眼,就感觉浑身不舒服。

站在卧室门口,韩非眼前好像出现了一个画面。

午夜零点,一个从噩梦中惊醒的女人陷入了疯狂,失控的她性情大变,疯狂地破坏着四周。没有目的地破坏,是为了发泄心中的恐惧,也是为了增强自己的安全感。

"八号副人格是女厨师,她的性格复杂程度仅次于作家,一个患有严重洁癖的人,为什么会变成嗜杀成性的屠夫?"为了弄清楚这个问题,韩非仔细辨识着卧室墙壁上那些疯言疯语。

精神科医生间流传有这样一句话,你可以走进一个疯子的内心,但千万不要尝试去按照他的方式思考,更不要去理解他。韩非现在做的就是一件很危险的事情,他没有受过系统的培训,他只是想要通过不断地了解,还原出八号副人格经历的恐惧,找出其发生改变的原因。

看着墙壁上的文字,手指触摸着那刀痕和挖痕,对方在精神错乱的时候,仿佛根本感觉不到疼痛,那些文字中还带着血肉。被一屋子这样的文字包裹,韩非慢慢沉浸在了八号副人格的经历中。

我忘记了第一次梦见那个东西是什么时候了,最开始它好像躲在人群中,与我不经意地擦肩而过,但后来不知道为什么,它好像缠上了我。那个东西不断地在我的梦中出现,不管我做什么样的梦,其中都会有它的身影。它会变成陌生的路人,不和我有任何接触,只是远远地看着我。

可从某一个时间开始,一切都变得不同了,那个东西在接近我。我能感受到,它距离我越来越近,有时候它虽然没有出现,我却还是能感受到它的目光,我知道它就在我身边。

我不明白自己为什么会做这样奇怪的梦?为什么偏偏我要受这样的罪?现实已经够累了,梦里我才能好好休息,可现在连梦境里都不安全了。

在梦到那东西的第七天,糟糕的事情出现了。

我梦见自己养的宠物猫跳到了窗台上,它似乎很害怕待在我的房间里,我想要去抱抱它,可它看到我过来的时候,直接跳出了窗口。我赶紧跑到了窗户旁边,当我探头往下看的时候,身后被一股巨大的力量推动。有人就在我的家里,将我从楼上推了下去!

身体坠落的时候,我看见它就站在我家窗口。我并不认识它,可它却想要杀死我,我实在想不出理由。

那一晚的死亡只是开始,在接下来的梦境中,我一次次被那东西杀死,它用各种各样的手法,不断杀死我,让我从梦中惊醒!我整晚都不敢睡觉,精神濒临崩溃,我不知道应该怎么办,一闭上眼睛,那个东西就会出现在我的梦里!

我根本不记得自己被杀死了多少次,渐渐地我开始出现幻觉,我有点分不清楚现实和梦境了。有时候我感觉自己是在做梦,但痛感却实实在在。有时候我以为自己是在现实里,可直到被它杀掉之后,我才发现刚才那只是一场梦。

我的精神濒临崩溃,现实和梦境之间的边界变得模糊,在我分辨不出现实和梦境的时候,那个东西好像被我从梦境带入了现实,它借助我的意识,跨越了梦和现实,钻进了我的脑子中。

没错,我能够清楚地感觉到它的存在,不管是在梦境里,还是在现实中,那个蝴蝶形状的印记就是最好的证明。

看完墙壁上那些歪歪扭扭的字迹,韩非的后背在不知不觉间湿透了,他的目光牢牢地盯着蝴蝶印记几个字。

"八号副人格所说的那个它,指代的就是蝴蝶吗?蝴蝶一开始并非现实中的东西,而是从噩梦里跑出来的?"韩非直到现在都不清楚蝴蝶的本体是什么,所有和蝴蝶交过手的人中,只有蜘蛛见过真正的蝴蝶。

"八个副人格全部死亡,蜘蛛付出了这么大的代价,蝴蝶到底掌握了蜘蛛的什么弱点?"

屠夫之家中隐藏的线索远比韩非想象的要多,关于蝴蝶的神秘面纱似乎在这里就可以揭开了。疯子的言论不能深思,但韩非为了查清楚蝴蝶的本体,他不仅深入思考了墙壁上的话语,还准备把每一个字都记下来。在他背了一大半的时候,客厅门被打开,徐琴从外面走了进来。

"楼里的活人少了几个,情况不太妙,我们要尽快想办法弄到面具,然后离开这里。"

"离开必须要用到面具吗?"韩非有些疑惑,"畜牲巷的血肉工厂已经被毁掉,这里的规则应该也已经发生了变化。"

"畜牲巷的管理者是个谜，所有规则都是他制定的，只要他没有死，我们就要遵守他的规则。"徐琴提到了最关键的一点，深层世界所有特殊建筑中都有自己的管理者，在管理者死亡之前，他们掌控着建筑内的一切，他们既是规则的制定者，也是规则的执行者。

"所有人都不知道管理者是谁吗？"

"从没有人见过他，也就是没有人能够在知道他是谁后活下去，由此也能看出他的恐怖。"徐琴说出了她的担忧，"能够控制这么庞大的一片区域，独立于此，畜牲巷的管理者应该非常强大。"

"明白了，那我们接下来要怎么做？"

"先去作家的房间看看，如果实在完不成找人的任务，那就只能去干掉发布任务的人了。"徐琴非常直接，有种特别的魅力。

三人悄悄走出房间，在徐琴的带领下，他们避开了沿途所有的陷阱，来到了四楼的某个房间。

"这里就是作家的屋子？"推开房门，看到屋内的场景后，韩非直接呆住了。

深层世界里作家的房间和现实中不同，墙壁上、柜子里、书桌上，到处都摆放着蝴蝶标本。作家似乎把全世界各个种类的蝴蝶都制作成了标本，收集在了自己的房间中。

现实里作家的房间中没有任何与蝴蝶有关的东西，但在深层世界中则完全不同，似乎所有重要的线索都被作家保留在了深层世界中。

"看来作家也预料到了，蝴蝶肯定会把所有跟它有关的东西抹除掉。"事实上蝴蝶做得更加彻底，不仅抹除了自己存在的痕迹，还把所有想要探查秘密的人全部杀掉了，不留任何隐患。也只有在深层世界中，韩非才能看到作家真正的房间，看到一个真实的他。

作家的笔名叫蜘蛛，但他的房间却没有一件和蜘蛛有关的物品，反而到处都是和蝴蝶相关的书籍、标本。他对蝴蝶的研究已经到了着魔的地步，他不仅在追查有形的蝴蝶，还在寻找各种外形与蝴蝶类似的东西，以及带有蝴蝶的传说与怪谈。

"看到这些，你是不是以为屋主是个昆虫学家？"徐琴跟着韩非一起进入了房间，"不要被外表迷惑，屋主从事的职业和平时的生活跟蝴蝶一点儿关系都没有，他是从某个阶段开始突然发疯的。"

站在屋子中，随便朝一个地方看去，都能看见蝴蝶翅膀上美丽的花纹，但是看得久了，会莫名感觉恶心和恐怖。那翅膀上的纹路好像一只只邪恶的眼睛，窥伺着活人的内心。

搜查完客厅后，韩非进入了书房，在推开门的瞬间，他又被震撼了。

整个房间的墙壁上都涂满了某种花纹，站在房间中，好像被一只蝴蝶巨大的翅膀包裹住了。

绚烂梦幻的翅膀，此时带给了韩非一种窒息的感觉，他简直无法想象作家是怎么一直在这里工作的。

"屠夫之家就是蜘蛛的心房，这些花纹应该都是作家内心某种东西具现出来的。"

翻找书柜，打开抽屉，韩非找了半天发现了一件很奇怪的事情。作家的屋子里堆满了各种各样的书籍，但是唯独没有他自己写的那些书。

"这栋楼内的人好像只知道作家，但是却不知道作家的笔名叫蜘蛛，感觉有点奇怪。"抬头看向窗户，韩非发现了另一个异常。

现实中作家窗口悬挂风铃的位置，在这里却悬挂着一个类似护身符的东西。

韩非踩着椅子想要将护身符取下来，在他不小心触碰到屋顶时，意外发现天花板某个位置被掏空了一层。双手用力，韩非将一块涂满了颜料的木板拆下，一具具蝴蝶尸体从头顶掉落。

"他到底杀了多少蝴蝶？"

在那堆蝴蝶尸体中，韩非找到了一本手写的初稿。

"编号0000玩家请注意！你已成功发现隐藏任务物品——未命名的希望（残缺）。"

那份初稿没有名字，也没有目录，更像是随笔。韩非吹落上面残缺的蝴蝶翅膀，翻开初稿查看。

不知道从什么时候开始，我眼中的世界发生了变化，我把自己看到的一切记录了下来，这明明就是现实，但所有人读后都说这只是个故事。也许你会好奇我究竟看到了什么，这要从一个梦说起……

手稿的前半部分和八号副人格差不多，蝴蝶在梦中出现，想要通过作家进入现实。不过与八号副人格不同，无论是在梦境中，还是在现实中，蝴蝶都没有杀死过作家。作家一次次逃过蝴蝶的追杀，甚至想要反杀蝴蝶。

在不断的接触中，作家慢慢发现了一件事情，蝴蝶是真实存在的。

在蝴蝶的翅膀背后，作家逐渐看到了一个人的影子。作家起初怀疑对方和自己一样，都是能够看到另外一个世界的人，但随着接触变多，他动摇了，蝴蝶好像就是从那个满是绝望和痛苦的世界里飞出来的。

韩非感觉距离找到蝴蝶越来越近了，他边看手稿边默背下来。翻到最后，韩非发现手稿最重要的后半部分被撕去了，有人似乎提前一步来过这里。

"能找到这里的只有其他几个人格，会是谁拿走了剩下的部分？"

现在摆在韩非面前的有两个选择，杀掉所有人找到初稿，或者把这个秘密跟楼内所有副人格分享。

"怎么样？有什么头绪吗？"徐琴指了指自己脸上的面具，韩非瞬间懂了她的意思。

"短时间内估计找不到作家，我们还是采取另一个计划吧。"

手稿是系统鉴定出来的任务物品，韩非直接将其收到了物品栏中，他最后看了一眼这个被蝴蝶翅膀花纹包裹的房间，然后和徐琴一起朝六号副人格的房间走去。

住在 301 房间的老人是这栋建筑中资历最老的住户之一，他对谁都和和气气的，从来不摆架子。邻居们有困难他能帮就帮，跟大家关系都不错，人人见了他都会亲切地喊一声——李叔。

楼内居民每个人都有自己的职责，老人德高望重，再加上人缘比较好，所以大家推选他当代理楼长。平日里老人会主动协调邻居之间的关系，化解矛盾，如果外面的人想要进这栋建筑居住，那也要获得他的同意才行。

李叔浑浊的眼珠看向站在屋子中央的年轻人，他依稀记得对方是跟徐琴一起回到楼里的，名字好像叫韩非。

"李叔，我姐为了我付出了太多，我不想成为她的累赘。您看楼内有没有什么我能够做的事情？只要您能给我面具，一切都好说。"韩非略带一些腼腆，说话时低着头，好似不敢直视对方的眼睛。

李叔脸上挂着慈祥的笑容，他阅人无数，估计眼前的年轻人偏内向，平时很少说话，也不擅长和人打交道，总是把事情压在自己心里。

"其实我也特别想帮你们，关键这楼里不是我一个人说了算的。"

"李叔，我很勤快的，也特别能吃苦，楼内有什么脏活、累活都可以交给我。"韩非捂着肩膀上的伤，认真地看着李叔。

李叔活了这么久还是第一次看到这么真挚的目光，在徐琴的庇护下，这个年轻人就像是一块没有被恶意浸染过的玉石。眼中的兴奋一闪而过，老人浑浊的眼珠缓缓转动，对于满怀恶意的人来说，越是美好单纯的东西，破坏起来就越是刺激。

"看在你如此为你姐着想的份上，那我就破例帮你一次。"老人开始思考，"楼内不养闲人，你之前都做过什么，在哪些地方工作过？有什么比较擅长的事情吗？"

听到老人的问题，韩非沉默了好一会儿才开口："我虽然年轻，不过工作经验很丰富。我最开始是在便利店打工，我吃苦耐劳，对工作非常有热情，跟同事们关系也都很好。后来我帮店长分担压力，主动去做最苦、最危险的活，店长知道后非常感动，跟我成了形影不离的好朋友。我还非常有上进心，一边在便利店打工，一边自学和教育有关的知识，功夫不负有心人，最终我被一所学校录取为老师，我和学生们相处得非常融洽，他们觉得我就像父亲一样，带给他们前所未有的关心和照顾。"

韩非回想着自己曾经做过的工作，回忆到那些美好的事情时，他嘴角还会露出一丝浅浅的笑容。看到韩非不自觉露出的微笑，老人心中的厌恶更加强烈，比起为美好的事物祝福，他更喜欢撕碎所有美好的东西。

"只有这些吗？那就比较难办了，我们楼内已经有位老师，平时都是她在照顾孩子。"老人一瘸一拐地下了床，似乎在屋内翻找着什么东西，"你除了这些，还擅长什么？"

"我以前在农村老家的时候，跟着家里长辈杀过猪，他们是村里有名的屠夫，所以我也学过宰杀牲畜的技巧。"韩非站在屠夫之家中，很坦然地询问老人，"你们这里应该没有屠夫吧？这个职业可是很少见到的。"

"屠夫？"老人微微一愣，随后反复打量韩非，屠夫之家里的每一个人都是屠夫，只不过大家都有其他的职业来做掩饰，绝对不会光明正大地说自己就是屠夫。他在韩非身上找不出任何破绽，对方似乎并没有意识到自己说的话有任何问题。"楼内的人有各种各样的职业，但唯独没有屠夫，你来得正是时候，不过我要见识一下你的手艺，跟我来吧。"

李叔推开了门，朝着韩非完全陌生的一条路走去："你姐呢？还有那个跟在你身边的小孩呢？"

"我姐去作家屋子里寻找线索了，那个孩子在我姐家里。"韩非不知道老人要把自己带到哪里去，他只是觉得老人表现得很"亲切"，值得"信任"。

两人在楼道里绕了很久，随后来到了一楼某个角落。

推开面前的门，屋内有一个向下的楼梯。

空气中飘散着淡淡的血腥味，地面上也有未清洗干净的污垢。

"李叔，你带我来这里干什么？"韩非有点儿不愿意进去。

"我们平时就在这里宰杀牲畜，这也算是对你的一个考验，毕竟以屠夫为职业的人我也是第一次见到。如果你能通过考验，以后这里就是你工作的地方。"李叔领着韩非走过长长的阶梯，这栋楼的地下构造似乎比地面上的构造更加复杂。

来到地下二层，老人打开了一扇生锈的铁门。

屋子里摆放着一张实木桌子，桌上摆着一个盖着黑布的大铁盆。

"你说自己是屠夫，那应该对肉类很了解，你看看那盆里放的是什么肉。"老人示意韩非去桌边，他自己则走到了墙角一个大铁柜那里。

掀开黑布，铁盆里放着处理好的肉块，肉的纹路和散发出的气味很特别。韩非看了半天，皱起眉头。

"怎么样？认出来了吗？只要你说出这是什么肉，你就可以留下来，获得一份工作的机会，拥有属于自己的面具。"老人在铁柜里寻找着什么东西，头也没回。

过了很久，老人好像是终于找到了自己想要的东西，他从铁柜最下层拿出了一把生锈的钝刀。满是老人斑的手指抚摸着钝刀，五官开始扭曲。

"认不出来，不过可以确定是某种畜牲的肉，看着感觉很熟悉。"韩非仔细观察着。

拿着钝刀的老人慢慢转身，脸上的表情完全变了。"畜牲的肉？"老人嘴里发出了难听的笑声，他挥动起手中的刀，"你再仔细看看，你确定那是畜牲的肉吗？"

他一点点靠近韩非，嘴巴咧开，露出了黑黄色的牙齿："你摸摸那层肉皮，然后再摸摸自己的皮肤，有没有感觉……很像！"

在老人说完这句话的同时，他猛地朝韩非挥刀，动作速度非常快，跟之前表现出的迟缓完全不同。韩非早有准备，钝刀砍在了铁盆边缘，发出一声脆响，不过老人丝毫不在意。这里是地下，就算弄出了声响也没有人会过来。

"很抱歉，你无法胜任这份工作，作为屠夫，怎么能连最基本的人肉都区分不出来？"老人阴恻恻的笑声在地下回响。

"有些人是人，但有些人跟畜牲也没什么区别。"韩非从物品栏里取出了往生屠刀，"我只是想要找份简简单单的工作而已，为什么你们总是要针对我？不管是便利店、学校，还是现在。"

韩非之所以没有直接对老人下手，是因为他在考验老人，如果老人通过了他的考验，那他会跟老人一起分享秘密。归根结底，韩非并不是一个嗜杀的人，他大多数时候只是在被动防卫。

"我就感觉哪里不对劲。"老人浑浊的眼底冒出血丝，那些黑色杂质化为某种诅咒，他整个人都变了，"没有刃的刀也能杀死人吗？"

"你让我砍一刀不就知道了？"韩非将手腕上那条可怜兮兮的小黑蛇塞进鬼纹，淡淡的阴气萦绕在他身边。同一时间，外面也响起了脚步声，一直在暗中跟随韩非的徐琴和"哭"来到了地下二层。

"你不是我要找的人，现在你已经没有用了。"韩非手握屠刀，脸上依旧带着那真挚的表情，"世间诸般皆苦，我来送你往生极乐。"

场上的局势在瞬间逆转，有心算无心，韩非用出色的演技成功将老人骗出了自己的房间。

其实韩非只是想要找个人少安全的地方动手，老人带领韩非进入地下，算是亲手断绝了自己的生路。后来老人虽然也有所察觉，但那个时候已经太迟了。

尚未看见人影，浓郁的血腥味就充斥了整个房间。被血煞萦绕的徐琴，手中拿着餐刀，出现在屠宰室门口。刺鼻的血腥味飘入鼻腔，老人耳边又响起了孩子痛苦的哭声。血腥味会激发人心底的杀意，哭声则能带给人深深的绝望和悲伤。

老人记忆中最糟糕的事情开始浮现在脑海中，他不断逃避的场景控制不住地出现在眼前，此时他的表情变得更加扭曲恐怖，那双明显不正常的眼睛里充斥着恨意。

他一直隐藏的阴暗面彻底暴露了出来，紧贴在骨头上的皮肤逐渐开裂，手臂和脸上的斑块变成了一种诅咒。李叔的心中一直怀揣着恨，他痛恨苍老，却又无可奈何。人世间所有的美好都和他无关，他的生命已经没有多久了。

在这最后的时间里，他不想给任何人祝福，他更希望拉上所有人一起去死。

韩非研究过蜘蛛的所有人格，李叔这个人格代表的是对失去的痛恨和对命运无法掌控的狂躁不安。这个人格很容易被蝴蝶蛊惑，所以韩非第一个找上了他。

苍老的李叔逐渐变成了怪物，他的身体不断拔高，骨骼嘎吱作响，就仿佛一个披着人皮的稻草人，已经没有人性，只剩下恐怖。

"所有的人格都可以变成怪物吗？"韩非小心翼翼地盯着李叔。

完全失去了人形的李叔从铁柜里拿出各种各样的刀具和锁链，他最喜欢做的事情就是在这黑暗的地下，折磨那些年轻的肉体。铁柜中的每一件刀具上都有灵魂在哀号，很难想象李叔到底在这里杀过多少人。要知道楼外面那些猪脸怪物的手里也只有一把屠刀而已，长着人类面容的李叔却拥有一柜子囚禁着灵魂的刀。

铁柜倾倒，李叔抓着一把把刀朝出口冲去。他很聪明，知道自己不是徐琴三人的对手，根本没考虑过硬闯，只想要逃出去。

可惜韩非他们几个早就料到了这种情况，提前商量好了所有可能，李叔如果拼死抓住韩非为人质，说不定还有一线生机，这是他唯一的机会。拼的话可能会活，逃的话必死无疑。

"李叔这个人格比谁都爱惜自己的生命，在陷入绝境后一定会表现得很凶残，但那都是装出来的。他只是一个外强中干，擅长欺凌弱小的纸老虎。"在韩非决定孤身去找李叔之前他就洞察到了对方所有的想法，可以说他在实力和心智方面碾压对手。

李叔单独面对徐琴已经有些吃力，更不要说还有连续突破的"哭"和手握往生屠刀的韩非。

短短半分钟过去，李叔身上就已经多了十几道伤痕，他一开始把全部注意力都放在了徐琴身上，忽视了"哭"。

这么做的结果就是他的一颗眼珠被绝望的情绪刺瞎，李叔觉得简直不可思议，那个看起来弱小的怨念，竟然可以操控他人心底的绝望，这种能力闻所未闻。随着伤势越来越重，李叔心里的绝望也在不断加深，他本来意志就不坚定，再加上时刻受到"哭"的干扰，他的精神正处于崩溃的边缘。

"面具我可以给你们！我还知道很多关于这栋楼内的秘密，都可以告诉你们！"李叔不断叫喊，想要为自己争取活下来的筹码，但屋内其他三人一点儿要停手的意思都没有。

"我知道怎么祛除畜牲巷的诅咒！你不是很爱你的姐姐吗！不解除畜牲巷的诅

咒，她生生世世都要受到折磨！永永远远都无法逃离这里！不管离开多久，都要回到这里吞食畜牲巷的肉才能维持理智！"

李叔见没有人应答，又抛出了一个重要信息："每个面具背后都有编号，只要把所有面具收集齐，就能成为畜牲巷新的管理者！我拥有两个面具，我可以把它们都给你！"

记忆中最不堪的部分被激发出来，内心深处的绝望化为一根根针，正不断穿刺着他的灵魂，那种痛苦李叔根本无法忍受。

"放过我，我可以帮你们！我知道很多楼内的事情！楼内出现了很多从外面进来的人，有理发师，有护士，有兽医，他们已经联合在了一起，想要杀死你姐姐！作家失踪也和他们有关，是那群外来者杀了作家！楼内的医生也跟他们串通在了一起，他们好像准备杀掉所有人！楼内最危险的就是医生！你们杀了我后，也会被医生杀死！"

李叔不断地胡言乱语，不过也透露出了一些有用的信息，至少现在韩非知道了作家的失踪可能和医生有关。

"我说的都是真的！你们可以去问阿梦，那个孩子的画可以证明我说的！"徐琴的攻击节奏放缓，李叔以为自己的话引起了对方的兴趣，说得更加卖力了。直到他将自己知道的大部分东西说出来之后，悄悄摸到他身后的韩非，才对准他的脖颈挥下了屠刀。

在韩非锁定目标的瞬间，刀柄之上一双双苍白的手浮现出来，由人性中的美好和善意铸成的三尺刀锋向下斩落。那刀刃之上映照着一张张人脸，他们仿佛永远和韩非一起在世间同行。在刀锋触碰老人身体时，"黎明屠夫"职业特性触发，恶意和阴气被瞬间逼退，根本没有受到任何阻力，往生刀就像划过一张纸般，轻而易举地斩断了李叔的脖子。韩非的斩杀对象越是邪恶和残忍，他手中的刀就越锋利。

刀锋划过六号副人格的脖颈，在对方头颅掉落的时候，那由人性构筑的刀锋已经消失，就好像从未出现过一样。李叔的皮肤龟裂，失去了头颅的身体在地上爬动，最终还是没有找到滚到角落的脑袋。

阴气和恶意朝四周逸散，韩非将鬼纹中的黑蛇放出，让它不要浪费，尽快吞食掉那些阴气。

"楼内进入了其他外来者，偷了徐琴餐刀的理发师也在其中。"韩非觉得这件事要从长计议。三人联手虽然杀了李叔,不过这并不代表李叔很弱,他甚至比一般的中等级别的怨念还要强悍,而像李叔这样实力的人,屠夫之家里还有很多。

韩非三人如果犯了众怒,被所有人围攻,那他们能够活下来的概率也很小。

"我们暂时先离开吧。"韩非伸手取下了李叔的面具,在他获得那张面具的时候,脑海里响起了系统的提示。

"编号0000玩家请注意!你已通过自己的方式获得屠夫之家的认可!恭喜你获得六号屠夫面具,成为屠夫之家的一员!

"编号0000玩家请注意!你的个人求职履历已更新!是否将履历公开显示?

"被录用为便利店店员的第一个晚上,你毁掉了店长的棺材,抹杀了店长的意识。

"进入益民私立学院求职时,你费尽心力让教导主任魂飞魄散。

"转职隐藏职业午夜屠夫,你彻底摧毁了肉联厂的根基,手刃数位同事,你所在的每个夜晚都血流成河。

"而在今天,你的个人履历上又多了浓墨重彩的一笔。进入屠夫之家后,六十分钟内成功杀掉了面试你的人。恭喜你满足所有要求,成功获得G级称号——职场杀手。

"职场杀手(可升级特殊职业称号):顾名思义,职场杀手这个称号很贴切地形容了你的职场生活,拥有该称号后,魅力数值减二。"

看着系统面板,韩非选择拒绝公开个人求职履历,他还把职场杀手这个称号放在了所有称号最下面。

"开什么玩笑?这履历和称号要是公开了,以后谁还敢录用我?再说我完全是被逼的啊!这评鉴怎么只记录结果,不记录过程?"

看着自己多多少少有些血腥的个人履历,韩非想起了好多年前的一首歌。

"像我这样优秀的人,本该灿烂过一生,怎么二十多年到头来,还在血海里浮沉?"

处理现场,清理痕迹,韩非在一次次实践中,已经对这件事非常熟练了。

"敬人者人恒敬之,杀人者人恒杀之。你们是宰杀活人的屠夫,我是宰杀你们的屠夫。"

李叔体内的阴气和恶意被黑蛇吞掉,他的面具和口袋里的钥匙则被韩非收走。韩非盖上了大铁盆上的黑布,看着已经恢复原样的房间,确定没有遗漏后,和同伴一起离开，就像从未出现过一样。

走出地下，韩非马不停蹄地来到了李叔的房间，反正那个恶棍已经死了，不如用他的遗产回报社会，帮助更多的人。韩非翻箱倒柜，搜寻着有用的东西，他现在才有点玩游戏的感觉。李叔的房间带给了韩非很多惊喜，他在李叔的床下找到了大量装满血液的瓶子。小黑蛇尝过后，发现那些血液中沉淀着大量负面情绪，一打开瓶盖就能听到活人的惨叫声和哀号。

六号副人格内心阴暗，很喜欢折磨人，他将收集到的绝望和痛苦全部装进了这些瓶子中。韩非不知道他收集这些东西干什么，可能是为了满足自己某种变态的癖好，不过这些东西正好可以帮助"哭"快速恢复。在小黑蛇舔着嘴唇眼巴巴地注视之下，韩非将所有瓶子都给了"哭"。

被猪脸怪物沉入血池，"哭"被迫直面了最糟糕的记忆，童年的那些绝望成了他瘦弱身体的支点，现在的他已经跟之前不同了。"哭"之前一直逃避那段记忆，妄图靠时间来抹平伤痕，但"哭"的时间却仿佛永远停留在了那一刻，把他困在了原地。现在他虽然承受了比以前更多的痛苦，但定格他的时间已经被打破，他走出了过去，正在以肉眼可见的速度成长。

喝下了沉淀着大量负面情绪的血后，"哭"身上散发出的气息更加恐怖了。他在收集各种各样的绝望，然后把那些绝望凝聚成某种东西，等他凝聚成功之时，应该也就是他实力再次突破的时候。

"'哭'的哭声在进入畜牲巷之前，可以影响十米范围内的所有怨念，现在这个范围已经扩大到了十五米。如果他的实力继续增强，哭声影响的范围应该也会越来越大。"

韩非想起了那个不可言说的歌声，对方的歌声笼罩近千米，所有听见歌声的残魂都瑟瑟发抖、心神恍惚。"'哭'的潜力很大，以后说不定也能成为像歌声那样不可言说的存在。"

在"哭"吞吸绝望的时候，韩非开始搜索房间的其他地方。

老人的屋子很乱，处处摆放着药瓶和过期的东西，被子和柜子里的衣服都已经发霉，整个房间中弥漫着一种死意。

"这是什么东西？"

在衣柜某件衣服的口袋中，韩非找到了一张皱皱巴巴的照片，照片上是一个干瘦的小男孩。那孩子头发很长，脸色白得吓人，双臂明显有些不正常。

翻过照片，在那破旧照片的背面还写有男孩的名字和生日，以及很刺眼的两个字——家人。

"李叔只是蜘蛛的六号副人格，为什么他会贴身放置这样一张照片，还说对方是他的家人？"

继续翻找，柜子最深处的暗格里隐藏着一份领养记录和大量的手写资料。资料上的字迹和六号副人格完全不同，反倒是跟作家的笔迹很相似。

"李叔偷走了作家领养孤儿的资料？他这么做的意义何在？"往下看去，韩非发现资料中有大量文字被人用红笔涂抹掉了，空白的地方还密密麻麻写满了"死""杀""罪"等文字。"作家想要杀死自己收养的孤儿，他为什么要这么做？"

薄薄几页的领养资料上，韩非发现了好多种不同的笔迹。作家有时候想要杀死那个孤儿，有时候又在冷静反思。除了作家之外，其他人格似乎都已经接纳了那个孤儿，把那个孤儿当成了自己的家人。

韩非知道蜘蛛曾在临死前的一段时间，领养过一个孩子。蜘蛛死后，那个孩子把蜘蛛的大脑卖给了永生制药。其实韩非也很不理解，蜘蛛这样的人为什么会在生命的最后一段时间收养孤儿，他那时明明正被蝴蝶困扰，双方斗争非常激烈。

这种时候收养一个孩子不是给自己增加破绽吗？蝴蝶一定会对那个孤儿下手，要挟蜘蛛。

"难道做出收养孤儿决定的不是作家，而是被蜘蛛控制的某一个副人格？"

到了现在这一步，韩非已经掌握了非常多的线索，他可以确定蜘蛛的九个人格中，有一个或几个人格已经被蝴蝶控制。以蝴蝶不择手段的性格，它为了对付蜘蛛可以做出任何事情。

"蜘蛛的这个养子必须要重视，他应该是一个突破口！"

将老人居住的房间翻了一个底朝天，韩非再没有其他的发现，这个老人和女厨师人格不同，蝴蝶并没有对他下手。他的阴险嗜杀源于他本身的恶意，换句话来说，他就是蜘蛛的阴暗面，是蜘蛛最厌恶的那种人。

带走了领养记录和照片，韩非将屋内恢复原状，然后他们又回到了徐琴的房间里。简单交代了徐琴和"哭"一些事情之后，韩非在卧室角落退出了游戏。

血色凝固世界，韩非摘下了游戏头盔。

充血的双眼看着有些吓人,窗外的天已经亮了。

韩非活动着僵硬的身体,每动一下,就会传来剧痛。

在游戏里受伤的感觉太过真实,以至于韩非回到现实里竟然有些不太适应。

他仍旧下意识地把左手悬在胸口,仿佛左手还在骨折一样。

大脑晕晕沉沉,疲惫如潮水涌来,韩非看着自己简陋的游戏设备,不由得想起了黄赢家的游戏舱。

他拿出手机习惯性查询了一下个人账户,轻轻叹了口气,《双生花》的首次分成还没有到账,《悬疑小说家》的薪酬也还没有结算。他账户里现在只有二十多万元,都是协助警方破案、抓捕在逃嫌疑犯获得的奖金。

"最豪华的游戏舱要数百万元,足够在老城区买一套房,那根本不是普通人能用得起的东西。"

科技爆发式发展的同时,也带来了很大的隐患,一切就像是悬浮在海上的冰山。所有人都惊叹海面上冰峰的雄伟壮丽,但是却选择性地忽视了冰山埋在海面下方、已经快要喘不过气的庞大群体。

看着卡里的余额,买房子什么的韩非暂时是不想了,交朋友、谈恋爱他也没有太大的兴趣。他仅有的兴趣就是在游戏里活下去,唯一的物欲就是想要买一个多功能游戏舱,可以方便自己长时间打游戏,然后更好地在游戏里活下去。

躺在床上,韩非发现深层世界也不是完全没有优点,至少那里的房子可以随便住,只要不介意那是凶宅,不是太怕死就行。韩非休息了很久才没有那么痛苦,他慢慢进入了梦乡。

仅仅睡了一个多小时,他就被闹钟吵醒,脑子还没清醒过来,身体已经不听使唤地下了床,开始洗漱。

八点半的时候,韩非准时来到楼下,便衣警察和厉雪已经在警车旁边等他了。

对于警方来说,韩非就是引诱蝴蝶的诱饵之一,他们保护韩非,就是为了更快地抓住蝴蝶。

"厉雪,你们有没有查出蜘蛛和蝴蝶接触的证据?"

坐在警车里韩非也没闲着,他一个演员,硬是干出了刑事案件顾问的感觉。

"暂时还没有,关于蜘蛛的所有资料都被销毁了。"厉雪看着韩非的黑眼圈,"你昨晚是不是没有休息好?"

"做了个很长的噩梦。"韩非随口敷衍了一句,接着又问道,"你们知不知道蜘蛛曾收养过一个孤儿?如果可以的话,我想要见见他。"

听到韩非的话,厉雪和便衣都很惊讶,他们也是最近才知道蜘蛛还有一个养子的,眼前这个演员似乎比他们的消息还要灵通。

"蜘蛛那养子的情况比较特殊。"厉雪面露难色,"我们现在没有明确的证据可以证明蜘蛛的养子和蝴蝶之间存在关系,所以不能强迫对方,不过我们会尽力帮你争取一下。"

"你不是在肉联厂家属院拍戏吗?蜘蛛的养子有时候也会回肉联厂家属院,说不定你还能遇见他。"开车的便衣警察随口说道,"昨天他好像就去了一趟肉联厂家属院。"

"昨天?"韩非想起了昨天在肉联厂家属院拍摄时,遇到的种种诡异的事情,"你们昨天有没有查出什么可疑的人?"

"楼道里那些鸟类的尸体是五楼一个老人摆放的,他也不是为了吓唬你们,只是为了送神。那老人很迷信,我们在他家里给他做了很长时间的思想工作,他已经答应不会再妨碍你们拍戏了。"

"那特效演员跳楼时感觉被人抓住了腿又是怎么回事?"

"他们好像是在无意间接受了某种心理暗示,并没有人在现场干扰他们。"那位便衣警察似乎是为了让韩非安心,没有任何隐瞒,把所有事情都告诉了他,"我们已经请了局里的专业人士对他们进行心理治疗,给你们施加心理暗示的人确实是个非常可怕的家伙,这跟蝴蝶之前的一些表现吻合,从另一方面也说明蝴蝶确实在看着你,时刻准备对你下手。"

"最后一点,我从四楼往下跳的时候,曾看到过一个影子,你们找到他了吗?"韩非清晰地记得当初那一幕,自己和他仅仅一个对视,后背就已经被冷汗浸湿。

"我们没有找到你说的那个'鬼影',不过在那栋单元楼里见到了蜘蛛的养子,他当天正好在肉联厂家属院中。"

"这么巧吗?"韩非现在对蜘蛛的养子更加好奇了,这个能把自己养父的大脑卖给陌生人的家伙,有点不一般。

韩非来到拍摄场地的时候,工作人员都已经到位,大家看向韩非的目光很是尊敬。韩非那一跃,让所有人见识到了什么才是真正的演员。比起那些名气很大的明星,大家都觉得穿衣打扮普普通通,还有些内向的韩非,更亲切一点儿。

跟剧组工作人员打着招呼,韩非进入肉联厂家属院,其他八位演员已经全部就位,大家都在钻研剧本,酝酿情绪。

剧本韩非已经背熟,他更多的是在观察其他演员的状态,然后尝试着把心里蜘蛛的副人格套到几个演员身上。不得不说张导选人的目光非常准,这几个演员不是国内名气最大的演员,却都是跟角色性格非常贴合的演员。大家聚在一起拍戏,就相当于倾尽全力为韩非还原当初的场景,让韩非再一次经历当初蜘蛛遭遇的事情,理解蜘蛛的同时,也可以找寻新的破局之法。

其实自从韩非在深层世界的屠夫之家里见到六号副人格后,他心里就一直有个疑惑,为什么被作家杀掉的副人格会在屠夫之家中出现?反倒是杀死了所有人的作家自己却失踪了。感觉蜘蛛就像是把自己困在了畜牲巷里,被什么东西束缚住了一样。

"为了干掉蝴蝶,我一定会帮你解脱的。"握着手里作家的剧本,韩非手指慢慢用力。

见识了畜牲巷的猪脸怪物和血肉工厂后,韩非对蜘蛛心底的恶有了一个清楚的了解,现在他要寻找的是蜘蛛的善。

他斩碎了蜘蛛腐烂的、充满恶意的半颗心,现在他要寻找另外那半颗蕴藏着善意的心。

畜牲巷是韩非攻略死楼的踏板,他必须要在畜牲巷里竭尽一切增强自己和邻居们的实力。

另外,他本身也对畜牲巷这个隐藏地图很感兴趣,如果他帮助蜘蛛完成了遗憾,说不定还能混成半个畜牲巷的管理者,就像益民私立学院的巡查教师一样。

其他误入畜牲巷的人,内心想的全都是怎么活着离开畜牲巷,怎么祛除身上和畜牲巷有关的诅咒,但韩非看问题的角度跟他们完全不同。

半个小时后,化好妆的演员先后进入拍摄场地。

一台台摄像机对准了他们,多个角度拍摄,不会错过任何精彩的表演。

今天这场戏依旧是九个人一起,他们在肉联厂居住的第一个晚上,所有人都做了噩梦。不过有的噩梦是真的,有的噩梦是假的;有的人清醒着,有的人迷迷糊糊中已经被死神掐住了脖颈。

这场戏是在白天拍摄的,但九位演员要在明亮的屋子里表现出那种压抑的感觉，恐惧和不安正在蔓延，一个个心里有鬼的人中，混进了一个真正想要杀死所有人的"鬼"。

在拍摄开始的刹那，所有演员都进入了状态。坐在墙角的韩非也按下了脑海中的开关，此时他就是作家。职业各不相同的副人格们开始讲述自己昨晚的噩梦，虚幻和现实的边缘逐渐模糊，他们慢慢发现噩梦中的东西正在变为现实。

小屋里的气氛越来越压抑，一个个紧张不安的人格被恐惧感染，在白显扮演的医生讲完自己的噩梦之后，所有人都看向了韩非。

他揉搓着指肚上的伤口，那双蕴含着复杂情绪的眼眸缓缓抬起："我梦见有个东西在看着我，就站在对面楼的窗口，默默地注视着我。"

韩非的视线挪向窗户，在看向对面楼的时候，突然眼中涌现出了一丝震惊！

此时此刻，对面那栋楼的窗口正站着一个脸色惨白的、类似人的东西！

这已经是他第二次在肉联厂家属院见到那个东西了，上一次是在跳向安全网的时候。

韩非在和那个东西对视的同时，手脚冰凉，下意识地说出了作家的第二句台词。"我能感觉到它距离我越来越近了，它好像会从噩梦中跑出来，然后用各种各样的手法来杀死我。我忘记了第一次梦见那个东西是什么时候，最开始它好像躲在人群中，与我不经意地擦肩而过，但后来不知道为什么，它好像缠上了我……"

脑海中的话语被韩非说出，他看着对面楼内的那个东西。噩梦中的"鬼"跑进了现实，他正在遭遇和蜘蛛当时一样的事情。

韩非真没想到对方会以这种形式再次出现，一切都像是一个蓄谋已久的"巧合"，他扮演的"蜘蛛"和十几年前的"蜘蛛"站在同一个位置，看见了同一个"鬼"。

韩非没有完全按照台词来念，甚至不知道自己说了什么，他只是看着楼对面那张惨白的脸，眼底冒出了一丝杀意。

第一次对视，韩非内心惶恐，衣服被冷汗打湿。

经历了畜牲巷的磨炼，成为午夜屠夫之后，韩非在现实中的气质和心态也有了改变。他的手指不自觉地弯曲，似乎是想要抓住一把刀的刀柄。当韩非再睁开眼时，那道身影消失不见了。

韩非依旧看着楼对面的某一扇窗户，他知道对方一定还会再次出现，而且距离他会越来越近。这种层层紧逼的恐惧能把常人折磨疯掉，但韩非心中却隐隐有一丝期待。他想要杀掉蝴蝶！无论是在深层世界，还是在现实中！

韩非收回目光，扫向屋内的时候，那些演员看他的目光都有些不同了。

继续按照剧情往下演，等韩非讲述完自己的噩梦之后，小小的房间里依旧没有人开口打破那压抑的氛围，直到导演和助理比画出了一个完美的手势。

凝固的气场瞬间崩散，大家再次看向了韩非。

"你怎么没有按照剧本来演？"白显停顿了一下又继续说道，"我的意思是你讲述的故事，好像比剧本上的台词更加贴合，仿佛当时蜘蛛就是这么跟其他副人格交流的一样。"

"真绝了！还有你看向对面楼的那个眼神，那种在零点几秒内情绪的突然转变和爆发！就好像真的看到了一个'鬼'一样！你是怎么做到的？"

一直盯着摄像机的张导也走了过来，他也很震惊。

首先韩非确实没有完全按照剧本来演，其中部分台词剧本上根本没有，但韩非说出来就有种浑然天成的感觉。

那种状态、那种情绪和语言的表达，在场所有人都仿佛看到了一个活着的蜘蛛。

"我刚才说什么？"韩非确实看到了"鬼"，但他没有害怕，在看向对方的同时，将脑海里的话语说了出来，他自己都不知道自己说了什么。

"你不记得了？这就是意识流演技吗？"白显真的惊了，他感觉韩非不像是在撒谎。

"可能是刚才状态比较好吧，完全入戏了，如果再来一遍，我恐怕也没办法再重现。"韩非说完后又朝着对面楼看了一眼，那个类似于人的东西没有再出现。

对方下次应该会离韩非更近，韩非也很"期待"再次看到对方。

"兄弟，你是真牛。这部电影拍摄到现在，你已经贡献出了'跳楼'和'讲述噩梦'两个经典画面，我感觉你有可能会在这部戏里演出教科书级别的名场面。"白显说实话有些羡慕，韩非用最少的戏份贡献了最优质的表演，最重要的是韩非才二十多岁，这真的是前途不可限量。

对于别人的称赞，韩非只是报以微笑，并没有放在心上。

他自己心里很清楚，自己的演技还不足以随随便便塑造出经典，刚才他是真的看到了"鬼"。

在拍摄间隙，韩非还不忘给警方汇报情况，等到中午休息的时候，他端着盒饭找到警方，希望厉雪能够陪同他一起进入斜对面的家属楼查看。

"我就是在这个房间里看见那东西的。"来到四楼，韩非指着一扇房门。

"门把手和锁头上全都是灰尘，这屋子已经很久没有住人了，你确定是这间？"厉雪给自己的同事打了个电话，对方很快将楼内住户的信息发送了过来。"鬼脸"出现的房间是个屋主人已经过世的空房子。

厉雪打开执法记录仪，她本想用专门的工具将门打开，可谁知道房门并没有上锁。进入屋子，里面只有一地已经发霉、发臭的垃圾。

韩非走到窗户旁边，他就站在那个"鬼影"出现的地方，然后看向自己之前所在的拍摄场地。"下一次它会在什么地方出现？它会不会在我玩游戏的时候，悄悄走到我的床边？"

没有什么发现，韩非在准备离开的时候，无意间看见阳台角落处摆放着一块镜子。

屋内所有东西上都落满了灰尘，只有那面镜子是个例外。

"我从四楼跳向安全网的时候，好像也看到了镜子，难道这镜子和那'鬼影'有关？"韩非将自己的猜测告诉了厉雪，对方戴着手套将镜子拿出了房间，准备回去检测一下，看能不能发现指纹之类的线索。

韩非还想要在屋内多搜查一会儿，厉雪的手机却突然响了起来。她的同事告诉她，蜘蛛收养的那个孤儿出现在了家属院中。

"韩非，你不是正好想要见见蜘蛛的养子吗？他现在就在你们拍摄电影的那栋楼里。"

"他出现的这个时机有点巧。"韩非走出"鬼影"待过的房间，看向了通往楼上的台阶，空荡荡的楼道里一个人都没有，但是却感觉很压抑，仿佛某扇门后面正有一双眼睛通过猫眼在注视着他。

"走吧，去看看那个卖了自己养父大脑的孩子。"韩非和厉雪回到拍摄场地，他俩倒觉得没什么问题，但是周围的人却感到很惊讶，英姿飒爽的女警官为什么会跟着一个演员在片场？

别的演员都是带着助理，这个演员怎么出入都带着警察？

"让一让。"

推开 401 房间的门，韩非在蜘蛛的卧室里第一次见到了蜘蛛的养子。

那个孩子在遇到蜘蛛之前，和韩非一样是孤儿，更巧合的是他们都曾在幸福孤儿院里待过一段时间。

敲击半开的房门，韩非盯着那个坐在桌边的男人，或者用男孩来形容他更加恰当一点儿。对方实际年龄在二十岁左右，但却长着一张很稚嫩的脸，皮肤白得吓人，就好像是被药物漂白过。他双臂比正常人稍微长一些，穿着一身纯黑色的衣服，此时正全神贯注地盯着悬挂在窗户旁边的风铃。

"你在看什么？"韩非轻轻关上了门，把自己和对方锁在了卧室里。

听到声音，那个皮肤苍白的年轻人头也没有回，随口回道："我在看我的父亲，嘘，小点声，他正在跟我说话。"

"你的父亲在风铃里面吗？"

韩非和很多怪胎打过交道，比起跟正常人交流，他更擅长和非正常的人沟通，他甚至有一套自己的评判体系，会根据对方的变态程度做出不同的应对措施。

"他把自己的骨灰撒在了风中，只要风铃响起，他的灵魂就会和我交流。"

皮肤苍白的男人看着风铃，他似乎是想到了什么东西，那张和年龄有些不相符的稚嫩脸颊上涌现出了一丝惋惜。

"你看起来很爱你的养父？"

"是的，我只要有时间就会回到这里。"

"那你为什么还要把他的大脑卖给永生制药？"韩非不想拐弯抹角耽误时间。

男人的脑袋慢慢转动，他看向了韩非："你是谁？"

"我叫韩非，在《悬疑小说家》中饰演你的父亲。"韩非朝四周看了看，确定对方身上没有携带刀具，周围也没有危险物品后才走了过去，"你父亲是我见过最复杂的人，他的内心就像一片汪洋，每次我揣摩他的情绪和故事时，都感觉自己仿佛要被拖拽进深海中。"

"没有人能够扮演他。"男人很肯定地说道。

"是吗？我们九个演员每人扮演一个他的人格，都无法将他还原出来吗？"

"你们九个加在一起，最多也只能糊弄一下不知情的人，想要还原出真实的他，你们还远远不够。"男人的目光重新看向了风铃，"那不是演技可以弥补的差距，没有经历过永远都不会懂。"

"经历？经历过什么？"韩非对男人说的每一句话都很好奇，这个有些神经质的男人是韩非了解蜘蛛最重要的突破口。

"我很尊重我的父亲，他也很爱我，但有的时候，他也曾想要亲手杀死我。"男人和年龄完全不相符的脸上露出了一个笑容，"听起来是不是很荒谬？可现实就是这样。"

男人的话让韩非想起了自己在深层世界找到的那份领养档案，档案上多余的文字非常多，其中就有"杀""死"等极为刺眼的字迹。

"我见过他熟练地用刀宰杀牲畜，见过他轻松击倒比他壮实很多的年轻人，我也见过他抱着头把自己关在柜子里哭泣，我还见过他拿着刀和钢笔在半夜凝视着我的脖颈。

"我第一次意识到他想要杀我，是在我对死亡都还没有形成什么概念的时候，我根本无法理解他为什么要那么做。不过我并不怪他，他想要杀我，但最终保护我的人依旧是他。父亲拥有多个人格，想要杀我的应该只是其中某一个人格，大多数时候他都是正常的。"

男人仿佛在说着别人的故事，和蜘蛛生活在一起的感觉并不好受，但从男人的言语中并没有听出对蜘蛛的抱怨，他的言语中反而带着一丝怀念。

"你的父亲想要杀你，你却不怪他？"韩非想要看透眼前这个男人的内心。

"在你们眼中，我父亲是一个患有精神分裂的作家，你们觉得他的故事非常神秘传奇。可在我眼中，他是世界上最可怜的人，一辈子不能去爱，一辈子活在自我怀疑和自我背叛中。"男人默默地看着风铃，仿佛是在自言自语，"你们不会理解的。"

"能跟我聊一聊他吗？我看过了他的所有书籍，很想要知道真正的他是什么样子的。"韩非坐在了男人旁边。

望着风铃，男人再次开口："我的父亲曾经告诉过我，他这辈子做出的最勇敢的一个决定就是收养我。自从病发之后，他就彻底把自己关在了一个完全封闭的世界中，他拒绝和外界交流，担心自己失控，担心其他人格会伤害到亲近的人。

"他就这样一直生活着，我不知道他为什么会在生命的最后时刻改变，也许他是不想向命运屈服，他要用自己生命中最后的一段时间来证明一件事——不管遭受任何事情，他依旧是他，哪怕命运也无法动摇他分毫。"男人指了指自己的心脏，

"我没有被他杀死,我对他满怀感恩,我依旧在怀念着他,从这一点来说,他已经赢了。他赢过了命运的安排,赢过了想要杀死我的人格,赢过了那只看似可以操控一切命运的无形之手。"

"命运,无形的手?"通过男人的话语,韩非心中慢慢出现了一个猜测。

蜘蛛和蝴蝶最后的战场就是这个被收养的孤儿,蝴蝶在正面无法击溃蜘蛛,所以想要让蜘蛛亲手杀死自己领养的孩子,让蜘蛛的心出现裂痕!

领养档案里那一个个"死"字和蜘蛛的笔迹相同,但书写状态与蜘蛛的手稿完全不一样,从侧面说明那个时候蜘蛛或许正处于失控的状态,又或者是有什么东西在操控他?

"你的父亲还有没有对你说过什么?你在他嘴里听到过蝴蝶这两个字吗?"

"蝴蝶?"

窗外的风忽然吹响了风铃,在那略有些诡异的风铃声中,男人闭上了眼睛,苍白的脸似乎有些痛苦。宽松的黑衣服仿佛一件丧服套在他身上,他没有回答韩非的问题,喉咙里念出古怪的音节,然后直接起身,似乎是准备离开。

"那两个字不能在这栋楼里提起吗?坦白告诉你,我其实也被蝴蝶盯上了,我和你父亲一样,都想要杀死蝴蝶。"韩非拦住了那个男人,"我没有其他的选择,那个东西已经从噩梦深处爬了出来,它离我越来越近,就在几十分钟前我还看到过它。"

男人下意识地远离了韩非,随后他又摇了摇头:"不可能,除了我父亲之外,没有谁能活着看到它,也没有谁有能力让它出现。"

"我也不知道事情怎么就发展到了这一步,最开始我只是为了拍戏,结果不小心协助警方破获了十年前的人体拼图案,揪出了蝴蝶的尾巴;再后来我又在学校怪谈案中跟它结下了梁子,折断了它的一片羽翼,这么给你说吧。"韩非盯着男人的脸,他眼中来自深层世界的恐怖肆无忌惮地涌现了出来,"你父亲和蝴蝶斗了那么久,依旧是不分胜负。而我和我的同伴,赢过蝴蝶一次。"

韩非在说这些话的时候,自身气场和之前完全不同,那血淋淋的感觉扑面而来,他文质彬彬的外表下仿佛隐藏着一个从地狱深层逃出的"恶鬼"。他给蜘蛛养子的感觉根本不像是演员,更像是一个在午夜和黎明交替时才会出现的屠夫。

那男人的脸变得更加苍白了,他思考了很久,终于停下了脚步。

"你既然能看见它，说明你离死不远了。我也不知道该如何帮你，父亲什么都没有告诉我，他只是在生命的最后时刻对我说过……"男人惨白的脸转向韩非，"他说我就是蝴蝶，他没有赢过蝴蝶是因为我，他没有输给蝴蝶也是因为我。我直到现在都不明白他这句话的含义，或许一直困扰他的那个东西曾跑进过我的脑子。他想杀掉那个东西，就要杀掉我，而杀掉我，他就会输。"

韩非记下了男人说的每一句话，在蜘蛛遇到蝴蝶的时候，这男人还是个孩子，他是蝴蝶的棋子，也是蜘蛛的战场。男人虽然不知道那场厮杀的惨烈，但是他的话语却能给韩非一定的启发。

"蝴蝶最懂得利用的是人性，我要避免类似的情况出现。"

从意识深处的缠斗，到在现实里搏杀，蜘蛛当初遭遇的事情，就跟韩非现在一样。

深层世界里韩非被蝴蝶所在的死楼下了死咒，现实中那个类似于人的影子也正在慢慢逼近。蝴蝶很少这样全力以赴，大多数人都不值得蝴蝶如此针对，十几年来应该也只有蜘蛛、韩非和黄赢有这个待遇。

"看来我有些误会你了，不过我还是想不明白，你为什么要把蜘蛛的大脑卖给永生制药？"韩非以前从未听说过这样的交易，大脑是人体最神秘的地方，藏着一个人一生中全部的秘密。

"父亲是我见过最聪明的人，聪明到即使大脑病变，也依旧能够和其他的人格共处，依旧能像正常人一样。不过他自己也清楚自己的大脑与众不同，他知道我无法保住他的大脑，所以在临死之前他去了一趟永生制药。"男人依旧在看着风铃，"一切都是父亲的决定，我不过是帮他完成了最后的心愿。"

从韩非身边走过，男人在离开房间时，好像自言自语一般地说道："希望你能活下去，我记得父亲还对我说过一句话，那个东西没有弱点，不过你越是害怕，它就会变得越恐怖。"

男人的话语让韩非想到了金生给他的提示，在死楼里越是害怕，存活概率就越小。

"放心，我胆子很大。"韩非摆了摆手，"你也要好好活下去，对了，我还不知道该如何称呼你？"

"我叫吾罪，吾日三省吾身的吾，罪孽的罪。这是父亲给我起的名字，他没有让我跟他的姓，他担心会把自己的厄运传递给我。"推开房门，那个皮肤苍白的男人消失在了楼道里。

看着吾罪的背影,韩非久久没有移开视线,他从口袋里拿出自己的手机,录音功能一直打开着。他反复听了几遍吾罪的那句话——他说我就是蝴蝶,他没有赢过蝴蝶是因为我,他没有输给蝴蝶也是因为我。

蜘蛛原本的人生没有任何牵挂,直到吾罪出现。他在保护这个孤儿,也想要杀死这个孤儿,多重人格的复杂性在如何对待吾罪这件事上展现得淋漓尽致。

"吾罪?无罪?或者说是我的罪?"

同样两个字却有不同的解释方法,韩非不知道蜘蛛为什么会给那孩子起这样一个名字,他仍旧无法理解作家。

"看来想要弄清楚真相,还是要在深层世界中找到作家才行。不过今天也不是完全没有收获,蜘蛛最后没有输给蝴蝶,有一个很重要的原因就是他坚守了自己的心,以前蜘蛛的人生是不完整的,他的生命中缺少爱和守护。按照吾罪的说法,蜘蛛不敢去爱,也没有守护的东西,他就像是一个站在不同世界交接处的旁观者,冷眼记录着一切,因为这样的性格他才能写出《畜牲巷》那样的书。

"不过后来吾罪出现,蜘蛛开始重新审视自己,他眼中承载着两个世界的天平再次倾斜。也正是因为吾罪,所以才有后面那本记录着人格之间相互厮杀的《屠夫之家》。两本书,一本写的是眼中的世界,一本写的是心里的世界。"

拿着自己的剧本,韩非看着空荡荡的楼道尽头,站在蜘蛛的角度考虑:"蜘蛛没有杀死蝴蝶,也没有伤害自己收养的孤儿。站在父亲的角度来看,不败就是赢。"

耳边风铃声响起,韩非收起手机。他就像吾罪之前那样默默地注视着风铃,随后他想起了深层世界里作家的房间。抱着试一试的想法,他踩着椅子,双手触摸风铃四周的天花板。

仔细搜查过后,韩非打开了一个非常隐蔽的暗格!

如果没有在深层世界里搜查过作家的房间,韩非也绝对发现不了如此隐秘的暗格。

取下挡板,没有蝴蝶尸体掉落,那暗格中只有一张黑白照片。餐桌四周摆着十把椅子,桌面上摆着十套餐具,但是照片里却只拍下了蜘蛛和吾罪两个人。他们两个坐在餐桌两边,默默地看着彼此。

"这算是全家福吗?"

现实中的暗格里没有蜘蛛的手稿，只有这张照片。韩非擦去照片上的灰尘，他突然发现餐桌的椅子上写有编号，大部分编号上都被人用红笔画了一个叉，只有三号、五号和九号椅子没有被标记。

"三号副人格是医生，五号副人格是老师，九号副人格是读者，难道说蝴蝶最开始就隐藏在这三个副人格中？"韩非觉得还有另外一种可能，蝴蝶一开始想要引诱的只是蜘蛛的某个副人格，但它没想到蜘蛛具有多重人格，随后就陷入了一场意识和人格层面的厮杀。

这张照片对韩非来说是一个非常重要的线索，等再进入深层世界，他就可以专门针对这三个副人格。将照片贴身收好，午休时间已经结束，韩非开始了下午的拍摄工作。随着对蜘蛛的了解不断增多，韩非饰演的人物也越来越出色，他在电影中的角色只是配角，但整部电影的中心却在缓缓朝他的身上倾斜。

韩非这个演员身上带着一种神秘又特殊的魅力，当他沉浸于角色的世界中时，展现在众人面前的似乎不是一个单独的人物，而是一片被黑夜笼罩的世界。

太阳落山的时候，四楼又一次响起了风铃声，楼内居民开始反锁房门。在他们看来，这风铃声已经成了一种提示，代表着不祥。

结束了一天的拍摄，永不加班的韩非跟导演打过招呼后，便坐着警车离开了。

在车上韩非又请教了厉雪一些使用刀具的技巧，现代社会就连警察都很少使用刀具了，他们学习的更多是如何从歹徒手中夺刀，所以厉雪能给韩非的帮助有限，她只是又告诉了韩非一些进阶版的格斗施展技巧。

拥有"触摸灵魂深处的秘密"，韩非可以触碰到怨念和执念，近身格斗对他来说也非常有用。

晚上八点多，韩非回到自己家中，他将屋子全部检查了一遍，确定屋内没有进入外来者后才重新锁好门窗。

在网上搜索了各种刀具实战教学视频后，韩非又订购了一把没有开刃的重刀，那把刀不能砍人，只是用来练习的。

冰箱里储备着水和压缩食物，屋子里摆放着各种防身用具，任谁来韩非家里串门估计都不会觉得他是一个演员，反而会认为他正在为世界末日做准备。

午夜零点，连接好各种线路后，韩非躺在床上戴好游戏头盔。

血色笼罩了世界，韩非的意识被抽离出身体。

鼻腔又闻到了那熟悉的肉香,当韩非睁开眼时,满地的血污映入他的眼中,几道目光也在同一时间看向了他。

"店长!"独眼店员萤龙坐在地上,他穿的那件便利店职员外衣已经被血染成了黑色,残魂之上烙印着一些难以消除的牙印和伤口。李灾躺在他的旁边,枕着"哭"的灵坛,瘦长的魂体上出现了多处伤势,他身上的血污已经全部凝固,仿佛一层薄薄的黑甲。

能看得出来,两人在这短短几天内经历过多少场厮杀,浑身浴血都不足以形容他们的状态。

"你俩是怎么找到这里的?"韩非抓着萤龙的手,他一直都很担心对方,本准备这次上线之后就去寻找他们。

"我们两个徘徊在外围区域,昨天巷子里的怪物数量突然暴增,我俩只好往巷子深处跑,最后在无路可逃的时候,被她救了回来。"李灾有气无力地躺在地上,撇了撇嘴角,示意韩非小心厨房里的女人,他有些害怕徐琴。

"徐琴在我离开后,外出救了你们?"韩非很惊讶,不过徐琴以前也曾救过孟诗的小孙子,这么想她对幸福小区里的邻居还是很不错的。

"我一开始其实是拒绝跟她来的,奈何实在打不过她。"李灾抱起地上的灵坛,"灵坛里收集到了很多的残魂和阴气,大家虽然都受了一些伤,不过实力也都有大幅提升。巷子里那些怪物身上蕴含着一种特殊的阴气,异常的霸道和凶残,这地方对我弟弟李祸来说简直就是天堂,他吃了一路,体形暴增,估计你下次再见到他就认不出来了。"

李灾和李祸是一体的,哥哥保持理智,弟弟保持战力。

听到李灾这么说,韩非又看向了萤龙,对方瞬间明白了韩非的意思,他的独眼之中浮现出一张带着血痕的兽脸。

在那兽脸的帮助下,萤龙散发出的气息变得更加残暴和凶狠,如果长时间被那独眼盯着,神智也会受到影响。

所有邻居和同事的实力都有了提升,看着萤龙和李灾,韩非的心里踏实了很多。

"这游戏玩到现在,总算有一丝丝养成治愈的意思了。"

"话说我一直很好奇,你和那个恐怖的女人到底是什么关系?我第一次见你走出幸福小区的时候,就是跟她在一起。"李灾还记得当时的场景,"她把你送到了小区门口的马路上,那感觉就跟第一次送儿子上学的妈妈一样?从某种程度上来说,你俩当时都很紧张。"

看到韩非脸上冒出青筋,李灾也觉得自己说得有些不恰当,赶紧改口:"我只是想要表达一下你俩关系非常好,难道你们两个真的是亲姐弟?"

"我们是邻居,她救过我一命。"

"就这么简单?"李灾的表情明显很失望,他还有点不死心,"你为了她深入这么危险的地方,她为了帮你专门跑到巷子深处找我们。感觉她人虽然恐怖可怕了一些,但内心还是很不错的。最主要的是她实力强悍,还会做饭,长得也很有气质。"

"你想要说什么?"

"如果我能在这满是绝望的世界里遇见这么好的女人,我肯定会想办法跟她在一起,死死抱紧她的大腿,这辈子都不撒手。"

"你这是吃了太多猪脸怪物被诅咒了吗?"韩非感觉李灾也只是说着玩罢了,他们兄弟两个性格完全不同,哥哥李灾有些话痨,自带霉运,还曾想要跟黄赢做兄弟;弟弟李祸韩非接触得比较少,仅有的印象是不爱说话,遇到敌人上去就干,不是敌死就是我亡。

"我是为你好啊,这个办法或许能够让你两个人都不那么绝望……"

"你还是赶紧把伤养好吧。"韩非还没等李灾说完,他突然看向周围,"徐琴不在屋子里吗?"

"她要在屋子里,我敢这么说话吗?"李灾从地上爬了起来,"徐琴把我们接回来之后,她就被一个小孩叫走了,那孩子说话结结巴巴,背着个书包,看起来不像是好人。"

"阿梦?"韩非不知道蜘蛛的副人格找徐琴干什么,他总觉得有事情要发生。

"那小孩还画了一幅画,徐琴就是看了那幅画才离开的。"和李灾不同,萤龙非常稳重,办事也十分靠谱。

他从自己的衣服里拿出了一张画,递给韩非。

作业纸上画着很多小人,其中一个红衣小人拿着两把餐刀,另一个红衣小人戴着厨师帽子,周围的黑色小人似乎想要把那个戴着厨师帽子的女人,从另一个红衣女人的身体中拽出。

"徐琴杀掉了蜘蛛的厨师人格,继承了厨师的面具和诅咒,阿梦想要表达的意思是——有人想要把徐琴身体里属于厨师的诅咒拽出来？"

画中想要表达的具体含义是什么对韩非并不重要，他只知道现在楼内的人想要对徐琴不利。

"不能待在这里了，我们去找阿梦。"韩非在现实里看过了蜘蛛的"全家福"，从那张在暗格里发现的照片可以看出，除了读者、医生和老师这三个副人格，其他人格大概率是无辜的。他现在要做的就是把其他人格团结在身边，不能让曾经的悲剧再次发生。

"确定要出去吗？徐琴临走的时候交代过我们，说无论如何都不要离开这个房间，还特别强调了一遍，不能让你离开。"李灾朝墙边挪了挪，然后看向了"哭"和萤龙。

"她确实这么说过。"

"徐琴之前也跟阿梦出去过一次，但那次并没有这么强调过，她肯定是遇到什么事情了。"韩非走向客厅房门，根本没有多考虑。

看到韩非这样，李灾叹了口气，缓缓站起身："先声明，我并不是想要拦你，只是希望你能想清楚，我们出去也不一定能帮上她的忙。"

"我比你们所有人都更了解楼内的怪物，这就是我必须要出去的原因。"韩非的手按在了客厅房门上，"放心吧，任何时候我都能保持理智，不会好心办坏事的。"

手臂用力将房门推开，在门板打开的瞬间，外面的世界似乎发生了某种变化，安静得吓人。

"不太对劲啊！"韩非看着四周的墙壁，楼道里的血迹和碎骨渣全部不见了，那复杂的通道也出现了变化，本该是墙壁的地方变成了楼道，本该是通道的地方却变成了住宅房门。

"楼内的所有通道都发生了改变，我们就算出去也很难找到她，不如乐观一些。"李灾身上的伤还没好。

"屠夫之家就是蜘蛛的心脏，应该只有管理者才可以自由操控一切，现在通道出现变化，有两个可能。"韩非的眼神有些可怕，"第一，管理者可能已经苏醒；第二，某个人格窃取了管理者的部分能力。我们要尽快行动了，如果不阻止对方，让一个满怀恶意的人格成为畜牲巷的管理者，那后果不堪设想。"

"人格？窃取管理者能力？"李灾和萤龙都不清楚韩非在说什么。

"六号副人格临死前曾说过，找齐所有面具就能成为管理者，楼内的人应该就是为了面具，所以才开始针对徐琴。"韩非冷静地分析着，"徐琴很清楚这一点，才会跟随阿梦离开，她知道待在这里也只会让我们全部成为被攻击的目标。"

看着墙壁上斑斑驳驳的痕迹，韩非将所有的信息串联在一起："深层世界的屠夫之家中，扮演杀戮者的作家消失了，看来需要一位新的'作家'才行。午夜屠夫这个隐藏职业必须要在屠夫之家才能完成转职，是畜牲巷特有的职业，但午夜屠夫并不是蜘蛛真正想要的职业，他需要的是能够屠杀屠夫的屠夫。"

韩非觉得自从自己进入畜牲巷后，冥冥中就好像有一双眼睛在看着他。转职的考核任务，所有的选择，每一次的杀戮和救赎似乎都被那双眼睛看到了。

在韩非之前，几乎没有人能够赋予午夜屠夫职业全新的含义，更没有人能够用人性中最美好的品格铸造刀刃。对于蜘蛛来说，韩非已经做到了连他自己都没有做到的事情。

现在面临同样的绝望，也许韩非能够创造出一个全新的奇迹。

"竭尽全力去做，如果最后我能够成为畜牲巷的管理者就完美了。"

韩非思考的时候，安静的楼道里忽然传来了脚步声，几人朝着声音传来的方向看去，一个瘦弱的小男孩背着书包朝这里跑来。

他表情惊恐，满脸不安，手中挥动着一张很粗糙的彩笔画——画里是一个失控的女人，她的身上插着十三把细长的餐刀。锋利的餐刀刺破了皮肤，画中小人的衣服被鲜血染红了。

韩非看着阿梦手中挥动的画，他的脸色瞬间变得很差。伸手抓住阿梦的肩膀，韩非将这个孩子一把提起，双目盯着对方那稚嫩的脸颊。

"是你把徐琴叫走的，现在怎么就你一个人回来了？"

最危险的魔鬼往往会把自己打扮成天使的样子，在深层世界，千万不能轻易去相信一个人，哪怕他看起来只是一个天真无邪的孩子。

"画、画……"

阿梦用力挥动着手上的画纸，他越是害怕，说话就越是结巴，半天吐不出一个完整的词语。

"徐琴为什么会把餐刀插在自己身上？她现在在什么地方？"韩非知道跟阿梦交流很麻烦，他将阿梦放下，打开阿梦的书包，直接把纸和笔放在了对方身前，"把你想说的画出来。"

似乎是知道时间紧迫，惊魂未定的阿梦拿着笔在纸上勾勾画画。

两个佩戴面具的小人坐在餐桌旁边，餐桌的案板上放着一个被切得零零散散的人。

佩戴面具的小人指着案板上的人说说笑笑，距离餐桌比较远的地方还站着几个小人，其中就有一个戴着厨师帽子的长发女人。

很粗糙的彩笔画，但是看起来却有种说不出的诡异和惊悚。

韩非用余光扫了阿梦一眼，内心疑惑："这孩子都看到过什么东西？"

站在韩非身边的李灾也看到了这幅画，他瘦长的身体弯曲成九十度，脑袋几乎压在了韩非的肩膀上："感觉好像是楼内有一个人被处理掉了？餐桌旁边共有九把椅子，但是算上厨师在内，画里一共也只有八个人。少的那个人，应该就是案板上的人，这楼内最近有谁失踪了吗？"

"作家？失踪的作家被吃掉了？"韩非拿着手中的画，然后又看向了阿梦，"这和徐琴有什么关系？"

阿梦拿着笔，圈住红衣厨师，又在纸上画了一个箭头，把厨师指向餐桌。

"他们下一个想要吃掉的是徐琴？"联系上一幅画来看，韩非知道徐琴是诅咒聚合体，本体是餐刀上的诅咒，她把所有餐刀刺入身体会完全和诅咒融合，达到最强状态。

能把徐琴逼到这种地步，说明楼内的人已经开始对她下手。

从物品栏里取出往生屠刀，韩非蹲在了阿梦身前："餐桌旁边佩戴面具的两个人中，有你吗？"

阿梦拼命地摇着头，他指着自己的脸，结结巴巴地说道："我、我没有面具，我的面具被抢走了。"

可能是为了增加说服力，阿梦又拿起笔给其中一个佩戴面具的小人画上了医生穿的大褂，他怯生生地指着那个小人，嘴里不断重复着医生这两个字。

"杀死作家的凶手之一是医生？这跟现实中可不太一样，难道深层世界出现了某种变故？"

不再耽误时间，韩非示意阿梦立刻带他去寻找徐琴。他没有完全信任阿梦，但现在他也没有更好的选择了。屠夫之家内蜘蛛的副人格似乎天生就拥有一种能力，不管楼内通道和场景如何变换，他们都可以轻松地找到正确的道路，那种感觉就好像他们和这栋建筑本身是一体的。楼内的血迹少了很多，仿佛被打扫过，韩非发现这地方和现实中的肉联厂家属院越来越像了，梦境似乎正一点点朝着现实靠拢，过去发生的悲剧好像要重现。

穿过一个个房间，走过一扇扇门，阿梦最终带着韩非来到了这庞大建筑群的四楼，他们停在了一扇看着很普通的房门前面。

"徐琴在屋子里？"韩非让阿梦去开门，在门板打开的时候，一股浓浓的消毒水味从房间里涌出。一眼看去，屋子里到处都摆放着药瓶，这屋子的摆设和现实中蜘蛛家里的摆设一模一样！

"这里是？"

韩非望向阿梦，那个小孩缓了几口气，指着屋内："医、医生的家，厨师曾来过这里。"

"医生的家？！"听到小孩的回答之后，韩非双眼睁大，这个和现实中作家房间完全一样的屋子竟然是医生的家！

这至少说明了一件事情，在蜘蛛生命的最后阶段，是医生这个副人格占据了主人格的位置！也只有这样才解释得通，为什么现实里蜘蛛的家会和深层世界中医生的家一样。

"难道医生就是被蝴蝶蛊惑的人格？他最后几乎就快要成功了！"

进入屋内，韩非仿佛回到了现实，这种感觉说不出的奇妙。看着那些药瓶和诊断报告，大部分都和现实中一样。

"医生人格负责自我治愈，医生人格的存在，本身就是在暗示蜘蛛是一个患者，是一个不正常的人。蝴蝶从医生人格入手，确实最有可能击溃蜘蛛。"

屋内的布置和现实中没有区别，韩非甚至都记得每一件物品摆放的位置。查看过客厅、厨房之后，韩非进入了卧室。

在他看向书架时，终于发现了一处和现实不同的地方——本该摆着《畜牲巷》和《屠夫之家》两本书的地方，摆放着两本厚厚的病历报告。

韩非随手拿起一本翻看了起来，上面的内容和图片让他感到有些不适。

最近巷子里患病的人开始增多，患者症状相同，咳嗽、发热、伴喘，皮肤表面出现红疹，身体无故发痒。经初步问诊，所有患者都曾在四日晚购买并食用了肉联厂的熟食。

排除食物中毒可能，轻症患者于一周后病情加重，身体奇痒无比，多位病患挖伤自己的身体，出现自残现象。

第二周，大多数患者出现幻觉和幻听现象，认为身体里钻进了什么东西，希望进行手术，经检查体内无异物。患者体重无明显变化，但是身体却突然暴瘦，好像血肉被某个东西吸取了。

第三周，部分患者皮肤开始龟裂，身体上出现大量明显的血痕，少部分患者出现皮肤消融症状。

第四周，巷子里大量患者死亡，病例具体诊断报告如下……

看着那一张张报告，韩非的心都揪了起来，那可是一条条鲜活的生命。

合上第一本病历报告，韩非又翻开第二本查看。第二本上的报告非常详细，记录了医生自己身体每天的变化。

二月四日，身体无明显变化……

二月五日，皮肤开始瘙痒。

二月七日，第一次出现幻听。

二月十五日，身体明显变瘦，皮肤开裂，瘙痒和疼痛同时存在，想要撕开身体的感觉愈发强烈。

二月二十一日，肚子里明显有什么东西想要钻出，皮肤开始消融，隐约可以看见自己的内脏。

二月二十五日，所有药物都无法生效，幻觉和幻听已经完全渗透大脑，手术也无法阻止身体病变。果然，我不应该吃掉作家，只是不知道这次他会以什么方式回来。

医生那两本厚厚的病历报告单，前面全部很正常，整理得也十分专业，直到韩非看见了医生二十五日的记录。

"不应该吃掉作家？"

联想起阿梦的那幅画，韩非感觉杀死蜘蛛的凶手之一就是医生。

"现实里蜘蛛杀死了所有副人格，怎么深层世界里反了过来？副人格们似乎不止一次地杀死了蜘蛛？而且作案手法相当的变态和恐怖。"

他继续向后翻动，试图多了解一下医生。

二月二十六日，腹部传来绞痛，腹部皮肤只剩下很薄的一层，我的身体现在就像是一个快要到极限的气球，不知道什么时候就会爆炸。

二月二十七日，大量患者死亡，没有人可以活过一个月。我仔细检查他们的尸体之后，发现所有死者的肚子都破开了，好像有什么东西跑了出来。死者在临死之前都曾朝这栋公寓楼的方向移动，最后倒在了路上。基于以上信息判断，可以确定是他回来了，真没想到这样都杀不死他。

二月二十八日，生产猪肉的工厂被人毁掉，失去了工作的人在巷子中逃窜，关于猪肉中掺杂了其他东西的传闻已经闹得尽人皆知。想要制止这场骚乱，让一切恢复正常，那就必须要想尽办法再杀死他一次。

医生在记录自己身体状况的病历单上写了很多其他的东西，能看出来他状态很糟糕，后面那几页病历单上都沾了血迹，似乎是他在书写的时候，不小心弄上去的。

"医生要杀的是作家，为什么会去针对徐琴？另外，这个医生的脑子好像不太正常，那工厂里明明生产的是人肉，所谓的工人也只是长着猪脸的怪物。医生似乎打心底没觉得他们是怪物，把他们当成了同类。"

畜性巷里人和畜牲的边界很模糊，韩非现在怀疑医生是不是也变成了猪脸怪物？当兽性战胜人性的时候，他自然会觉得畜牲做的一切都是正常的，因为他本身就是一个戴着面具的畜牲。

韩非还在思考其中的关联点，楼下突然传来一声巨响，随后整个楼体都在轻微晃动。屠夫之家里所有房间的位置都是错乱的，医生卧室窗户外面正对的是另外一个房间，身处在这宛如迷宫一般的地方，根本无法知晓楼外到底发生了什么事情。

没有其他收获之后，韩非又把阿梦拽到了身前："徐琴来过这个房间后，她又去了哪里？"

阿梦还没说话，楼体就再次被撞击，地面震动，这栋楼似乎随时都有坍塌的可能。

背着书包的阿梦抱着自己的头，躲在了角落里，他仿佛被世界遗弃的孤儿，这个人格本身也代表着蜘蛛心中的孤独、被遗弃感和仅有的童真。

"找到徐琴我们才能活，找不到她，我们全都会死。"韩非再次蹲到了阿梦身边，这个孩子知道很多事情，但他似乎并没有把所有东西都告诉韩非。

韩非之所以会信任他，完全是因为徐琴相信这个小孩，而且这个小孩身上也没有出现医生描述的种种症状，他应该没有参与那些恐怖的事情。

"你该不会是在故意拖延时间吧？"韩非将往生屠刀的刀柄压在了小孩的肩膀上，他的眼神冰冷吓人，"坦白说我对你们楼内的所有人都不感兴趣，我不想杀你们，你们是好是坏，我不关心。我来到这里很重要的一个原因就是为了带她回去，我不管你到底有什么打算，如果你心怀不轨想要阻拦我，我就砍了你的脑袋。"

一双双惨白的手若隐若现，韩非的刀柄之上携带着一种特殊的威压，能够让恶意无所遁形，让触碰到的阴煞之气如同冰雪般消融。看过医生的病历单后，韩非知道这楼内确实不正常，他必须要尽快找到徐琴。

小小的肩膀被刀柄压着，阿梦两只手不断摆动，他被吓坏了。拿出纸和笔，阿梦连续画了好几幅画表示：徐琴看过医生的病历单后，她身体中厨师留下的诅咒和面具失控。等她从屋子里出来，埋伏在房间外面的人便直接开始和她交手，想要抢夺她的面具，最终他们一起消失在了楼道中。

看着简陋的彩笔画，韩非不清楚该不该信任阿梦，他让阿梦在前面带路，然后悄悄将血色纸人从物品栏里取出。在屠夫之家里，血色纸人和徐琴之间的联系被某种东西压制，只有距离非常接近的时候，纸人才会给出反应。离开医生的住处，阿梦朝着记忆中徐琴离开的方向走去，韩非则提刀跟在身后。

就算有邻居们在身边陪同，韩非此时也没有多少信心，他知道自己将要面对的是一整栋楼的屠夫，而他也将践行自己转职时的诺言，以"午夜屠夫"这份职业，迈出走向黎明的第一步。

破旧的老楼因为韩非的出现产生了某种变化，一次次轮回中，多了一丝异数。

楼外的撞击声还在不断传来，楼内则和现实里的肉联厂家属院越来越像，这里的一条条过道和一级级台阶蜘蛛似乎都曾走过。

经过一个个房间，韩非的眼前开始出现血迹。

很诡异的是，大片血污溅落在墙皮之上，仅仅过了几十秒钟，血迹就消失了大半，仿佛被老楼吃掉了一样。

"难怪我一路上都没有看到血。"

手指抚摸墙皮，韩非竟然感觉好像是按在了活人的胸膛上一样，甚至能感到对方的心脏在一下下地跳动。

"这建筑活了过来？"老楼在吞食血迹和尸体，可就算这样，韩非四周的血迹也越来越多，他正在走的似乎是一条通往死亡的道路。来到一层，血迹已经浓郁到极致，而他藏在口袋里的血色纸人也终于有了反应，脸上露出了绝美的笑容。

阿梦停下脚步不敢上前，韩非则缓缓穿过最后一个房间，看向了走廊尽头的那扇门。破旧的门板不断向外渗血，血水顺着门缝滑落，在落地之前便被老楼吃掉。

"徐琴好像就在门后。"

抬起手臂，韩非用力将门推开。

整栋老楼的血色似乎全部集中到了他眼前的这个房间里，三个佩戴着面具的怪物注视着大厅中央。

在血色最浓重的地方，站立着一个女人，她的身体被十二把餐刀刺穿，血液形成了红色荆棘，遍布她脚下的每一寸土地。

她惨白的皮肤被划破，那张妖异的脸上杂糅着病态和疯狂。

此时此刻，她正拿着最后一把餐刀对准自己的心脏。

在餐刀靠近心房的时候，数不清的诅咒从她的皮肤下冒出，似乎只要刺入最后一把刀，所有的诅咒都将全部释放出来！

第 7 章 苏醒的蜘蛛

身上插着十二把餐刀,每一把都刺入要害,那鲜红的血为她染成了一件新的衣裳。

"徐琴!"

隔着十几米远的距离,听到韩非的声音之后,那疯狂的眼眸轻微跳动,艳红色的嘴唇微微张开,她似乎说了什么,随后没有任何犹豫地将最后一把餐刀刺入了心口!

血花如同飞鸟朝四周散去,徐琴的最后一丝理智也彻底消失不见。

纤细的双臂向下垂落,溢满全身的诅咒在惨白的皮肤上翻滚交织,一道道完全不同的灵魂开始在诅咒中浮现,它们如同在血海上绽放出的花,又像是隐藏在诅咒深潭中的巨怪。那十三把餐刀是打开禁忌之门的钥匙,现在才是徐琴真实的样子。

甘甜的轻语,充满诱惑的嗓音,夹杂着刺耳的哭声和痛苦的哀号,最终所有的情绪都被徐琴那歇斯底里的笑声掩盖。

"谁会用双手把我撕碎,谁会将这样的我拥抱入怀,杀掉如此疯狂的我吧,或者被我在疯狂中杀掉。"

血和诅咒混杂在了一起,她脚下的阴影不断朝四周扩散。

锋利的餐刀只是刺入血肉的钥匙,所有的血腥都是为了打开那扇被暴食支配的心门。世上所有恶毒的诅咒都在她伤口里流淌,带着最深沉的黑暗朝四周席卷,她站立的地方好像就是深渊。

"最漂亮的人皮织成最漂亮的衣裳,最好看的脸蛋要放入罐子里珍藏,我找齐了最美的一切,拼凑着你的模样,这自私的爱意怎么能让我一个人独自品尝?"

纤细的手臂向前伸出,漆黑的诅咒扭曲缠绕在上面,一张无可挑剔的人脸在徐琴身上浮现,她盯着佩戴面具的怪物,拖拽着诅咒拼合成的身体,冲向了对方。

破旧的老楼不断吞食着血水,但它吞食的速度远远不如血花绽放的速度,徐琴已经彻底失控,她的眼中看不到一丝理智,身体内所有的诅咒全部被释放,此时她的四周就是一片禁区!

韩非现在才知道诅咒聚合体的真实含义,那每一寸血和肉都凝聚着绝望,其他的怨念是被绝望支配,而她本身就是由绝望构成的。一道道血影冲向佩戴面具的怪物,无边血色畸变为食人的荆棘,一旦被缠绕上就再也别想挣脱。

屠夫之家中的怪物也没有想到眼前的女人会如此恐怖,他们曾把徐琴几次逼入死境,但对方就算在那么危险的情况下也没有做出这样疯狂的行为。那些怪物不知道徐琴丢失的餐刀已经被韩非送回,没有多少时间的他们被迫布下杀局,结果正巧撞上了徐琴最强的时候。

不要轻易逼疯一个怪物,深层世界里的人都明白这个简单的道理。

三个佩戴面具的怪物知道无路可退,他们彼此看了一眼,同时朝徐琴冲去。面具之下的目光带着阴毒和杀意,三人的身体以肉眼可见的速度发生变化。

两个冲在最前面的是畜牲巷里的猪脸怪物,只不过它们的身体上画满了图腾一样的血痕,比其他怪物多了一分理智。血如雨下,两个满身图腾的猪脸怪物顶在前面,抽出屠刀,嘴里发出嘶吼,以恨意和绝望为刀锋的屠刀狠狠劈砍在血色荆棘上。

剩下的那个穿着黑色袍子的人则扫了韩非一眼,随后他从衣服下面抱出了一只缝合而成的小狗。那病恹恹的小狗后背满是伤痕,似乎被什么东西撕裂了一样。男人斩断了自己的手指,喂给小狗。病恹恹的小狗眼中马上充斥着血红,身体不断胀大,后背裂开。拇指粗的尖牙泛着寒光,小狗露在毛皮之外的血肉上被人写满了名字,这些名字有的属于遗弃了它的人,有的则是那些人曾经给它起的名字。

看似可爱的名字仿佛是用刀刻在身上的,蕴藏着浓浓的恶意,也许曾经的主人早已忘记了这些事情,但它没有,它记得每一个主人的气味和味道。

巨犬挣脱了血色荆棘,扑向徐琴。

看到如此狰狞的巨兽咬向自己,徐琴朝它伸出了双臂,那看似简单的一个拥抱,实际上带动了整个房间里数不清的诅咒!

最深的怨恨和绝望,近百道不同的诅咒拥抱住了那只巨犬,这一幕就连死神看到应该也会头皮发麻。没有人能够承受徐琴的拥抱,那诅咒宛如潮汐,那拥抱仿佛刀刃组成的巨浪。

白皙的双臂慢慢合拢，巨犬的身体被死亡的双翼包裹，徐琴将其向上抛起，砸穿了头顶的墙壁。当那巨犬再落下时，头和尾巴已经散落在了不同的地方。

狰狞恐怖的巨犬瞬间被杀掉，三个佩戴面具的怪物都有些怕了，但他们依旧没有后退。

光滑的地板砖上好像铺了一层血红色的丝绒，徐琴根本不在乎屠夫之家吞食的血液，她每移一步，血色的范围就会扩大一分。随着杀戮增加，越来越多诅咒形成的人形悄然出现，这个女人宛如天灾。

血痕图腾汇聚成了一张兽脸，那两个体形高大的猪脸怪物用自己的血肉喂食屠刀，在屠刀被彻底染红之后，它们两个分别冲向徐琴的左右两侧。站在最后面的男人则扯掉了自己宽松的黑袍和头套，露出了一个动物脑袋，他黑色外衣下穿着一件破破烂烂的白大褂，脖子上挂着一个兽医的工作证。男人抖动黑袍，嘴里发出奇怪的声响，他似乎已经忘记了人类的语言。一个个病恹恹的缝合宠物从黑袍和白大褂下面爬出，兽医划破自己的血管喂血给那些宠物。

他们所在的大厅是由四个房间打通形成的，是楼内最大的房间，此时这屋子显得异常狭小，连个躲闪的地方都没有。

站在门外的韩非看到了这一切，兽医并非屠夫之家的居民，也不是蜘蛛的副人格，但他佩戴了楼内的面具。"阿梦没有撒谎，他的面具确实被夺走了。"

兽医没从韩非身上感到威胁，操控那些缝合宠物需要时间，他还不紧不慢。此时韩非已经提刀上前，兽医还没反应过来，哭声出现了，李灾也和弟弟李祸交换了身体，身体魁梧暴躁的李祸直接撞向了兽医，畸形的拳头携带着怨恨将地面砸出一道道裂痕。

韩非和邻居们配合默契，没有给兽医任何反应时间，他游走在邻居身后，冰凉的眼睛不带一丝感情，默默地盯着兽医的脖颈。"如果不是你们，徐琴也不会失控，那十三把餐刀，你们要加倍偿还！"

兽医全部注意力都放在了李祸和"哭"的身上，他根本没想到身上一点儿阴气都没有、完完全全就是普通人的韩非竟敢插手他们之间的厮杀。等他意识到的时候，韩非已经悄悄来到了距离他不远的地方。五指握刀，韩非对准他的脑袋劈了下去。

在看到韩非拿着刀柄的时候，兽医微微一愣，可紧接着他就发现自己错得太离谱了。肩膀到小腹出现了一道夸张的伤痕，兽医拼命拉开距离，又落入了李祸手中。他主要是靠制作宠物来进行杀戮，本体并不是太强，不过可能也正是因为这个原因，往生刀才没有直接把他斩开。

对兽医的围杀还未结束，那两个满身图腾的猪脸怪物已被徐琴脚下的血色荆棘包裹，一道道诅咒形成的人形撕咬着它们的身体。猪脸怪物还在反抗挣扎的时候，徐琴看向了兽医和李祸，此时的她已经不再是曾经的她了，她完全被诅咒支配，根本不管眼前是什么，只想要杀戮和吞食。被餐刀刺入的身体如同一个连接着诅咒世界的大门，没有人知道那深沉的黑暗中到底还隐藏着多少怨恨。

"放过我吧！再不跑你们也会被杀掉！"兽医大喊着遗言。

"哭"将只剩下一口气的兽医塞进灵坛，果断拽着李祸后撤，几人一起跑出了房间。在那片血色中，徐琴的笑声依旧是那么疯狂，甚至还带着一种致命的魅惑。

"快、快走！"阿梦抓着韩非，这孩子被吓得说话都利索了很多。

血迹蔓延，失控的徐琴已经追了出来，疯狂地攻击着周围的一切。

"医生现在在哪儿？马上带我们去找医生！"韩非跑得飞快，他稍慢一步就会被血色荆棘洞穿。

"他、他们想要再次杀、杀作家……"阿梦被韩非单手抱起，几人慌慌张张，直接朝楼上跑去。

屠夫之家内的通道还在不断发生改变，随着吸收的血迹越来越多，这栋楼真的好像活了过来，所有人都听见了心脏微微跳动的声音。

"朝着心跳声最强烈的地方跑！"韩非知道蜘蛛还有半颗代表善良的心没有找到，恶意的心深埋在畜牲巷的血池，那善意的心应该就藏在屠夫之家才对。

楼外不断传来撞击声，整栋楼晃动得越发明显，当韩非他们跑到二楼的时候，屠夫之家的一条条通道开始坍塌。想要再次杀死作家的人、在背后窃取管理者能力的人，似乎什么都不在乎了，即使毁掉这栋建筑，也要完成最后一步。

血色铺满世界，随着外墙坍塌，和心跳声一起变强烈的还有楼外的撞击声。

在韩非身侧某一堵墙壁塌落的时候，他终于通过墙壁的缝隙看到了外面。

屠夫之家外面聚集着大量猪脸怪物，它们的猪脸面具上满是裂痕，皮肤大面积龟裂，不断有什么东西从它们的腹部爬出。那些血肉聚集在一起，隐隐约约形成了一个人的模样。当韩非看到那血肉怪物的脸颊时，他眼角轻轻抽搐，他真的想不到自己竟然会以这种方式见到深层世界中的蜘蛛!

韩非对蜘蛛那张脸无比熟悉,作为扮演蜘蛛的人,他只要有空就揣摩蜘蛛的内心,枕头旁边还摆放着蜘蛛的著作,可以说他是世界上最了解蜘蛛的人。

在他的印象中,蜘蛛应该是阴郁、内向、充满智慧的,可此时他看到的只是一个血肉组成的怪物,连身体都没有拼凑完整。

"蜘蛛是畜牲巷的管理者,一个管理者怎么会混到如此凄惨的地步。医生到底对他做了什么事?"

屠夫之家的晃动愈发剧烈,楼外从血肉工厂流出的鲜血开始朝这边汇聚,如同听从了什么命令一般。那由不同血肉组成的蜘蛛疯狂撞击着大楼正门,随着越来越多的血肉攀附到他的身上,他散发出的气息已经远远超过了正常的怨念。

楼内的情况也很糟糕,失控的徐琴把所有活物当作目标,无视一切,肆无忌惮地播撒着诅咒。血红和漆黑两种颜色在慢慢侵蚀建筑,屠夫之家吸收血水的速度变慢,不过那从建筑深处传来的心跳声却愈发清晰。楼道上出现裂痕,墙壁崩塌,在蜘蛛的最后一次撞击中,屠夫之家的整个二楼和三楼塌陷了!

楼内到处都是惨叫声和哀嚎声,灾难发生之前,韩非甚至都不知道楼内竟然住着这么多的人。

"咚!咚!咚!"

没有了楼层阻隔,中间一大片区域空了出来,沉闷的心跳声在楼内回响,所有幸存的人都看向了发生塌陷的地方。

屠夫之家下面已经被挖空,复杂的地下建筑暴露在了众人眼中,那深埋在地下的隔间如同一个个单独的刑房,每个屋子里都摆放着各种各样杀人的工具。

这栋楼明面上是畜牲巷幸存者的家,实际上不过是屠夫们的聚集场。

血淋淋的画面震撼人心。在那些房间中央,有一个被挖开的手术室。手术室占地面积颇大,其中摆放着大量医用物品,看似是个救人的地方,可是整栋建筑中,臭味最浓郁的地方就是那里。从手术室中心延伸出去的粗大血管连接了整栋楼,平时那些血管就隐藏在墙壁中。

看到这一幕,韩非想起了肉联厂,猪脸管理者也是通过这种方式操控那座血肉工厂的。手术室的主人和那个丑陋的猪脸管理者在做相同的事情,进一步推测,也许猪脸管理者能够操控血肉工厂,就是手术室主人的杰作。

"真不愧是屠夫之家。"

正常的建筑下面,埋藏着远比血肉工厂更恐怖的画面。

那些猪脸怪物被食欲驱使,猎物落在它们手中要么被吃掉,要么被丢进血池,总归是死。但在屠夫之家,某些暗室内的残魂已经看不出一点儿和人相似的地方了,但他们仍旧保留着一丝意识。

"嘭!"

楼体再次晃动,大量砖石掉落,这栋建筑以前绝对没有那么脆弱,只是从手术室里延伸出的粗大血管还无法完全掌控楼体。

追在韩非身后的徐琴停下了脚步,脚下的血色转而朝地下蔓延,似乎那里藏着更好吃的东西!

在徐琴朝屠夫之家中心处走的时候,一个个戴着面具的人从地下走出,他们并非蜘蛛的副人格,而是近些年来误入畜牲巷的人。蜘蛛的某个人格与他们进行接触,而后将他们留了下来,他们每个人佩戴的面具都是特殊制造的,上面满是裂痕,是由不同面具拼合成的。

"带编号的副人格面具被弄碎了,这些人脸上佩戴的面具里应该掺杂着真正面具的碎片。"韩非马上明白了。

屠夫之家的每一块砖缝里都隐藏着细小的血管,那地下房间里积攒下来的一种特殊尸臭味,通过这些细小的血管运送到建筑各处,手术室中延伸出来的血管突然开始涌动,乌黑发臭的血液开始从地下反涌到建筑中,闻到那股尸臭味的人全部陷入发狂的状态!

畜牲巷那特有的诅咒被人用这种方式强行触发,兽性和人性拼命争夺着身体的控制权,腹部的饥饿感越来越强烈,就算是闻到那浓浓的尸臭味依旧饥饿难耐。韩非身边的李祸直接失控,一拳砸向了萤龙。萤龙的独眼里也闪动着嗜血的光亮,所有邻居里只有浸泡过血池的"哭"能够稍微延缓诅咒的爆发。

韩非自己的情况也很不妙,不过每当他产生吞食欲望时,往生刀柄上都会传来一丝凉意,与他同行的人在用自己的方式提醒他。中心处,那些佩戴了特殊面具的外来者虽然也受到了影响,但还能够维持住理智,他们的状态和"哭"现在差不多。

"副人格佩戴过的面具可以抵抗兽性。"韩非将六号副人格的面具取出按在了萤龙脸上。佩戴好面具的瞬间,萤龙就冷静了下来,内心一阵后怕,要知道他刚才甚至产生了自己的肉很好吃这样恐怖的想法。

李祸近战能力太强,他们根本无法接近,韩非手里的面具只有一个,只能抱着阿梦暂时远离。畜牲巷的诅咒被触发之后,失去了面具的徐琴变得更加疯狂,她咬住了自己纤细的手指,拼命吮吸着伤口,脸上的病态和癫狂中也透着一丝迷醉。

"没有面具,离开畜牲巷诅咒就会爆发。如果不吃肉,就会变成那个样子。"韩非明白了畜牲巷的诅咒有多么恐怖,也更加明白了徐琴的痛苦,"她的身上有数百种诅咒,以后有机会的话,我要想办法帮她把那些诅咒一个一个全部去掉。"

"好甜……"风华绝代的脸,带着令人心悸的美,她张开双臂,直接跳向地下的手术室。

从身体中浮现的女人头颅跟随在她的身后,由诅咒形成的人影匍匐在她的脚下,徐琴身上被触发的诅咒远不止一个,她早已习惯了那种惊人的疼痛。比绝望更绝望的就是陷入更深的绝望,比诅咒更恶毒的就是触发更加恶毒的诅咒。

徐琴的状态明显出了大问题,她身边依附的诅咒越来越多,快要将她淹没,而且那插着十三把餐刀的身体里还有源源不断的诅咒冒出。看似纤细的手臂直接掀开了手术室残存的屋顶,彻底将这炼狱展现在众人眼前。

在手术室最中心的位置,一个披着白大褂的医生躺在白色的病床上,他的胸口被剖开,在他胸腔中囚禁着半颗正在不断跳动的心脏!

无数细密的黑色血丝粘黏在那半颗心脏上,医生想要把那半颗正常的心缝合在自己的胸腔中,但是不管怎么做,他的身体都无法和那半颗心融合。无法忍受的疼痛让医生忍不住挣扎,他脸上的面具歪歪斜斜,露出了他真实的面容。半边脸白净成熟,另半边脸却丑陋恶心。

作为蜘蛛的副人格,医生不再像一个人了。

"蜘蛛剩下的半颗心在医生的胸腔中?"

韩非之前就猜测蜘蛛剩下的半颗心在屠夫之家里,只是他没有想到医生会捷足先登,不仅提前找到了那半颗心,还成功窃取到了部分管理者的能力。作家把腐烂的半颗心割去,只给自己留下了善意,不过在实施的过程中似乎出现了某些变故。

原本的屠夫之家至少从外观上来看,是畜牲巷里少有的正常建筑之一。而现在,屠夫之家就像是医生胸腔里那颗千疮百孔的心一样,楼体坍塌,墙壁大面积崩坏。

空气中飘散着浓浓的臭味，黑红两色从两个方向不断侵蚀建筑，绝望仿佛压顶的乌云，笼罩着楼内每一个人。

躺在手术室内的医生，手中拿着一把锋利的手术刀，捂住自己被剖开的胸口，

"还是没有办法融合，我明明就是你，我可以比你做得更好。"医生的表情狰狞吓人，他已经没有时间了。

外面由血肉重新构筑成的蜘蛛正在撞击楼体，楼内完全失控的徐琴则把他当作了目标。同时被两种力量针对，医生感受到了莫大的压力。他为了这一天已经准备了很久，利用整个畜牲巷的恶来同化温养那半颗腐烂的心，夺走作家蕴含善意和温柔的另外半颗心，以此达到彻底控制畜牲巷的目的。

想法很美好，可是他的计划却在关键时刻出现了问题。

已经被杀死的作家以另一种方式回归，血肉工厂被摧毁，有人竟然潜入血池底部斩碎了另外半颗心。种种匪夷所思的意外让医生不得不提前自己的计划，可他又遇到了失控的徐琴。畜牲巷的诅咒对其他人来说是致命的毒，但对徐琴来说，却只会让她更加的兴奋和疯狂。

医生之前准备的一切后手根本派不上用场，身体上有图腾的猪脸怪物只能阻拦徐琴的脚步，根本没有杀死徐琴的能力，它们本身也是诅咒的产物。那些收了好处的外来者更加靠不住，他们此时已经产生了退意。逃出这栋建筑不一定会死，但如果跟徐琴和楼外的血肉蜘蛛战斗，那一定会魂飞魄散，这道选择题根本就只有一个答案。

"医生，现在我们要怎么办？你不是说这样做就可以救下大家？治好所有人的病吗？"手术室里还站着一个女人，那人长相普通，但是却十分温柔，开口说话都带给人一种如沐春风的感觉。

"我确实可以治好你们的病？但是谁来救我呢？"医生的半边兽脸变得扭曲，在丑陋的兽性之下，隐约浮现出了诡异的花纹，就好像是半只蝴蝶的翅膀，"贪婪是原罪，尤其是在已经拥有过之后，我现在已经不能放手了。"

医生握紧手术刀向胸口的半颗心刺去！蜘蛛鲜红的血洒落在医生的胸口，紧接着被染成了黑色。

"既然得不到完美的你，那就让我亲手把你毁掉，将你的尸体缝在我的心口上！"医生的脸愈发狰狞，那蝴蝶花纹也愈发清晰。胸口跳动的心脏不断被刺穿，

流出鲜红色的血液，整栋建筑中的血管都在剧烈颤抖，似乎感受到了疼痛。楼外的怪物也陷入了疯狂，外墙已经被撞塌。

手术室里的女人想要阻止医生，但她看到医生狰狞痛苦的表情后，还是选择了默默地站在他的旁边。代表善意的半颗心脏跳动得愈发缓慢，在它挣扎力度变弱的时候，数不清的黑色血丝从医生身体各处冒出，强行钻向蜘蛛的那半颗心。

而那无数黑色血丝中，还混杂着少许其他东西。在场所有人中，只有受往生刀保护的韩非看到了这一幕。医生脸颊上的花纹在变淡，那些诡异的花纹正顺着黑色血丝涌向蜘蛛的半颗心脏。在大量黑色血丝的掩盖下，那些花纹悄悄附着在了蜘蛛剩余的半颗心上。

"蝴蝶动手了？被蝴蝶引诱的人格是医生？不过为什么医生的脸上只有半只蝴蝶的翅膀，难道说还有另外一个人格也被引诱了？"

韩非下意识地将怀里的阿梦放下，小心驶得万年船，如果阿梦就是另外一个被引诱的人格，那他抱着阿梦就是在找死。其实他现在的状态也不是太好，畜牲巷的诅咒已经在他的身上发作，饥饿感好像无形的绳索正慢慢勒住他的大脑，让他无法继续保持理智，不断影响他的正常思考。他也不知道自己还能支撑多久，他必须要在自己失去理智前干掉医生，或者尽快逃出这栋建筑。

聚集在医生身边的怪物被徐琴吸引，那里是一片血肉地狱，猪脸怪物被诅咒逼迫着，以生命为代价来拖延徐琴的脚步。另一边被医生笼络的外来者则冲向屠夫之家外围，和变成了怪物的蜘蛛厮杀在一起，他们倒不是真心想要帮助医生，只是在寻找逃命的机会。

这座以屠杀其他生命来命名的屠夫之家，正在上演畜牲巷里最惨烈的厮杀，所有手染鲜血的屠夫都成了猎物，每时每刻都有怨念魂飞魄散。

远处的韩非默默注视着一切，畜牲巷和蝴蝶所在的死楼不是同等级的建筑，可就算如此，畜牲巷里的怪物和怨念数量也多到了一个恐怖的地步。韩非现在简直不敢想象死楼到底有多么恐怖，而且还有很关键的一点——他之前进入过的任何一栋大型建筑，建筑本身的管理者都没有伤害他的意思，不管是上任楼长、金生，还是蜘蛛，身为管理者的他们并没有刻意针对韩非。但韩非如果敢进入死楼，那蝴蝶一定会使用各种手段，操控所有东西，想尽一切办法弄死韩非。

"我已经被死楼下咒，根本无法逃避。"握紧了手中的往生刀，韩非的眼神比之前更加坚定，他狠咬舌尖，用疼痛让自己保持清醒。

畜牲巷只是通往死楼的踏板，他绝对不能在这里停下脚步。

"医生准备的两股力量都被牵制，现在对我来说是个千载难逢的机会。"目测自己和手术室之间的距离，韩非从物品栏里取出了畜生道面具。这面具是一张古怪狰狞的兽脸，看着感觉普普通通的，似乎是用某种肉类的皮制作而成的。韩非将其戴上之后，自身气息被隐藏，畜牲巷的诅咒似乎减弱了一些，他不再感到饥饿，取而代之的是一种纯粹的兽性。

体力和撕咬、碾碎、吞食等内心的欲望一起在增加。

韩非叫上了"哭"和萤龙，三人从三个不同的方向靠近手术室。没有佩戴面具的"哭"走在明处，刺耳的哭声笼罩了四周。

在"哭"出现的同时，守在医生旁边的人警惕起来，她那张怎么看都十分温柔的脸逐渐发生变化。在"哭"靠近后，她的脸部皮肤龟裂，露出了隐藏在皮肤下纵横交错的黑色伤痕。有些人受的伤是藏在皮肤下面的，表面根本看不到，但是却伤得特别深。

她应该就是另一个副人格——教师。教师尊敬医生、相信医生，她觉得医生是所有人格中唯一正常的那个，也只有跟随医生才能获得治愈和救赎。她身体的病变就像是她对医生那扭曲的爱意一样。为了不让"哭"影响到医生，教师将"哭"引走，现在手术室里只剩下医生一个人了。

当医生不断用刀刺入作家心脏，试图同化越来越虚弱的心脏时，佩戴了六号副人格面具的萤龙悄无声息地出现了。没有任何废话，萤龙直接抓向医生的胸口。

"佩戴上了面具，你为什么还要阻拦我？只有我才能救你们，你们这些被他欺骗的可怜虫！"医生依旧躺在病床上，在萤龙靠近的时候，他身下的病床朝四周崩碎，他的后背冒出了八条血淋淋的步足。那每一条畸形的步足都是由血肉扭曲而成的，医生永远无法成为主人格蜘蛛，他就从另外的方面将自己改造得更像。刻印着人脸的步足刺向萤龙，手术室里回响着医生难听的笑声，他撕下了自己虚伪的面具，露出了真实的内心。

医生副人格根本没有想要治愈任何人，他的存在只是在告诉所有人，你们都是患者，你们都是不正常的人。也只有在所有人都不正常的时候，医生副人格才能成为中心，所以当主人格蜘蛛为了收养的孩子做出改变时，医生第一个反对。

手术室的货架被粗大的步足扫翻，各种东西散落了一地，萤龙在空隙中艰难躲闪，他身上的伤还没好利索，本身和医生的实力也有很大的差距，但他坚决服从韩非的命令，店长说的话就是他的目标。

按照怨念的等级划分，医生算是非常棘手的大型怨念。如果不是医生忙着同化蜘蛛的心，萤龙估计连反抗的机会都没有。

"为什么要跑！为什么要阻拦我！你难道不想做回正常人吗？你难道不想变回真正的自己吗？"医生每说一句话，他身体下面就会渗透出黑红色的血丝，那些血丝在手术室里交织出一张黑色的网。他的声音能够影响人的心智，无形的声线却好像有形的蛛丝般，一点点粘黏住猎物。"不再是谁的附庸，不再是谁的替代品，我们也可以像他那样生活，这微不足道的请求难道也算是奢望吗？！"

八条血肉扭曲成的步足疯狂刺向萤龙，黑色血丝交织出的蛛网限制了萤龙的移动范围，他就像一只可怜的小虫子，那拼尽全力的挣扎，在狩猎者看来只是觉得可笑。

医生的身体不断流淌出血液，他的皮肤一寸寸龟裂。

病历单上记录的症状全部出现，医生自己也吃了那种特殊的"肉"，只不过所有负面影响被他暂时压制住了而已。此时全力出手，吞食那种"肉"后出现的病症开始在他身体上蔓延，他已经有些控制不住了。

四肢的皮肤如同劣质陶瓷般龟裂，腹部不断胀大，肚皮几乎透明，能够清楚地看到里面的内脏。八条狰狞的血肉步足疯狂挥动，此时的医生就像是一个人形蜘蛛，他成了自己想要成为的东西，却没有得到自己憧憬的美好。

韩非本计划斩断医生的脑袋，但他看见医生身边若隐若现的红色血丝，他根本无法靠近对方的脖颈，贸然突袭，只会浪费机会。稳妥起见，韩非选择了其他的要害。隐藏了气息的韩非握着那把无刃的刀，在医生面对他的刹那，身体如同利箭般蹿出！一个普通人就这样义无反顾地冲向了"恶鬼"。

剧痛传来，医生又要同化蜘蛛的心脏，又要控制病症蔓延，还要不间断地攻击萤龙，分心三用的他并没有发现手术室附近还有另外一道身影存在。

"往生！"

无数条手臂抓住了刀柄，薄如蝉翼的刀锋瞬间出现，如同一道星光，划过了医生的胸腹！

"嘭！"

胀大的肚子被轻易划开，作为大型怨念的医生根本没想到有人能靠得这么近，也没有想到畜牲巷里还会有这么锋利的屠刀。

韩非一击得手，也不犹豫，使用"触摸灵魂深处的秘密"抓住萤龙，拖着他就朝外面跑。

往生刀是 F 级的屠刀，这把刀留下的伤痕根本无法愈合，因为再多的恨意和绝望也很难动摇人性深处的品格。

肚子和胸口被破开，伤口根本无法愈合，而这对医生来说还不是最糟糕的。肚子里原本往外钻的某一块肉，这时突然抓向了胸腔里的半颗心！无数黑色血丝被扯断，血肉包裹着蜘蛛的心滚落在地，那颗心仿佛拥有生命一般朝着楼外的蜘蛛本体爬去。

屠夫之家里还保持清醒的人全都看向了那块肉，几道目光碰撞在一起，然后同时冲向了那里！

"我的心！"八根血肉步足在手术室中移动，数不清的黑色血丝汇聚在医生的胸腔和腹部伤口处，他捂着自己空荡荡的胸腔，整张脸都被愤怒扭曲。屋内物品散落一地，货架东倒西歪，医生在废墟上飞速爬动，距离那颗心最近。

"必须要阻止他。"韩非也盯上了滚落在地的心脏，不过他实力太过弱小，只要肉身被这屋内的怪物碰到，就会瞬间伤残。在大型怨念面前，他能做的不是跟对方正面争夺，而是妨碍和阻拦，他要趁机削弱医生的实力。

借助畜生道面具，韩非像个无声的幽灵一样，提刀悄悄跟在医生后面。碰到那些不小心被医生撞倒的猪脸怪物，韩非也会顺手补刀，帮助对方结束痛苦的一生。

想要争夺那半颗心的不止医生和韩非，很多外来者也动了心思，能够让医生如此疯狂的东西，那一定非常重要。而且他们发现只要靠近那颗心，身上来自畜牲巷的诅咒就会被压制。

越来越多的人参与抢夺，医生大开杀戒，可就算如此也无法震慑住所有人。

屠夫之家里的怪物们都已经疯了，外面是血肉蜘蛛的本体，楼内是失控的徐琴，留在这里是死路一条，逃走之后还要忍受畜牲巷诅咒的折磨。

在这种情况下，夺走那颗善意的心绝对是一个很不错的选择。

人性的混乱在此体现得淋漓尽致，无解的诅咒一旦有了解药，脆弱的联盟瞬间崩塌。

失去了外来者的阻拦，蜘蛛的血肉本体终于进入了楼内，它盯着从医生胸腔掉落的心，身体再次移动。血肉如同洪流，朝着那颗心涌去。

"阴魂不散！为什么总是杀不掉你！"医生的怒火被点燃，在他被蜘蛛血肉之躯吸引时，韩非又趁机靠近，抽刀斩向医生的一条步足。

血液飞溅，在断足倒下的时候，那扭曲的血肉上竟然传来残魂开心的笑，它们终于获得了解脱。

只是分神的瞬间一条步足就被斩断，医生怒发冲冠，他从未见过如此恶心的敌人。他有把韩非撕碎的心，可他没有那个时间，只要稍一分神，蜘蛛就可能找回自己的心。

医生忍着剧痛，什么也顾不上了，直接冲向那颗被血肉包裹的心。

韩非见医生没有搭理自己，胆子更大了，可就在他追向医生，准备第二次抽刀的时候，手上房东的戒指突然散发出一股寒意，差点把他的手指冻掉。韩非生生停下了脚步，身体本能地颤抖，他握着往生刀朝某个地方看去，瞳孔瞬间缩小。

在废墟的某个角落里，站着一个脸色惨白的女人，就像是现实中，那个距离他越来越近的"鬼影"一样！

"蝴蝶？"

仅仅因为这个猜测，韩非的内心就再也无法平静下来，他握紧刀柄，就像现实里那样无法转移目光。

屠夫之家此时无比混乱，那个女人却唯独盯着韩非，她面无表情，手里拿着一本被撕去了封皮的书。在她身后的房间地上，瘫倒着另外两道身影。

其中一个满身肌肉，那人的面具被砸碎，五官被砸平，身体好像被巨力碾压撞击过。

另外一个应该还是学生，他戴着耳机，脖颈上满是勒痕，眼睛外凸，胸口塌陷了一大块。

"蜘蛛的二号副人格暴徒，还有代表对外界憧憬的副人格学生？"

在韩非的注视下，那个面无表情的女人将一个面具拿了出来，戴在了自己的脸上。她丝毫没有掩饰面具背后的数字，当面具贴合在脸上的时候，韩非隐隐约约看到了另外半只蝴蝶的翅膀。

"九号，蜘蛛的读者人格？"

所有人格里九号人格是最特殊的，就连蜘蛛的心理医生都没有搞清楚，这个人格到底是第一个出现的还是最后一个出现的。

她明明一直都跟蜘蛛纠缠在一起，从生到死，但存在感极弱，就好像一个局外的旁观者，被所有人刻意忽视了。

现实的电影中，关于读者的戏份也很少，甚至大多只是书信。

"蜘蛛是作家，用生命书写了一本书；蝴蝶是读者，它是整个世界唯一一个看过这本书的人。"

蜘蛛和蝴蝶是死敌，作家和读者却是灵魂共鸣的伙伴，正因为了解彼此，所以他们都很清楚，一定要彻底杀死对方！

在九号副人格出现的时候，韩非仿佛回到了现实中，那越来越近的"鬼影"，带着无法形容的恐怖感和压迫感。蜘蛛的九号副人格应该是最接近蝴蝶的人，医生在明面上决定一切，读者在暗中旁观，也许医生都不知道蝴蝶的另一半翅膀就是读者。

计划出现差错，意外频发，九号副人格终于从暗处走出。

韩非将往生刀护在身前，他还无法退出游戏，如果落入九号副人格手中，说不定会被她永远囚禁起来。

九号副人格的目光在韩非和那颗心上徘徊，最终她做出了决定。

伸手从没有封皮的书上撕下了一页，九号副人格蘸着指尖的血，在那本诡异的书上简单画出了韩非的脸。她画完之后，韩非的身体各处出现细密的伤口，那些伤口随着时间推移扩大，直接撕裂了他的皮肤。

"诅咒？"韩非还未从疼痛中回过神来，手指上房东的戒指就再次散发出彻骨的寒意，他抬头看去，那个九号副人格竟然没有去追蜘蛛的半颗心，而是朝着自己冲来了！

"蝴蝶竟然在我和蜘蛛之间选择了我？！"

他怎么都想不明白，在如此危急的时刻，被蝴蝶蛊惑的九号副人格竟然会放弃蜘蛛的心，优先选择杀掉自己。

"难道在蝴蝶的心中，我的威胁比蜘蛛还要大？"

韩非感觉不妙，他的速度和力量远不如九号副人格，对方想要杀死他太简单了。

"萤龙！"韩非握刀后撤，他知道萤龙可能拦不住对方，趁着诅咒还未完全爆发，直接朝徐琴所在的位置跑去。如果非要选择一种死法的话，他宁愿死在徐琴的手里，这样万一变成了怨念，也有大腿可以抱，至少不能算是"孤魂野鬼"。

韩非全力后撤，此时楼内的情况是医生和外来者都在追抢那颗心，但那颗心却好像长了眼睛一般，十分灵活。它在不断躲闪中距离楼外的血肉蜘蛛本体越来越近，而就在这时候，屠杀完了猪脸怪物的徐琴直接拦在了那半颗心的必经之路上。诅咒和血液掀起浪潮，那半颗被血肉包裹的心立刻换了方向，似乎是想要换个角度继续和血肉蜘蛛本体会合。

可是在它突然改变方向的时候，拼命狂奔的韩非正好冲了过来，两者撞在了一起！

韩非感觉胸口一沉，他没有想到自己会和这半颗心撞个满怀。一瞬间的惊讶过后，韩非的冷汗冒了出来，手上房东的戒指寒冷逼人，几乎快要裂开。

他抱着这半颗心，举目四望，整个屠夫之家所有的怪物全都盯着他。

在现实生活中默默无闻，在深层世界里万众瞩目，面对一道道恨不得撕碎自己的目光，韩非喉结轻微滚动，这种关注他也有些吃不消。

"走你！"

没有任何犹豫，韩非想要把那半颗心直接扔向血肉蜘蛛本体所在的位置，这样能够帮助它两个靠近一点儿，也算是仁至义尽了。

韩非的想法很好，可接下来发生的一幕直接让他傻眼了。

那半颗被血肉包裹的心仿佛粘黏在了他的手掌上，根本甩不开！

跟楼内那些恐怖狰狞、满怀恶意的怪物比起来，韩非身上的善意、温暖和人性简直如同明亮的灯塔，蜘蛛的半颗心似乎是觉得这里要比其他任何地方都要安全，它甚至变得稍微安静了一些。

韩非后背冷汗直流，吓得魂不附体，现在可不是善良的人抱团取暖的时候，他本来被读者人格追杀已经够崩溃了，没想到还要面对在场的所有怪物。

手上的心怎么都甩不掉，徐琴看他的眼神也有些不对，蠢蠢欲动，似乎是想要把他关进诅咒的深潭里。不远的医生更是暴怒，新仇旧恨，全加在一起了。

其实韩非也发现了，那半颗心上满是裂痕和伤口，它已经逃不动了。现在韩非只有两个选择，要不直接把手砍了，要不就赶紧把那半颗心送到血肉蜘蛛本体旁边。

他咬紧了牙关，抱住那半颗心，立刻改变了方向，朝着血肉蜘蛛本体所在的位置冲去!

在他做出这个决定的同时,脑海里传来系统的提示。

"编号0000玩家请注意!你已成功触发F级隐藏任务——命运蜘蛛!

"命运蜘蛛:将畜牲巷管理者的心送回他的心房,辅助畜牲巷管理者重新夺回畜牲巷控制权;或者独吞其心,自己成为畜牲巷新的管理者!两种不同的选择,既决定了你的命运,也决定了他的命运!"

系统说了什么,韩非根本没有听进去,这就跟百米赛跑冲刺到最后阶段的时候一样,运动员根本不会在意啦啦队队长高声喊了什么。

在废墟之上狂奔,韩非矫健的动作堪比专业的跑酷运动员。他不敢有一点儿失误,如果在这地方摔倒,那他估计永远都无法再站起来了。

韩非感觉自己每天都在挑战普通人的极限。读者、医生、徐琴,这三个无比恐怖的存在同时追在身后,在读者快要追上来的时候,暴怒的徐琴直接将无数诅咒轰砸向对方。那个女人就算是失去了理智,也不允许别人杀死韩非,韩非只能死在她的手中。

大型怨念和两个擅长诅咒的恐怖存在相互牵制,倒是在死局中给了韩非一丝生的机会,他从未像现在这样努力奔跑。

短短十几秒的时间,韩非已经数次直面死亡,要不是他心理素质远超常人,现在恐怕早已经被活活吓死。韩非的目标是血肉蜘蛛本体,但是跟在他身后的三道恐怖身影全部看出了他的想法,根本不给他靠近的机会。

读者人格不断将韩非的身体部位画在那本没有封皮的书上。四肢仿佛被无数虫子啃咬,韩非亲眼看见自己的皮肤在开裂,血管仿佛被操控一般歪曲扭动。幸好他成功转职为了"午夜屠夫",拥有血肉类诅咒抗性,否则他现在已经失去抵抗能力,被活活咒死了。

"怎么办?"

情况已经到了最糟糕的地步,韩非想要靠近血肉蜘蛛本体,但在医生的阻拦下,他和对方之间的距离变得越来越远了。

"不能在这里继续待下去!"

现在任何一个错误的判断都会送命,零点几秒的犹豫就会让自己的处境变得更加危险,韩非的大脑飞速运转,他一边狂奔一边制订好了接下来的计划。

韩非抓着残破的墙体，拖着流血的身体，躲过医生尖锐的步足，爬上二楼。他仓皇躲闪，连回头都不敢，似乎已经放弃把心还给蜘蛛，只想着自己逃命。此时他就像走投无路一般，只能朝更高处爬去。

屠夫之家的墙体在大面积崩塌，韩非已经爬到了三楼，此时他和蜘蛛之间的距离反而变远了。

韩非的身体因为诅咒变得迟缓，医生和读者人格从两边将他围住，在那血肉扭曲成的巨大步足砸向韩非脑壳的时候，他做出了一个所有人都没有想到的举动。

韩非朝屠夫之家中间塌陷的地方冲去！

他就像是蜘蛛曾经从四楼坠落，从现实坠入意识世界中一样，没有任何迟疑，直接从三楼塌陷的地方跳向了楼下的血肉洪流！

不同的人，却拥有相同的经历。

韩非也曾站在作家的房间里，感受过对方那一跃的决绝和悲伤。此时的他，就像当初的那个人。

抓着剩下的半颗心，韩非义无反顾地跃向血肉洪流，他也不知道身下是深渊还是希望，他只是尽力去做自己认为正确的事情罢了。

带着血腥味的风灌入双耳，韩非皮肤上的伤口开裂，在空中划出一道血痕。他勉强睁开了眼睛，漆黑的瞳孔里映照着那个血肉构成的蜘蛛。

"毁了你半颗心的人是我，为你送来另外半颗心的人还是我，我帮你斩碎了恶意和痛苦，我为你送来了善意和希望。"

韩非的身体坠落入血肉洪流中，手上的半颗心瞬间被血液包裹，被牵引向血肉蜘蛛本体。在那半颗心脏嵌入蜘蛛胸膛的时候，整栋屠夫之家轰然倒塌，一直只保留着基本意识的蜘蛛慢慢睁开了双眼，浑浊的眸子朝血肉洪流中看去，最终他把目光定格在了韩非的身上。

在韩非接触过的所有人中，蜘蛛是最复杂的一个，九种人格交织在一起，有时候连他自己都无法看清楚自己的心。

血肉洪流冲过，韩非身上的诅咒被暂时压制，他皮肤上那细密的伤口开始愈合。力气慢慢恢复，但是疼痛的感觉不仅没有减弱，还在不断增强。仔细观察伤口，韩非发现每一道伤口上都有两种不同的诅咒存在。

蜘蛛并不知道怎么祛除蝴蝶的诅咒，他只是带着心中的善意，给韩非施加了更深的血肉诅咒,以此来针对蝴蝶。

整个畜牲巷积攒下来的罪孽和杀业都被蜘蛛一人背负,此时他不过是把其中一小部分放在了韩非的伤口上。

韩非疼得死去活来,在血水中翻滚。

看到韩非如此有活力,蜘蛛便不再管他,而是看向了医生和读者人格。

心上的黑色血丝被消除,但是那仿佛蝴蝶翅膀一般的诡异花纹却怎么都弄不掉,就好像已经和善意的心融为一体了。

此时心脏镶嵌在蜘蛛的胸膛中,可蜘蛛却不敢使用那颗心上的力量,似乎是害怕蝴蝶的花纹长满全身。开裂的胸膛逐渐恢复,蜘蛛在无数猪脸怪物的血肉中完成重生,他的身体慢慢恢复正常,一举一动都牵引着这个肮脏的世界。

蜘蛛的五官愈发的清晰,他站在屠夫之家的废墟上,被三道恐怖的身影包围。

作为管理者,他代表着畜牲巷的上限,就算他现在是这副惨样,也没有人能够在这里独自战胜他。

但如果包围他的三道身影联手进攻,那情况就完全不同了。假如徐琴和读者、医生一起争夺蜘蛛的心,想要成为畜牲巷的下一任管理者,蜘蛛的处境就会非常危险。可要是徐琴放弃了蜘蛛,攻击读者和医生中的任意一个人,那局面将被完全改写。最后的胜负会怎样,并不取决于蜘蛛,而在于失控的徐琴。

读者和医生也意识到了这件事,在读者回头看向徐琴的时候,那个与诅咒同源的疯狂女人已经朝她冲来。没有任何原因,毫无缘由,读者完全想不明白徐琴为什么会突然攻击自己,她只是注意到对方盯着自己手上的书,好像是看到了书中那个支离破碎的韩非。

在徐琴和读者爆发冲突的瞬间,由血肉构成的蜘蛛就对医生下手了。

废墟之中隐藏的所有血管,地上的所有尸体和血迹,全部都听从着蜘蛛的命令。

医生只是把自己的肉体拼凑成了蜘蛛的样子,用黑色的血丝来模仿蜘蛛的能力,而真正的蜘蛛根本不屑于这些,他的蛛网就是这个世界。只要进入了畜牲巷,就没有人再能逃脱,就连那只蝴蝶也不行。

血肉涌动,目之所及,一切都在限制、阻碍医生。蜘蛛甚至都没有靠近,医生的身体上就已经出现了大量的伤口。

为了融合蜘蛛的善心,医生本身也受了很严重的伤,他胸腹还被往生刀划开了，一条步足也被韩非趁乱砍去。单独面对蜘蛛，医生毫无胜算。他看向读者人格，对方的情况也不容乐观，失控的徐琴就像是一个移动的诅咒之源，那十三把餐刀的血祭打开了一扇难以想象的恐怖之门。

两条战线全被压制，那些被医生笼络的外来者知道情况不妙，一个个争先恐后地逃出了屠夫之家。

越来越多的血肉汇聚在了蜘蛛身上，一条条粗大的血管将蜘蛛和脚下的废墟连接，血水漫过了畜牲巷，也淹没了医生的最后一丝希望。他狰狞锋利的步足被血液中的一双双手抓住，庞大的身躯好像陷入了泥潭，越是挣扎，陷得越深。

医生是非常少见的大型怨念，但他在畜牲巷里根本不是管理者蜘蛛的对手，周围的一切交织成了一张巨网，最终将其困住。

韩非也真正见识到了管理者的恐怖，每一位管理者都有专属的管理者天赋，蜘蛛的天赋就是网，将看到的一切、拥有的一切编织成一张无形的网，他对畜牲巷拥有绝对的掌控，这里的一草一木全都沾染过他的血肉。

没有大喊大叫，没有歇斯底里，蜘蛛杀人的方式带着一种独有的安静和温柔。

"难怪死楼的人不敢来这里，在蜘蛛自我意识崩溃消散之前，他们进入其中就是找死。"韩非很羡慕对方的能力，跟自己招魂的天赋比起来，对方的能力明显更加强悍。

医生后背的步足被卸掉，他在血水里挣扎，在不甘的嘶吼声和咆哮声中，他的身体慢慢被拖拽到了血水深处，医生原本的位置只剩下一张印着编号的面具。

蜘蛛默默地看着对方，眼中没有怜悯，没有报仇的快感，也没有一丝一毫的兴奋，似乎这个结局他已经看过很多次了。

除了医生外，血水还涌入了读者人格的房间，将其他人格的尸体融化。

蜘蛛的目光从一张张面具上扫过，最终看向了还在和徐琴死斗的读者。他此时的表情很奇怪，像是落寞，又像是无法理解。在蜘蛛最初的世界里，读者是他唯一的朋友，相互倾听，灵魂共鸣。但不知道从什么时候开始，读者变了。

蜘蛛也慢慢意识到，自己拥有的不是朋友，只是病了而已。

他开始服药，接受心理干预和治疗，调整作息，想要在某个时刻和大家告别。

可蝴蝶的介入最终毁掉了一切，蜘蛛虽然没有在现实里杀人，更没有触犯过任何法律，但他知道自己其实满身鲜血，他亲手杀掉了八个自己。

别的人很难理解蜘蛛，就算是他的心理医生也无法真正走进他的内心，蜘蛛一直是孤独的。

"蜘蛛，你的运气总是这么好，不过你真的准备在畜牲巷待一辈子吗？"读者见医生消失后，她知道一切已经结束了，再挣扎也只是浪费力气罢了。躲过徐琴的诅咒，读者双手抓住那本没有封皮的书，然后她用力将书撕开，向上抛撒。

那书籍前几页画着韩非，后面的每一页上都画着蜘蛛的一种死法，每一种死法都是一种恶毒的诅咒！

"你拥有一双看见真相的眼眸，所以我才会带你目睹一切，我们明明可以成为伙伴，你却和我从现实厮杀到意识深处。你所做的这一切，就仅仅是为了那最后一点点的人性吗？"

书籍上的所有诅咒都被触发，读者人格脸部的花纹开始扩散，似乎是想要引爆这具躯体。

血肉汇聚，蜘蛛的脸部轮廓越来越清晰，他深深地吸了一口气，凝视读者很久，问出了一个埋在心底的问题。

"你第一次出现在我意识深处时，到底是读者，还是蝴蝶？"

读者最终还是没有回答蜘蛛的问题，她的残魂直接炸开，引爆了书籍中所有的诅咒。

在那大片血雾中，半只蓝色的蝴蝶翅膀以惊人的速度冲向了蜘蛛的心口。她想要把自己身上的另外半边花纹送进蜘蛛的心里！

"其实我心里也有一个答案的。"蜘蛛现在已经恢复了理智，但他看着飞来的蝴蝶却做出了一件在旁人看来十分疯狂的事情，他剖开了愈合的血肉，将那半颗善意的心取出。

他就像在欣赏世界上最美的玉石一般，看着自己心上的花纹。

"最开始的读者就是你，可惜后来我们都变成了疯子。"

默默地自言自语，直到那半只蓝色蝴蝶冲到他面前时，蜘蛛才抬起了头。他握紧自己心脏的手猛然用力，在蓝色蝴蝶触碰到之前，亲手将自己的心揉碎了！

蝴蝶的花纹残留在干枯的血肉中，那半颗心里留存的善意和人性则被蜘蛛全部送到了徐琴身前。一层层诅咒被击穿，本已经失控的徐琴在那善意包裹的时候，表情变得狰狞痛苦，她的眼神在不断发生变化，似乎内心正处于极端的挣扎中。

将善意作为礼物送给徐琴之后，蜘蛛用最后的力量，操控所有血水凝聚成滔天大浪，狠狠地拍击在屠夫之家的废墟上。

天空下起了血雨，那半只蝴蝶翅膀被碾碎，徐琴周身恐怖的诅咒也被冲散了大半。

蜘蛛依旧站在建筑中心，但现在他的世界里再也没有屠夫之家了。

"我一直在独自寻找和思考，但后来我被困在了自己看见的世界中，我被自己编织的蛛网束缚，幸好你为我撕开了一个缺口。"蜘蛛从血水中将韩非捞出，他看着狼狈的韩非，看着韩非身上闪耀的人性，眼中竟然带着无法掩饰的羡慕，"如何在绝望中存活，你给了我一个新的答案。"

韩非被浪潮送到了徐琴的身边，蜘蛛的身体变得暗淡消瘦。他的双手伸入血水，片刻之后，他的掌心多了一些心脏的碎片。左手的心脏碎片腐烂发臭，右手的心脏碎片流淌着鲜红的血。

此时的蜘蛛更像是一个普通人，在他身上看不到任何特别的地方。

随着代表善恶的心被破坏，他和畜牲巷之间的联系在慢慢减弱，这个可怕肮脏的世界正在慢慢恢复正常。

血水冲刷着一切，他睁开眼睛的时候，正好看到了不远处痛苦挣扎的徐琴。

蜘蛛的恶之心可以承载畜牲巷无边的罪业，蜘蛛的善之心同样蕴藏着特殊的力量。

以毁掉善心为代价，蜘蛛将失控的徐琴从诅咒的深渊里拽出。他这么做倒不完全是为了帮助韩非和徐琴，同样也是为了自己。如果不控制住徐琴，那最终他还要和徐琴进行一场没有赢家的生死厮杀。

无边血水拍散了笼罩在徐琴身边的诅咒，心中积攒了无数年的善意唤回了徐琴少许的理智，身为管理者的蜘蛛用尽全力为韩非创造出了一个机会。

韩非当然明白这机会的来之不易，他睁开双眼的同时，身体就已经动了起来。他从血水中站起，在诅咒重新汇聚之前，跑向徐琴。

作为一个拥有大师级演技的演员，韩非可以轻易表演出自己想要的任何情绪，可以说出最符合对方语气的话语，但在这时候，他什么都没有说。此时他的脑海里只有一个想法，那就是把以前的那个徐琴找回来。

那被刺入了十三把餐刀的身体，看着让人心疼，徐琴就好像被钉在了十字架上的血衣天使，她的自我意识已经变得十分微弱了。

发现韩非接近，徐琴的表情扭曲狰狞，她似乎是想逼韩非离开。诅咒正在合拢，当所有诅咒重新聚集起来的时候，她将再次失去理智，而韩非也将被数以百计的诅咒包裹住，瞬间惨死。

猩红的眼里偶尔闪过一丝痛苦，徐琴控制不住自己的身体，看着越来越近的韩非，她嘴里发出了一声刺耳的尖叫，那绝美的唇角几乎要撕裂！现在的徐琴从任何一个角度看，都像是一个狰狞的怪物，她竭力表现出自己的危险和恐怖，但这些都无法减缓韩非的脚步。

没有什么理由，也没有什么特殊的原因。

那十三把餐刀是打开诅咒之门的钥匙，韩非知道想要让徐琴恢复正常，就必须拔出所有的餐刀。

韩非走到徐琴的身前，他转职为午夜屠夫，拥有血肉和刀具双重诅咒抗性，可就算如此，当他的指尖触碰到餐刀的时候，诅咒还是瞬间在他的手上蔓延，皮肤瞬间开裂，鲜红温热的血溅落在了徐琴的衣服上。

连触碰都做不到，怎么可能拔出那些刺入身体的刀？

徐琴再次发出尖叫，她身上同时冒出了杀意和痛苦，手臂抬起，残留的诅咒如同黑色的锁链将韩非抽倒在地。

韩非咬着牙，没有后退，再次向前。他的眼中带着一种说不出的情绪，这次他将自己的双手伸向了刺入徐琴心口的那把餐刀。

那把刀很短，刀柄之上包裹着人皮制作的护垫。

韩非双手用力握住刀柄，他的手掌瞬间皮开肉绽，不过可能是因为人皮护垫在徐琴心中拥有某种特殊的含义，即使失去了理智，诅咒依旧没有完全穿透护垫。

"你为了我不被诅咒灼伤，亲自制作了这刀柄上的护垫，现在我怎么可能会因为这一点点小伤，就放手？"

皮肤上的裂痕蔓延到了手臂，韩非脸上却带着微笑，他因为疼痛，身体在不断地颤抖，但就算如此，他也在用尽全力想要将徐琴心脏处的餐刀拔出。

血红色的刀锋一点点离开了血肉，数以百计的诅咒笼罩着韩非，他却好像根本看不到那些。

"你应该也没有想到，这把餐刀会这样将我们连接在一起吧？"

温热的血顺着手臂滑落,在那数不清楚的诅咒重新聚集到徐琴身边时,韩非拔出了刺入徐琴心脏的餐刀!

人皮护垫已经被韩非的血浸透,此时笼罩在徐琴四周的诅咒消散了很多,徐琴的眼中也恢复了一丝理智。她睁大自己的眼睛,看着韩非抬起伤痕累累的手,再次抓住了她身上的另一把刀。

韩非忍受着诅咒和痛苦,却面带微笑,他的笑容很僵硬,但所有人都能感受到他此时的开心。

徐琴停止攻击,她怔怔地看着眼前的人。

随着一把把餐刀拔出,属于她的记忆和意识慢慢回归。在诅咒之门打开的时候,这十三把餐刀就是世界上最远的距离。徐琴从没有想到,有人能够走过这十三把餐刀的距离,这样开心地看着自己。

十三把餐刀全部被韩非拔出,徐琴找回了失去的理智。

两个伤痕累累的人看着彼此,最终还是韩非先开口:"回家?"

徐琴没有说话,只是点了点头,而在同一时间,韩非收到了系统的提示。

"编号0000玩家请注意!诅咒聚合体徐琴友善度已达到现阶段满值!触发特殊隐藏职业瑰夫前置任务!

"瑰夫:你和该职业匹配度再次提升!这是一个十分特殊的职业,在任何地方都极为罕见,获得该职业后,你将有机会获得怨念的物品和帮助,拥有不断成长的魅力值,你可以轻易获得怨念的友善度,但如果不加节制,你也会被无数'厉鬼'和怨念追杀到死。

"瑰夫前置任务:尝试操控三位怨念的友善度,将其降低后,再双倍提升。"

简单扫了一下瑰夫的前置任务,韩非直接选择了拒绝。

这和韩非糟糕的成长环境有关,他不喜欢操控和欺骗别人的情感。他能够真正理解那些怨念的绝望,也是真心实意地想要帮助对方找回希望。正是因为韩非的这种态度,不管是他的邻居,还是店员、学生,大家都愿意跟随在他的身后。

"和瑰夫比起来,还是午夜屠夫更适合我。"屠夫之家已经被毁掉,韩非应该是整个深层世界的最后一位午夜屠夫了。

韩非走了几步,发现徐琴没有跟上,回头看去,徐琴的身体正向一侧倾倒。

打开了诅咒之门的徐琴,正处于极度虚弱的状态,她连简单的移动都无法做到，这算是刺入餐刀的后遗症。

下意识地伸手搀扶住徐琴，让韩非感到意外的是，他根本没有使用"触摸灵魂深处的秘密"，但依旧触碰到了徐琴的身体，徐琴已经完全放下了戒备。

"我来背你。"

无法反抗的徐琴别有一种特殊的魅力，韩非将其背在身后，对方冰冷的手臂搭在他的肩膀上，抱住了他的脖颈。徐琴的身材很好，但背着却感觉很轻很轻，她好像只有衣服的重量。

韩非看着徐琴环在自己胸前的手，白皙、纤细、没有任何瑕疵。这样的徐琴带给韩非一种不真实的感觉，他想要了解真正的徐琴，使用了"触摸灵魂深处的秘密"。在使用能力的瞬间，一股无法想象的压力从他后背传来！

"嘭！"

双膝直接砸在了地上，如果不是有血肉缓冲，韩非的膝盖估计已经碎了。

背脊嘎吱作响，骨头快要散开，他此时背负的好像不是一个人，而是一片由诅咒形成的海！

赶紧停止使用"触摸灵魂深处的秘密"，脸色苍白的韩非尝试从地上站起。

"需要帮忙吗……""哭"走了过来，但他话还没说完，就被萤龙拽走了。

看着站在远处的邻居们，韩非摇了摇头，费力地将徐琴背起。

知晓了徐琴灵魂深处的秘密，感受到了对方内心真正的痛苦后，韩非对这位邻家大姐姐有了更直观的认识。

蹚过血水，韩非走到蜘蛛身前："多谢你最后帮了她。"

听到韩非的道谢，蜘蛛缓缓转过身，他看起来苍老了许多："我已经很久没有听见人对我说这些了，不过真正该感谢的人是我，如果不是你和你的朋友们，我可能已经被蝴蝶控制住了。"

"你别这么说，我能感觉到你还有其他底牌，只是没有使用罢了。"韩非盯着蜘蛛手里那两片破碎的心脏碎片，也稍微有些不好意思，"没有了心，你以后要怎么操控畜牲巷？实在不行的话，要不你跟我走？"

蜘蛛打量着韩非，苍老疲惫的脸上忽然露出了一个笑容："他们也都是这样被你捡回家的吗？"

韩非想要辩驳，但蜘蛛的胸口却在这一刻突然浮现出了一道狰狞的伤疤，他的脸色更加难看了。

"有什么我可以帮忙的吗?"

"没事。"

"你胸口都裂开了……"

"没关系。"蜘蛛将善恶心脏的碎片混在一起,然后捧起一捧血水,将那颗破破烂烂的心放入了自己的胸膛,"善恶是相互的,没必要分得那么清楚,以前是我太过追求极端。"

他在屠夫之家的废墟上走动,他身上有一种独特的气质,就好像世界末日已经到来,而他是活在末日中的最后一个人。

"找到了。"蜘蛛在废墟的某个地方找到了一个福袋似的护身符,韩非也曾在作家的房间里见过,那个护身符就悬挂在暗格旁边,"这东西保护了我很久,现在我把它送给你,就当是你救了我的报酬吧。记住,只有在遇到生命危险、没有任何翻盘可能的时候才能打开它。"

见蜘蛛如此郑重,韩非也没有拒绝,他触碰到护身符时,系统的提示音也传入了他的脑海。

"编号 0000 玩家请注意!你已成功发现 F 级一次性物品——蜘蛛的护身符,这个护身符里隐藏着什么,恐怕只有真正将其打开时才能知道。"

这个护身符是韩非获得的第二件 F 级物品,非常珍贵。

"我暂时无法离开畜牲巷,蝴蝶一定会去找你,接下来你要多加小心。"蜘蛛看着韩非,脸上一直带着微笑,他此时的表现和韩非想象中的蜘蛛完全不同。

"其实我已经被死楼下咒,短则七天,长则一个月诅咒就会触发,所以就算它不来找我,我也会去找它。"韩非跟蝴蝶早就是不死不休的关系了。

"以你现在的能力,恐怕还不是它的对手。"蜘蛛很肯定地说道。

"你能告诉我,蝴蝶到底是个什么东西吗?我跟它接触过很多次,但直到现在我还没弄清楚它到底是一个人,还是一个'鬼'?"韩非问出了自己一直想要问的问题。

"蝴蝶是一个可以自由穿行于梦境和现实的意识,可以肯定的一点是,最初的蝴蝶一定是一个人!它虽然会依附在不同的人身上执行计划,但每个人身上都会残留下它自己的身影。"蜘蛛看着残破的世界,缓缓说道,"阴沉、憎恨、自大、疯狂，骨子里充斥着毁灭的欲望，却喜欢打着救赎的幌子。它没有朋友，但是有很多被它蛊惑的信徒，那些信徒的身上都烙印着它的痕迹，其中也有一些非常可怕的人。"

"那你知道蝴蝶的弱点是什么吗？"

"蝴蝶会竭尽一切让你相信某些东西，一旦你相信了它，那将万劫不复。所以对付蝴蝶的时候，你一定要保持绝对的理智，不要被它欺骗，一次都不行。"蜘蛛沉默了很久，又继续说道，"蝴蝶没有弱点，不过我知道一个可以暂时困住它的方法。"

"困住它？"

"蝴蝶的主意识钻进某个人的脑海中后，它的所有副意识都会停止工作，那些被它蛊惑的人，也会短暂清醒，这是我用不同人格试验得出的结论。"蜘蛛轻轻摇头，"不过以蝴蝶的阴险狡诈，它是绝对不会自己动手的，你甚至见不到它的主意识就会死于各种各样的意外。"

韩非努力消化着蜘蛛透漏的信息，然后开始思考自己的计划，蝴蝶的生死仇敌，现在还存活的只有两个，他和黄赢。

"如果你真要去死楼找蝴蝶的话，我可以再给你一个线索。"蜘蛛叫来阿梦，从对方的书包里取出纸和笔，画出了一个偏中性的男人，"最初我分裂出的读者人格就长这个样子，它很有可能是蝴蝶。"

韩非将画中人像牢牢记住，准备等离开游戏，就立刻找警方汇报这个消息。比起去死楼决胜负，他更想在现实里干掉蝴蝶。

两人坐在废墟上交流了很久，直到血水褪去，畜牲巷重新恢复了正常。

"编号0000玩家请注意！你已成功完成F级隐藏任务——命运蜘蛛！

"在命运的分岔路口，你选择了帮助蜘蛛重新夺回畜牲巷控制权，蜘蛛友善度加二十！自由技能点加二！

"任务完成度超过百分之九十，恭喜你获得F级唯一专属称号——最后的午夜屠夫。

"最后的午夜屠夫：你是屠夫之家走出的最后一位午夜屠夫，拥有该称号后你可以自由进出畜牲巷，获取部分血肉工厂权限，血肉类诅咒抗性和刀具类诅咒抗性在原有基础上提升百分之五。

"编号0000玩家请注意！你的个人履历已更新！你在入职第一天成功毁掉了这

个行业,将隐藏职业变成了唯一专属职业!

"注意!未来你每杀死一位屠夫,职场杀手称号都将获得部分经验!该称号升级之后,将解锁全新能力!

"拥有一个完美的职业是完美人生的重要一步,显然你做得还算不错。"

第 8 章 益民便利店

韩非的职场个人履历现在已经到了他自己都不忍直视的地步,他想方设法把那个称号放到所有称号的最下面,奈何对方总还是会一次次冒出。

举目四望,午夜屠夫的转职点屠夫之家已经被夷为平地,畜牲巷也没有了往日的热闹,所有污垢和罪孽都被最后的血潮冲刷走了。

这个隐藏职业到韩非这里成了绝唱,而他的职业特性还是专门针对其他各种类型屠夫的,越是面对杀业重的敌人,韩非的屠刀就越锋利。

"以后如果你被蝴蝶追杀到无路可逃的地步,那就来这里找我吧,至少在畜牲巷,我可以护你周全。"蜘蛛这句话既是答应保护韩非,同时也是很委婉地在告诉韩非,以后没事不要总是过来串门。又叮嘱了韩非一些事情之后,蜘蛛将所有人身上的诅咒祛除,独自进入了畜牲巷深处,他想要按照全新的思路重建这个地方。

其实韩非对蜘蛛还有非常多的疑惑,可惜蜘蛛现在的状态太差了,需要尽快恢复自身的能力。

没有再继续打扰蜘蛛,韩非背着徐琴,带着其他人,一起朝蜘蛛为他们指明的路走去。

这次进入畜牲巷虽然几次差点送命,非常危险,但是付出和收获是成正比的。

韩非最重要的目标转职不仅成功完成,还获得了一把 F 级的屠刀,对于现阶段的韩非来说,F 级物品已经是非常珍贵的了。

除此之外,他还获得了蜘蛛的友谊,为幸福小区的众人寻找到了一条后路。

跟随韩非进入畜牲巷的几位邻居,实力也都有极大的突破,其中"哭"的变化最大。

经过血池淬炼,他被迫直面了一直逃避的记忆,现在他的魂体已经远比同等级怨念强悍,他的哭声也可以轻易影响到周围十七米内的所有"鬼怪"。

"哭"算是一个迷你版的歌声，韩非现在对他抱有很大的期待。

在发臭的巷子里穿行，韩非自从获得最后的午夜屠夫这个称号之后，畜牲巷对他来说就有种家的感觉，走在巷子里不仅不觉得难受，反而感觉很舒服，就好像捕食者在巡视自己的猎场。

他们没有急着离开，而是合力猎杀起那些猪脸怪物。

跟刚进入畜牲巷的时候相比，猎物和猎人的角色已经完全发生了变化，那些恐怖狰狞的猪脸怪物在韩非看来就是能够增强邻居实力的经验包，它们身上携带的阴气和怨气能够帮助大家恢复伤势，携带的杀意和恨意能够淬炼躯体和刀锋，剩下的血肉也能够喂给黑蛇，让它吸收转化，再次长大。

在这期间他也收集了多把屠刀，将屠刀囚禁的残魂放出。大部分残魂都会逃走，少部分则主动进入了往生刀内，与韩非同行。杀的屠夫多了，韩非发现往生刀看着连刀柄都没有，根本不像一把刀。

但实际上这把刀的杀意重得离谱，只不过它的刀锋只在部分时候才会亮出。

"深层世界的残魂也曾是活生生的人，借助这把往生刀，以后与我同行的人会越来越多。"

畜牲巷对韩非来说是一个转折点，能够握住刀的他，也第一次掌握了主动权。

畜牲巷里再也找不到一个"畜牲"的时候，韩非恋恋不舍地离开了。他根据蜘蛛的提示，带领众人成功走出了巷子。

空气中的臭味消散了许多，墙壁上也没有了血迹，韩非看着巷子口那只被砍断头的石狮子，心中还有一丝惋惜。

"被医生笼络的那些外来者跑得太快，他们本身蕴藏的阴气和他们所拥有的建筑本身就是一大笔财富，可惜了。"

嘴上说着可惜，实际上韩非已经记住了那些外来者每一个人的身体特征和能力，他远超常人的记忆力给了他一个可以秋后算账的机会。

走出巷子，韩非朝路边看去时，那家饺子馆里的灯已经全部熄灭，大门也紧紧关闭。

"好好的生意这就不做了吗？这是连夜逃走了吗？"

将饭店门打开，饺子馆里隐约还能闻到肉香。

桌上的碗筷没有收拾，墙壁上那一个个大红灯笼现在全部哭丧着脸。

翻看柜台里的东西，厚厚的账本上记录着一个个名字，那些名字既是食客，也是食材。

掀开帘子进入后厨，韩非看到了大量从畜牲巷弄出来的肉，饺子馆里的饺子馅就是用那些肉做成的。混杂了诅咒的肉馅会让人发狂，越吃越感到饥饿，直到最后自己的肚子被撑破。

"这简直就是黑店。"

韩非转了半天，然后找到了一个专门囤放食材的仓库。

推门而入，屋子里除了各种各样稀奇古怪的尸体外，还有大量沾染怨气和阴气的物品。最有价值的部分应该已经被店家带走，可仅仅剩下的这部分，就已经让韩非两眼冒光。

"开饭店这么挣钱吗？"扭头看向徐琴，韩非轻声说道，"这里距离畜牲巷很近，还算安全，要不等干掉蝴蝶以后，我们就在这里开个饭店？以你的厨艺，绝对会大火的。"

猩红的眼中闪过一丝淡淡的光亮，徐琴似乎是想象了一下那个画面，随后她轻轻点了下头。

邻居们吸取了残留的阴气，剩下的乱七八糟的东西则全部被黑蛇吞掉，整个饭店直接被清空。吞食了那么多东西后，小黑蛇再次变成了巨蟒，体形比之前更加粗大了。

"畜牲巷里还隐藏有一些秘密，也有部分猪脸怪物趁乱逃了出来，不过它们影响不大，接下来我的重点就是蝴蝶所在的死楼。"

回忆脑海中上任楼长留下的地图，幸福小区正好在死楼和畜牲巷中间位置，想要去死楼还要走很远的路才行。

"我还有一周的时间来做准备，如果我能用一周时间升到十五级，那到时候应该会更有把握一些。"

韩非不知道上任楼长十五级时在做什么，但他准备在自己十五级时，去挑战这片区域最困难、最绝望的建筑。

因为徐琴状态很差，所以韩非也没有心情继续去周围的建筑里广结善缘。他顺着自己来时探索出的那条路，花费了一个多小时的时间终于回到了幸福小区。

在他们进入小区的时候，包括二号楼在内的很多邻居都看到了韩非背着徐琴的这一幕。

为了救回楼内的居民，韩非带领愿意跟随他的人，深入绝境，不惧死亡，冒着魂飞魄散的风险最终将人救回。

有时说一万句话，不如去做一件事。韩非就是用行动在证明，他这个楼长是真心实意在为大家付出的。

"**编号 0000 玩家请注意！你的行为获得了幸福小区全体居民的认可，所有住户友善度加三，希望你能再接再厉，为创建和谐的幸福小区而努力！**"

韩非把幸福小区当作了自己的家，渐渐产生了归属感。跟上任楼长比起来，韩非的处事风格显得稚嫩冲动，但也带给大家一种真诚坦荡的感觉。

进入一号楼，阴森幽暗的楼道并没有让韩非觉得压抑，他扶着生锈的楼梯扶手，想起了自己曾经每晚在楼道里拼命的场景。这楼内的每一个房间都残留着韩非的回忆，不知道从什么时候起，韩非的命运已经和这栋破旧的老楼连接在了一起。

刚进入楼道，韩非还没走多远，四楼的门就被打开了。

片刻后，弱不禁风的魏有福出现在楼道里，小八怯生生地藏在魏有福身后，那精致的脸蛋偷偷打量着韩非，眼中闪过一丝开心。

"你要是再不回来，我们就准备出去找你了。"魏有福看着韩非，终于松了一口气。

看着跑出来迎接自己的魏有福和小八，韩非一时间也不知道该露出什么样的表情，他从小到大只在电视里看到过类似的场景。韩非先把徐琴送回了家，为徐琴准备了一些吃的，等徐琴的状况稍微有一些好转之后，他才离开。

在玩这款游戏之前，他每次回家都不会抱有任何期望，总是拿着钥匙默默地开门，然后看到一片黑暗。没有人会为他留灯，没有人会为他留门，更没有人会喜悦地跑出来迎接他。

回到 1044 房间，韩非坐在沙发上把自己这些天的遭遇讲给了魏有福和其他受害者听，人体拼图案的受害者们离开幸福小区就会引来某种东西，所以大家对韩非讲述的外界都很感兴趣。

他们听着韩非的经历，仿佛故事的主人公就是自己，每听到惊险的地方他们的表情都会随着韩非的语气发生变化。小小的房间里，一个举着火把的人，手舞足蹈地牵动着数个怨念的心。

早上五点多的时候，韩非的故事已经讲完，魏有福却像唠叨的老父亲，反复叮嘱韩非千万不要再冒险。

在韩非都准备靠下线逃避时，屋子里的固定电话突然响了起来。

韩非的表情瞬间凝固，取出了往生刀，魏有福却很淡定地接通了电话。

"别紧张，你还记不记得益民便利店旁边那个旅馆？"

"记得。"

"旅馆里老人的思念和电话线融合在了一起，形成了一件特殊的诅咒物，为了方便联系，我们就把他的思念接入了幸福小区中。"

简单聊了几句后，魏有福挂断了电话，他皱起了眉毛，和韩非一起来到窗户旁边。

两人朝小区外面看去，在益民便利店门口，站立着一个身高超过两米、穿着红色嫁衣的恐怖女人！

"是她？"

韩非对这个女人还有印象，在他被录用为益民便利店店员的第一天，这个女人曾邀请纸人店长一起去死楼。也正是因为她把纸人带走，这才给了韩非偷店长棺材的机会。

她付出了很大的代价才请动纸人店长出手，结果在厮杀到最后阶段时，纸人店长自己的意识消散了。韩非在关键时刻阴了纸人店长，同时也把嫁衣女人坑了。

光是想象一下那个场景，韩非就能感受到嫁衣女人内心的崩溃和无助。

"她竟然没有死？还专门找了回来？"

"你是怎么招惹到她的？你们之间有什么故事吗？"魏有福扫了韩非一眼，韩非确实算是1044凶宅的颜值巅峰了。

"看来我还要去便利店一趟才行，萤龙一个人应付不了她。"韩非刚回家就又跑了出去，顺便拽上了"哭"。

十分钟后，韩非推开了便利店的门。

货架之上并排放着十根白蜡，其中一根白蜡哭喊得最凄惨，嘴里不断说着店长的坏话，还在不经意间奉承了嫁衣女人几句，就差认对方当干妈了。

许是太过投入，在其他白蜡都闭上嘴的时候，那根白蜡依旧在卖力地叫喊，萤龙几次想要打断对方，但都被嫁衣女人阻止。白蜡越说越卖力，直到它发现嫁衣女人的目光慢慢从它的身上移开，这才好奇地朝自己身后看了一眼。

脸色惨白的韩非默默地盯着它，手里正在玩着一个打火机。

白蜡上的人脸瞬间凝固了，它的目光悄悄移向四周，两边的白蜡早已闭紧了嘴巴。

"是命运的打火机压低了我们的头。"

韩非将白蜡点燃，将它放在灯台上，随后他站在了嫁衣女人身边。

身高近两米的嫁衣女人俯视着韩非，那张涂抹了胭脂水粉的脸死死地盯着韩非的眼睛，她似乎有些不理解，为什么便利店里的所有"鬼魂"看到韩非后都会有种安心的感觉？

在她的印象中，几天之前，韩非好像才成为这里的实习店员。

"我是这里的代理店长，我叫韩非。"脸上带着标准的职业化微笑，韩非的态度不卑不亢，没有一丝害怕和惊慌，"您似乎和上任店长之间有过什么约定？"

嫁衣女人不太明白为什么韩非会成为代理店长，但这不重要，她是来讨要一个说法的。

她甩手将一块染血的手帕扔在柜台上，韩非捡起之后细细察看："上任店长答应和你一起进入死楼1064房间，但其未完成约定，并且差点把你害死。鉴于上任店长已经收取了你的部分报酬，所以责任完全在我们。"

韩非表情痛惜，郑重地将手帕收好："上任店长已经失踪，我们也不知道它去了哪里，不过我们不会逃避责任，它没有完成的事情，我们会继续帮你完成！"

嫁衣女人有些不知道该怎么做，她本来已经做好战斗的准备了，但情况好像跟她想象的不同。

"益民便利店一向是顾客至上，我们知道死楼非常危险，但没有做到就是没有做到，我们会陪同你再次进入1064房间，不过还希望你能稍微宽限一些时间。"

韩非深深地吸了一口气，表情无比的真挚："十天之内，我们一定会陪你再次进入死楼1064房间，想尽一切办法拿到你想要的东西。为了加大完成任务的概率，还希望你能多提供一些关于死楼的信息。"面容坚毅冷静，明明弱小如蝼蚁，却敢于承担责任，做出远超常人的决定。

可能是韩非身上负十三的魅力值起到了作用，嫁衣女人身上的血煞稍微散去了一些。

她思考了很久，将满是鲜血的嫁衣盖头取下，放在了柜台上，随后她张开满是伤痕的嘴唇："七天之后，我会来找你。"

嫁衣女人转身走出了便利店，韩非则拿起了收银台上的血色盖头。

那盖头正中央的位置写着一个死字，这个字本身就代表着某种特殊的诅咒，似乎拿着它就可以进入死楼。

"店长，我们真的要帮她吗？她要去的地方可是死楼啊！"萤龙很是担心。

"顾客就是上帝，对于顾客的提议我们要尽量满足才行。"

"那如果她只是想要把我们当作诱饵呢？"

"放心吧，我自有打算。"韩非默默地将红盖头收起。

嫁衣女人还活着，萤龙从中看到了危机，韩非却从中看到了机遇。

对方可以和纸人店长联手，那就也可以成为自己的助力。他现在对死楼一无所知，需要一个了解那里的向导，嫁衣女人就是一个非常好的选择。

"萤龙，如果下次她再过来，你一定要想方设法稳住她，这个顾客对我们很重要。"交代完萤龙，韩非又走到货架旁，那里的灯台上点着一根白蜡。

韩非也不说话，只是默默地听着白蜡上那张人脸的嚎哭和忏悔。等蜡烛燃烧掉一半的时候，韩非吹灭了火："别说我没有给你机会，再不听话，你估计连蜡烛都做不成了。"

作为店长，韩非向来赏罚分明。

检查了一下店内的各种货物，给店员们进行了一个简单的培训，韩非直接在便利店的库房里退出了游戏。

取下游戏头盔，韩非连动一下的力气都没有了。

清晨的阳光顺着窗帘缝隙照入屋内，韩非享受着这片刻的宁静和放松。

"又活了一天，真好。"

沉沉睡去，韩非也不知道自己睡了多久，直到敲门声响起。

他眼睛还没睁开，手已经抓住了枕头下面的甩棍，等意识清醒的时候，身体已经做出了最佳御敌姿势。

"韩非！韩非！"

门外传来厉雪和另外一个便衣警察的声音,他们的敲门声越来越急促,如果再不开门,韩非觉得他们很可能会直接破门而入。

"来了!"将门打开,韩非看着全副武装的厉雪和便衣警察,有些疑惑,"发生什么事情了吗?"

"已经十点了,离约定时间过了一个小时,我们还以为你出了什么意外。"看到韩非没事,门外的警察全都松了口气,"昨晚黄赢再次遭到袭击,对方曾是黄赢治疗过的一位病人。黄赢因为对方家里情况很糟糕,还垫付过医药费。谁知道那位病人在病情恶化后,竟然受到蝴蝶蛊惑,对黄赢下手了。"

"黄赢又被袭击了?"韩非感觉蝴蝶是真的急了,自己在深层世界里三番五次破坏对方的计划,昨夜还把蝴蝶在畜牲巷的阴谋粉碎,双方的仇越结越大,蝴蝶也越来越重视他和黄赢了。

"你最近也要注意安全,蝴蝶的行动越来越频繁,感觉它正在逐渐丧失理性。"厉雪脸色凝重,"一个彻底陷入疯狂的超级罪犯,已经不能简简单单用危险等级来划分了。"

"我倒是大概能猜到,它为什么会陷入疯狂了。"韩非的话引起了警方的注意。

"你知道原因?"

"我曾在蜘蛛居住的楼内多次看到过一个人影,极有可能就是蝴蝶,随着它离我越来越近,我也慢慢看清楚了蝴蝶的长相。"韩非把蜘蛛副人格读者的样子详细地描述出来了。

正常人身边出现不明人影,并且越来越近,绝对不会像韩非这样仔细观察对方,警方感觉韩非从某种方面来说,确实也挺厉害的。

收集了所有人像信息后,厉雪比对了数据库,没有一个人符合韩非的描述,不过警方还是非常重视韩非提供的信息,准备将那个人物深度还原后再进行搜查。

因为还要拍戏,韩非随便洗漱了一下,就直接乘坐警车赶往新沪北郊。

韩非到的时候,其他几位演员已经开始拍摄了。

张导也知道韩非没有加班的习惯,夜晚也可能遇到危险,所以尽量将韩非的戏份安排到白天。今天的第一场戏本来是韩非和白显的追逐厮杀,但因为韩非迟到,所以只能推迟。

看到韩非从警车中出来,现场工作人员都表示理解,韩非表面是个演员,实际上可能是个私人侦探，甚至还有许多工作人员怀疑韩非是警方的内线，拍戏只是业余爱好。

韩非带着歉意，找到张导。

一向以对演员严格要求著称的张导，看到韩非憔悴的样子，不仅没有训斥，还抓着韩非主动找警方理论。说韩非是他的演员，配合调查案子也要适度等等，弄得韩非很不好意思，他真不敢说自己这么疲惫是因为通宵打游戏。

"韩非，你先去休息一会儿吧，好好睡一觉，把状态调整好。"张导见韩非连个经纪人都没有，到哪儿都是孤零零一个，心里也很不是滋味，这么好的一个演员，怎么自己就没有早点发现呢？

"不用了吧，我能撑得住。"

"我是导演，你听我的。"

张导让助理把韩非带到了临时休息处，准备等到下午再拍摄韩非的戏份。进入休息室，韩非看见还有其他演员在背剧本，他也没有打扰对方，走到角落的床铺，袖子里藏着甩棍，直接睡着了。

"心真大，跑到剧组睡觉。"偶像歌手出身的小童和韩非差不多大，他比韩非名气大很多，粉丝基础也不是一个级别的，但在《悬疑小说家》剧组，他却一直被韩非压着。

同样都是迟到，他被张导当着很多人的面说，结果现在韩非迟到，张导不仅没有批评，还让韩非先去休息。人比人气死人，小童默默地背着剧本，心里却越来越不平衡。

自己明明要比韩非优秀很多，虽然两人年龄相同，但无论家境，还是粉丝数量、商业价值、颜值、品位，韩非和他完全没有可比性，至少他自己是这么认为的。

"他的演技真就有那么好吗？"小童瞥了一眼韩非，最终没有走过去，而是拿着剧本离开了。

等关门声响起的时候，韩非闭着的眼睛突然睁开："不是小童吗？那蝴蝶还会蛊惑谁来对我动手？某个工作人员，还是其他陌生人？"

下午一点多的时候，韩非从屋子里走出来吃饭补妆。张导好心想要让韩非多睡会儿，他将韩非的戏份排到了傍晚。

在太阳快要下山的时候，化好了妆的韩非进入拍摄场地，不断寻找着蝴蝶的身影。"畜牲巷被毁,知晓蝴蝶过去的蜘蛛重获新生,蝴蝶现在肯定会着急。它已经袭击了黄赢两次,接下来很可能也会对我出手。"

可惜对方似乎知晓了韩非的这种心态,越是找它,它越是不会出现,就要等韩非最放松的时候。

韩非借助超强的记忆力,记住了所有工作人员的长相。以前的韩非活在自己的世界里,封闭,社恐,根本不跟人打交道。现在的他会留意身边的每一个人,毕竟对方说不定就是想要杀他的变态凶手。

晚上六点,太阳落山,若有若无的风铃声在楼内响起,韩非开始拍摄今天的最后一场戏了。

扮演作家的韩非已经成功杀掉了小童扮演的大学生,他需要在《屠夫之家》里记录的二十五种藏尸法里挑选一种来隐藏大学生的尸体。就在藏尸的时候,饰演医生的白显开始怀疑作家,一场激烈的追逐和厮杀开始了。

这场戏是《悬疑小说家》的第一个高潮,所有工作人员都打起了精神,他们调试过各种设备后,进入各自的位置。

韩非和其他演员也已经到场。

环视四周,在人群中,韩非看到了一个陌生的身影。

在白显身后,有一个和白显穿着一模一样衣服的人,他好像是新来的替身演员。他存在的价值,就是替代白显完成几个危险的镜头。

随着张导发出指令,楼内瞬间变得安静,一种莫名让人不安的气氛开始在楼内蔓延,这种气氛是张导追求的,但并不是他营造的。

空气中悄然浮现出一种奇怪的臭味,找不到源头,却真实存在。

四楼的风铃轻轻摇晃,那断断续续的风铃声好像是一个小孩在诡异地笑着。夜风吹入楼内,楼梯上那些蒙住神龛的黑布轻轻晃动,藏在潮湿角落的"神"似乎在这一刻睁开了眼睛。

夜晚的肉联厂家属楼和白天的家属楼简直是两栋不同的建筑,这栋破旧的老楼一到晚上就会发生种种奇怪的事情,还未搬走的住户绝不会在天黑后出门。

"是我的错觉吗?怎么韩非一上场,那种气氛立马就起来了?"

惊悚悬疑类电影表现恐怖的手法非常多,不过大多需要背景音乐和一定的拍摄手法配合,张导很确定自己什么都没有做,只是单纯地拍着韩非,但他已经从画面上感觉出不同。

身为一名资深导演，张导对视觉和镜头语言的了解远超在场任何一个人，他能够清楚地感受到韩非四周弥散着浓浓的不安，仿佛整栋楼内的诡异都因他而出现。

"真不敢想象他竟然是演喜剧出身的。"

张导紧盯着镜头，不愿意错过任何一点儿细节。

站在拍摄场地中的韩非也感觉到了异常，那不知名的臭味在加重，空气似乎变得黏稠了，韩非隐约有种熟悉的感觉，如同回到了深层世界。

扮演尸体的小童有些不适，脸贴在冰冷的地面上，不断加重的臭味好像一条小蛇钻进了他的鼻腔中，在他的肺里来回爬动。

精修过的眉毛微微皱起，他眯着眼睛瞟了一下韩非。此时的韩非也正在打量他，四目相对，小童感觉一股凉气从脚底直接冲到了头顶。

他感觉韩非看他的眼神就像是在盯着一块肉，没有任何感情。不知道为什么，他感觉韩非好像看过很多尸体，此时对方只是在不经意间表露出了一丝真情实意。

如果不是有摄像机拍着，小童估计会立刻起身离开，联想到法制新闻上那些和韩非有关的报道，他的心彻底乱了，他发誓以后绝对不会跟韩非单独待在一个房间中。

冰冷的目光好像锋利的刀子，小童在韩非眼中似乎已经被分割成了不同的几个部分，事实上韩非不仅想好了如何分割，连藏匿地点都考虑清楚了。

经历了畜牲巷的血肉地狱之后，韩非和小童这种温室里的花朵已经是两种完全不同的人了。

"你代表了我所有的美好和期许，所以我要第一个杀掉你，然后才能不再犹豫。"

蜘蛛杀死学生人格的地方是九楼，也就是学生人格家里。打扫现场，销毁一切证据和线索，韩非专业得就好像真的干过很多次一样，"尸体"小童内心的压力也越来越大。

在现场二次处理完毕之后，这一幕戏的高潮将要到来。楼道里传来了脚步声，脚步声响起的瞬间，韩非就从屋内走了出去。

在《悬疑小说家》里，韩非和小童饰演的角色都是配角，韩非杀人和清除证据的场景也只会在影片末尾揭露真相时出现，整个电影是站在医生白显的角度推进的。

观众会代入医生的角色，以他为主角，在经历了一次次徒劳无功的救赎和治愈之后才会发现，医生的药救不了任何人，包括他自己。

在白显扮演的医生朝楼上走来时，韩非十分平静地来到了九楼和十楼拐角处，整个过程他没有发出任何声音，宛如幽灵一般。

白显急急忙忙地来到九楼，打开了学生家虚掩的门。

最戏剧的一幕发生了，凶手此时就和医生相隔十三级台阶，在医生呼喊学生的名字进入屋内时，韩非从十楼走下。

两人擦肩而过，当医生意识到什么冲出房门的时候，韩非也开始加速。

白显因为身体有伤的原因，无法拍摄太过激烈的动作戏，已经就位的替身演员代替他追赶韩非。这场戏要表现出紧张刺激的追逐，同时韩非也绝对不能暴露自己，蜘蛛杀掉了其他八个人格这件事要等到最后一刻才能揭晓。

在替身演员上场的时候，久经深层世界磨炼的韩非竟然感到了一丝压力。对方的速度非常快，似乎对台阶的高度和楼道里每一个杂物的位置都十分熟悉，短短几个呼吸的时间，白显的替身演员距离韩非已经只剩下半层楼的距离了。

对方的速度已经明显超出了预期，这和开拍之前张导叮嘱的不太一样！

楼梯追逐韩非也相当擅长，他再次提速，超强的爆发力让他瞬间甩开了对方一大截，可让韩非没有想到的是，那个替身演员竟然跟了上来。他就像闻到了血腥味的鲨鱼，死死咬住了韩非。

声控灯早已坏掉，昏暗的楼道里踏空一步都非常危险，但不管是逃跑者还是追逐者都没有减速的意思，双方就仿佛是排练了无数次一般，在高速移动中保持着一个不远不近的距离。

韩非全身肌肉绷紧，意识深处的兴奋感被唤醒，他似乎模糊了深层世界和现实的边界，不断有新的力量从血肉深处涌出。

他们在楼道里急速狂奔，韩非跑得越来越快，笼罩在他身边的臭味越来越浓重，那气味他一直无法分辨，直到经过五楼那个老人的房间时，他才突然想起来。五楼老人的身上也有类似的臭味，那是一种人快要死亡时才有的气息，是死亡的腐臭味！

"不对！"

韩非双腿不停，跑到了四楼和三楼的拐角处，回头看去。

白显替身追到四楼，可他背后还跟着另外一个人！脸色惨白，长着人的模样！

"是那个'鬼'！"

对方第三次在韩非的视野中出现，这一次它离韩非更近了，而且还是飞速接近！

"要动手了？就在今天？！"

韩非脑子拼命转动的同时，脚下好像踩到了什么东西，低头看去，在三楼和二楼的台阶上不知被谁扔了大量垃圾，还有流浪猫狗的尸体。

韩非抓住扶手，没有走楼梯，直接翻到了二楼。他站稳之后，从戏服下面的口袋里拿出了金属甩棍，然后安静地站在楼道中间。

"你真以为我是因为害怕才逃跑吗？"

为了不影响演员发挥，同时也为了不错过任何一个好镜头，张导没有让摄影师进入楼道，而是在楼层中布置了三十多个最新的动态捕捉摄像机，从不同的角度拍摄这场刺激的追逐。

此时所有人都在一楼新搭建的总控室内观看紧张的画面，白显的替身是退役的短跑运动员，同时也是新沪跑酷俱乐部的高级会员，他可能是理解错了张导的意思，没有完全按照剧本来表演，不仅没减慢速度，反而还超水平发挥了。

在白显替身全速朝楼下冲去的时候，张导就感觉不妙，本想要喊停，结果让人瞠目结舌的一幕出现了。

冲在前面的韩非加速了！那超强的爆发力和灵活敏捷的动作把张导看傻了，什么时候喜剧演员的身体素质这么强悍了，在楼道里可以甩开短跑运动员出身的跑酷爱好者！

张导没有叫停，光是看着飞速变换的画面，他的心脏就跟着加快。

双方都没有按照剧本来，追逐本该在四楼停止，医生最终没有追到凶手。

今晚的最后一场戏已经拍摄完毕，韩非和白显的替身演员超额完成任务，他们激烈的追逐有种特殊的真实感，如同生死竞速。

可没想到韩非直接跑过四楼，翻过三楼的扶手，跳到了二楼，如果这些还能用刹不住或者太投入来解释，那接下来韩非的举动就完全出乎了所有人的预料。画面中的韩非落地站稳，从戏服下面取出了金属甩棍，他随手甩动，只听见噼里啪啦的声响，金属棍子已经成型。

"他这是掏出来了个什么东西？"

负责道具的工作人员也惊呆了，他和张导对视了一眼，两人拍戏几十年了，他们还是第一次见到贴身带着金属甩棍进组的演员。不等眼神交流完毕,屋内就传来惊呼,镜头中手持金属甩棍的韩非竟然上楼追起了白显的替身演员!

"什么?!"

张导也蒙了,一屋子的工作人员都看着他,不知道该怎么办?

拿着甩棍的韩非和健壮的退役运动员在楼道里相遇,那位白显的替身演员,手背抖动,他的袖子里冒出了一把用非金属材料制成的刀。

满头问号的张导看见了刀尖,心思急转,张导突然起了一个非常恐怖的念头:"难道那个替身演员想要杀韩非,他就是警方一直在抓的通缉犯?!"

大脑里冒出这个猜测的瞬间,张导立刻高喊:"快!赶紧去救韩非!"

在场的工作人员看着屏幕中面带杀意、手持甩棍追赶替身演员的韩非,都以为张导是口误了,这明明要救的是替身演员才对啊!再不救,估摸着那个替身演员就真要被韩非干掉了!

房门打开,众人赶紧朝楼上跑,张导的助理也紧急通知了布控在四周的警察,所有人都动了起来。

在风暴的中心处,韩非抓着金属甩棍,看向了二楼和三楼之间的替身演员,比起替身演员手里隐藏的刀,韩非更在意的是那个跟在他身后的人影。

韩非觉得自己应该表现出紧张和惶恐,可治愈系游戏玩多了,他现在的内心毫无波澜,跟深层世界里那些怪物和怨念比起来,眼前这个被蛊惑的替身演员单纯得像张白纸,真正要注意的是他身后的那个东西。

"目光游离,拿刀的手姿势也不对,你一个杀人凶手为什么连这些都不懂啊!"

韩非腿部肌肉绷紧,如同拉满的弓弦,在到达极限之后,猛地朝对方冲去!大臂的力量带动肘关节,握着甩棍的手用力挥下!

"嘭!"

替身演员的手腕处传来了骨骼碎裂的声音,他已经尽力地去躲,但还是无法避开。右手彻底失去了知觉,替身演员甚至以为自己的手臂和袖子里隐藏的刀具一起掉落在了地上。

韩非打完替身演员持械的右手,趁对方还没反应过来,又朝着他的膝盖挥去!这一下被打中,替身演员估计会直接跪倒在地,连逃跑都做不到。

先让对方丧失反抗的能力,然后让对方丧失逃命的能力,韩非的思路连贯清晰。韩非根本不像一个演员，每一次出手的角度都极为刁钻，实战经验丰富到了不可思议的地步。右手无力垂下的替身演员连续后退，朝着楼上跑去，连掉落的刀都不敢捡。

韩非看了眼地上的刀，连碰一下的打算都没有，那上面不能留下他的指纹。

韩非的行为看似比较暴力，实际上他心里非常清楚，匕首、刀具很难被判定为正当防卫，血淋淋的场面也会被有心人拍下来利用，而甩棍在这方面的顾虑就比较小。从杀伤性来说，被甩棍击中非要害部位，也会造成粉碎性骨折，很少有人能够忍受骨头渣子扎肉里的疼痛。

韩非握紧甩棍向上追去，双方再次爆发了潜力，速度不比下来时慢多少，区别只在于追赶者和逃跑者的身份发生了变化。

在替身演员向后逃窜的时候，那个跟在他身后的人影已经消失了。对方出现得悄无声息，消失时也不着痕迹，好像只有韩非看到了它，一切只是韩非的幻觉一般。

局势逆转，但替身演员此时遭遇的情况和韩非不同，往楼下跑是出口，往楼上跑可是绝路！

他全速狂奔，韩非却如影随形，那种压迫感无法形容，好像不管是逃到哪里都会被对方找到一样。从九楼跑到了二楼，又从二楼重新追到了九楼，那狂乱的脚步声如同鼓点一般。

躺在九楼某房间里的小童不小心把人造血浆弄到了嘴里，他刚从地上爬起就听见了外面的声音。

"怎么又回来了？"

"嘭！"

紧闭的房门被撞开，断了一条手臂的替身演员冲进了屋内，他脸色苍白，疼痛让他的额头浸满了汗水。在他转身准备关门的时候，半开的房门被人一脚踹开！

门板重重砸在墙壁上，替身演员连滚带爬地冲向小童，似乎是想要把小童当作人质。在小童还没明白怎么回事时，他就看到满脸杀意的韩非出现在了门口，金属甩棍划过墙皮。

眼神冰冷，嘴角带着狰狞的笑意，眼前的男人就好像是刚刚从鬼窟里爬出的一样。

小童不由得抱紧了替身演员，他们两个一起向后退去。

脸上的人造血浆和冷汗混杂在一起，顺着小童的鼻梁滑落，他实在想不明白事情为什么会发展到了这一地步。剧本上写的明明是医生在追赶韩非扮演的蜘蛛，怎么突然间韩非就拿着甩棍追了回来？

人类在遇到危险的时候总会抱团取暖，这可能就是群居动物的本性。看见小童和替身演员抱在了一起，韩非眼睛轻轻眯起，嘴唇微张："同伙？不太像啊。"

韩非手中的金属甩棍用力挥动，破风声传入耳中，吓得小童拽着替身演员往后退。他在无意间抓住了替身演员那条受伤的手臂，疼得对方龇牙咧嘴，脸色变得更加苍白了。

慌乱中，小童根本没有注意到这些。他只是一个进军演艺界的偶像歌手，哪里遭受过这些事情，现在的他只是觉得韩非很不对劲，要赶紧远离才行。

小童丝毫没有作为人质的自觉，硬是抓着"同伙"的手臂，想要跟"同伙"一起躲到卧室里去。见小童主动硬拽着杀人凶手后撤，韩非的眉头再次皱起，他陡然加速！

小童和替身演员拼命往后跑，可卧室门就那么窄，两人撞在了一起。

替身演员脸上闪过一丝阴毒，狠狠将小童推向韩非，然后自己躲进了卧室里，反锁上了房门。

失去重心的小童摔倒在地，他看着飞速靠近的韩非，坐在地上匆忙往后爬，嘴里发出尖锐的叫声。小童被吓得魂不附体时，韩非也走到了卧室门口，他一把将小童甩到了旁边。

"别害怕，那个家伙是杀人凶手，我跟你一样都是他的人质。"韩非冷冷地解释了一句，对准卧室门的锁芯踹了过去！

"嘭！"

小童趴在地上，还没反应过来，就看见韩非一脚踹在了卧室门上！

"你跟我都、都是人质？"门板和锁头一起颤动，门框上的木板都掉落了下来，"哪个人质会去踹杀人犯躲藏的门啊！"

"嘭！"

锁头掉落，门板被踹开。在小童惊讶的时候，韩非已经进入了屋内。

冷风吹拂着脸颊，卧室的窗户被人打开，那个替身演员此时就站在窗边的书桌上。

他的状态有些奇怪，脸上没有恐惧和惊慌，取而代之的是麻木和痛苦，他就像突然厌倦了这个世界，厌倦了自己的生命。这和他之前的表现完全不同，就像是换了个人一样。

"蝴蝶在操控他？"韩非一进屋就朝对方冲去，想要抓住他。

替身演员的眼眸里出现了仿佛蝴蝶花纹一般的血丝，细密的丝线在瞳孔深处交织，慢慢勒紧了眼珠，他的脑子似乎已经坏掉，嘴里不断发出奇怪的笑声，伸手指着韩非。

"总会轮到你的！"说完那句话后，替身演员就从窗口跳下去了。

替身演员从九楼窗口跃出，似乎瞬间清醒过来了，他脸上满是恐惧，布满血丝的眼睛中流出了血泪。

韩非站在窗口，不知道是不是错觉，似乎看见有个人影此时正抱着替身演员的腰，藏在他的身后，与其一起坠落。

过了好一会儿，才听见重物落地的声音，随后外面响起了人们的尖叫声。

站在屋子里，韩非看着空荡荡的卧室。

夜晚的冷风将窗帘吹起，韩非也感到了一丝凉意。活生生的一个人就这样消失在了黑夜里，或许在那只蝴蝶眼中，生命只是棋子和玩具。

"蝴蝶从未尊重过生命，它把自己当作掌控一切的上帝，普通人在它眼里只是达成目的的工具。它真是个彻头彻尾的混蛋。"

"你……"客厅中的小童早就被吓得腿软了，他一句话也说不出来，身体打颤，肺里好像装了一块冰，连呼吸都带着寒意。

"那个人应该不是普通的替身演员，他想要杀我。"韩非将小童从地上拽起，"我们都是受害者。"

受害者活活逼死了杀人犯，小童靠在墙壁上，不敢说话，连呼吸都小心翼翼的。

楼道里传来杂乱的脚步声，工作人员冲进了房间。

他们一进来就看见了脸色苍白的小童，还有站在卧室门口的韩非。三个人进入了屋子，现在房间里只剩下两个人，那些工作人员也不敢随便进了。

几分钟后，警察赶到。

厉雪和两位便衣直接穿过人群，来到韩非身边。

对他们来说，确保韩非的安全是最重要的，因为韩非就是他们能否抓住蝴蝶的关键。从结果上来看，韩非确实是追着对方跑了一路，不过本质上讲韩非还是属于自我防卫。

"没受伤吧？"厉雪检查了一遍韩非的身体，见韩非没有受伤后，松了一口气，随后她接到了楼下同事的电话，表情变得严肃了起来，"那个替身演员已经失去了生命体征，我同事正在调取他的个人资料。"

拍摄现场出现了命案，这是一个非常不好的兆头，楼内老人曾经的话似乎正在成为现实。

"韩非！"张导年纪有些大了，他气喘吁吁地上到了九楼，"摄像机拍到了替身演员拿刀的画面，那个演员的资料我这边也有备份。"

对方本是省队的短跑健将，因为酒后打架斗殴被省队除名，他性格暴躁，喜欢极限运动，只有极限运动能够让他感受到刺激。因为本身能力很强，再加上他敢于尝试很多危险动作，逐渐在圈子里有了些名气。

光从张导提供的资料来看倒也没什么，可是再结合警方提供的信息，那就完全不同了。

这个人谈过的三任女朋友，都被他家暴过，他长期服用药物，还匿名经常在网络上发表疯狂言论。

看着对方在网络上发表的那些东西，韩非摇了摇头，如此嚣张疯狂的一个人，在真动手的时候连塑料刀都握不稳，还被自己追得到处跑，心理素质差到离谱。

"我们回去以后会尽快调查清楚，看看他是什么时候和蝴蝶接触的。"警方准备带韩非离开，张导那边也点头同意。

"张导，以后我们的拍摄还是尽量放在白天比较好。"韩非临走的时候叮嘱了张导一句，他心里有种预感，今天的遭遇只是一个开始，接下来他还会面对更加疯狂的蝴蝶。

"蝴蝶擅长玩弄人性，只要心灵上有破绽，都可能成为它的目标，所以我要小心一切，不管是陌生人，还是熟悉的人。"

走出肉联厂家属院，韩非在坐上警车的时候，回头看了一眼身后的老楼。

被夜色笼罩的建筑里，隐约有风铃声传出，黑暗里有一道目光正注视着他。

"蜘蛛把肉联厂家属院当作了自己八个人格的坟墓，蝴蝶是不是准备把这里当作我的坟墓,那个变态到底还隐藏有多少秘密?"

警车开出了肉联厂家属院,在马路上疾驰,笼罩在韩非心头的压抑感逐渐消散。

"韩非,你最近一定要小心,蝴蝶已经彻底疯了。"厉雪低声说道,"我们刚接到通知,之前谋杀黄赢的那个安保人员已经死亡,所有和蝴蝶案子有关的人都出现了幻觉和异常,他们的大脑病得更加严重了。"

"什么意思?"

"包括孟长安在内的所有嫌犯,都出现了意识不清、幻听、晕厥等症状,我们请专业人士检查了他们的大脑。"厉雪拿出手机,让韩非看了几张大脑扫描图片。

图片中的人脑出现大面积病变,而把所有病变区域连接起来,正好是一只张开了翅膀,仿佛在飞动的蝴蝶。

"大脑是人体最神秘的器官,我们之前对孟长安他们进行过脑部治疗,已经抑制住了他们脑部的病变速度,但没有想到昨天后半夜他们大脑的病变速度突然加快了!"

后半夜正好是韩非在深层世界救出蜘蛛的时候,蝴蝶在畜牲巷的布局被他彻底破坏。

"我们猜测病变应该不是个例,所有受到蝴蝶影响的人估计都会变得疯狂,他们在蝴蝶的刺激下什么事情都可能做得出来。"厉雪叮嘱韩非要小心,韩非却一直盯着厉雪手机上的脑部扫描图。

他翻看了很久,意外地发现其中除了孟长安的脑部扫描图外,还有明美一家三口的脑部扫描图。

虽然时间过去了很久,不过韩非依旧清晰地记得那宛如恶鬼般的一家三口。他们为了霸占应月父母留给应月的房子,将应月杀掉后装入了毛绒玩具中,事后明美的父亲还曾想追杀娱乐记者金俊,结果反被韩非擒获。

"这一家三口也跟蝴蝶有关?"

"对,他们的脑部病变不完整,和孟长安比起来算是失败品吧。"厉雪有问必答,反正那些嫌疑人也大多是在韩非的协助下抓获的,这些信息没必要对韩非隐瞒。

"我记得他们三个好像是为了逃避法律的制裁,在拘留所装疯卖傻?"

"明美的父亲已经认罪,明美的母亲和明美仍在接受最新的心理和脑部治疗。为了让她们尽快伏法,放弃抵抗,局里给她们安排了不间断的心理干预和矫正。"

韩非想起来,他曾亲自去拘留所查看过明美一家三口的情况,当时给明美治疗的医生，正好就是曾经给蜘蛛治病的心理医生的学生，那个人叫胡为。

对方还曾在《悬疑小说家》刚开拍的时候到过拍摄现场，为张导和编剧提供部分关于蜘蛛的信息。

"那个胡为治疗明美一家使用的是深空科技的心理治疗头盔，深空科技的所有产品依托于同一核心……"从拘留所回来的当天晚上，韩非就产生过一个构想，他想试试能不能把明美招魂到深层世界中。

如果将《完美人生》游戏比作一片世界，那明美使用的心理治疗头盔创造出的沙盒治疗房间，就相当于那片世界中的一个气泡。再加上明美体质阴邪虚弱，极易撞灵，所以理论上，韩非是有可能将其招魂到深层世界的。

"应月的仇拖了很久了，是时候想办法兑现承诺了。"幸福小区里那些居民生前的遭遇让人同情，韩非是真心想要为他们报仇，奈何他自身难保，一直都在生死边缘徘徊，根本没有分心的时间。

现在他要为去死楼做准备，以他现在的能力，他对在那个地方活下来一点儿信心都没有。所以他想趁着去死楼之前，再多为邻居们做一些事情。

"希望这次不要再招到黄赢了。"

其实韩非也想不明白，概率那么低的事件，为什么偏偏黄赢能够撞上那么多次。

在警方的护送下，韩非回到了老城区自己居住的地方。

他刚进家门，就收到了黄赢的信息——方便打电话吗？

关好门窗，韩非给黄赢打了过去："有事吗？"

"我已经把三十级前升级要用的任务物品和竞选荣誉市长的道具全部准备好了。"

"竞选荣誉市长？"韩非听到黄赢的话，愣了一下，黄哥这是在下一盘很大的棋啊！

"荣誉市长没有实权，但却有非常多的隐性好处，是游戏里最难获得的称号之一，我准备从一级就开始布局，争取在八十级之前获得这个称号。"

"要那么久？"韩非摇了摇头，他开始还稍微期待了一下。

"之前跟你聊天的时候，你点醒了我。我仔细那么一琢磨，与其去刷市长的友善度，不如我自己去当市长。"

"那你还是来深层世界当市长更靠谱一点儿，这地方没有人跟你竞争。"韩非和黄赢聊了几句后，又让黄赢多收集一些有用的技能书带下来，深层世界物资丰富，但可能是因为人比较少的原因，适合人使用的技能书极为少见，结果这直接导致韩非玩到现在，一身全是被动能力。

挂断电话，韩非随便吃了些东西，然后拿起床上的书看了起来。

很难想象，在深层世界里浑身浴血、戴着兽脸面具、提着屠刀的韩非，现实里身上竟然还带着一丝淡淡的书生气质，谁第一次看见韩非都会觉得他内敛文静。

零点到来，连接好各种线路的韩非戴上了游戏头盔。

血色铺满了世界，他于黑暗中缓缓睁开了眼睛。

一个个纸人面无表情地盯着他，阴冷的气息浸透了每一寸皮肤。

韩非出现在便利店库房中，他找到萤龙询问了一下店里的情况。

在韩非成为店长的这段时间内，店内商品不断被"顾客"用以物换物的方式"买"走。

"店长，感觉您开店跟做慈善一样，就是图个开心。"

"至少我们的名气打了出去，以后也不会再有人说我们是黑店了，靠这些货物就能洗白，还是挺赚的。"韩非巡查库房，看着满满当当的血肉和封存在各种物品里哀嚎的残魂，他也有些头疼。

韩非和纸人店长不同，上任店长会用这些东西当原材料制作蕴含阴气的食物和蕴含诅咒的武器，但他没有这个能力，所以益民便利店货架上的商品越来越少了，库房越来越满。

"以后再考虑怎么利用这些东西吧，如果库房满了，就先让徐琴养的那个小宠物过来吞一部分。"有那条黑色巨蟒在，浪费这种行为注定和韩非无缘。

回到幸福小区，韩非先跟魏有福打了声招呼，然后他带着"哭"来到小区中心处。韩非站在居民楼的阴影里，打开了属性面板。

在这里招魂，对方只会出现在小区中，不管招来了什么东西，他都有信心控制住对方。

他的目光看向了某个地方，嘴唇微动，轻轻念出了两个字。

"招魂！"

布满血丝的属性面板被无数只手从中间撕开，血海荡漾，此时的韩非仿佛站立在鬼门关前。

第 9 章 楼长的礼物

深空科技的心理辅助治疗头盔能够呈现出患者的内心世界,用具体的物品和色彩来替代情绪。

明美已经在这个充满各种强烈色彩的房间里待了很久,她的内心和平时的表现完全不同,她是一个伪装很深的疯子。她也不知道自己是从什么时候起变成这样的,或许是因为家庭的氛围,又或许是因为她小时候做过的某件事。

"毛绒狗、毛绒猫、毛绒小熊的肚子里装着她……"

过去的记忆总是会在脑海里不断浮现,她感到害怕和恐惧,但内心却没有愧疚和后悔。

她蜷缩在房间的角落里,把那个真实的自己隐藏在心底,不断地念叨着奇怪的句子,似乎只要继续发疯,就能一直躲在这里。没有成年,精神有问题,主要罪责在她的父亲,她在案发时只是一个孩子,一个那么小的孩子能干什么事情?

靠着房间的墙壁,明美也不知道自己在这里待了多久,她只知道自己是安全的。

五彩斑斓的房间绚烂美丽,在种种强烈情绪的冲击下,反倒是明美本人显得很不起眼,没有人会把现在的她和一起恶性杀人案件联系在一起。只要她抱着双膝,保持沉默,一切都会过去的。

明美闭上了眼睛,想要在这彩色房间里睡去,可她忽然感到了一丝凉意。那股阴寒的感觉就像一具尸体掐住了她的脖颈。眼睛猛地睁开,明美发现四周的彩色墙壁不见了,她出现在了一个昏暗的屋子里。

地上扔着纸钱,屋内家具没有一件完好的,墙角处还摆放着一个破旧的灵坛。

"这是什么地方?心理辅助治疗头盔也可以虚构出这样具体的场景?"明美从墙角站起,她有些不安地看着四周,这里的一切都太真实了,"心理辅助头盔可以还原记忆中的某个地方,可我并没有来过这里啊?"

在警察面前疯疯癫癫的明美，在这个古怪的房间中依旧给人一种意识错乱的感觉。她很聪明，担心这是警方最新的侦查手段。

明美手指抠着开裂的墙皮，突然听见身后某个地方传来一声轻响，她转身看去，客厅老旧的防盗门不知道什么时候被打开了。阴暗的楼道里没有灯光，地面上残留着大量镜子碎片，每一块碎片里似乎都映照着什么东西。

"屋子里还有其他人在？"

看着漆黑、幽深的楼道，明美向后退去，她的心跳开始加快，不安和恐惧慢慢浮现。黑暗当中似乎有什么人正在盯着她，那种恐怖的感觉让她毛骨悚然。

裸露在外的脚踝猛地感觉一凉，明美接连往后退了几步，她刚才所在的位置堆积着厚厚的、泛黄的纸钱。

"是虫子吗？"鼓起勇气，明美伸出手指，缓缓将纸钱拨开，一张涂抹着大红色颜料的脸露了出来，"纸、纸人？"

被纸人盯着，明美产生了一种很怪异的感觉，她总感觉对方在笑！

胸口很闷，心跳很快，明美的双手试图抓住什么东西，她想尽办法让自己冷静下来。明美移动脚步，可不管自己走到哪里，纸人好像都在看她，对方的眼珠、纸做的脸皮，还有脸颊上鲜艳的颜料，全部深深地印入了她的脑海。不知不觉来到墙角，明美耳边又突然响起了哭声！

她立刻扭头，可身后只有一面墙壁。

"哭声是从墙那一边传来的，有一个小孩？"

明美不敢离开房间，她踩着地上的纸钱，一点点走向卧室。

嘎吱……

残破的房门被一点点推开，明美朝卧室里看去："有人在吗？"

空荡荡的卧室里一个人都没有，但是那哭声却响个不停。

"有人在吗？谁在屋子里？"明美的身体止不住地颤抖，卧室和客厅都没有人，难道哭声是从墙壁里传出来的？

看着开裂的墙壁，明美的目光慢慢向上，当她看到自己头顶时，整个人都愣住了，随后无法形容的恐惧在她脑海中炸开！

房间屋顶上满是小孩的手印！

那些手印还在不断增多！不断移动！不断朝她爬来！

"啊！"发出一声尖叫，明美跑出了房间，那些手印并没有放过她的打算，依旧在她的身后追赶。

明美慌不择路，跌跌撞撞朝楼上跑去，恐惧好像一双无形的手死死地掐住了她的脖子，开始慢慢用力！

"这是哪里？我为什么会在这里！"

身后的手印越来越近，黑暗中还有巨大的影子在快速靠近。明美拼命地逃，她的眼睛扫过一扇扇紧闭的房门，她的耳朵被各种诡异的声音塞满，有哭声、有笑声、有劈砍声、有大口咀嚼的声音。她无力地求救，但是无人应答。

她在漆黑的楼道里连滚带爬，磕磕碰碰，双手双腿上全是伤痕，惊恐占据了她的每一根神经。她不敢停下，敲打着经过的房门，想要躲藏到一个角落里，想要有人出来帮一帮她。孩子的嬉笑声和哭声同时出现，她猛地感觉后背一沉。

明美僵硬地转动脖颈，发现自己的后背上爬满了小孩！

他们脸色惨白，又哭又笑，抓着明美的头发，揪着明美的皮肤，似乎是想要钻进明美的身体中！

"啪！"

一脚踩空，明美从楼梯上滚下，她的手臂受了伤，干净的脸蛋沾了灰尘和血迹。

摔落之后，她这才发现楼道台阶上厚厚的血污。需要多久，一个地方才能积累下这么多的血污？

没有答案，明美尖叫着爬起，她像个动物一样朝楼上冲去。

"有人吗，救救我，求求你们了……"

眼泪顺着脸颊滑落，她爬到了八楼，在这一层她终于看到了一扇半开着的门。门的外形隐约有些熟悉，但她根本没有多想，直接跑进了屋内。

明美用最快的速度将厚厚的防盗门关上，抓着门把手，身体仍旧在止不住地颤抖。耳边诡异的声音似乎在慢慢远去，明美趴在门板上，身体倾斜，顺着门上的猫眼看去。

在惊恐不安地朝外面看的时候，她发现猫眼中竟然是一片白色。就在她以为那白色是污迹时，猫眼里的白色突然转动了一下，随后黑色的瞳孔翻了过来！

猫眼里是一颗活人的眼珠！

"嘭！"

明美吓得向后栽倒，她坐在了地上，大脑还未从刚才的冲击中缓过神，她的手就摸到了什么东西。

扭头看去，地面上扔着被撕碎的毛绒玩具。那褐色的皮毛有些扎手，明美隐约觉得那东西有些熟悉，可她一时间想不起来了。手指捻起皮毛，明美在看向毛绒玩具碎片的时候，也看向了客厅。

"这里……"

一种令人恐惧的熟悉感在心头浮现，明美几乎不敢相信，她竟然回到了"自己"家里！

所有的布置她都很清楚，只不过门口的鞋柜里为什么会摆着四双拖鞋？

双眼紧紧盯着鞋柜里多出的那双拖鞋，一个记忆中无法避开的名字出现在她脑海里。

"应月？"屋内突然传来了奔跑声，明美赶紧从地上爬起，她死死地抓着自己的头发，几乎要扯掉自己的头皮了。

"不可能！"

房间的布置和很多年前应月死时一样！

散落一地的毛绒玩具碎片，都沾染着血迹。明美颤抖着朝属于自己的卧室看去，在粉色的公主房间里，堆放着一地的布娃娃，而在那堆娃娃中央，则坐着一个很柔弱的小女孩！

她就像一个布娃娃般，坐在娃娃堆里，安静地看着床边的鱼缸。

明美曾把应月父母的眼角膜扔进了鱼缸里，又把鱼缸里的水灌进了存放眼角膜溶解液的瓶子中。

可为什么这一刻，一切又都重现了！

每一根神经都在颤抖，明美的五官已经因为恐惧完全扭曲了。而就在这个时候，那个坐在娃娃堆里，安静地看着鱼缸的小女孩，缓缓转过了头。她苍白的脸稚嫩可爱，但是她的眼眶里却只有两个黑洞洞的窟窿！

"明美……我等你很久了，你终于过来陪我玩了……"

听到那个熟悉的声音，明美的心跳差点停止，她疯了一般朝房门跑去，拼命地扭动门把手，可不管她怎么做，那扇门就是无法打开。

屋子里的毛绒玩具全部爬动了起来，一颗颗眼珠在屋内所有缝隙处出现，衣柜、床板、桌子、抽屉……

应月不知什么时候出现在了客厅中，她脸上那两个漆黑的孔洞死死地盯着明美。

"你的爸爸和妈妈呢？你们一家人不是很喜欢盯着我吗？"

瞳屋之中的所有眼睛全部睁开，房间里传出了明美歇斯底里的惨叫声！

半个小时过后，应月家的房门才被打开，此时韩非正安静地站在门口。屋子里已经没有了明美的身影，不过多出了几个布娃娃。

柔弱的应月仍旧呆呆地站在客厅里，直到发现韩非进屋后，她才抬起了头。

"你对我的礼物还满意吗？"韩非蹲在应月身前，有些心疼地看着她，"答应你的事情，我一定会做到的。"

应月黑洞洞的眼眶里残留着两行血泪，似乎是又想起了痛苦的事情。

使用"触摸灵魂深处的秘密"，韩非轻轻帮应月擦去了脸上的泪水，他没有再多说什么，现在也不用再说任何话。

"编号0000玩家请注意！你完成了与应月之间的承诺，应月友善度加二十！"

"编号0000玩家请注意！你的所作所为被楼内居民看在眼中，你完成了承诺，带给了所有居民一丝希望！幸福小区所有居民友善度加一！"

站在韩非身前的应月没有一点儿恐怖的感觉，她就像一个迷路的小女孩，现在终于找到了失散的亲人一样。

应月抓着韩非的衣服，示意韩非先别走，她进入卧室，将几个破旧的布娃娃抱出。

"这些娃娃你还是留着吧。"韩非想要拒绝，他帮助应月并不是为了让对方感谢自己。

应月见韩非不肯收下，固执地摇了摇头，撕开了布娃娃的身体，将其中隐藏的邪灵全部塞进了韩非的鬼纹中。

"编号0000玩家请注意！G级初等鬼纹已吸取到足够的怨念和负面情绪！越阶突破至G级高等！"

"鬼纹（G级高等）：你的鬼纹中隐藏着数个邪灵，它们被应月用特殊的方法封印在你的皮肤表面，代替你承受诅咒的负面影响，帮助你抵消部分攻击、吸取部分阴气。

"注意！鬼纹等级可以不断提升！若囚禁特殊类型怨念，鬼纹有小概率获得其部分特殊能力！"

初等鬼纹已经帮了韩非很大的忙，如果没有鬼纹护体，他只要被怨念蹭一下就会皮肤溃烂，更别说跟怪物们贴身肉搏了。

提升鬼纹对应月来说消耗也很大，她的身体明显变得虚弱了一些。不过相比较身体上的虚弱，她冰冷的心重新有了一点温度。

从应月的屋子里离开，韩非抚摸着皮肤上的鬼纹，他能够感受到其中涌动的力量。

走到七楼，正在研究鬼纹的韩非突然发现，镜神所在房间的门不知道被谁打开了。

一号楼的镜神和二号楼的阴犬是幸福小区最早的住户，之前那不可言说的歌声进入一号楼的时候，镜神都没有被毁掉，由此也能看出对方的厉害。

韩非之前差点被镜神玩死，所以他就算是成了楼长，也很少去那个房间。可让他没想到的是，今天那个房间的门却主动在他面前打开了。心里有些犯怵，他待在原地，不敢随便过去。

在他纠结要不要请应月陪同自己下楼的时候，摆在七楼某个房间客厅里的镜面上突然出现了血迹，随后那些血汇聚成了一个个文字。

你帮了楼内很多的住户，如果可以的话，能不能也帮我一个忙？

看着镜子上的血字，韩非先是一愣，接着明白了。

之前韩非救徐琴回来，还有这次完成对应月的承诺，他都获得了幸福小区全体居民的好感，镜神对他的友善度也有了一定的提升。

"当然可以。"韩非想都没想就直接答应下来，镜神本身是一个神秘的诅咒物，他要去死楼干掉蝴蝶，那就必须要获得大量诅咒物的帮助才行。如果有诅咒聚合体徐琴和诅咒物镜神陪伴，那他也可以多一些底气。

我想让你帮我找一具躯体，我已经在这镜子里待了太久了。

在镜面上出现新的血字时，韩非也收到了系统的任务提示。

"编号 0000 玩家请注意！你已成功触发 F 级隐藏任务——镜神的委托！

"镜神的委托：幸福小区七楼的那面镜子是和小区同时存在的，知道很多秘密，拥有特殊能力，如果你愿意为它寻找一具合适的躯体，那你将获得它的友谊和帮助！

"任务没有时间限制，但你寻找到的躯体必须要让镜神满意才行，或许你也可以用自己的身体去尝试一下。"

听着脑海里的提示信息，韩非有些惊讶，这个任务竟然是个F级的隐藏任务。

"你是楼内的住户，你的要求我一定会努力去完成！不过我现在被死楼的人下了咒，七天后我可能要去死楼一趟，在这期间我也不能保证能帮你找到合适的躯体。"

嘴上这么说，实际上韩非已经选择了接受任务，反正这是个无时间限制的任务，对他也没有什么损害。

你愿意帮我，这就足够了。

镜子上的血字慢慢消失，屋内一切恢复原状，不过镜神对韩非的友善度又提升了三点。

"能帮的话，我是一定会帮你们的，毕竟你们也算是我的家人。"关上七楼的门，韩非再次来到楼下。

完成金生的管理者任务后，他的管理者天赋"招魂"得到了强化，现在每个晚上可以使用两次。不过和"招魂"相对的回魂天赋，仍旧一晚上只能使用一次，也就是说韩非可以在晚上把两个人拉下来，但只能送回去一个。

走到家属楼背面，韩非又一次使用了"招魂"天赋。跟招明美时不同，代表黄赢的"鬼脸"感觉就像是自己迫不及待往深层世界钻一样。看着血海上"鬼脸"化作的血色锦鲤，还有血海深处那游过的巨大身影，韩非充满敬畏的同时，也在思考，继续强化"招魂"天赋的话，他有没有可能将血海深处的怪物招出来？

"在死楼里招出一个不能控制的血海怪物，想想那个画面……"

血光闪过，二号楼里传来了黄赢熟悉的惨叫声。

韩非摇头苦笑，赶紧带着"哭"跑进了二号楼。

循着撕心裂肺的求救声，韩非在二号楼三层找到了黄赢。此时身体瘦长的李灾缠住了黄赢的脖颈，他鼻尖轻嗅黄赢的脑门，嘴里念念有词："印堂发黑、眼内红丝、眉目带凶、神浮肉虚，你八字衰到极点，命中多灾多难，注定跟我兄弟二人有缘啊！"

被一个身体冰冷的男人像蛇一样缠在脖子上，黄赢已经快要被吓死了。他本以为自己的胆量已经被锻炼出来了，现在才发现自己修行得还远远不够。

"你这是先天的霉运缠身，久病才成了医生，像你这样完全没有福气的人非常少见。"李灾还想说什么，但是被韩非伸手拉开，黄赢可是自己唯一的朋友，这要是被吓死了，自己找谁说理去。

"黄哥？你还好吗？"

"还、还行。"再次受到冲击的黄赢，缩到了韩非身后，脸色苍白，不敢和李灾对视。

"他叫李灾，你们之前见过面的，他对你没有恶意。"韩非苦笑着岔开了话题，"黄哥，我让你准备的东西带来了吗？"

"见过面吗？"黄赢的脑子现在一片空白，他现在对韩非越来越佩服了，对方在这满是怪物和怨念的地方竟然还能混得风生水起，实在不是一般人。

"算了，以后有机会再介绍你们认识。"韩非摆了摆手，然后拖着双腿瘫软的黄赢回到一号楼。

他使用楼长留下的钥匙，将1041房间的门打开："黄哥，以后这就是你的房间，你可以把所有任务物品都囤放在这里。"

"我的房间？"上来直接送套房子，黄赢被韩非的大手笔震撼到了。

"如果你觉得这房子住不习惯，我随时可以给你换。"

"这里就挺好的。"黄赢进入屋内，打开了扩充到了极限的物品栏，"我在《完美人生》浅层世界的黑市里给你搞到了一些不错的技能，你应该能够用得上。"

说着，他将一本本技能书和资料总结递给韩非。

"《徒手攀岩进阶版》《潜水的技巧和方法》《爆破入门》《野外求生——征服极端环境》《无线电通信基础》《战场渗透和三栖作战》……"

看着一本本技能书，韩非感觉黄赢似乎是吸取了上次的教训，不再准备一些跟神学和灵异有关的书籍，他这次是准备把韩非打造成一个可以三栖作战的特种兵。

那些技能书，感觉似乎有用，又似乎没有用，这下轮到韩非纠结了。

《完美人生》游戏里的所有技能都需要自己去学习入门才行，只有入门以后才能使用技能点进行升级。

挑选了半天，韩非最终选择了急救、攀岩、潜水和基础工具制作等技能。阅读书籍后，他要进行大量的尝试才能感悟技能，让技能入门。不过和正常游戏里的玩家比起来，韩非有一个非常大的优势，深层世界里的任务数量非常多，也没有人跟他争抢，而且任务奖励异常丰厚，所以后期他根本不会缺少技能点。

以后，说不定他会成为一个精通各个职业的演员。

韩非在学习技能的时候，黄赢则像勤劳的蚂蚁，不断从自己的物品栏里取出各种任务道具。他是个非常细心的人，已经提前将所有任务物品完成分类。

等到《完美人生》公测后，他拿着这些任务道具和物品就可以省略任务中间的步骤，直接升级，就算是最专业的游戏工作室也没办法跟他比。

见黄赢还在屋内忙碌，韩非没有打扰，他召集一号楼和二号楼愿意离开的居民，准备今夜一起外出。韩非有一种紧迫感，七天之后他就得进入死楼了，在这段时间内他必须帮助徐琴把伤养好，再找一些诅咒物才行。

畜牲巷里医生笼络了很多外来者，那些人大都住在周边的建筑中，现在受了伤，正是干掉他们的最佳时机。

等人齐之后，韩非从物品栏中取出了畜生道面具，握着往生刀来到了四楼。

"黄哥，东西都搬出来了吗？我该送你上路了。"

听到韩非的声音，黄赢打了个冷颤，他知道韩非没有恶意，但还是忍不住害怕。当他看到韩非身后的邻居们，脸皮轻轻抽搐，他真的不敢想象韩非在现实中竟然是一个人气明星。

"难道这才是演员？"

虚假的偶像明星穿着光鲜亮丽的外衣，走在红毯上，周围到处都是举着荧光棒和应援牌的粉丝，大家山呼海啸般地喊着哥哥的名字。

真实的演员都是戴着面具，手持刀柄，站在血污中，周围到处都是妖魔鬼怪，什么样子的都有，大家全部面目狰狞、脸色苍白，竭力压制着眼中的疯狂和嗜血。

脸上勉强挤出一个笑容，黄赢的小腿已经开始颤抖，这场景不管经历多少次他都无法习惯，他现在也不知道是自己不正常，还是韩非不正常了。

"趁着没有公测的这段时间，你尽快把更多有用的东西带下来，以后可就再也没有这个机会了。"韩非说完对黄赢使用了回魂，等属性面板重新恢复正常的时候，屋内已经没有了黄赢的身影。

有些虚弱的韩非深深地吸了一口气，随后他戴上了兽脸面具，走出了房间。

"出发。"

一行人来到楼下，在走出幸福小区的时候，韩非让"哭"把兽医从灵坛里放了出来。

那个兽医曾被医生人格蛊惑，在畜牲巷对徐琴出手，他擅长操控一些被缝合过的动物，属于比较特殊的怨念。

兽医重见天日，还未开口说话就看到了周围的怨念，瞬间失去了反抗的想法。

"你家在什么地方？"韩非冰冷的声音从兽脸面具下传出，听着十分瘆人。

"我开了一家宠物店，不过我现在回去的话，会被杀死的。"兽医保留了部分理智，老老实实地回答了韩非的问题。

"会被杀死？"

"那家店是我开的没错，但现在店铺的主人是一只用宠物尸体拼出的怪物，它已经脱离了我的控制，还喜欢……把人当作宠物。"兽医像是想起了什么很恐怖的事情，"我好不容易才从那家店里逃出来。"

韩非之前去畜牲巷的时候，曾经路过那家宠物店，当时萤龙和"哭"一起发出警示，不让韩非靠近。

"宠物店的新主人是你制作出来的吗？"

"是的。"

"它有什么弱点？"

"那个家伙……"兽医想了好久才开口，"我缝合心脏时留了一手，它的表皮强大，但心脏很脆弱，只要破坏掉心脏，它就会实力大减。不过它的生命力非常顽强，想要彻底杀死它极为困难。"

兽医把那个怪物形容得非常恐怖，这也成功勾起了韩非的兴趣。

制订完计划之后，韩非让所有邻居先进入"哭"的灵坛中，而后他独自抱着灵坛朝街道外面走去。

"都在一条街上做生意，低头不见抬头见，这次过去说不定我还能结交到新朋友。"

怀抱灵坛的韩非走在阴冷幽暗的街道上，不知从什么时候起，他竟然和这座城市拥有了相同的气息，就好像是在这里出生的一样。

解决掉了几个问路的陌生"人"，韩非来到那家宠物店门口。玻璃门向外打开，门上张贴着各种宠物的图片，看着非常可爱。

"有人在吗？"韩非抱着灵坛，进入店内。

这个宠物店的内部空间要比从外面看到的大很多，里面的几间房屋全部被打通，房门虚掩着，门锁好像都被拆卸了下来。地上残留着大量动物的毛发，墙角堆着各种各样的笼子，不过笼子全是空的，里面什么都没有。

韩非继续向内走去，踩在动物的毛发上，感觉很奇怪，他轻轻推开了通往里屋的门。

耳边传来了虚弱的狗叫声，韩非顺着那声音看去。宠物店内部的笼子上盖着黑布，掀开黑布，狗叫声和猫叫声不断传入耳中，但是映入韩非眼中的却不是猫、狗，只有一道道残魂和执念。他们被关在了笼子里，神志不清，好像真的把自己当成了被圈养的宠物。

"宠物店里的宠物是人？"

看着眼前一个个巨大的笼子，还有笼子里虚弱的残魂，韩非产生了一种非常荒诞的感觉。他之前只见过人把动物当宠物养，这还是第一次见到人被动物当成了宠物。

每一个铁笼上都挂着牌子，上面详细记录了笼内残魂的年龄、执念和性格，看着非常的专业。

让"哭"把兽医从灵坛中放出，那个穿着破旧白大褂的兽医一出现在宠物店中，脸色瞬间变得很差。

"你怎么真的来这里了！快走吧！趁着它还没有发现你，再不走就没机会了！"兽医不敢太大声，他抓着韩非的衣服，十分焦急。

"笼子里的这些残魂还有救吗？"铁笼里的残魂拥有和活人一样的外貌，但是他们却把自己当成了动物，似乎已经失去了反抗的能力，默认了自己宠物的身份。

"救不了的！他们自愿当宠物，再说了，当宠物总比在外面搏命要安全。"兽医说得很现实，铁笼内的残魂虽然失去了自由，忘掉了自己的语言，但至少他们获得了宠物店主人的庇护，他们是安全的。只要能够活命，给动物当宠物也没有什么。

"把笼子打开，他们愿意走就带他们离开，我不会强求他们，但我会给他们一个选择的机会。"就算是在深层世界这种危机四伏的地方，韩非也坚守着自己的原则，他从不主动去伤害别人，往往都是别人想要打他的主意，然后被他过度防卫。

"你会把自己害死的！"

被逼无奈，兽医将铁笼打开，如果不是"哭"死死地盯着他，估计他早就逃走了。

铁笼被打开，笼内的残魂没有感恩和开心，他们的脸上只剩下麻木。就仿佛训练了好久一样，那些残魂根本不敢走出笼子，反而全部躲在了笼子深处，似乎笼子里要比外面的世界安全很多。

抱着灵坛，韩非也没在意，他穿过两边的铁笼，走向宠物店最深处。

推开加固的房门，韩非还没进去就听见了歇斯底里的咆哮声和锁链碰撞铁笼的声音。顺着声音看去，宠物店最深处的房间是血红色的，地上堆积着厚厚的动物毛发和血肉残渣，几个蒙着黑布的巨大铁笼立在墙边，屋子中央则摆着一张被血迹染红的巨大金属桌。

"我平时都是在这里训练宠物，给它们缝合伤口的，但现在这个地方已经被它占据了。"兽医不敢进入屋内，很是害怕。

韩非让邻居们随时小心四周，掀开了墙边铁笼上的黑布。

"嘭！"

在黑布掉落的时候，一个满身是烧伤疤痕，身高接近两米、胸口纹着蝴蝶翅膀的男人正不断撞击着铁笼。这个男人的实力相当于中等怨念，他双目赤红，满脸癫狂。正常的锁链根本困不住他，不过宠物店铁笼里的锁链却好像不太一样，上面沾满了动物毛发和血污，缠绕着大量畸形的亡魂。

"宠物店主人连蝴蝶制作出的怪物也敢囚禁？"看着那熟悉的蝴蝶花纹，韩非将往生刀取了出来，"先送这个怪物去投胎，然后想办法把锁链和铁笼带回去，那东西好像也是诅咒物。"

在韩非思考的时候，他手中的灵坛里传来了哭声，铁笼里的壮硕男人也发出愤怒的嘶吼，他身上的所有锁链全部绷紧。

"完了，完了！它过来了！我们被发现了！"兽医面如死灰，他不知道该躲到什么地方去，急得团团转。

默默佩戴好畜生道面具，抱着灵坛的韩非安静地看向房门口，做好了战斗的准备。

空气中刮起了一股腥臭的风，没有脚步声，但是却有一个古怪的声音从外面传来，那人就好像刚学会说话一样。

"不论养什么宠物，都要按照要求按时接种疫苗，防止疾病的传播。"过道的帘子被拉开，一个手持针筒，浑身长满了动物皮毛的"人"出现在韩非的视野中。那个怪物长着一张和猫类似的脸，它的身体则是由无数动物缝合成了人的形状。

"它是我意外做出的'宠物'，几乎不死的存在……"兽医已经绝望。

过道上的怪物嘴里重复念叨着一些话语，它就好像是刚学会说话一般，发音异常诡异。

看到打开的铁笼，它也没有深究，伸手将笼中的残魂抓出，手中的针筒扎进残魂的脖颈，把针筒中的红黑色血污全部注入残魂体内。那残魂瘫倒在地，变得更像动物了，最后一点儿人性也泯灭了。

拔出针筒，猫脸缝合怪物望向房间最深处的韩非，嘴巴裂开一条缝隙，仿佛在笑。

"动物也有群体，但是无论如何，不要让你的宠物和流浪的动物以及野生的动物接触，防止传染疾病。"它嘴里念叨着谁也听不懂的话语，速度猛然加快！

韩非只是感觉到腥风扑面，随后他的身体就被一股力量推开。等到视线重新恢复的时候，韩非发现"哭"出现在自己刚才站立的位置，小小的身体上浮现出绝望的尖刺。而那个怪物不知何时已经进入了里屋，它的一条手臂被"哭"抓伤，上面残留着正在消融的绝望。

"速度这么快？"韩非的体力和对方完全不是一个层面的，如果没有邻居帮助，他在看见对方的同时估计就已经被杀死了。也难怪"哭"和萤龙会让他避开宠物店，以"哭"进入畜牲巷之前的实力，还不足以应付这个怪物。

猫脸缝合怪物歪头看着手臂上的针刺，张开了嘴巴，伸出满是倒刺的舌头舔了舔那蕴含绝望的针，从腹部的皮毛中又取出了一根装满红色液体的针筒。

"如果不小心被宠物抓伤或者咬伤，一定要及时就诊，按照要求注射疫苗。"说完，它将针筒扎在自己的脖颈处。一根根漆黑的血管冒出，猫脸缝合怪物的身体疯狂胀大，那张原本还有一点儿可爱的脸变得狰狞恐怖，似乎这才是它本来的模样。

在那怪物即将暴走的时候，韩非突然收到了系统的提示。

"编号0000玩家请注意！你已成功触发G级隐藏任务——收养宠物。

"找到工作的你，已经初入社会，面对竞争日益激烈的职场，饲养宠物可以为你提供精神支持，减轻压力，调节内心情绪。

"好的宠物是人生的伴侣，是我们获得幸福和健康生活的一个来源，看着如此可爱、听话的它，你是不是也感觉到了治愈呢？"

看着面前獠牙刺穿了下巴，满身缝合痕迹，身体胀大到三米的"小猫咪"，韩非的眼皮轻轻抽搐了一下。

"这猫长得还真够劲，我要不说估计都没人知道它身上有猫的成分。"韩非接受了收养宠物的隐藏任务，但他也不确定以后会是谁养谁。

宠物店主人可以囚禁中等体形的怨念，说明它的实力肯定要在中等怨念之上，光凭借"哭"无法控制住对方。

为了确保不会出现意外，韩非将灵坛中的邻居全部请了出来。单挑不行的话就合作，合作还不行就再去找支援，反正对方是跑得了和尚跑不了庙。

刺耳绝望的哭声笼罩了宠物店，身体瘦长的李灾伸了个懒腰将自己的弟弟李祸放了出来。跟随韩非从畜牲巷出来之后，邻居们的实力有了一个质的飞跃。

"肉！我还想要吃更多的肉！"李祸红着一双眼睛，他黝黑的皮肤上满是血迹，浑身散发着灾厄和不祥的气息。比成年人脑袋还大的拳头狠狠砸落，他仿佛杀神一般朝猫脸怪物冲去，李祸的大脑里根本没有畏惧和害怕。

邻居们以前都住在各自的房间中，没有任何交流，互相之间也不太了解，但在韩非的帮助下，曾经陌生的邻居们也逐渐接纳了彼此，开始懂得配合，这在深层世界里是极为少见的奇景。

李祸一马当先和猫脸怪物正面碰撞，"哭"使用绝望来干扰对方，限制对方移动的范围，萤龙则守在韩非旁边，双手蓄力，随时准备抓住那怪物，方便韩非砍出最后一刀。

幸福小区居民的配合天衣无缝，不过他们还是低估了那个怪物的可怕之处。

对方身上的每一根毛发都蕴含着诅咒，它的内心和灵魂也是拼合成的，有点类似诅咒聚合体徐琴。只不过徐琴完全由诅咒构筑而成，它则是由无数动物和人的残魂捏成的。

"哭"的绝望主要针对怨念，这个怪物内心的绝望很少，更多的是一种对人的恨。如果放任这个怪物不管的话，可能在未来某一天它就会完成突破，成为比怨念更加恐怖、纯粹的恨意。

"嘭！"

猫脸怪物和李祸撞在了一起，血肉横飞。怪物身上的血线崩开了很多，一块块残缺的动物躯体掉出，那些残躯之上隐约还能听见呜呜咽咽的声音。李祸的情况也好不了多少，他的后背到胸口被猫脸怪物抓出了深深的伤痕。透过李祸胸前的伤口，甚至可以看到李祸身体里沉睡的李灾。怪物和李祸都受了伤，不过李祸身上的伤口在不断扩大，猫脸怪物身上的伤口却在迅速恢复。

攻击心灵和情绪无法伤害它，魂体强悍无比，速度和力量远超在场任何一个人，受伤后恢复速度还极快，这个怪物除了智商比较低以外，可以说没有任何缺点。

"萤龙，你也过去帮忙！"韩非抱着灵坛再次后撤，他的眼睛紧盯着猫脸怪物心口的位置，那里的血线没有缝合完，有一道细细的口子。

"那怪物是宠物店的主人，占据地利，不能拖下去，要速战速决。"

让躲藏在阴影里的黑色巨蟒钻进鬼纹，韩非体温瞬间变低，他忍受着常人难以忍受的疼痛，获得了体力和抗性的提升。阴气覆盖在身体表面，掌握了高级刀具的韩非握紧了刀柄。他放下手中的灵坛，全神贯注，盯着被三位邻居围在中间的猫脸怪物。

呼吸放慢，韩非握刀的手慢慢调整位置，在那怪物又一次被李祸撞向墙壁，失去了身体平衡的时候，他猛地蹿出。缩小的瞳孔紧盯着怪物心口，韩非从三个怨念的缝隙中闪过，然后果断挥刀！

"往生！"

明亮的刀刃在瞬间浮现，如同星河划过了怪物胸口。血液飞溅，怪物心口的伤被撕开，一只只囚禁在它身体中的亡魂向外逃窜。

"竟然没有斩杀？"韩非找了好久才找到这个机会，但那怪物似乎很少杀生，往生刀并没有直接将其斩死。

捂住自己被划破的胸口，猫脸怪物的速度越来越慢。

眼看着它身上的伤口逐渐增多，在韩非都以为胜局已定的时候，那个怪物开裂的嘴巴忽然露出了一个类似于人的笑容。它盯着韩非看了一眼，那种感觉非常诡异，就好像午夜零点惊醒，突然发现自己养的狮子正在床边笑着看向自己一样。贴满了动物毛皮的嘴巴缓缓张开，猫脸怪物又开始说出奇怪的话语。

"如果经常和宠物玩耍，要注意卫生，不仅要给宠物定期洗澡，自己也要及时洗手、洗澡，还有换衣服！"说完之后，它的双手抓住胸口的伤痕，然后用力撕扯！

毛骨悚然的剥皮声传入耳中，那个猫脸怪物将满是伤痕的皮毛剥下，露出了一具崭新的身体。毛发上的血色更加明亮，它的爪子和獠牙也更加锋利了！

"伤好了？"看着猫脸怪物，韩非感到不可思议，除了往生刀砍出的伤口之外，怪物身上的其他伤竟然全部消失了，感觉就好像它重新获得了新生一样。

"蜕掉一层皮，就代表又获得了一条命？"韩非朝旁边的兽医看了一眼，对方显然知道这件事但没有告诉韩非，"你捏出了一个什么怪物？"

此时兽医躲在角落里，瑟瑟发抖，满脸的恐惧，好像已经被吓破了胆子。

撕掉一层皮后，猫脸怪物的恨意更加明显，它会变成这样肯定和兽医有关，也不知道它曾遭受过多少折磨和痛苦。现在怪物的速度快得离谱，李祸和萤龙完全跟不上对方，他们身上的伤口逐渐增多。

三位邻居中只有"哭"没有受伤，这个最容易被忽视的孩子，正在慢慢收拢绝望和哭声。在谁都没注意的时候，他已经快要用绝望构筑出一个牢笼了。李祸和萤龙勉强支撑，"哭"也到了最关键的时候，在三位邻居都无法分心之际，原本躲在墙角的兽医慢慢挪动了身体。

他收敛所有气息，用残存的面具碎片遮住脸。兽医的计划很好，趁着众人混战，再找机会逃离，为了达成目的，他只告诉了韩非有限的信息。兽医看着越来越近的房门，眼中闪过一丝恶毒，他悄悄回头看了一眼，此时的韩非再次握紧了手中的刀。

"杀吧，你杀多少次都杀不死它的。"兽医心里诅咒着韩非，他眼看着韩非再次挥动起那把让他感到恐惧的屠刀，只不过这一次韩非没有冲向猫脸怪物，而是冲向了他！

"我？"

兽医的心理防线和他的手臂一起被斩碎，在感受到来自灵魂的刺痛时，他脸上露出了无法理解的表情。

大敌当前，韩非似乎是铁了心想要先杀掉他。

"你、你疯了？！"韩非封死了房门，虚弱的兽医为了躲避，只能朝屋子中央躲闪。而在这时候，本该攻击猫脸怪物的萤龙突然伸手砸向兽医的脸，那本就残破的面具应声碎裂。

兽医收敛的气息瞬间冒了出来，他立刻意识到不妙。猫脸怪物逐渐停止攻击其他人，猩红的眼珠死死地锁定在了兽医的身上。在兽医还未反应过来的时候，萤龙和韩非再次对他发起攻击，将其逼到了房屋某个位置，那个猫脸怪物也冲向了他。

一人一兽再次相遇，"哭"也顺势完成了绝望囚笼的最后一步，一根根由绝望编织成的丝线将兽医和猫脸怪物困入其中。

兽医想要利用韩非拖住怪物为自己争取逃脱的时间，韩非则想要利用兽医来充当诱饵，把怪物骗入牢笼。

"当初把徐琴逼到那般地步，你以为这个仇就算了吗？"韩非看着绝望囚笼里被猫脸怪物单方面碾压的兽医，"我本来还想给你一个戴罪立功的机会，但我真没想到你还不如一个怪物有情义。"

随后韩非再次打开"哭"的灵坛，一双双眼睛在宠物店最深处睁开。住在八楼的应月是韩非的底牌，这个小女孩还从未在韩非面前全力出手过，她的具体能力是什么也没有人知道。随着一只只眼眸在房间墙壁上睁开，一股无比压抑的气息笼罩住了屋内的每一个人。

困在绝望囚笼里的猫脸怪物也终于意识到了不对，它将奄奄一息的兽医扔在地上，警惕地看着四周。

屋内的光亮彻底扭曲，在一双双眼眸的注视下，应月从绝对的黑暗中走出。她小小的身躯里隐藏着一种和其他怨念完全不同的力量，脸上那两个漆黑的孔洞，幽幽地盯着猫脸怪物。黑色的血从皮肤下渗出，应月抬手指向囚笼，所有的眼眸在这一瞬间全部流出了血泪。

屋内到处都是惨叫声和哀嚎声，在血泪流尽之后，黑暗中的眼睛慢慢闭合，应月脸上那两个漆黑的孔洞却被鲜血染红。幽深的黑暗中仿佛隐藏着一个血红色的世界，只要和应月对视，自我意识就会被吸入那个世界中！

一直活在黑暗里，没有感受过光明的应月，内心深处隐藏着一个由恐惧和虐待构成的黑暗世界。那里没有光和爱，更没有家人和朋友，只有宛如噩梦一般无边无际的痛苦！

"啊！"猫脸怪物发出一声惨叫，它锋利的爪子直接刺穿了自己的脑袋。它感觉到脑袋中有什么东西正在离开自己的身体，但是它无法阻拦，拼了命地阻止，最后只能徒劳地自残。

旁边的韩非也是第一次见应月全力出手，应月的能力非常诡异，不是诅咒，不是阴气，也不包含负面情绪，她好像可以把别人的自我意识拉进她眼眶中的世界。

双方僵持不下，应月的身体也在剧烈颤抖，韩非见状立刻和其他邻居一起出手。"哭"将绝望囚笼缩小成锁链，李祸正面进攻，韩非则拿出了往生刀，不断在猫脸怪物身上增加新的伤痕。

"五人联手还控制不住它？"

身上的伤痕越来越多，猫脸怪物走投无路时，它锋利的爪子再次刺入自己的身体，撕裂了身上的毛皮，气息变得更加强悍。

嘴里发出嘶吼，猩红的眼珠流出了血泪，它的眼眸中倒映着应月的身体，似乎灵魂就要被吸走了。全身血管胀大，怪物的身体再次拔高，它没有去攻击屋内的人，而是双臂用力砸向了地面！

"嘭！"

地板层层碎裂，刺鼻的血腥味和腐臭味从地下冒出，几乎要掀翻屋顶。

"宠物店地下还有一层？"眼前的场景令人震惊，在宠物店地下埋藏着一个尸坑，里面堆放着各种各样宠物的尸体，大多身上还有针线缝合的痕迹。这个存放"失败品"的"尸坑"中还有不少宠物没有完全死去，它们的残魂依附在尸体之上，痛苦地挣扎着。

猫脸怪物庞大的身体砸落入尸坑中，残缺的动物尸体朝着四周溅落，它捡起地上的尸体就往自己身上的伤口处按。除了往生刀留下的伤口，普通的伤口会与之融合，瞬间恢复。

"它的气息在变强！"在韩非的指挥下，所有邻居一拥而上。

屋内任何一个人单挑都不是猫脸怪物的对手，它那恐怖的恢复能力只有F级的往生屠刀可以应对，但手持往生屠刀的韩非体力与它相差太大，单独面对猫脸怪物估计连拿刀的机会都没有。

"哭"和李祸给韩非创造机会，韩非用往生刀不断划出新的伤口。猫脸怪物被不断削弱，逐渐无法抵抗应月，身体中似乎有什么东西要被吸入应月的眼眸。

"别给它机会！"

高强度的战斗持续了整整二十分钟，在不断拉锯中，那只猫脸怪物终于吃不消了。它心口和脑袋上缝合的线全部崩裂，一只通体漆黑、幼猫大小的执念被应月吸入了血红色的眼眸。惨叫声瞬间消失，猫脸怪物庞大的身躯立在原地，所有人都看向了应月。

在专属于应月的眼中世界，一只满身伤疤的小黑猫在凶狠地叫着，应月闭上了眼睛。许久过后，应月紧闭的双眼流出了血泪，似乎被猫抓伤了一样。她走向韩非，双手从韩非背后抓住了他的胳膊，按住了韩非背上的鬼纹。

"会有一点儿疼。"应月莫名其妙地说了句话，睁开了眼睛。

韩非不知道背后发生了什么事情，当他想扭头看一下时，后背仿佛被烙铁烫了一下，火辣辣的剧痛让韩非把嘴咬出了血。

片刻之后，疼痛消失，这时虚弱的应月连自己的魂体都无法维持了。

"应月？"韩非朝后背看去，鬼纹已经发生了明显的变化，狰狞的"鬼脸"图案被一只巨大的黑色恶虎咬住。

"那只猫被折磨了无数次，它已经很难被杀死，我只能先将其困在你的鬼纹里，这样应该也能帮到你。等它不会伤害你时，你再把它放出来。"应月说完后，直接进了"哭"的灵坛中。

韩非伸手触碰鬼纹，听到了系统的提示。

"编号0000玩家请注意！你已成功获得F级初等鬼纹——九命。

"九命鬼纹：血肉类诅咒抗性加五，该鬼纹可以帮助你抵挡九次致命伤。

"编号0000玩家请注意！你已成功完成G级隐藏任务收养宠物！获得自由技能点加一！获得宠物——九命！

"九命（血肉类宠物）：介于G级与F级之间，拥有强大的恢复能力和难以摧毁的身体！

"忠诚度：零。

"隐藏天赋：未知（忠诚度超过五十解锁）。

"首次获得宠物，额外追加奖励——G级主动能力'宠物驯养'。

"宠物驯养（G级可升级能力）：只有掌握了训练宠物的基本理论，采取正确的训练方法，才能使训练工作具有预见性和科学性，以达到事半功倍的效果。"

看着任务信息，韩非没想到自己竟然就这样获得了人生中的第一个宠物，他之前从来没有驯养宠物的经验。

"我这也算是养了一只猫吗？"

韩非尝试和鬼纹沟通，发现鬼纹中有只伤痕累累的幼猫，当他使用"宠物驯养"摸摸对方的头时，那只幼猫的伤口瞬间撕裂，体形膨大，似乎是想要跳出鬼纹咬韩非的手。

"还真是个可爱的小猫咪，第一时间竟然只想要咬断我的手，而不是直接咬断我的脖子。虽然它忠诚度为零，不过内心还算善良，也值得培养训练一下。"能在深层世界找到合适的宠物本就很不容易，所以韩非也没有要求那么多。

"忠诚度这东西从零到一是最困难的，我要想办法开个好头才行。"韩非又看向快要不行的兽医，他的目光把兽医吓得直哆嗦。

"你也救不回来了，不如发挥一些余热，死得更有价值一些。"本着废物利用的想法，韩非使用"触摸灵魂深处的秘密"，将奄奄一息的兽医困在了鬼纹旁边。

"你想干什么？！"兽医已经无力挣扎，眼前这个男人比"鬼"还狡猾邪恶，对方做出什么他都不会感到意外，"放过我吧，我可以留下来帮你……"

"我很想知道这些动物尸体是从哪儿来的？"

"是那个怪物做的，我很少折磨……"

"那怪物身上数不清的伤口和缝合痕迹又是谁弄的？"韩非问得兽医哑口无言，"我是个很善良的人，从不滥杀无辜，你和它之间的事情，你们自己解决。"

韩非将快要魂飞魄散的兽医塞进鬼纹，用兽医作筹码，引起九命的注意和愤怒，对九命进行简单的训练。最基本的一条就是——只要九命不伤害韩非，韩非就愿意帮助它报仇。

因果循环，兽医万万没想到自己有一天会变成一个逗猫棒。在兽医冒着生命危险的帮助下，九命终于学会听从简单的指令了，但是忠诚度一直都是零。看着逐渐听话的九命，韩非还挺有成就感："难道这就是大家喜欢养小宠物的原因吗？确实挺解压的。"

又过去了十几分钟，韩非见忠诚度迟迟没有变化，最终还是将兽医送入了鬼纹中。当兽医彻底被九命杀掉，忠诚度终于变为一了。

也就是在同一时间，韩非再次收到了系统的提示。

"编号0000玩家请注意！你已成功探索十栋建筑，成功在地图上点亮益民街道，获得随机探索奖励宝箱，请打开地图页面进行选择！"

韩非在去畜牲巷之前就收到过系统的提示，现在他总算是完成了这个探索任务。

"为了探索这条街，我差点儿就把命玩没了。"别的游戏，玩家现在早就离开新手村了，而韩非玩了这么久，还在幸福小区外的街道上徘徊。等级只有十一级，也不知道进度到底是算快还是算慢。

打开地图，在那被黑夜笼罩的无边黑暗中多了几个微弱的光点，如果不仔细看的话，甚至都看不出来。将地图放大到最大，韩非这才找到自己的位置，他探索过的所有建筑连成了一条指甲盖宽的细小光线。

"这深层世界到底有多大？我怎么感觉自己这辈子都探索不完？"

光是看着那片漆黑的地图就让人感到绝望，韩非轻声叹了口气，然后他又重新打起精神，伸手点击地图上的探索宝箱。

"奖励随机选择中……

"编号0000玩家恭喜，你获得G级辅助探索能力——定向物品收集！

"请你选择某一类型物品，比如金钱、食物、武器等。确定选择之后，在探索地图的过程中，当身边存在该类物品时，有一定概率获得提示。"

辅助探索类的能力韩非还是第一次见到，这种能力对探索地图很有帮助。

"在深层世界里金钱如同废纸，来路不明的食物跟毒药没什么区别，武器的话还算有用，不过我接下来要去死楼，我最需要的不是武器和怨念，而是诅咒物品。"怨念进入死楼会被随机送到某个房间里，不管韩非带多少怨念过去，大家都会被分隔开，而诅咒物不受这个规则的限制。思考片刻后，韩非选择了诅咒物这个略微少见的类型。

"你已成功获得G级辅助探索能力——诅咒物品收集爱好者！

"该能力为被动能力，当你周边建筑中存在诅咒物品时，有概率获得系统提示！

"编号0000玩家请注意！宠物店中存在未发现诅咒物品！请及时进行回收！"

"这宠物店里还藏有诅咒物？"韩非和邻居们一顿翻找，最终看向了那个被囚禁在笼子里的中等体形的怨念。捆绑住那个怨念的血色锁链，似乎就是宠物店里的诅咒物。

"开笼，人无所谓，别弄坏锁链。"

打开笼子控制住那个中等体形怨念，往生刀轻而易举地斩过怨念的身体，刀锋直接将它从胸口劈开。残魂歇斯底里地嘶吼，身上的伤疤和蝴蝶花纹一起融化，胸口斩开的位置流出了黑红色的血液，随后一个残破的人蛹掉落在地。

"人蛹？"韩非已经很久没有看到这东西了，不过他记得很清楚，被蝴蝶控制的那些外来者中，很多人身体里都埋藏着人蛹，同时外来者也成了培育人蛹的温床。

被破开的人蛹里全都是黏稠的血液,还未成型的虫子在地上爬动,眼看着就要不行了。

韩非本来没有关注它,但接下来发生的一幕让韩非感到有些意外,宠物店里的那些亡魂好像被这畸形的虫子吸引了,纷纷想要钻进它的身体里,似乎这样就能重获新生。

提前爬出人蛹的虫子身上没有漂亮的蝴蝶花纹,只有一道道黑色的伤痕,它根本承受不住太多动物的残魂,坚持了几秒钟就不再动弹了。

"人蛹是蝴蝶专门用来控制怨念的,以吸食血肉和人性为生,越是复杂的人性,最后诞生的蝴蝶花纹似乎就越漂亮。"韩非从物品栏里取出了自己以前获得的那枚人蛹。小小的人蛹吸食了足够多的血,几乎透明,里面的东西似乎马上就要破茧而出。

"如果不让它吸食人性,用兽性来喂养它会发生什么事情?"韩非要那人蛹也没用,他犹豫片刻,在宠物店尸堆下面挖出了一个血池,然后将成熟的人蛹放入其中。

起初没有异常,人蛹表皮慢慢冒出血丝,开始吸食周围动物的血液。韩非把一具具被缝合过的动物尸体丢入血池,依附在上面的动物残魂不愿就此魂飞魄散,开始嘶吼。随着人蛹表皮越来越薄,那些残魂好像嗅到了生的希望,疯狂涌向人蛹!尸坑底部的血池很快被各种动物的残魂填满,整个宠物店里积攒下来的残魂全部朝人蛹钻去。

"为什么会这样?"

本该用人性喂养的人蛹,被韩非塞进了数不清的宠物残魂,那人蛹中的虫子出现了异变。原本只有拇指大小的人蛹被撑大,一层层血污涂抹掉了它美丽的纹路,最后只剩下血腥和狂乱。尸坑里所有动物的血液被吸干净之后,人蛹表面终于出现了裂痕。

韩非和几位邻居高度警戒,死死盯着尸坑深处。伴随着一声轻响,人蛹彻底被撕开,只不过里面爬出来的根本不是蝴蝶,而是一个头生双角、浑身尖刺,看起来凶性十足的怪虫。几位邻居面面相觑,最后都看向了韩非,韩非也是满脸的不解,蝴蝶的人蛹为什么会生出这样一个东西?

系统只能鉴定韩非触摸过的物品,但韩非看着那凶虫身上的尖刺,也不敢随便碰。

"店长,我在便利店干了那么久,也从来没见过这东西。"萤龙想要靠近那凶虫，可他刚一接近，那凶虫就对萤龙发起攻击，速度快得离谱。双方僵持了好一会儿，韩非慢慢发现，那凶虫唯独对自己没有太深的恶意。

"难道跟我当初用自己的血喂养过人蛹有关？"韩非大着胆子，靠近凶虫，见对方没有反抗，他轻轻碰了一下那虫子。

"编号0000玩家！你已成功发现G级诅咒蛊物——大蘖。"

"大蘖（G级幼虫）：深层世界中极为少见的虫子，全身布满尖刺，尖刺中蕴含魂毒，只有在大灾之年才会出现，是不祥的预兆。"

"尖刺中蕴含魂毒？"韩非没有细听系统的提示，他只是看着自己的手指。此时他的指肚已经泛黑，瞬间整只手失去了知觉。黑色的"鬼影"在血肉下方涌动，在蚕食血肉的同时，不断朝韩非的心脏蔓延。

韩非根本感觉不到疼痛，在无声无息中精神已经被麻痹，就好像中毒的不是肉体，而是灵魂。他拿出往生刀，脸色很差，犹豫要不要砍下自己手指的时候，那只凶虫又跑了过来。它一口咬在了韩非的手指上，被注入韩非身体的魂毒瞬间被吸走，原本已经扩散的黑色"鬼影"不情愿地回到了大蘖的身体中。

韩非得救了，不过他的生命值也因此减少了五分之一。此时他脸色苍白得吓人，身体也没有了力气。

"好霸道的毒。"看着那凶虫，韩非也不敢靠近了。摸摸头，就差点把自己送走，这东西谁敢乱碰？

"编号0000玩家请注意！你未被大蘖的魂毒杀死！毒物类诅咒抗性加一！"

凶虫自己在尸坑里玩得很开心，韩非既不想把这定时炸弹带在身边，又不敢把它独自留在宠物店里，更让他担心的是，万一凶虫以为自己被抛弃，再被找上门可就惨了。

"要不……把它也驯养成宠物？"九命虽然长得可怕，但至少还有一点跟宠物相似的地方，比如长得像小猫，韩非好歹可以自我暗示，催眠自己那是一只深层世界特产的小猫咪。

但大蘖这东西真的跟宠物完全不沾边，连个下手的地方都没有。再说它本身就是凶兆，而韩非身边已经有黄赢这种幸运值低到离谱的朋友，以及李灾、李祸这俩灾星了。

韩非做了很久的思想斗争，最终在邻居们的注视下，带着视死如归的意志，再次朝大蘖伸手。他对着大蘖尖刺稍微少一点儿的头部，使用了主动能力——宠物驯养。

"驯养失败！你已身中魂毒，请尽快治疗！

"驯养失败！

"驯养失败！

"……

"编号0000玩家！你已成功驯服G级诅咒蛊物——大蘖。

"大蘖（G级诅咒类宠物）：你凭借惊人的个人魅力和养育的恩情，获得了大蘖的友谊！

"忠诚度：五十（它还算信任你，你是第一个愿意接近它的人）。

"隐藏天赋一：魂毒（它的身体蕴含剧毒，能够灼伤灵魂）。

"隐藏天赋二：食尸（血液和尸体可以帮助其快速恢复和成长）。

"隐藏天赋三：天敌（蚕食蝴蝶而生，所有能力在针对蝴蝶类诅咒、残魂时，效果翻倍）。

"隐藏天赋四：死兆（可以直接攻击灵魂中的弱点，喜欢待在将死之人身边）。"

根据《完美人生》官网上的介绍，带有属性和隐藏天赋的宠物非常稀少，能够拥有一个隐藏天赋的宠物已经算是极品，而大蘖竟然在最初的幼虫阶段就拥有四个隐藏天赋。它虽然只是一个G级宠物，但是起点要比其他的宠物高太多了。

韩非兴致勃勃地看着介绍，忽然也没有那么讨厌大蘖了，反而觉得对方丑萌、丑萌的。不过当他看到大蘖最后一个天赋时，表情又凝固了："喜欢待在将死之人身边？"

韩非扭头望着待在自己身边，安静得仿佛石头一般的大蘖，心情有些复杂。福祸相依，大蘖是因为种种意外才出现的，而它之所以会喜欢跟着韩非，可能也是因为韩非被死楼的人下了死咒，命不久矣，正合大蘖的胃口。

"死亡也没什么可害怕的，这个小家伙的出现至少又为我增添了一份力量。"韩非现在是个很乐观的人，没办法，心态不好根本活不下去。

在韩非发愁怎么带着大蘖的时候，吃饱喝足玩累了的大蘖收拢了身上的尖刺，变成了一块黑色的石头。现在的大蘖摸着冰冰凉凉，感觉很适合夏天的时候当枕头。

韩非将大蘖捡起放在"哭"的灵坛里，又将铁笼内沾满宠物毛发和血污的锁链拆了下来，但凡有点用的东西，他都不愿意放过。

"编号0000玩家你已成功发现G级诅咒物品——血色的宠物锁链。

"血色的宠物锁链:被这条锁链绑住的宠物大多都已经被杀害,它们的残魂和毛发附着在了锁链之上,日日夜夜不停地哀嚎。"

可能是因为韩非把九命收为了宠物,他在触碰锁链时并没感到异常,轻松将锁链收入了物品栏里。

"血色纸人、许愿罐、宠物锁链……我现在拥有的诅咒物也不少,但想要在死楼内自保,这些还不够。"G级诅咒物能起到的作用有限,韩非真正想要的是和血色纸人一样的F级诅咒物,哪怕是残缺的F级诅咒物也要比G级诅咒物强太多。

脑中回忆上任楼长留下的地图,韩非开始制订自己的计划。他所在的这一片区域里,最危险的建筑就是死楼,如果用等级划分,他之前去过的所有建筑都属于F级难度,而死楼是E级。

这倒不是说死楼里的怪物都很恐怖,只是说死楼中有更可怕的角色。深层世界里现阶段的"鬼怪"分为遗憾、怨念和恨意,韩非直到现在都还没有见过恨意,也许死楼中就有恨意那个等级的存在。

"在进入死楼之前,还是尽可能多探索一些建筑比较好,如果能把其他建筑里危险的'鬼怪'引到死楼里也行。"韩非默默思考着,"最近好久没有听到那诡异的歌声了,也不知道那个不可言说的存在跑到什么地方去了。"

抱着灵坛走出宠物店,韩非又带着邻居们拜访了一下四周的店铺。直到益民街上很难再触发任务后,他才回到益民便利店。

一进店内,韩非就感到凉意钻入心口,他唤出萤龙和"哭"后才敢朝柜台里面走。

淡淡的血腥味飘在四周,那个身高超过了两米的嫁衣女人此时就站在货架后面,看着非常吓人。

"应该还没有到约定的时间吧?"韩非仰头看着对方,眼中闪过一丝疑惑。

嫁衣女人没有说话,只是将手中的一套衣服扔在了地上。韩非将衣服抖开,那是一套沾了大量血污的保安制服,制服背后还写着某某小区的名字。

"死楼的一个保安失踪了,再过几天你来顶替他。"嫁衣女人语气森冷,表情恐怖。

"你想让我当死楼的保安?"韩非默默扫了一眼"职场杀手"的称号,然后点了点头。

"好,没问题。"

见韩非没怎么犹豫就直接收下了保安制服,嫁衣女人的目光反而发生了变化。她本以为还需要威逼利诱才能迫使韩非同意,结果没想到韩非异常果断,就好像他本来就准备去死楼,还很热爱保安这份职业一样。满是血丝的眼眸盯住了韩非,嫁衣女人觉得韩非有可能是想跑路,现在他所做的都是在拖延时间。

韩非拿着保安制服,研究了一会儿,忽然发现嫁衣女人仍旧在盯着他。

"什么意思?难道还要我当着她的面试穿一下?看看合不合身吗?"制服上的血迹还未凝固,摸着有些不舒服。为了让嫁衣女人安心,韩非脱去了外套,换上了保安制服。

那件衣服上身的瞬间,意外就发生了。

黏稠的血迹仿佛拥有自己的意识突然动了起来,一双残损的血手从衣服里伸出,想要抱住韩非,但在半空中就被"哭"和萤龙握住。狰狞的血手不断用力,挥舞了半天,逐渐变得有些无力。

"编号0000玩家请注意!你发现G级诅咒物——四号保安制服。

"四号保安制服:上一个穿上这件衣服的人已经惨死,尸体再也无法找到,你穿之前一定要想清楚。"

"死楼里一件普普通通的保安制服竟然都是G级诅咒物,那地方还真是危险。"韩非没有脱下衣服,他借机让萤龙和"哭"狠狠教训了一顿那双血手。狰狞的血手被一点点消磨成了红色小爪子,才变得老实。为了确保不出现意外,韩非还将血色纸人塞进了衣服口袋里,让它们好好培养感情。

嫁衣女人一言不发,默默地看着这幕奇景。

用了十几分钟,保安制服终于能顺利收入物品栏中了,它已经认可了韩非,非常善解人意。

"如果能够成功被聘用为保安,那我应该更有机会完成自己的计划,这位身穿嫁衣的怨念算是帮了我大忙。"韩非想要悄无声息地进入死楼,给蝴蝶一个惊喜。他正愁没有门路,嫁衣女人就为他提供了一个方法。

带着一丝感谢,韩非看向了嫁衣女人:"放心,我一定会帮你拿到想要的东西。"如果韩非的计划成功，到时候不仅是嫁衣女人想要的东西了，把编号带4的房间全给嫁衣女人都没有问题。韩非去死楼求的不多，他要的只是干掉蝴蝶。

都说一回生二回熟，但嫁衣女人越来越无法理解韩非了。她没有多说什么，直接离开了益民便利店。

"幸福小区在畜牲巷和死楼中间，接下来我就要慢慢朝死楼探索了。"计算了一下时间，就算死咒在一周内爆发，韩非也有机会在此之前进入死楼。叮嘱了邻居几句之后，韩非便在便利店的库房中退出了游戏。

血色降临，世界变为一片猩红……

取下游戏头盔，韩非简单活动了一下僵硬的身体，如果不是身体素质变强了很多，他早就撑不下去了。

"又成功活过了一个晚上。"看着窗外的天空，望着在云层里若隐若现的月亮，韩非默默看了很久，"还挺美的。"

以前的韩非从来不会去在意这些细节，现实的忙碌已经彻底击垮了他，那个时候他也不知道自己每天都在忙些什么，总是很累，也没有什么希望。

打开窗户，韩非呼吸了几口新鲜空气，下意识拿起手机查看未读信息。大部分信息是张导助理发来的，剧组的人都很担心韩非。

简单回了几条之后，韩非的眼神突然变得明亮了起来，他反复确认了一下个人账户中的数字，仔仔细细地数清楚了上面零的个数。

"影酬到账了！"也不知道是不是因为韩非被人追杀到剧组的原因，《悬疑小说家》的影酬竟然先于《双生花》到账了，"算上见义勇为的钱，购买完多功能游戏舱后还能剩下一点儿。"

现在演员的工资都是公开透明的，就算是一线大咖也不会太离谱，所以很多演员都自己开了公司，直接参与电影创作，然后进行票房分成。电影火了，挣得就多；电影扑街了，跟着一起赔本，一切都以作品和实力说话。

终于可以购买心心念念的游戏舱了，韩非的心情也好了很多。

"明明进入游戏里还要继续拼命，还要面对生死危机，但是能够购买游戏舱我还是会感到开心，这可能就是男人简单的快乐吧。"

换了游戏舱就可以长时间打游戏，一天一夜不停都没问题。就在韩非思考什么时候去购买游戏舱的时候，刚刚收到他回信的张导直接打来了视频电话。

韩非犹豫了一下，然后选择了接通。

"张导？你这么晚还没睡啊？"

"你不也是吗？我看你还穿着外衣，难道你刚从警局回来吗？"张导很关心韩非。

"警察之前该问的东西已经问完了。"

"没事就行，我就是想要亲自确定一下你的安全，另外最近这两天你就先不要来剧组了。"张导顶着两个黑眼圈，看起来很疲惫，"剧组发生了凶杀案，虽然死的是凶手，但明天肯定会有记者过来，你先避避风头。"

"好的。"

"影酬我已经催他们给你打过去了，最近你先好好放松一下，毕竟追赶凶手，不对，被凶手追赶，你压力应该也挺大的。"张导整晚都没有休息，此时状态很差。

"您也早点休息，身体第一。"

挂断电话，韩非打开了同城热搜，果然又看到了自己的名字。

"杀人凶手潜入拍摄现场行凶，杀人凶手意外身亡！"

"是他，又是那个男人！不同的剧组！相同的味道！"

"新一代死神代言人评选活动中！唯一入选的非动漫人物——韩非！"

"韩非：我于杀戮之中绽放！犹如黎明中的花朵！"

韩非发现其他演员每次上热搜的原因都不同，只有自己是不忘初心。默默关掉手机，韩非现在也懒得在意这些了："爱怎么说怎么说吧，明天我正好去买游戏舱。"

时隔很久，韩非想着自己终于能好好睡一觉了。可他瘫在床上却翻来覆去睡不着，一闭眼就会想到深层世界的事情。

"以前好像没有过这种情况。"重新睁开眼睛，韩非忽然发现自己看什么东西感觉都像是蝴蝶，这种奇怪的错觉很突然地就出现了。

"蜘蛛以前也遇到过这种情况吗？蝴蝶最开始就是在蜘蛛梦中出现的？它现在开始靠近我了？"韩非心里疑惑，不过他丝毫不慌。

检查完屋内所有角落之后，他躺在床上强迫自己不去思考和蝴蝶有关的问题，可脑子里仍旧不断冒出各种蝴蝶的样子。逃避解决不了问题，韩非干脆主动在脑海里回想自己认识的最凶残、最可怕、最强大的"鬼怪",然后让她一遍遍撕碎蝴蝶。心里重复念叨着那个"鬼怪"的名字,脑海中回想着她的一切,慢慢地,韩非竟然真的睡着了。

"徐琴,徐琴,姐……"

第10章 金生的故事

韩非和蜘蛛有过深入的交流。

他知道蝴蝶盯上一个人后，会先从精神层面摧毁目标，蝴蝶最擅长的就是利用心理暗示和梦境。世界上有没有"鬼"，韩非不知道，但他知道蝴蝶一直在努力让他相信世界上有"鬼"，并且对"鬼神"产生畏惧。

蜘蛛曾居住的肉联厂家属院里堆满了神龛，楼内还未搬走的那些老人，都对"鬼神"的存在深信不疑，这可能就是蝴蝶的杰作。为了对付蜘蛛，蝴蝶甚至会将整栋楼都营造出某种恐怖的氛围。

在蝴蝶眼中，所有人都是可以利用的对象，人性和人心只是它手里的玩具罢了。当韩非从游戏里退出，无意识总想着蝴蝶，说明蝴蝶已经对他下手。根据蜘蛛之前的遭遇，接下来蝴蝶会进入韩非的梦中，成为他无法摆脱的梦魇。

理论上应该是这样的，但韩非直到中午睡醒以后才发现，自己昨晚根本没有梦到蝴蝶。

"蝴蝶没有在我的梦里出现，昨晚光梦见徐琴了，难道黑盒阻止了蝴蝶的意识入侵？"没有人能够控制自己的梦境，韩非也觉得很奇怪，他决定等到今天晚上睡觉时再尝试一下，"当初蝴蝶对蜘蛛出手，蜘蛛越陷越深，最终利用自己的九个人格把蝴蝶也困在了意识深处。"

"我的情况似乎和蜘蛛正好相反，蝴蝶根本进入不了我的梦境。"韩非和蜘蛛都有自己应对蝴蝶的方法，那蝴蝶最后的战场可能会放在黄赢身上，"蝴蝶有可能会把黄哥当成扮猪吃虎的幕后黑手，绝对会疯狂针对黄哥。黄哥意志不够坚定，胆子又小，必须要多锻炼才行。"韩非觉得自己以前对黄赢太过温柔，算是溺爱，并不利于黄赢的成长。

"他在我这里接受安全的训练，总比在蝴蝶那里丢掉性命要强。"正好韩非准备今天去购买游戏舱，他决定顺路去看一下黄赢。

洗漱完毕后，韩非给警方汇报了一下自己的行程，就前往新沪智慧新城。

距离《完美人生》正式公测已经没几天了，到处都能看到他们的广告，可以用铺天盖地来形容。看着周围的人兴致勃勃地讨论着游戏，韩非有些羡慕，像《完美人生》这样注重社交和人性的游戏，非常适合跟朋友一起玩。对于绝大多数人来说，《完美人生》会成为他们现实生活的避风港。所有人都在期待虚拟投屏上那宛如天堂一般的游戏，唯有韩非对游戏公司的宣传有些抵触。

如果天堂真的存在，那地狱也一定会存在，只不过绝大多数人都只看到了天堂而已。

未来总是会朝着谁也无法预知的方向发展，而现在未来已经到来。蝴蝶扇动了翅膀，席卷城市的风暴正在酝酿。

乘坐城际高速列车，十几分钟韩非就能进入新沪智慧新城，看着沿途泾渭分明的建筑群，韩非感觉现实中也有一种奇特的荒诞感和撕裂感。新沪智慧新城和老城区存在着严重的科技断层，然而并没有谁觉得这有问题，绝大多数居民都认为随着科技的不断发展，一切都会越来越好。走出车站，看着高耸入云的摩天大楼，映照天空的虚拟投屏，不是第一次观看的韩非仍旧觉得震撼。

根据智能导航，韩非很轻松地就找到了《完美人生》的线下实体总店。进入大得夸张的商城，各种他从来没有见过的高科技产品晃花了他的眼。会七十七国语言的房屋管家、搭配可升级情感系统的虚拟伴侣、全息家居公园、智能医生助手等等。很多东西韩非别说见过了，他听都没听说过。其实这也不能怪韩非，如果条件足够的话，谁不想体验最新的科技产品？

以韩非之前那少得可怜的工资，他不吃不喝几年时间才能购买最新的游戏舱。要知道他还是单身，没有任何来自家庭的负担，正常家庭有那个钱肯定会用来改善生活。科技研发需要很多钱，大公司也不是做慈善的，像韩非之前那样活在底层的人，只有等到技术彻底成熟普及后，才有机会享受这些。

"你好，我想要购买一个多功能游戏舱。"韩非找了半天才找到一个营业员。

"先生，您所有的需求都可以在线上完成，我们会在二十四小时内为您安装好游戏舱。"

"是这样的，我想要一个可以外接游戏头盔的游戏舱。"

"请问是哪种类型的游戏头盔?"

"这……"韩非的游戏头盔比市面上任何一款游戏头盔都要重,还曾往他的脑袋里刺入了什么东西,应该是私人改装过的。

在韩非思考怎么回答营业员问题的时候,大楼电梯中走出了一个很有气势的中年人。他西装革履,不怒自威,营业员看到他后,立刻挺直了腰杆,脸上的笑容变得灿烂,对韩非也更加热情了。

"出什么事情了吗?"中年男人也看到了韩非和营业员,现在都是智能化购物,智能导购可以解决一切问题,很少有年轻顾客询问营业员。

"这位顾客想要一个能够外接游戏头盔的游戏舱,但是想不起来自己头盔的型号了。"营业员依旧面带微笑。

"那就适配一个能够自动调换的外接装置。"中年男人亲自帮韩非挑选,等弄完之后,他将营业员带到了旁边,悄声询问着什么。

韩非也没有故意偷听,他只是听力比正常人要好一些。其实在中年男人出现的时候韩非就认出了对方,那个男人叫孔天成,韩非曾在《完美人生》的发布会上见过他。孟长安被捕的那天,他正好在台上发言。

"关于零号的所有资料都已经封存,公司清楚你们的付出,你真不考虑一下我之前的提议吗?"

"孔总,这不是钱不钱的问题,脑域手术风险真的太大了,我还有孩子和家庭,我不敢去赌。"营业员脸上依旧带着笑容,不过笑容之下满是苦涩。

"那只是一个很微小的手术,仅仅植入一枚没有任何副作用的……"

"您还是找别人吧,当初和那个发疯员工一起值班的还有好几个。对了,有个叫丰子喻的测试员和出事员工关系很好,你们可以去找他。"营业员委婉地拒绝了孔天成。

在营业员离开后,电梯里又走出了两个人,他们来到孔天成身边:"孔哥,还是没有人同意吗?要不这事我看就算了吧?"

"绝对不行!当年我们的员工在游戏里屠杀了一个小区的住户,这件事是我心里的一根刺,不弄清楚,我心里总感觉不踏实!"

"可咱们不是已经给出合理的调查报告了吗?过错确实在那个员工身上,而且他人也已经死了。"

"死了就不调查了吗？"孔天成瞪了说话的那人一眼。

"最近几次测试都没有再出现问题，事实证明确实跟我们游戏无关，是那个员工自己发疯的。"男人小声嘀咕道。

"不要有任何侥幸心理，我们不能出一点儿差错，你们给我记住，绝对不能犯错！"孔天成的语气不容置疑，"你们重新去把那个遭到屠杀的小区筛查一遍，任何一个数据都不要放过，一定要找到那名发疯员工所说的魔鬼！"

"孔哥，你自己也说了，那个员工当时已经疯了，疯子看到的魔鬼真的是魔鬼吗？有可能是他自己的幻觉。"男人有些无奈，"我们知道您还想要进行第七次测试，不过我们没有时间了，大家等待这个游戏太久了。"

"幻觉？那你告诉我为什么发疯员工的幻觉，会和永生制药董事长未公开的遗言中的信息吻合？"孔天成说话的语气很不客气，"贾诚，你爸让你来公司学习，是让你为这个公司做贡献的，你可别以为只是简简单单镀个金就行了。"

"我明白，但是咱们已经在死楼这个被删除的地图上消耗太多时间了，我们手里还积压着很多其他的工作。"男人并不是那种不学无术的人，相反，他个人能力很强，并且做事有自己的想法。

"死楼是重点，其他的可以缓缓。"

"孔哥，那未公开的遗言是不是真的还不一定。永生制药的董事长那个时候已经神志不清了，怎么可能还记得魔鬼的长相？"男人不是太相信这些，"佩戴面具，拿着无刃的刀，聚集整个世界的不幸和绝望，这些话语都太笼统了，根本说明不了什么。"

"你太低估永生制药的董事长了，他是科技爆发之前最接近神的人，见证了一个时代，这样的人，他说的每一句话都值得我们耐心去分析。"提起永生制药的董事长，孔天成眼中带着尊崇。

"可怎么说，他也已经仙逝，你还是好好想想怎么应付董事会吧，咱们公司的资源不能浪费在调查一件毫无意义的事情上。"

"我改变不了董事会的想法，但我依旧会这么去做。对你们来说那件事只是个例，是员工发疯了。但假如那个员工没有发疯，他说的全都真的，那该怎么办？"孔天成摇了摇头，他感觉十分疲惫，"魔鬼是真实存在的，我现在很担心《完美人生》变成潘多拉的魔盒，而我们成了打开盒子的人。"

"您想太多了,《完美人生》只是一款游戏。"男人无法理解孔天成的担忧,他根本不明白孔天成为什么要担心。

"它确实只是一款游戏,但它也是之前从未有过的游戏,你们不明白这款游戏被赋予的意义。"孔天成没有再多说什么,他布置完任务后,便匆匆离开了大厅。韩非望着远去的孔天成,看到了孔天成旁边墙壁上的警示语——切勿狂妄窥探上帝的权力,人类的研究对象应该是自己。

韩非没想到深空科技的人也正在调查死楼,这个已经被删除的地图。难道他们也发现了死楼的异常吗?还是说蝴蝶做了什么事情?

"先生,您东西都挑选好了吗?"营业员又走到韩非的身边。

"嗯,直接从我的账户上扣吧,我今天正好有时间,你们能今天直接过来安装吗?"韩非已经迫不及待地想要躺在舒适的游戏舱里玩游戏了。

"好的,我们会在下午五点钟准时到达为您安装。"见韩非眼都不眨一下,直接购买了最昂贵的多功能游戏舱,营业员的态度变了很多,他刚才刷身份信息的时候还很担心韩非钱不够会尴尬。

填好了安装时间和地点后,韩非走出商店,给黄赢打了个电话,约在街角咖啡见面。

来到咖啡馆二楼,韩非看见了顶着黑眼圈的黄赢。

"我就奇怪了,你天天晚上不睡觉打游戏,白天还高强度拍戏,你是怎么抽出时间见义勇为的?你不困吗?"黄赢很羡慕韩非的身体素质,简直是个怪物。

"我比较会管理时间罢了。"

韩非盯着黄赢看了很久,突然开口:"你昨晚有没有梦到蝴蝶?"

黄赢愣了一下,摇了摇头:"我昨晚没有梦见蝴蝶,不过我确实做了一个很奇怪的梦。"

"什么梦?"

"我梦见自己回到了小时候,有一次和我妈去湖边玩,我不慎滑落进冰冷的湖水里,不断挣扎哭喊,但我妈妈并没有跳进水里救我,而是站在岸边默默地看着我,看着我下沉,被淹没。"从黄赢的话语中都能听出一丝绝望,"不过这样其实也挺好的,至少这样死的就是我,所以也不算是噩梦吧。"

"黄哥,你母亲是绝对不会做出这种事情的。她是世界上最爱你的人,这一点你无论如何都不能动摇。"蝴蝶真的对黄赢下手了，而且还动了黄赢最关键的记忆。如果黄赢出事了，那黄赢就会成为韩非的破绽。可假若黄赢不仅没有出事，还成功拖住了蝴蝶的部分意识，那韩非进入死楼后的处境就会安全许多。

简而言之，现在的局面很微妙，韩非一心想要在深层世界的死楼干掉蝴蝶；蝴蝶在现实中对黄赢下手。黄赢在无意间成了吸引火力的靶子。

他们兄弟两个要在现实和游戏中对抗蝴蝶，任何一方输掉，都可能导致不可预测的结果。但同样蝴蝶的对手变成了两个，它的意识双线作战，也会被分成两部分。

在蝴蝶看来，韩非很难对付，是个不输给蜘蛛的难缠对手，但更让蝴蝶不放心的是黄赢。

所有能够进入深层世界的人都绝不可能是普通人，这是蝴蝶先入为主的观念，而黄赢不仅出现在了深层世界，还是出现在最关键的时刻、最重要的地点！他出现得恰到好处，甚至巧到了让蝴蝶以为对方是在故意戏耍自己！

没错，就是戏耍。

在益民私立学院中，蝴蝶的副意识操控马满江已经把韩非逼入了绝境。

那是无论如何都不可能翻盘的绝境，连蝴蝶自己都想不出对方会如何破局，可就在这时，黄赢出现了。

这个男人就好像已经在暗中等待了很久，打破了蝴蝶所有的布局！

因为马满江身体里隐藏的只是一道副意识，蝴蝶也不清楚黄赢是如何做到的，它所看到的只是一个模糊的虚影，一个结果——自己的副意识输了。能够轻松赢过自己的人，又怎么可能只是一个普通人？

带着这样的想法，蝴蝶对黄赢下手了，它小心翼翼地接近，甚至不敢以本体出现，而是借助黄赢最无法割舍的记忆。

在简单接触过后，蝴蝶发现了更加不可思议的事情。黄赢的意识很正常，甚至远远不如之前被它蛊惑的变态杀人狂，从任何角度、任何方面来看，他都太普通了。被这样的人击败，从未输过的蝴蝶是绝对不会承认的。

另外，整件事中还有一个无法解释的悖论！一个真正的普通人，是绝对接触不到深层世界的，更不会在深层世界里出现。从这一点就可以肯定，黄赢的记忆和意识都是他的伪装，完美得找不出任何破绽的伪装。

和韩非无法进入的意识深处相比，明显是黄赢要更高一筹。根本不设防，任你进入，能把我弄死算我输。这是何等的自信！这背后又隐藏着什么惊天的阴谋？

不敢多想，至少现在的蝴蝶已经把黄赢当作了自己的对手，一个它从未遇到过的，比蜘蛛和韩非都要难缠的对手。

韩非大概猜到了蝴蝶的想法，知道蝴蝶现在慢慢接触黄赢，只是在不断地试探。但长此下去，蝴蝶发现真相只是一个时间问题。这个时间也许是一天，也许是几天，甚至只是几个小时。从最坏的角度思考问题，是韩非能在深层世界活到现在的秘诀之一。

警方的搜捕会带给蝴蝶巨大的压力，让它无法肆无忌惮地行动，但韩非不敢小瞧对方。

"看来我也要加快行动了。"原本韩非想要拖到死咒爆发前进入死楼，但现在来看，蝴蝶应该不会给他这个机会。他要在蝴蝶反应过来之前，奇袭死楼。反正都要死，为什么不尽可能搏一搏呢？

心中有了决定之后，韩非将黄赢拉到角落，然后拿出自己的手机，把发生在蜘蛛身上的所有事情都告诉了黄赢。没有任何隐瞒，韩非必须要让黄赢对蝴蝶的可怕有一个清楚的认识。

"黄哥，面对蝴蝶的时候，你越是恐惧，就会死得越快，你一定要坚守住自己的心。"韩非传授了黄赢一些技巧，希望能够帮到黄赢。

"好，我明白。"

"光明白还不行，我可能要对你做一些基本的训练，让你能够更加适应恐惧。"韩非的话一出口，黄赢的脸直接就变了色。

"不用了吧，我现在只要一想到你，就觉得蝴蝶连个屁都不算，不仅不害怕，还想给它来两拳。"

"真的吗？"韩非眼睛变得明亮。

"当然啊！"

"那说明训练是有效果的，所以我们更要多加练习啊！"韩非拍了拍黄赢的肩膀，愉快地和对方约好了时间，然后便离开了。

"黄哥真是个让人省心的队友，潜力很大。"

没有在智慧新城停留太久，韩非又乘坐城际列车回到了老城区。

在深空科技安装人员到来之前，韩非提前拨打了厉雪的电话，希望警方能派专业的技术人员帮自己检查一下游戏舱。

在太阳快要下山的时候,安装人员终于抵达,他们看到韩非租住的老楼之后也有些惊讶。能够花几十万元购买多功能游戏舱的人竟然还在租房住?这是有多热爱打游戏?骨灰级宅男吗?

警方也不是太理解,不过还是按照韩非的要求,测试检查了几遍,确定无误后才允许安装。

这边韩非的游戏舱都还在调试阶段,蹲守的狗仔已经把拍到的消息发给了金主,晚上七点游戏舱可以完美运行之后,网络上已经出现韩非新的黑料了。

又是说韩非膨胀,又是说韩非收入高,宁愿花几十万元买游戏舱,也不给有需要的人捐款。本来这些韩非也不在意,但有些人还专门跑到他的社交账号下留言,说什么连平台会员都不舍得充的人,背地里一出手就是几十万元买游戏舱,感觉韩非之前所有的一切都是包装的人设,号召大家脱粉。看到这样的评论,韩非觉得很搞笑。

他直接把自己的购买记录和账户资金来源清清楚楚地发送到了社交平台上,购买游戏舱有一大半用的是见义勇为的钱。发完之后,韩非又打开新沪警方的官网,把在逃通缉犯信息全部复制到了那条评论下面。

"挣钱的方法都在这里了,拿着你的键盘去吧,抓一个最低奖励都是三万元,还没有中介挣差价。"韩非这也算是帮警方宣传,为维护社会治安贡献自己的一份力量。

笑着翻看各种信息,韩非发现自从玩了《完美人生》游戏后,自己的心理承受能力提高了太多。面对各种嘲讽挖苦都不会生气,只是因为他记忆力太好,会不经意间记住对方的ID,万一哪次招魂的时候嘴瓢了,双方可能就会在深层世界来一场偶遇。

等安装人员和警察离开后,韩非围着游戏舱走了好几圈。本就不大的客厅几乎被游戏舱占满了,他以后想要练习基础格斗恐怕就要另找地方了。

"感觉家太小了。"摇了摇头,韩非抱着游戏头盔,躺进了游戏舱中。"人的欲望果然是无穷无尽的,有了游戏舱又想换个房子,只要有没得到的东西,就永远不会满足。"

将外接游戏头盔的各种线路连好,韩非顺利地启动了游戏。

最开始是游戏舱关于深空科技的广告，前面还正常，韩非也难得体验了一下正常玩家的感觉。可在深空科技的游戏向导出现后，他大脑突然传来一阵刺痛。等他恢复意识时，那个号称全世界最美女人的七代智脑人物虚影浑身被血液染红，脸上和身上到处都是伤疤，她看向韩非的眼中充斥着恶毒和残忍，随后她就在韩非的面前解体，彻底化为了血水。

意识脱离，血色铺满了一切……

"欢迎来到《完美人生》，现在你可以选择属于自己的完美人生了。"

合成音在耳边响起，韩非睁开双眼，四周是一个个纸人，益民便利店的库房被翻了个底朝天，各种物品散落一地，就好像被风暴席卷过一样。感受着房东戒指上的丝丝凉意，韩非缓缓拿出往生刀，他像只进入捕食状态的猎豹，压低了身体，躲在货架后面。

韩非还没从刚才震撼的场景中走出去，他忘不掉那个游戏向导怨毒的眼神，就好像是他把向导变成了那副样子一样。"我脑海里黑盒的权限似乎非常高，什么都改变不了黑盒，只会被黑盒改变。"

一点点接近凉意传来的地方，韩非搬开倾倒的货架，他在垃圾堆的最下方发现了一根沾满灰尘的白蜡。

"你竟然还活着？"在指尖触碰到对方的瞬间，系统就给出了韩非鉴定结果，这根白蜡也算是和韩非有缘。

见韩非出现，那白蜡之上浮现出了一张苦涩的人脸："店长，我可算是把你盼来了！"

"你是盼着我早点死吧？"韩非拿出了打火机，然后才开始询问白蜡，"店里发生了什么事情？怎么没有看见其他人？"

"歌声在街道上出现了，它进入店中看了一眼。"白蜡回想起那一幕后，脸上溢满了恐惧。

"看了一眼，店里就变成这样了？"韩非有些疑惑，"该不会是你把歌声引来的吧？"

"我哪有那么大的本事？"白蜡脸上只剩下苦笑，"你是对我有偏见。"

"如果不是你干的，为什么只有你活着，其他人呢？"

"萤龙听到歌声后，立刻带着店里那些店员的残魂和重要的商品跑了。"白蜡满脸的委屈，"我是被抛弃的。"

盯着白蜡委屈巴巴的脸，韩非忽然来了兴趣："我很好奇，你是怎么在歌声里活下来的？"

"可能是因为我太弱了吧。"比起歌声，白蜡更害怕韩非。

"希望你这次没有骗我。"韩非根本不信白蜡说的话，他将白蜡塞进口袋，悄悄离开了益民便利店。走过马路，韩非在准备进入幸福小区的时候，无意间发现小区大门旁边的神龛有了变化。

厚厚的黑布被掀开，神龛中的某个东西在流血。当韩非想靠近查看时，搭在神龛上的黑布滑了下来，正好遮住了神龛。

"里面不会真的住着一个守护神吧？"对方不愿意和韩非见面，韩非也不会强求。

因为担心楼内邻居的安全，他没有浪费时间，直接进入了小区中。地面上散落着染血的泥土和各种衣物，生锈的健身器材弯曲纠缠在一起，之前长满居民楼外墙的爬山虎已经枯萎，隐藏在里面的尸体也全成了白骨。

"歌声又进入幸福小区了？"韩非的心一下提了起来，他急匆匆跑进一号楼，疯狂呼喊楼内邻居的名字，用力敲击1044房间的门。

几分钟后，厚厚的防盗门才被打开，没有任何战斗力，似乎被人吹口气就会消散的魏有福出现在门口："别急，大家都没事。"

魏有福已经知道韩非想要问什么了："除我之外，其他人都躲到了街对面的学校里。幸好你当初和那所学校的怨念提到过我们，他们认识'哭'和李灾，要不大家这次还真不知道该藏到什么地方去。"

知道大家没事后，韩非明显松了一口气："这歌声已经很久没有出现了，这次怎么又突然过来了？感觉它比上次搜查得还要仔细。"

"歌声的目标应该就是小八，上任楼长说过小八是钥匙，普通的'鬼怪'接触不到那个层面，但对于不可言说的存在，小八具有很强的吸引力。"魏有福没有隐瞒任何东西。

"小八在幸福小区里待了很久，之前怎么没有出事？难道是因为……之前你们八个混在了一起，是我把你们八个分开的原因？"

"应该不是，估计跟上任楼长有关，他为了不让小八被其他'鬼怪'发现，在小区里布置了很多东西，比如种在居民楼外墙上的植物，还有大门口的那个神龛。只不过他失踪之后，那些东西逐渐失去了效果。"魏有福轻轻叹了口气，"小八的气息快要掩饰不住了，幸福小区也不再安全。"

"没关系，到时候我们就躲到其他地方去，办法总比困难多。"听到魏有福的话后，韩非也感受到了压力。人体拼图案的受害者们是韩非在深层世界的家人，他们在韩非十分弱小的时候，强忍着失控的折磨，接纳了韩非。阴森恐怖、常人避之不及的1044凶宅，对韩非来说却充满了和家有关的回忆。他从小没有体验过、别人习以为常的平凡，却是他弥足珍贵的记忆。正因为打心里重视，他才会和凶宅当中的受害者产生共鸣。

"歌声两次进入幸福小区，它应该还会再来这里，我们必须要尽快做好准备。"韩非把畜牲巷的事情告诉了魏有福，然后又说出了进入死楼的计划，如果畜牲巷还不能阻止歌声，那就把歌声引到死楼去。歌声的名字不可言说，深层世界的邻居连谈论都不敢，韩非心中却已经开始计划如何削弱对方的实力，然后寻找机会一劳永逸地解决掉它了。

"黄赢要在现实里撑住蝴蝶的意识入侵，歌声还在不断地寻找着小八，我根本没有好好练级的时间。"韩非原本还想着升到15级再去死楼，现在他只好改变计划，准备从今天开始就朝死楼所在的方向探索。一边前进，一边练级。反正无路可退，那就一直向前好了。

"你先在这里好好休息，我去益民私立学院一趟。"

韩非急匆匆赶到益民私立学院，一进校门就看到了躲在门口的张冠行。

"老师！"他亲切地跑到韩非旁边，很是开心。韩非把张冠行当作自己的学生，张冠行却从韩非身上感受到了缺失的父爱。

"幸福小区的人在哪里？"

"大家都没事，歌声出现的时候，金生也醒了过来，他隐藏了学院的气息。"张冠行把事情全部告诉了韩非。正常来说，幸福小区和益民私立学院的"鬼怪"根本不会有任何往来，但是歌声的出现让他们明白了一个道理。在不可言说的存在面前，大家都是待宰的羔羊，自相残杀完全没有意义。

"金生现在在哪儿？"韩非正好想要见一下金生，那个浑身写满了怪谈的孩子，他身上散发着一种奇怪的气息。

经过上任楼长的治疗，金生更像是一个诅咒物。如果韩非能够说动金生和自己一起进入死楼，那他存活的概率将得到极大的提升，毕竟金生可是一个隐藏地图的管理者，他也是具有管理者天赋的怨念。

"还在校医务室里，不过金生现在的状态有些奇怪，你在见他之前要做好心理准备。"张冠行眼中带着一丝畏惧和害怕，小心翼翼地说道。

"我是金生认可的学院老师，只要他还保留有一丝理智，应该就不会伤害我。"韩非虽然心里也没谱，但在学生面前，他还是要表现得自信一些。

跟随张冠行，韩非来到了校医务室门口，他不是第一次来这个地方，但每次推门的时候都还会有些紧张。张冠行自觉退到了旁边，怕给韩非添乱。

韩非抓住校医务室的门把手，感觉自己好像握住了一块冰，仔细看的话还能发现，门把手上正在浮现出细密的文字。缓缓将门打开，一股无法形容的阴气如同寒潮般从屋内涌出，仿佛要冰封整条走廊。

韩非生命值开始下降，身上的鬼纹被触发，皮肤表面隐约有野兽的嘶吼声传出。他勉强睁大眼睛，校医务室内的场景让韩非感到震惊。

墙壁、天花板、地砖，屋内每一寸空白的地方都被写满了黑红色的文字，那些字体蕴含着诅咒，仿佛一只只可怕的毒虫。而在所有字体的中央，在诅咒最浓烈的地方，站立着一个年轻人。他身材修长，皮肤苍白，干枯的血肉被蕴含诅咒的文字撑满，他的身躯已经被诅咒重塑。

"金生？"眼前的年轻人和韩非印象中的金生完全不同，之前的金生骨瘦如柴，身高在同龄人中偏矮，而现在金生的身体被诅咒重新塑造了，他的每一寸血肉都已经和满是诅咒的文字融合。现在的他，可以说本身就是一个恐怖的怪谈。一个由他自己讲述的，集合了所有恐怖故事的恐怖存在。

金生转过身，束缚自身的锁链哗哗作响，他写满文字的眼珠看向了韩非。被金生盯着，韩非也不敢乱动，如果说以前的金生只是一个神经过敏的问题少年，现在的金生已经彻底变成了一个特别的人。

上任楼长想用自己的方法治愈金生，治疗了很久，金生依旧被困在自己的世界中，走不出半步，因为记挂得太深沉，所以他根本忘不掉，那些记忆已经与他融为一体，根本不能剥离和隐藏。而韩非的方法则和上任楼长完全不同，他被迫进入了金生的噩梦里，带着金生被血污包裹的头颅走出了校园。本以为永远都走不出的绝望囚笼，结果就这样被打破了，韩非的出现，让金生真正看到了一点儿希望。

没有必要剥离过去，那些东西和自己是一体的。强行遗忘和剥离无果之后，金生选择了主动接纳和融合，他把自己讲过的所有恐怖故事全部填充进了自己的身体。如果这世上没有人相信我说的话，那我就自己成为一个世界。

以前的金生一直以幼年的形象出现，他瘦弱的身躯可以躲在柜子中，现在的他则是以青年的形象出现，身材挺拔，冷厉的眼神中带着一丝久违的人情味。

"杀死马满江之后，困住你的执念终于被击碎了吗？"韩非真心为金生感到高兴，现在金生散发出的气息很强，恐怕只有八位人体拼图案受害者融为一体，才能跟金生抗衡。金生没有回答韩非的问题，他的嘴唇刚要张开，就有携带着浓烈诅咒的文字爬出，他的每一句话里都蕴含着恐怖的能量。

韩非现在很怀疑，金生讲的恐怖故事恐怕会全部应验。金生的管理者天赋很有可能就是把虚构的怪谈，变为真实的存在。无法说话，也不能交流，金生只是默默地看着韩非，他的表情也没有发生任何的变化。看不出他是失去了理智，还是在压抑着自己内心的疯狂。

别人见到这样的金生，估计会立刻离开不再打扰，但韩非不会。中了死咒，他的生命本来就已经进入倒计时了，现在他什么都不害怕了。

"马满江已经死了，但他只是一个躯壳，真正把你害成这样的是蝴蝶，而它现在还活得很好。"说服别人的最好方法就是告诉对方实情，韩非和金生的利益是一致的，"我现在准备朝死楼前进，我想要进入死楼从根源上解决蝴蝶，你能助我一臂之力吗？"

金生盯着韩非看了很久，然后他的嘴唇轻轻扬起，在他双手握紧的同时，屋子里爆发出彻骨的阴寒。铺满整个房间的文字全部变成了同样的一句话——

蝴蝶一定会魂飞魄散，万死不得超生！

狰狞的文字蕴含着最疯狂的诅咒，金生已经用实际行动给了韩非回应。黑红色的文字在滴血，隔着很远，韩非都能感受到文字中的恨意。

我靠近死楼会被蝴蝶发现，不过我会用自己的方式帮助你。

一行血字在韩非面前悄然出现，它们仿佛是用一根血丝串联成的。

想要杀死蝴蝶的不止你和我，暗中一直注视着你的人也不止我一个，

等到蝴蝶的翅膀出现裂痕，血夜会在死楼降临。

金生的文字中带着独特的气息，仅仅阅读文字，就能清楚地感受到其中蕴含的情绪。

"还有其他想要干掉蝴蝶的人？"韩非眼睛眯起，这对他来说是个非常好的消息，"我今夜就会出发，开始朝死楼所在的位置探索，六天之内必定会进入死楼。"

得知韩非今夜就要离开之后，金生紧闭的嘴巴慢慢张开，他看着韩非身上的血色保安制服，缓缓说出了几句话。

"在你走之前，我想要给你讲一个真实发生过的故事。"随着金生开口，整个屋子里那些被诅咒的文字都开始流血和跳动。

"忘了是什么时间，死楼里的一个保安失踪了。新来的那位保安，没人知道他的名字，也从来没有人见过他。那个保安对谁都很好，他们相处得很融洽，一切似乎都和以前一样。

"但渐渐地楼内开始发生一些怪事，很多住户在午夜零点进入屋内后，就再也没有出来过。恐慌的情绪在楼内蔓延，大家把希望全都寄托在了那个保安的身上。

"可是调查和守夜都没有任何结果，楼内的居民越来越少，存活的居民在那名保安的陪同下想要逃离小区。那是最惊魂的一夜，尽职尽责的保安第一个失踪了，随后是大人，接着是小孩，直到最后的最后，仅剩的那名住户快要逃到门口时，他忽然看到了早已失踪的保安。尽职尽责的保安，像往常那样带着微笑，拿着手中无刃的刀靠近。

"在刀锋刺穿蝴蝶花纹的时候，那名住户看到了保安身后数不清的怨魂，他是一个隐藏很深的魔鬼，他是一个彻头彻尾的疯子，他杀掉了整个小区的人。"

从金生嘴里讲出的故事，似乎会慢慢变为现实，这个能力会在使用过程中出现某些变化，具体的情况韩非也不清楚。他只是看到金生讲完那个故事之后，屋内所有在故事中出现的血字全部钻进了自己的身体中。那个恐怖故事藏在了韩非体内，既像是一种诅咒，又像是一种祝福。

金生讲完那个故事之后，又陷入了疯狂的边缘，整个房间的文字开始失控。阴冷恐怖的气息冻结了楼层，韩非也被金生推出了校医务室。

韩非并没有感觉自己发生了什么变化，没有任何异常，也没有获得任何能力，那故事好像就这样消失了一样。"也许等我进入死楼之后，金生的故事才会逐渐变为现实,不过他的故事太不严谨了,我只是一个午夜屠夫,跟魔鬼根本扯不上关系。"

得到了金生的支持后,韩非变得更有信心了。他现在有两大底牌,蜘蛛的护身符和金生的恐怖故事,有两位管理者的帮助,他觉得自己应该能在死楼里混出一些名堂。离开办公楼,韩非在教学楼中找到了幸福小区的邻居们。

"歌声没有找到想要的东西,必定会再次回来,这一片区域都不安全了,除非我们能想办法把它干掉。"韩非还没说完就被李灾捂住了嘴巴,号称是灾难和不幸化身的李灾都不敢轻易说这些话。

"祸从口出,你可别乱说,小心被它记住,遭报应。"李灾发现韩非胆子是真大。

韩非也不想给其他邻居添麻烦,换了委婉的语气,说出了自己的计划。继续待在这里只有死路一条,在歌声和蝴蝶的威胁下,一号楼和二号楼的邻居都同意帮助韩非。

检查了一下徐琴的伤势,跟她聊了几句之后,韩非将所有邻居收到了"哭"的灵坛中。他还没有死心,又看向了益民私立学院的学生和老师:"蝴蝶对你们做的事情,你们应该不会忘记吧?我现在准备赶往死楼,想要报仇的话,你们可以跟我一起。"

在韩非的劝说下,那位身高超过两米、戴着血色项链的女教师和张冠行也进入了灵坛中。满是裂痕的灵坛上凝固着刺眼的血迹,散发出极度的阴寒,不知道的估计还以为韩非抱着一个F级以上的诅咒物。

跟仍在尽职尽责巡查教学楼的保安老李打了声招呼,韩非走出了益民私立学院。

为了尽快提升等级,韩非没有放过任何一个触发任务的机会,在众多邻居的帮助下,韩非完成任务的方法也变得多种多样。比如有一个"替死鬼"想要邀请韩非去他家里做客,韩非就干脆把"哭"的灵坛送给他,当作他的新家;还有一个双目失明的怪物想要夺走韩非的眼珠,韩非就把上一个"替死鬼"的眼珠给了它,然后把它也请进了"替死鬼"的新家。大家各取所需,最终都获得了想要的东西,其乐融融。

随着力量的不断提升,韩非完成任务的方式也在不断变多。唯一让韩非感到可惜的是,他升到十级之后,再去做G级任务能够获得的经验非常少。上任楼长似乎就没有这样的限制,他估计是因为选择了最难的那一条路,所以才被如此针对。

之前韩非探索过畜牲巷那边的街道,这次他探索的是另外一个方向。沿着墙角的阴影，抱着灵坛的韩非逐渐成了阴间使者一类的存在，幸存的"孤魂野鬼"也都记住了这道预示着灾厄的身影。渐渐地，韩非能够接到的任务变少了，主动邀请他一起"玩"的怨念也没有了。

"整条益民街都没有任务了吗？为什么会这样？"韩非玩了那么多年的游戏，还是第一次遇到这种情况，怪物主动躲藏，导致无法接受到任务。

不知不觉，韩非就走到了益民街的尽头，在漆黑的丁字路口，他看到了益民街的最后一栋建筑——益民保安公司。

大火将楼体烧成了黑色，这栋建筑发生过很严重的火灾。

"编号0000玩家请注意！你已进入过益民街道百分之九十的建筑，成功触发益民街道唯一隐藏任务——益民街道的保护神！

"益民街道的保护神（F级隐藏任务）：这条商店林立、人流如潮的街道之所以能如此繁荣，是因为一个秘密，在街道深处住着一个保护神。

"任务要求：进入益民保安公司之后，你做出的每一个选择，都会影响到最后奖励。"

脑海中突然出现的声音让韩非愣了一下，他没想到还能在益民街上触发F级的任务。

"如果能够完成这个任务，我累积的经验应该足够我升级了。"没怎么犹豫，韩非抱着灵坛推开了益民保安公司的大门。

门轴发出刺耳的声响，在韩非进入公司之后，那扇被他推开的门又自己关上了。

第 11 章 益民保安公司

"有点奇怪……"

站在楼外面的时候，韩非看见保安公司被大火焚烧过，楼体乌黑，窗户玻璃全都碎了。但是进入公司内部后，韩非很意外地发现楼内一切东西都完好无损，没有任何失火的痕迹。他试着推了推来时的那扇门，可惜房门已经打不开了，他被困在了这里。

头顶的灯忽明忽暗，韩非能听到电路接触不良发出的声音，他冷静地查看四周，最后目光停留在了电梯那里。显示屏上的数字正在不断发生变化，很快就从五变到了三，电梯正在下降。

韩非怀抱灵坛，没有立刻靠近电梯，他先是走到了前台。老式电脑已经无法开机，旁边的签到表格上画满了红色的叉号。在韩非搜查线索的时候，电梯已经到了一楼。

"叮！"

银灰色的电梯门朝两边打开，电梯轿厢里空荡荡的，一个人都没有。

"感觉它是专门迎接我的。"韩非没有进入电梯，而是绕着大厅走了一圈，发现楼内没有楼梯只有电梯，他又重新回到了电梯门口。正常来说，一直没有上人，电梯门会自动关闭，但是这栋楼内的电梯就好像坏了一样，一直打开着，如同张开的嘴巴。

在一楼大厅里没有任何收获，韩非想要完成任务，似乎只有进入电梯这一条路了。他抱着灵坛慢慢走进电梯中，伸手按下了二楼的按钮。

韩非按完之后，电梯门依旧打开着，一点儿要关闭的意思都没有。等了十几秒，电梯内部显示屏上突然亮起了"超载"两个红字。不过眨眼的时间，那两个红字又消失了，随后电梯门缓缓关闭。

"超载了吗?"

电梯门合上的瞬间,电梯内控制面板上的所有楼层数字按键突然全部亮起!就好像有无数只手同时按着那些按键!

韩非站在电梯角落,抱着灵坛一言不发,安静地注视着一切。

大概过了几秒钟后,电梯终于动了起来,毫无征兆地向下坠落。强烈的失重感过后,韩非再次望向显示屏,此时电梯已经来到了地下二层。

银灰色的电梯门还未完全打开,一个脸色惨白的女学生就出现在了电梯口,她正要往里走,但好像是看见了什么东西,身体一下子僵住了。瞳孔在眼眶里不安地跳动,女学生盯着电梯某个角落,收回了迈进来的脚,立刻转身朝漆黑的楼道跑去。

"保安公司地下二层为什么会有一个女孩?她看起来很害怕,难道她遭遇了什么可怕的事情?"韩非没有多想,抱着灵坛就冲了出来。

那个女孩走路的姿势很奇怪,她的一条腿好像没有骨头,韩非担心她被心怀不轨的人跟踪,所以一直跟着她。没想到的是,那个女孩越走越快,在转过一个拐角后,消失了。

头顶的灯光偶尔会闪动一下,变暗的瞬间,楼道里隐约会发生某些变化,但具体什么东西改变了,却又看不出来。

韩非站立在楼道中间,打量着四周。这保安公司地下是一个个写着编号的单间,像是保安公司的宿舍,又像是改造过的地下出租屋。

"益民街道的保护神就住在这种地方?"

阴暗潮湿的墙壁上长满了苔藓,凉意不断渗透进身体,韩非正准备挑选一扇比较干净的房门,撬开问下这里的住户,他忽然发现身后的电梯门竟然还没有关。

"电梯一直在等我吗?我怎么总感觉有人在盯着我?"目光缓缓移动,韩非看向了墙角的监控摄像头,原本他还以为那东西只是个摆设,毕竟上面落满了灰尘。

韩非朝监控探头招了招手,又露出了一个友好的笑容,表示自己完全没有恶意,至少现在是这样的。可能是现实里的道德约束过于强烈,被监控拍着,韩非也不好意思去撬门了。

他在地下二楼转悠了一圈,发现所有房门都上了锁。他又回到了电梯中,说来也奇怪,刚一进入电梯,电梯上的超载红字就亮了起来,不过没一会儿就又恢复了正常。

电梯门缓缓关闭，控制面板上的所有数字按键全是亮着的。

在银灰色的电梯门快要闭合上的时候，韩非看见楼道拐角那里探出了一张女人的脸。惨白的表情，颤动的眼眸，满脸的惊恐。

"嘭！"在看见她的瞬间，韩非伸手抓住了沉重的电梯门，迫使电梯门再次打开。抱着灵坛的韩非，想都没想直接朝楼道拐角冲去。可等他到达拐角时，那个可怜的女孩早就消失不见了。

"她是被胁迫了吗？"韩非实在想不明白，一个女学生为什么会出现在保安公司，看对方的样子，她应该很需要帮助，"那个女孩的身上估计隐藏着任务。"

韩非有些惋惜地看着旁边的墙壁，如果他能在深层世界搞到一部手机，那就可以在墙壁上留下自己的电话号码，给彼此一个沟通的机会。

韩非抱着灵坛，重新回到电梯里，老老实实站在角落。他不知道电梯会停在什么地方，现在只能通过这种方式慢慢探索。

显示屏上的数字不断变换，当电梯门再次打开的时候，韩非来到了地下四层。

阴冷的风吹入电梯，电梯上超载的红字又亮了起来。韩非看着空荡荡的电梯轿厢，超载红字就是不消失。

"那我走？"他抱着灵坛走出电梯后，银灰色的电梯门缓缓闭合，开始上升，"一个保安公司地下还有这么多层，这本身就是一件很值得深思的事情。"

地下四层好像是杂物室，似乎已经很久没有人来过这里了，许多房门都没有上锁，过道上堆放着一些残破的家具和落满灰尘的垃圾。

"连公司里的人都很少来这一层吗？"

楼道里黑洞洞的，只有靠近电梯的位置亮着一个灯，站在这里朝里面看，有些瘆人。随着沙沙的电流声响起，仅有的那个灯也开始闪动。

韩非皱起眉毛，转身按下电梯外面的按键，可他按了好几下，那个按钮就好像是坏了一样，根本没有亮起。楼道里响起按键卡簧弹动"啪""啪"的声响，听着感觉有些无助。

看着越来越远的电梯，韩非忽然停下了手上的动作，他闻到了一股很淡的血腥味。那气息是突然出现的，从远处飘进了他的鼻腔。他转过身，正好头顶的灯熄灭了，漆黑的走廊尽头不知何时出现了一道有些畸形的人影。人影的肉体摔得已经扭曲，它正快速朝韩非这边靠近。

"什么东西?"

头顶的灯光忽然亮起,堆满杂物的过道里什么都没有,只是那血腥味好像又浓郁了一些。

将灵坛错开了一条缝隙,韩非和那个东西似乎都在等待灯光熄灭。

空气中的血腥气味如同挠动人心的爪子,短暂光亮过后,黑暗再次降临。

一片漆黑中,能听见物品被碰到的声音,那模糊的畸形人影在杂物中快速移动。

更近了!

灯光亮起,一切又恢复正常,仿佛黑暗中看到的怪物只是韩非臆想出来的。

几秒之后,在电流声里灯光再次熄灭。

诡异的人影已经爬到了距离韩非五六米远的地方,韩非甚至可以清楚地看到对方血肉模糊的脸,还有刺破皮肤的断骨。

韩非脸上带着惊恐,疯狂按着电梯旁边坏掉的按键,在那急促的声音中,血腥味充斥了一切,好像爬上了他的发梢。

四米!

三米!

血红色脚印出现在垃圾上,瘸腿的椅子被掀翻,在那畸形怪物距离韩非只有两米远的时候,它突然停了下来。血肉模糊的脸盯着韩非的身后,开裂的头颅慢慢歪向一侧,它忽然发现灯光每熄灭一次,眼前这个人的身后就会多出一道影子?

电梯口的灯光重新亮起,光亮驱散了黑暗,但是却无法驱散恐惧。

周围安静极了,韩非的呼吸变得急促,他每一个最细微的表情都透露着不安和惊恐。手指拼命地按着电梯按钮,电梯显示屏上的数字却一直没有发生变化,韩非表情中的恐惧正在一步步升级,开始混杂起绝望,他的理智似乎被不安蚕食了!

而在这一刻,灯又熄灭了。

韩非带着最惊恐的表情,朝自己身前看去,那个脸部血肉模糊的怪物却出现在了距离他五米之外的地方。

"这还能往回走的吗?"韩非脸上依旧带着最深的恐惧,但他藏在身后的手悄无声息地从物品栏里拿出了一把无刃的刀。

"是我演得不够好吗?我怎么感觉你好像在侮辱我的演技?"韩非很少在意别人说什么,深层世界里的居民要是觉得他弱、情商低、自闭、社恐,他都不会生气,因为跟深层世界里的原居民比起来，他就是这样的水平，但演技是他最后的自尊心。

可让他没想到的是，自己一直以来都没有出现过任何差错的演技，竟然被看破了，这让韩非有些不舒服，毕竟他现实里是一个专业的演员。

畸形的身影在通道中快速爬动，韩非和数道怨念在它身后疯狂追赶，双方全都撕下了伪装。每一次灯光熄灭，畸形人影都会发现韩非和自己的距离被拉近。血肉模糊的脸上闪过一丝不安，血液顺着开裂的头颅滑落，那残缺畸形的身影甚至不敢随便回头去看，它生怕对方会突然出现在自己身后，或者趴在自己的肩膀上。回想起那个男人身后越来越多的影子，畸形怪物满是血污的脸上就露出了惶恐和震惊。

那个男人被不止一个"鬼"上身，自己已经去晚了，对方的身上已经没有自己落脚的地方了！也只有这样才能解释得通，为什么对方所有的行为都不能用正常人的行为标准来衡量。心里默默为自己寻找着逃跑的理由，在狂奔过楼道拐角之后，畸形怪物一头撞进了黑暗中。

空气中的血腥味逐渐被霉味代替，韩非看着前方漆黑的通道，停下了脚步。

"跑得还挺快。"韩非脸上的恐惧早已消失不见，他控制表情就跟吃饭喝水一样简单。

"我们还要追吗？"除了韩非外再无其他人的走廊里，突然响起了另外一个男人的声音。

听到那个声音后，韩非不仅没有害怕，还很淡然地回了一句："当然，我平时最喜欢玩的游戏就是捉迷藏了。"

韩非不清楚地下四层是用来做什么的，也不知道这里发生过什么事情，他现在就想多找到几个"人"，跟他们深入接触，有隐藏任务就触发隐藏任务，没有隐藏任务那就看看能不能制造出任务让自己接受。

"小心点儿，这个地方给我的感觉很不好。"那个男人的声音很快消失了，重新化为黑影依附在韩非身后。扫了一眼身后多出来的好几道影子，韩非也渐渐明白刚才的怪物为什么会被吓跑了，不是自己演技差，是邻居们穿帮了。

空气中的血腥味被霉臭味取代，堆满杂物的墙壁上开始出现各种各样的文字，其中大多是用红色颜料书写的，字里行间充斥着怨恨和各种各样的负面情绪。

楼道中间的杂物越来越多，又走过一个拐角之后，韩非发现过道中间多了一扇由黑色钢筋焊接成的门，门上还悬挂着一个"禁止入内"的破牌子。

路被封死了。

韩非趴在门上朝里面看去，过道当中的异味，大部分都是从走廊深处飘散出来的。轻轻晃动钢筋门，门焊接得非常结实，没有钥匙的话，根本进不去。

韩非默默在原地停留片刻，看向了门旁边的一个房间。破旧的木门锁头掉落，门板上斜靠着一张缺了腿的桌子，乍一看似乎没什么，但走到跟前就会发现问题。

桌子边缘残留着一个手印，有人在不久前搬动过这张桌子。

被动能力"捉迷藏"在不知不觉中触发，韩非对于躲藏和寻找有种近乎于天赋的恐怖直觉。他轻轻将桌子搬开，进入屋内，整个过程中没有发出任何声响。

韩非怀抱灵坛，准确地避开了地板上的杂物，来到了房间被砸碎的橱窗旁边。韩非探头朝里面看去，一个身穿保安制服的年轻人正缩在橱窗下面。他手里拿着一本泛黄的鬼故事书，咬着自己的手指，全神贯注地盯着纸上的文字。书页上的鬼脸狰狞恐怖，但是已经有些掉色，男人的表情随着情节推进，也不断发生变化。他胸口起伏，感觉很害怕，但是又忍不住想要看下去。

此时屋内的场景有些恐怖，年轻保安蜷缩着身体，专心致志地翻看着手中的鬼故事书，在他的头顶，一张人脸悄然出现，默默地看着他。

黑暗之中，也不知道过去了多久，年轻保安总算看完了一个故事。他擦去额头的冷汗，对着自己的手掌吹了一口热气，然后活动了下已经僵硬的脖颈。看向手腕上的廉价的电子表，年轻保安拿起鬼故事书，一手撑着地面，准备站起。

"该去巡逻了，不能老摸鱼。"他手撑着身体，刚起到一半，飘忽的眼神无意间扫到了头顶。橱窗破损的位置有一张人脸！

他的脑壳好像被闪电击中，保持着自己的姿势。四目相对，空气中飘散着一种微妙的氛围，时间好像凝固了。

"别害怕，我是新来的保安。"韩非只想要做任务升级，对吓唬人没有太大的兴趣，他脸上露出善意温暖的笑容，随后穿着那件满身血污的保安制服从橱窗后面走出。

年轻保安一屁股坐在了地上，双脚蹬地，向后移动直到背后碰到了墙壁。

"我如果想要害你早就动手了，我真的是保安。"韩非朝对方伸出了自己的手，想要将其拽起。

"你、你少骗我，我师傅前段时间刚给我说过，这地下四层很邪乎，之前有一个保安在零点进来巡查,然后再也没有出去过!"年轻保安看着韩非伸到自己面前的手,好像在看一条正在吐信的毒蛇。

"你明知道这里危险,为什么还要跑到这地方看鬼故事?常在夜里走,哪能不撞'鬼'?"韩非感觉自己好像代入了奇怪的角色,这些话不应该是自己说的。

"整栋楼内就这里没有监控,我……"

"所以你就跑到这里来偷闲?"看着阴森恐怖的小屋,韩非发自内心地感慨。

使用"触摸灵魂深处的秘密",韩非将年轻保安拽起,顺手替对方拍落肩膀上的灰尘:"你不用害怕,我确实是新来的保安,你带我去其他地方转转吧,正好我还有很多事情想要问你。"

"你真的不是'鬼'?"年轻保安伸手戳了戳韩非的胳膊,感受到了久违的温度。

"想要证明自己是个人都这么困难吗?"韩非有些无奈,他伸手将年轻保安的鬼故事书夺走,塞进了灵坛里,"以后少看点这些书,世界上哪有那么多的'鬼'?你要相信科学!"

说完他转身朝外面走去,一道道狰狞的黑影在灵坛打开的瞬间,趁机钻了进去。被韩非教育了半天,年轻保安心中的恐惧不仅没有消散,反而变得愈发浓烈了。他可以相信韩非不是"鬼",但世界上又不是只有"鬼"会带来恐惧。看着身穿血衣还镇定自若的韩非,年轻保安偷偷地打开了对讲机,但可能是因为位于地下四层,信号不好的原因。对讲机打开后,没有一个人说话,只能听见很不协调的沙沙声。

"'鬼'有一种特殊的磁场,有'鬼'存在的地方,磁场会变得混乱……"想起鬼故事里的某种解释,保安的内心又变得不安起来。

"我们上楼吧,再不上去我师傅估计该着急了,他们现在应该正在满大楼找我。"年轻保安耍了个小心机,他这句话就是在警告韩非,楼内有人在找我,我还有很多朋友在,你可千万不要做什么冲动的事情。

他单方面认为自己这么说的话,韩非就不会轻举妄动,可实际上韩非听到后,只是点了点头,心里产生了一个把楼内保安一网打尽的想法。

走出房间,韩非又看了一眼被钢筋焊死的过道,过道的另一边似乎和外面是不同的世界。

"还不知道该怎么称呼你?"

"我叫白思念，大家都叫我小思。"

"小白，我有个问题想要问你。"韩非指着被封死的过道，"你们为什么要把这里封住？过道里有什么可怕的东西吗？"

"我叫小思。"年轻保安弱弱地说了一句，"以前跟师傅巡逻的时候，他只告诉过我，零点之后千万不要来地下四层，这一层没有监控，所以就算保安不巡查这里，也没有人知道。"

"你就是因为知道了这个消息，所以才专门跑到地下四层休息的？"韩非不得不感叹，这个白思念也是个人才。

"我胆子比较大，平时特别喜欢看一些恐怖故事之类的东西，这一层正好很有氛围。"白思念瞅了一眼韩非怀中的灵坛，忽然神秘兮兮地说道，"我听人说，以前这楼内还来过一个特别害怕看鬼故事的新人保安，那个人第一次独自来地下四层巡查就失踪了，也不知道是真还是假。"说完后，他还狐疑地看了韩非一眼，似乎是在担心韩非就是那个保安。

两人走过长廊，来到了电梯间，看着电梯显示屏上不断变化的数字，白思念渐渐没有那么害怕了。韩非虽然是个怪人，但他好像真的没有想要伤害自己的意思。

壮着胆子，白思念问出了自己一直想要问的问题："大哥，你身上没有明显的伤口，但你的保安制服上怎么这么多血？而且你的保安制服，好像跟我们的不太一样。"

"我是从其他小区过来的，准备加入保安公司，给自己寻找一份新的工作。"韩非随口答道。

"那你怎么不在之前的小区继续干了？出什么事了吗？"白思念习惯性地往下追问，眼中带着一丝好奇。

看着这样的白思念，韩非也有些无语。

"叮！"

在气氛有些尴尬的时候，电梯终于来到了地下四层，白思念迫不及待地走了进去。可当韩非抱着灵坛，左脚刚落入电梯，超载的红灯就亮了。

韩非微皱眉头，白思念却一副见怪不怪的样子："这电梯有问题，晚上搭乘的时候，就算轿厢里只有一个人，也经常会出现超载的情况，等等就好了。"

"看来你都已经习惯了。"

"不习惯也没办法，老板抠抠搜搜的，天天就想着怎么减少不必要的开支，根本不去修理这些东西。"随着电梯开始上升，白思念的语气也变得轻松了起来，"如果你有能力自己去应聘的话，我建议你还是不要加入这个公司比较好，老板抽成特别狠。你别看这地方修建得很气派，其实比外面那些中介强不了多少，最关键的是，我还听说过一个秘密……"白思念压低了声音，"保安公司的老板路子很广，确实可以给大家介绍工作，但有些保安去了工作的地方之后，就再也没回来了。"

"那不是说明介绍的工作比较好吗？能够干得长久，很稳定。"

"不是那种回来，是完全杳无音信，就跟……消失了一样。活不见人，死不见尸。"白思念盯着韩非身上的保安制服，他看了半天，眼神忽然变得奇怪，"你这件衣服我见过，对了！好多保安都穿过跟你类似的保安制服！你所在的那个小区好像是我们老板的大客户，每周都有保安被指派过去，但是却从没见有人回来，那个小区就跟个无底洞一样。"

从白思念的话里，韩非意外收获了一条很重要的信息。这个保安公司的老板竟然和死楼还有联系，不断为死楼输送训练好的保安。

"被送往那个小区的保安，有什么特别的要求吗？"韩非随口问道。

"你不就在那里上班吗？还问这个干什么？"白思念有些奇怪，不过还是老老实实地回答了，"我也不知道，不过我听说所有保安被派去之前，都会先去四楼老板的办公室一趟，老板会给他们一些东西。"

韩非本来就准备进入死楼冒充保安，但他跟正常的死楼保安还是存在一定区别的，这下他连最后的区别都可以掩盖住了。

"我们现在就去四楼吧。"做戏做全套，韩非对演技的要求十分苛刻，他其实也是被逼的，现实里演得不好可以重来，在死楼里露出破绽，那一切就全都完了。

"确定要去四楼吗？老板有时候晚上会睡在办公室，我们现在过去万一遇见他……"提到老板，白思念缩了缩脖子，他有些害怕对方。

"没关系，我只是去看一看而已。"韩非要弄清楚保安公司老板和死楼之间的关系，如果他们是朋友的话，那韩非只能想办法干掉他了，"希望事情不要发展到那一步，我已经不想自己的职场生涯再起波澜了。"

电梯显示屏上的红色数字慢慢从负四变为了负二，到了这一层后，电梯又毫无征兆地停了下来。银灰色的电梯门缓缓打开，黑漆漆的楼道里什么都没有。

"我听师傅说以前保安公司还为员工提供住的地方，允许员工带领家属住在地下室的宿舍里。后来好像是因为出了什么事情，老板把所有人都赶了出去，再也不让保安住公司。"白思念看着外面的过道，身体紧贴着电梯，缩在了电梯角落里。

"你知道当时到底发生了什么事情吗？"

"好像是有个女孩晚上回家，结果被人在地下二层杀害了。你顺着过道一直往里面走，应该还能看见那女孩的灵位和照片。"

"照片和灵位我是没看到。"韩非小声嘀咕着，"女孩倒是被我吓跑了。"

"你说什么？"白思念按着电梯按键，过了许久电梯门才缓缓闭合，"每次电梯经过地下二层的时候都会停下，邪得很，还有人曾看见电梯外面站着一个女孩，她好像在观察电梯里的人，仿佛是在寻找凶手。"

"原来楼内还发生过这些事情。"韩非感觉自己找对人了，有白思念做向导，他可以节省很多时间。

两人乘坐电梯前往四楼，但是这个老旧的电梯在经过二楼的时候又停了下来。电梯很奇怪，只要遇到双数楼层似乎必会停下。跟地下楼层相比，地面上的楼道显得干净整洁，墙壁上每隔几米远就有一盏灯，把周围映照得十分明亮。

楼层看着非常正常，就跟普通的办公楼一样，找不出任何问题。但在深层世界中，找不出问题，才是最大的问题。空气中飘着一股很淡的塑料烧焦的怪味，韩非的鼻子很不舒服，却又找不出那气味的源头在哪里，似乎味道是从墙皮深处渗透出来的。

"你们这里是不是发生过火灾？"

"没有啊。"白思念挠了挠额头，扶正自己的保安帽子。他走出电梯轿厢，伸手将挂在电梯旁边的巡查表格拿了过来。破旧的表格上用红笔写着一个个名字，不过大部分名字都被人用笔涂抹过。

"谁搞的恶作剧？"白思念从上衣口袋里取出一支笔，正准备填写今夜的巡查报告，忽然发现巡查表上并没有自己的名字，"好奇怪啊？"

反复翻动巡查表，哗哗的声响传入耳中，白思念的表情越来越奇怪了。

"不可能啊！有人在搞恶作剧！一定是有人在搞恶作剧！"他的眼珠慢慢向外凸起，原本正常的脸上仿佛蒙了一层灰。

"怎么了？"韩非见白思念状态不太对劲，话语中带着一丝关心。

"我们楼内的巡查表一星期一换,我今夜进入地下四层的时候是星期三,可现在这巡查表上的日期却全都变成了星期四!而且上面还找不到我的名字!"白思念的语速变快,情绪愈发的不稳定了。

"如果只是相差一天的话,那你往前翻应该会看到自己的名字,可实际上整本巡查报告里都没有你的名字,说明你应该是在很久以前进入的地下四层,结果一直没有出来。"韩非安慰人的方式比较直接。

"不对!怎么可能啊!我记得非常清楚!"白思念脸部的皮肤慢慢卷曲,他五根手指抓紧了巡查报告,然后朝着二楼某个房间冲去,"师傅!你还在吗!王山!岚姐!有人在吗?!"

白思念最终停在了一扇门前,他使劲晃动门把手,但就是打不开房门。韩非过来帮他踹开了门,白思念一进屋,就开始翻箱倒柜地寻找某个东西,他将抽屉拉开,把文件弄得满地都是。

"为什么会没有呢?"

抽屉里存放着所有保安的资料,但是唯独没有白思念的,他不甘心地又将桌上破旧的电脑打开。屏幕闪动了好几下,总算是勉强可以使用了,他疯狂点击鼠标,双眼通红。

"没有,没有,还是没有!"所有文件备份中都没有跟他有关的东西,就好像他被这家公司抹掉了一样。看着电脑桌面,白思念在最后已经绝望的时候,打开了电脑回收站。

他看着还未被深度清理的回收站,突然发现了一个一个月前的文件夹。将其打开后,里面是监控视频的备份。白思念抱着试一试的想法将其点开,一段视频开始在电脑屏幕上播放。

午夜的电梯从负四楼升起,最终停在了二楼。

随后楼道口挂着的巡查表格莫名其妙地掉落在地,纸张被翻动,上面的名字被人粗暴地涂抹掉;过道上开始出现不太明显的鞋印,依稀能看见一道淡淡的黑影从中走过,停留在了办公室门口;空无一人的过道里,办公室的门锁突然开始剧烈颤动,就好像有人正在疯狂地晃动门把手;片刻后,房门被打开……

第一段视频播放完毕后,白思念又看向了第二段视频,同样是监控拍摄下来的,监控探头的位置就在自己头顶。

在第二段视频里，深夜的办公室里好像闹鬼了一样，抽屉被拉开，存放资料的柜子被推倒，各种文件扔得满地都是；等到一切重新恢复平静的时候，原本黑屏的电脑忽然亮了起来，桌面上一份份文件被点开，最后一个被点开的是回收站；很快，电脑开始播放监控视频，在视频播放的最后阶段，电脑屏幕上映照出了一张满是鲜血和疤痕的脸。

接着电脑上出现了一行字——你想起来了吗？

顺着这个拍摄角度，白思念缓缓抬头，他看向了头顶的监控，此时的他做出的动作和视频里的动作同步了。白思念还算英俊的脸在快速腐烂，身体中飘散出浓浓的腐臭味，骨骼开始错位扭曲，他看着电脑屏幕中的视频，看着视频里的怪物，又看着屏幕上映照的自己的脸。

他慢慢地张开了嘴巴，声音有些苦涩："原来我已经死了……"

肩膀上的对讲机发出沙沙的电流声，不知道从什么时候开始，就再也没有人回应过他，他好像一直都是在跟自己说话。

"我想起来了，大家都被带进了铁门后面，只有我被困死在地下四层的房间里。原来那个最害怕鬼故事的人就是我，原来那个最胆小的保安就是我……"他不断喃喃自语，"怪不得现在的我，已经不怕鬼故事了……"

看着已经彻底发生改变，身高不断拔升的白思念，韩非打开灵坛，放出了"哭"和李灾，"变成了'鬼'也没什么，很多人连'鬼'都做不成，你比他们幸运太多了。"

将迷茫的白思念拽到自己身边，韩非使用"触摸灵魂深处的秘密"，强行攥住了他的手："如果你实在感觉孤单的话，我们这里有一个大家庭欢迎你的加入。"

身体正在发生变化的白思念，手被韩非紧紧攥住。他很惊讶地发现，自己之前没变成"鬼"的时候，对方好像还没有这么热情。正常来说，白思念接下来应该会失控，然后开始追杀身边的活人，最终丧失所有人性，在迷茫和彷徨中重新回到地下四层，接着开启新的轮回。类似的场景已经出现过很多次了，但这一次情况出现了变化。

"根据电脑里面的监控记录，你应该已经在楼里游荡了很久。你一次次发现真相，一次次逃避现实，然后又一次次回到原地。兄弟，你被困在了一个怪圈里，这个圈就是由你记忆构成的迷宫。"韩非语重心长地对白思念说道，接着从不同的方面说服白思念和自己同行。

经过深层世界的磨炼，韩非要比很多心理咨询师都更加专业，没办法，他的实战经验真的太丰富了。

白思念看着电脑屏幕，回想起了那些糟糕的记忆，正处于错乱状态本该要发狂，可他却被韩非从精神和身体两方面压制住了。

"我知道你一时间难以接受，但你改变不了已经发生过的事情。"使用过"触摸灵魂深处的秘密"之后，韩非发现白思念算不上什么"恶鬼"，他的灵魂如同杂乱的线团交织在一起，其中的恶意很少。

"现在你应该已经想起了很多事情，能告诉我保安公司里到底发生过什么吗？"等到白思念状态稍微稳定之后，韩非才开口询问。

"死了，所有人都死了，只有死人才会被带走，成为保安之前要先成为死人，他们从各个不同的地方来到这里，死状凄惨，然后又被送往不同的地方。"白思念好像在说着什么胡话，嘴里不断地念叨着，"不会有人再回来了，他们永远都不会再回来了。"

看着白思念疯疯癫癫的样子，韩非很想打开他的脑子，帮他好好治一治。忍着心里的冲动，韩非尽量让自己显得温柔善良一些："什么叫成为保安之前要先成为死人？你之前不是说过，曾经见过我身上的保安制服吗？那些被送到我这个小区的保安，都需要经过什么特殊的'培训'吗？"

"所有被送到那里的保安都是老板亲自挑选出来的，我以前也被选中过。我们需要先到四楼领取表格，然后再去地下四层进行最后一步。"

"去地下四层进行最后一步？"

"我不知道最后一步是什么，师傅说我太胆小，让我先在外面找个地方躲起来……"痛苦地捂着脑袋，白思念只要想到这些，大脑就仿佛要裂开一样。

看着痛到快要失去理智的白思念，韩非不再继续询问，他打开了电脑上的文件，反复看了几遍监控视频。这些放入回收站的视频都是监控录像的备份，是有人专门留下来的。

"其他的监控录像都在什么地方？"

"四楼，总监控室和老板办公室都在四楼，他喜欢监督我们工作。"

韩非不再继续停留，带着白思念乘坐电梯直接来到了四楼。

从表面上看，这里和二楼差不多，一切正常，没有任何问题，只是空气中那股烧焦的气味又加重了一点儿。这栋楼看着还算正常，很难想象这样一个地方，竟然会有 F 级的隐藏任务。做了那么多任务，韩非很早就意识到，任务名字都不是随便起的，名字本身就是一种提示。

"任务目标为什么是益民街道的保护神？难道益民街道会被毁掉？"

在韩非疑惑之时，白思念已经来到了整个公司最豪华的一扇门前，他脑海中糟糕的记忆又一次被触发。他抓住了门把手，惨白的手指开始抽搐，却没有推开房门的勇气。

"你们保安公司的老板很恐怖吗？"韩非从物品栏里取出了往生刀。

"是的，我仅有的记忆中，只保留了对他的恐惧。"

"那你还是太年轻，见识太少，以后你就会发现，比他恐怖的人还有很多。"说完韩非踹开了办公室的门，单手抱着灵坛进入其中。

办公室以金色为主色调的装潢，处处透着暴发户的气息。快五十平方米的办公室里，左侧摆着一个玻璃橱柜，上面有各种工艺品和黄金制品；右侧是一个书架，上面堆满了各种书籍，只不过大多数书好像从来没有被翻开过。一张大得夸张的办公桌，桌上摆放着各类文件。

韩非随手拿起一份文件阅读，上面写着某位保安的资料信息和培训记录。光从这些资料来看，这家保安公司给人的感觉十分专业，他们不仅负责培训保安，还为绝大多数保安介绍合适的岗位，确保每一位经过培训的保安都能找到理想的工作。

"职工信息、培训评分、职业规划、工作反馈……"韩非看了半天也没有找出问题，这深层世界的保安公司，比现实里的很多公司都要专业。

"不是这样的，不是这样的！"白思念本来不敢过来，但他看到韩非百无禁忌的样子，自己的胆子也慢慢变大，他站在桌子旁边，扫视一份份文件，"真正的表格被藏起来了！"

白思念不断在办公室内寻找，韩非则安静地注视着四周，很快他在垃圾桶里翻找到了一份被撕破的表格。将其展开，表格上没有具体的人名和照片，只有一个编号。这似乎是一份货单，不过货物的描述信息有点奇怪。

"编号 069，评价中等，勉强符合要求。

"货物本身没有瑕疵，表面纹路未出现破损，内腔完好，较为稳定，是一件不

错的容器。"

乍一看这货物好像是一件器皿,但是保安公司里为什么会有器皿的货单表格?

韩非伸出自己佩戴了房东戒指的手,借助捉迷藏的被动能力,仔细检查办公室的每一个角落。在他经过书架的时候,房东戒指传来了微弱的凉意,韩非停下脚步,让"哭"和李灾把书架搬开。

出乎所有人的预料,沉重的书架后面隐藏着一部电梯。这电梯似乎是专门用来运送货物的,直达地下四层。

韩非按下按钮,电梯门缓缓打开,刺鼻的血腥味从中飘出,那电梯轿厢几乎被血污铺满。

"货单表格上的货物,难道指代的就是公司里的保安吗?他把保安当成货物送到了各个地方?"

韩非本以为这家公司只是个中介,没想到对方还负责"原材料"的加工。从现在获得的信息来看,这家公司的营业范围很广,既提供人力资源服务,又倒卖各种以人为核心的货物。

在韩非犹豫要不要进入货梯中的时候,货梯门突然自己关上了,然后电梯显示屏上的数字开始出现变化,货梯开始向下运行。

"有人按动了地下四层的电梯按钮?"货梯到达地下四层后,停留了好一会儿,然后又开始慢慢上升。看到这一幕,韩非直接打开了灵坛,将所有邻居都喊了出来。"做好准备!有人从地下四层上来了!"

一双双眼睛盯着电梯显示屏上不断变化的数字,有的眼眸中隐藏着嗜血的冲动,有的眼眸里满含压抑的绝望,还有的眼眸中充斥着冰冷的杀意。他们全部收敛了气息,安静地等待着。

黑色的电梯显示屏上,那个红色的数字好像在流血。十几秒后,电梯终于停了下来。

沾满血污的电梯门朝两侧缓缓打开,刺鼻的血腥味和浓重的腐臭味飘散在屋内,紧接着一只手从电梯轿厢伸出。满是死人癍的手呈现出灰紫色,肿胀的手指上戴着数枚昂贵的戒指,随着身体开始发胀,那些戒指死死地勒进了肉中,就好像长在了肉里一样。沉闷的呼吸声响起,那只手慢慢用力,将肥大的身躯一点点拖出。手工缝制的衣服被尸水浸泡过,不断散发着恶臭,领带斜斜地挂在满是肥肉的脖颈上，被厚厚的脂肪压住。

"书架被挪开了?"嘶哑的声音从干裂的嘴唇发出,橱窗玻璃上映照出了一张无比丑陋的脸。那个人似乎是感觉到了什么,迈出货梯的脚停了下来。在短暂停顿过后,他突然向后倒退,肿胀的手指砰砰砰不断按动电梯按钮。

银灰色的电梯门开始关闭,可只关到一半就好像出现了故障一样,再也无法闭合。狭窄的电梯轿厢里莫名其妙地响起了哭声,铺满血污的墙壁上,一只漆黑的眼眸突然睁开,随后好像什么机关被触发了一样,整个房间的温度突然开始急剧降低!

毫无征兆,卡住的电梯门被一点点掰开,电梯显示屏上亮起了两个红字——超载。

一双双苍白的手浮现,一张张惨白的面孔挤入电梯轿厢。不知道是谁先动的手,在那穿着极为考究的怪物反应过来时,他已经被围困在了中央。喉咙里发出不安的嘶吼,被尸水浸湿的衣服下面冒出淡淡的黑雾。在哭声逼近的瞬间,他不顾一切地冲出货梯!

屋内的哭声变得刺耳,办公室的大门上睁开了一只只眼睛。血泪滴落,一个瘦弱的女孩正独自站在门口,她黑洞洞的眼眶直勾勾地盯着怪物,嘴角带着甜甜的笑容。怪物立刻闭上了眼睛,但还是迟了一步,他发现自己的动作开始变得缓慢,他的意识好像被某种力量牵引,似乎要被强行剥夺走。

他逐渐无法控制身体,内心深处的绝望被勾动,很久以前封存的糟糕记忆全部涌出。心里的绝望如同尖刺开始刺伤灵魂,体外的绝望仿若监牢囚禁住了血肉。意识在努力抗衡那股吸力,可仅仅一分钟,怪物已经无法挣扎,他的特殊能力甚至都还没施展出来,意识、灵魂和残缺的身体都被控制住了。

"你就是这家保安公司的老板?"手持往生刀,韩非询问人的方式比较特别,他根本不在意对方回答什么,直接对准对方的手臂,用力挥刀!

屠杀过的生灵越多,杀孽越重的人,往生刀就会越锋利,刀锋划过,没有任何阻碍,怪物的一条手臂已经掉落在地。整个过程非常的快,几秒之后,剧痛袭来,怪物才发狂尖叫。

"你到底是谁!"见面直接就是一刀,双方应该有深仇大恨才对,可怪物完全不记得韩非的长相,这应该是他们第一次见面才对。

"你手染鲜血，造下的杀孽比畜牲巷里的畜牲都要重。"韩非盯着地上还在弯曲蠕动的手臂，被砍落之后，那条手臂散发出腐臭味，很快就腐化成了黑雾。在黑雾朝韩非飘散而来的时候，"哭"的灵坛被顶开，一个狰狞的怪虫爬了过来，大口吞吸黑雾。它眼中露出了满足，随后又贪婪地盯上了保安公司老板的身体。

怪物被那虫子盯着，感觉毛骨悚然，他根本不记得自己在什么时候得罪过韩非："你来这里有什么目的？你想要什么我都可以给你的。"

"不愧是老板，还知道谈判。"韩非笑吟吟地看着对方，如同毫无心机的少年，干净得好像一张白纸。

"楼内积攒了很多阴气和各种物品，我可以带你去取。"怪物的视线慢慢从韩非身上移开，他看到了站在角落里的白思念，怒火瞬间冒了出来，"是他带你过来的吧？想不到这个卖不上价钱的胆小鬼竟然还敢做这样的事情。"

被怪物盯着，白思念也是满脸的茫然，他看着周围突然出现的大量怨念，说实话，内心很害怕。

"跟他没什么关系，我来这里主要是想要跟你打听一些事情，顺便取走一些东西。"韩非坐在了办公桌上，"我身上的这件保安制服，你应该看着很眼熟吧？"

怪物最开始没有注意，现在被韩非这么一说，才朝韩非身上看去。当他发现韩非身穿特殊的保安制服后，丑陋的脸上肥肉轻轻抖动，眼中闪过一丝惊讶："你来自死楼？"

"我来自哪里不重要，我想知道你到底往死楼送了多少保安，你和死楼有什么关系？"

听到韩非的问题，怪物没有立刻开口，直到意识快要被吸走之时，他才放弃抵抗。

"我也数不清楚到底送了多少人过去，不过我这么做是在保护更多的人。假若我不挑选合适的人送过去，死楼的住户会自己跑出来的，到时候整条街都可能变为一条死街。"怪物跪倒在地，他好像是有什么苦衷，丑陋的脸上满是痛苦和自责。

如果韩非不是刚才砍了对方一刀，如果韩非不是一个演员，那怪物说不定还真能糊弄过去。

"不要演得这么吃力，你的演技没有那种收放自如的感觉，在我看来很僵硬。"韩非手中的往生刀再次落下，怪物的另一条手臂化为了黑雾，大孽非常开心地爬到了怪物身边。

韩非出手得非常果断，失去了双臂的怪物被唬住了，不断地哀号求饶，不敢再隐瞒："死楼让我定期送过去一些合适的灵魂充当容器，它们想要在灵魂深处种下种子，希望能够开出最特别的花。"

"花？"

"种子就是虫卵，花就是色彩斑斓的蝴蝶。死楼的管理者一直想要制作出完美的花，但它从来没有成功过，大部分花都无法开放，少部分绽放的花也存在瑕疵。"

怪物的话引起了韩非的重视，死楼中的蝴蝶似乎是想要制作出另外一只蝴蝶？

"所以说你送往死楼的保安，就相当于'花盆'？"

"可以这么理解，他们都是用来培育花朵的。"

怪物说到这里，旁边一直没有什么反应的白思念怔怔地走了出来，他眼眸外凸，瞳孔中满是血丝："你明知道大家会死，还把大家都骗过去？"

"如果不是因为你胆子太小，你师傅替你去当'花盆'，你以为你这个废物能够活到现在吗？"怪物以为韩非是白思念引来的，他看向白思念的眼中满是怨毒。

"嘭！"

有些秀气的拳头狠狠地砸在怪物脸上，白思念喘着气，身体慢慢拔高，就好像没有极限一样。韩非还有些问题没有问完，所以他让萤龙先将白思念拉到一边。

"你送往死楼的保安身上有没有什么特殊的标记？或者说他们需要提前通过什么培训？"韩非的真正目的是借助保安的身份混入死楼，他不能让人看出破绽。

"死楼的保安会穿上被诅咒的保安制服，他们的制服中残留着上一任主人的冤魂。通过冤魂的考验只是第一步，你还需要喝下死楼管理者的一滴血。"怪物不敢反抗，他知道韩非想要杀死他真的太容易了。

"管理者的血？"

"具体是谁的血我也不清楚，不过我知道那血里隐藏着某种虫卵，只要喝下血，并且没有魂飞魄散，虫卵就会爬进灵魂深处。这一刻起，保安就成为一个合格的'花盆'了。他们会被虫卵带来的痛苦和欲望折磨疯掉，失去属于自己的人性，成为很多小区居民口中所谓的外来者。"怪物稍作停顿后又补充道，"也有少部分人喝下鲜血后，能够抵御住虫卵带来的种种异常，不过只要喝下虫卵，结局就已经注定。"

"喝下虫卵后,会有什么变化?"

"首先性格会变得残忍暴戾,比起人,他们更像动物和虫子,几乎没有什么理智可言,非常喜欢杀戮。"怪物说的这些和韩非见过的外来者一样,韩非完全可以表演出来,甚至还能比一般的外来者更疯狂。

"身体上也会出现一定的变化,最明显的就是,虫卵寄居的地方会慢慢长出蝴蝶翅膀般诡异的花纹。这种花纹根本弄不掉,会伴随'花盆'走完接下来的人生。"

"虫卵进入身体后,大概多久会在皮肤表面长出花纹?"

"因人而异,快的只要几个小时,慢的可能要一个多月。"怪物说的话,韩非也无法验证,蝴蝶花纹这一点确实有些麻烦。

"死楼里所有人是不是都长有蝴蝶花纹?"

"不是,死楼的情况很复杂。"怪物不敢乱说,他好像是担心触发什么诅咒一样,一个字一个字地往外吐,"死楼是这片区域最恐怖的建筑,那种危险是多方面的,除了谁也没有见过的管理者外,里面还有很多非常可怕的东西,它们超过你的想象。"

"我很好奇,那么多恐怖的东西为什么偏偏聚集在死楼中?"韩非想不明白这一点。

"不知道,但我有一次去回收残破的'花盆'时,听死楼里的一位住户说,那栋楼内某个房间好像可以看到噩梦……"在这句话说到一半的时候,怪物的身体突然好像静止了一样,随后全身的肥肉开始剧烈颤抖,从皮肤表面冒出的淡淡黑雾如同挂满了刀刃的绳索,直接撕裂了他的身体。丑陋的脸上满是无法相信的表情,他睁大了眼睛,但是已经说不出一句话。黑雾直接从他的嘴里飘出,他的脑袋碎开,臭味弥漫,黑雾在确保怪物魂飞魄散之后,又重新变为淡淡的雾气朝四周飘散。

大蘖欢天喜地吞食着黑雾,韩非的脸色则有些差劲,他看到了怪物正在快速腐化的心脏上有一个淡淡的死字。随着怪物的魂飞魄散,那个死字也消失不见了。

"这就是死楼的死咒吗?"

怪物在无意间触发了死咒,韩非还有很多东西没有来得及询问。

"它的实力算是中等体形怨念里比较强的,拥有这个实力,还能保持理智,确实少见,也难怪死楼会看重它。"萤龙出于职业习惯,在怪物触发诅咒时,就直接走到了韩非身前,"死楼也不会轻易对人下咒的,只有足够重视,才会施加死咒。"

据我所知死咒也分很多类别，它这个应该是最低级的。"

屋内所有怨念都聚在韩非身边，只有白思念茫然地看着地上的血迹。他想起了很多东西，也知道了自己为什么会变成这样，他想要为自己的师傅和同事报仇，可凶手却已经死了。

"喂，你该不会以为这个家伙就是幕后黑手吧？"韩非拍了拍白思念的肩膀，"真正害死你师傅的怪物应该还在公司中，你们老板只能算是一个代理人。"

白思念还在想什么是代理人，韩非就已经带领其他人走到了货梯门口。

"明面上的老板已经死了，对方应该也知道了我们的存在，接下来就正面去会一会吧。"幸福小区所有住户和益民私立学院里的老师都在，韩非身边的力量虽然还不足以和死楼抗衡，但推平一个保安公司没有任何问题。

"打着保护神的旗号，干着人口买卖的肮脏勾当，他们把街道上的住户当作商品和货物，他们从来没有真正想过要好好经营这条街道。"韩非按下了货梯上的按钮，满是血污的电梯门缓缓打开。

"你要去干什么？"白思念愣在怪物的残尸旁边，他看着韩非和那些愿意跟随在韩非身后的怨念。

"益民街道需要一个新的保护神，一个真正的保护神。"进入电梯，韩非朝白思念招了招手，"一起来吧。"

"死楼那么可怕，保护益民街道，就是跟死楼作对，我们杀了老板之后，去哪里寻找新的保护神？"

"不用去寻找。"韩非面带微笑，站立在所有怨念中央，"他已经来了。"

看着站在货梯轿厢里的那群人，白思念忽然产生了一种很奇怪的感觉，他们虽然也都被绝望束缚，满眼的悲伤和痛苦，但他们和深层世界的其他居民不同。白思念也不知道该如何形容，他表达不出来，但他也想要成为那样的人。

听到韩非的邀请，白思念不由得向前迈动脚步，等他反应过来时，人已经站在了韩非的身边。他成为那群人中的一个，和他们站在了一起。

按下电梯按钮，银灰色的电梯门缓缓闭合，电梯开始向下运行。

"那个……我还不知道该怎么称呼你？"白思念站在众多怨念中，连说话都不敢太大声。

"我叫韩非，是幸福小区一号楼的楼长，兼职益民私立学院巡查教师，我自己也开有一家小商店。"韩非示意白思念不要紧张，"他们都是我的邻居和同事，不会随便伤害你的。"

电梯显示屏上血红色的数字不断发生变化，越是向下，空气中的怪味就越浓重，但是货梯中的怨魂都不在意这些，他们只是跟在韩非的身后，然后一起朝某个方向前行。

斑驳的电梯壁开始渗出鲜血，黑红色的血丝如同拥有生命般四处爬动，货梯很快完全变成了红色。

滴答、滴答……

血珠滴落在地，徐琴伸出苍白的手挡在韩非额头，似乎是不希望血液滴到韩非的脸上。

所有怨魂看似站得随意，但仔细观察就能发现，他们将韩非簇拥在中央，一旦出现意外，那些被绝望和暴虐支配的"鬼怪"会第一时间护住韩非。看到这些，白思念真的无法想象，眼前的男人到底隐藏着什么样的魅力，能够让如此多的怨念信服？

他默默低下了头，想起了韩非之前朝自己招手时的样子。

对方露出的表情自己以前从未见过，他的师傅也从来没有告诉过他，在这样一个世界里，还能有人眼中充满光亮和希望。

货梯内的温度不断降低，四周被臭味和血腥味包裹。很快显示屏上的数字变为了负四，货梯在发出沉闷的声响后，终于停了下来。

电梯门朝着两边打开，一个禁区出现在了所有人面前。墙壁上爬满了类似血管的植物，偶尔会有不知名的虫子在缝隙中冒头，地面堆积着大量血肉垃圾，每走几步就能看见染血的制服。

"这才是益民保安公司真实的样子，外面的一切都是伪装。"

保安公司里隐藏着一个F级任务，这说明公司内部存在一个大型怨念，至少也是畜牲巷医生人格那个级别的"鬼怪"。房东戒指不断传来阴寒的气息，四周好像藏着很多东西。

"大家不要离得太远。"

走出货梯，众人打量着面前的通道。地下四层只是一个统称，这里已经被挖空，水泥墙体上到处都是大洞。有的洞内摆放着手推车，有的洞内则摆放着切割用的工具。

"很多保安在就职之前，都会进入地下四层，在这里完成最后一道'工序'。"白思念现在已经想起了很多事情，他心中满是后悔，"我师傅是负责带新人的，他本来不需要去死楼，他是为了顶替我。"

地下四层看起来像一个大型垃圾处理厂，韩非想象不出保安需要在这里完成什么"工序"。

墙壁上浅红色的灯光逐渐变暗，韩非和白思念都不知道哪条通道才是出路，他们只能根据经验，朝臭味最浓重的地方走去。

走了几分钟后，瘦弱的"哭"停下了脚步，他歪头看着墙壁的某个地方，缓缓伸出了自己的手指。

地下四层禁区里的墙壁上爬满了血丝，那些细小的血管好像某种植物的根茎，在墙皮上纵横交错，长了一层又一层。

"哭"用手指将墙皮表面的血丝拨开，他看见错综复杂的血色丝线中有一朵鲜艳的花。花朵很小，只有指甲盖那么大，但是却非常精致，每一片花瓣都在尽力舒展。指尖触碰到了花朵，小小的红花好像拥有生命，似乎可以交流。

"哭"的手指慢慢用力，在他想要将花朵摘下来时，萤龙突然制止了他。轻轻上提，那朵小花纤细的根茎下连接着一枚腐烂的眼珠。再往下看，墙壁里镶嵌着一具穿着保安制服的尸体，那朵红花是从尸体眼眶中长出来的。

"这个地方是人为制造成这样的，那花不是什么好东西。"萤龙手指用力，折断了花的根茎，鲜红的花瞬间凋零，根茎的断口则流出了乌黑发臭的血液。

外表美丽惊艳的花，根茎中的汁液却令人作呕。

"我在畜牲巷见过这种花，它们长在血肉上，汲取腐尸的营养，不断地枯萎，不断地绽放，是某些诅咒和虫子最喜欢的东西。"徐琴盯着凋落的花瓣，一脚踩了过去。在深层世界生活得久了，她不喜欢花的浪漫，反而更喜欢肉的芬芳。

空气中的臭味越来越浓郁，墙壁上的花朵却越来越多，在他们走到长廊尽头的时候，所有人都被眼前的场景震撼到了。

地下四层的尽头被挖出了一个巨大的坑，那坑里有一座开满了红花的小山，在小山中间花朵最密集的地方，有一个脸盆大小的血洼。

"红花需要血肉才能成长，这开满红花的小山下面应该都是残魂和腐烂的尸体。"

自从进入深层世界,韩非还从来没有看到过如此美丽的场景,美到惊艳,美到窒息,美到让人毛骨悚然。

"我想起了一些东西,师傅好像说过,有些保安会喝下红色的血,他指的应该就是那花海中央的血洼……"白思念还未说完,满身尖刺的大孽就翻滚着跳进了深坑中,它的身体瞬间淹没在花海里。事发突然,谁都没有反应过来。邻居们都看向了韩非,韩非也不知道大孽突然间受了什么刺激。不过他也不是太担心大孽,仔细观看深坑里的尸山和花海会发现,这里和大孽的出生环境很像。大孽诞生在宠物店下面的尸坑里,尸坑中积攒了无数动物和野兽的残魂。眼前的这个深坑里虽然没有动物满含怨气的尸体,但是却有无数冤魂和怪物的残躯。

"大孽是用兽性养出的异数,正常来说,想要让虫卵破茧,需要的应该是大量的人性。"

在韩非思考时,一片红花被压倒,大孽在尸山上飞速爬动,然后来到了血洼旁边。它正准备将满是尖刺的身体伸进血洼,血红色的花海忽然如同波涛般起伏,尸山震动,一条黑色的蛇尾将大孽抽到了山脚下。

花瓣飘落,在空中凋零,倾斜的地面向上扬起,一个个孩子的头颅探出了花海。刺耳的笑声在深坑里回响,韩非也终于看到了那个怪物的全貌。它长着八个小孩的头颅,下半身则如同一条黑蛇,只不过覆盖它身体的不是鳞片,而是如同蝴蝶翅膀般诡异的花纹。

"这是什么东西?看起来怪可怕的?能当宠物吗?"韩非只有触摸过对方后,系统才能给出鉴定结果。

"八首?这东西不是在死楼里吗?"萤龙认出了深坑中的怪物,他的表情非常惊讶,"我跟随纸人去送货的时候,曾在死楼里见过它,那个时候它还没有这么大。"

"它是什么品种?"

"八个孩子的怨念纠缠在了一起,很难对付,纸人之前看见它也会绕着走。"

萤龙话音刚落,刺耳的尖叫声就从深坑底部传出,那个怪物顶着八个表情各异的脑袋,沿着深坑边缘爬了上来。

它体长超过四米,周身笼罩着浓浓的阴气,所有它爬过的地方都会留下一道刺眼的血痕。

如果韩非还像以前那样单枪匹马，那他看见这怪物的瞬间就该想着如何逃命。但今时不同往日，在八首爬出深坑的时候，邻居们已经走到了韩非的前面。

八首只是死楼里的住户之一，现在韩非集合了幸福小区和益民私立学院两栋F级建筑的力量，他完全有能力正面和八首对抗。

随时能够下线，还有众多邻居帮助，韩非的自信心空前膨胀，他连看八首的眼神都带着一种鄙夷。对韩非了解不深的白思念见他这样，心里更加的好奇，为什么看起来最弱的人偏偏最自信？

猩红的眼眸在黑夜中睁开，一双双嗜血的眼珠盯上了散发出恐怖气息的八首。阴影交错，掺杂着绝望的哭声慢慢压制住了小孩的尖叫，瘦弱的"哭"伸手指着八首的脑袋："你要和我一起玩吗？"

粗大的蛇尾狠狠砸向"哭"，这孩子不躲不闪，双手抬起，仿佛抓住了八首内心的绝望，正一点点把那份绝望捏成刀子的形状。

"快闪开！"白思念虽然是个胆小鬼，但他人还算不错，见那么瘦弱的孩子快要被蛇尾砸中，他咬着牙想要将"哭"撞开。

可还没等他走到，一片漆黑的虚影就砸落在了地面。墙壁和地板全部开裂，李祸全身散发出不祥的气息，面目狰狞，比常人大腿还粗的手臂死死抱住了蛇尾。他张大了嘴巴，一口咬在了八首的尾巴上。

"肉！"八首体表色彩斑斓的毒和诅咒注入李祸的身体，同样的，李祸身上那浓浓的不幸也沾染到了八首。

看着跟八首贴身肉搏的李祸，白思念真的傻眼了，自己遇到的都是什么猛人？

八张孩子的面孔开始扭曲，每一个孩子的脸上都浮现出一个古怪的文字，其中一个脸颊上写着咒字的女孩死死地盯着李祸，紧接着李祸强壮的身体上开始浮现出一张张女孩的脸。那些脸嬉笑着，闹腾着，不断朝李祸的身体里钻。

同一时间，额头写着魂字的男孩脸也看向了李祸，在被他注视的刹那，李祸的魂体出现细密的裂痕。

"八首的八张脸拥有八种不同的能力，单一使用效果并不强，但是叠加到一个人身上，那就会非常恐怖。"萤龙的独眼映照出八首的身影，他仿佛能够看到很多人看不到的东西。

在谁都没有注意的时候，细密的头发从血管和尸体中穿过，如同一条条黑色的溪流，最终于八首身后会合。二号楼因家暴死亡的女人悄然出现，她露在外面的身体上残留着黑色和紫色的淤青，这是她第一次在自己房间之外出手。看似很容易弄断的黑发慢慢汇聚在了一起，等八首发现的时候，它的身体四周已经被密密麻麻的黑发笼罩。

这些黑发无法困住它，但每当它弄断一根黑发，它的身上就会出现一道细小的伤口。

随着黑发收紧，八首面临着一个两难的抉择。弄断黑发自己会受伤，不弄断自己的行动将受到很大的限制。

巨尾携带阴气狠狠扫向女人，在触碰到她的时候，她的身体化为了黑发，如同水花一般消散，片刻后又在另一个地方重聚。没人知道她把本体藏在了什么地方，也没人知道她的真实能力到底有多强，韩非和其他人看到的，只是她愿意表露出来的。

韩非对这个二号楼的女人印象很深，她叫曲芸，她和阴犬是二号楼最有希望竞争楼长的人。阴犬在幸福小区中没有出来，徐琴又受了伤，此时韩非身边最恐怖的怨念就是这个女人。

八首身上的伤口越来越多，那八张小孩脸全部扭曲，其中一个脸上写着脑字的头颅直接炸裂开，血雾飘散，笼罩到了其他头颅上。

八首的动作变得更加灵活，那些小孩的表情也更加灵动，脑中炸开的血雾对八首有增益效果，但其他的怨念一靠近血雾，仅有的人性瞬间就会被吸取。普通"鬼怪"很难靠近，可惜它运气实在太差，正好遇到了徐琴这样的诅咒聚合体。血雾在触碰到徐琴身上的诅咒时，明显发生了变化，徐琴内心压抑的暴食欲望传导进了八首的身体。它肩膀上的一张张人脸慢慢陷入疯狂，不再去思考，而是凭借本能进攻。

数位怨念同时出手，白思念看呆了，以前他从未见过这样的场景，更是没有想过"鬼怪"也可以如此配合。

阴风席卷整个地下四层，数位怨念级别的"鬼怪"生死搏杀极为少见。白思念光是看着就已经心惊胆战了，他根本没有上前的勇气。偷偷地扫了一眼正在向后退的韩非，他本以为韩非也跟他一样，但很快他就发现自己错了，而且错得离谱。

韩非退到了深坑边缘，打开了物品栏取出了自己在宠物店里获得的血色锁链。

他将锁链一端捆在深坑上面,把另一端扔进了深坑当中。

"你该不会是要下去吧?"

"如果八首在尸山花海里跟我们打,我们可能要付出很大的代价才能赢。但是它轻敌了,直接从花海里跑了出来。"韩非声音很低,就好像在说一件很普通的事情,"它迟早会意识到不对,所以我们要提前断了它的后路,不给它回去的机会,或者说当它产生往回逃的想法时,就直接要了它的命。"

用最平淡的话语,说出最狠的话,大型怨念在韩非看来只是一块磨刀石。当然,这是在邻居们都在的情况下。

八首虽然也算大型怨念,但大型怨念实力相差得也很大。就比如掌控畜牲巷的蜘蛛和改造自己身体的医生人格,八首只能算是和医生人格一个等级的怨念。

"你确定?这会不会……"白思念后面太危险三个字还没说出来,韩非就点了点头。

"你是想要说太浪费了吗?其实我也想要抓活的,顺便尝试下能不能把它收为宠物,以前我玩游戏就喜欢抓体形大的宠物,很气派。"韩非握着往生刀,将黑色巨蟒塞进了鬼纹,然后抓住了锁链,"不过现在情况太危险了,我们万万不能大意,能杀死就直接杀死,以免夜长梦多。"

白思念也不知道现在该说什么好,他觉得可能是因为自己跟外面的世界脱节太久,他已经有点跟不上韩非的思维了。

沾着大量动物毛发的锁链落入深坑,说来也奇怪,在锁链触碰到那些花朵时,鲜艳的红花开始凋零,枯萎的花瓣上隐约传出了活人的惨叫声。这些花长在尸体上,汲取残魂的营养,绽放出了人性的美丽。从它们的身上能看出人性的美,也能看出人性的脆弱,当兽性混入其中的时候,花朵便不再纯粹,开始凋零。

韩非已经做好了最后的准备,他挑选的这个位置正好是八首来时的路,距离八首直线距离最短。

如果八首想要逃回深坑,从这里回去的概率最大。

看着提刀绕后的韩非,白思念觉得自己还是提醒下比较好,从某个方面来说,他真的是一个很不错的人:"你一个人恐怕拦不住它,有个成语叫什么来着?螳臂当车?"

"我还有其他的帮手。"韩非不会让自己深陷绝境,他牵着一个小女孩的手。那女孩看着也就五六岁大，低垂着头，很是柔弱。

实力越强的怨念通常体形都越大，这点常识白思念还是有的："她就是你的帮手？要不我也跟你一起过去吧。"白思念没有说女孩不靠谱，也没有质疑韩非的决定，只是用实际行动表明自己不是很看好韩非。

"那你小心一点儿，不要勉强自己。"韩非的声音很温柔，但白思念总觉得对方说了自己应该说的话。

看着小心翼翼潜伏到深坑边缘的韩非，白思念有种很不真实的感觉，一个拿着无刃刀柄的活人，竟然带着个小女孩跑过去抄大型怨念的后路，他怎么敢的啊？！

从体形上看，八首一尾巴估计就能把韩非抽飞，然后海量阴气直接入体，震碎韩非灵魂和意识。白思念觉得韩非连八首的一次攻击都扛不住，更别说干掉八首了。

地下四层，邻居们和八首的厮杀已经到了最激烈的时刻，八首其中一颗写着体字的头颅碎裂之后，它的身体胀大了一倍，伤势也开始快速恢复。

这个怪物如果单挑的话，确实非常难对付，八种能力有进攻、有防御，能给自己增益，还可以削弱敌人，非常全面，几乎找不出缺点。不过全面也有全面的不好，跟其他大型怨念比起来，八首的各项能力太过平均，没有决定胜负的专属能力。

就像李灾、李祸兄弟两个专门用灾厄磨炼魂体，擅长贴身肉搏；"哭"擅长远处操控绝望，只要为他争取足够的时间，他便可以用绝望交织出囚笼，还能够把敌人心中的绝望化为尖刀。他们单独遇到八首只有逃命的分儿，联合起来后却能够跃阶拖住八首。不过八首毕竟是大型怨念，仅仅只靠"哭"和李灾、李祸兄弟，八首可以轻松将他们耗死。

不过因为歌声扫荡了幸福小区，小区居民从来没有这么齐刷刷地外出过。现在的八首，要对抗两栋F级建筑中的怨念。

身上的血迹越来越多，尾巴上的蝴蝶花纹也模糊起来，八首为了防止别人进入花海，已经爆掉了几颗头颅，可还是拦不住入侵者。没办法，他们人太多了！

不知不觉中，绝望的囚笼已经收紧，"哭"盯着八首的心脏，双手虚握，然后用力向下挥动！

八首仅存的脑袋发出惨叫声，"哭"刚才握着的是八首内心绝望形成的刀，那把刀就在八首的灵魂中。利用敌人的绝望刺伤敌人，"哭"的能力真的非常吓人。

黑发和绝望的囚笼不断压缩躲闪的空间，八首终于心生退意，可在它准备往后撤的时候，一个佩戴着红色项链、身高超过两米的女教师出现在了它的身后。

被血污染红的衣服下，金生的班主任伸出两条枯瘦的手臂，用力抱住了八首的身躯。八首惨白的脸瞬间变得狰狞疯狂，那位女教师的身体和八首的身躯一起开始腐化，已经变质的爱意转化成了刺骨的恨！更加恐怖的是，女教师的身体竟然在慢慢融入八首的身躯中！

"这是什么能力？"不仅是白思念，连韩非都看得心惊肉跳。

金生的班主任是马满江的妻子，她被马满江欺骗，最终被马满江杀死，怨气重得吓人，韩非也没见过她全力出手的样子。

"我的同事都这么强吗？"

八首也从未见过这么诡异的能力，那个红衣女人就好像要钻进自己的身体，与自己融为一体。它不知道这是诅咒，还是其他什么东西，已经身受重伤的它无力去分辨。肩膀上的小孩头颅在哭喊，又一张脸碎裂之后，八首舍弃了被女教师侵入的蛇躯，上半身飞速地朝深坑的方向逃去。脱离了小孩头颅的控制，蛇躯分化成无数道细小的残魂。

八首的身躯是由无数小孩的灵魂组成的，它是噩梦中专吃小孩的怪物。不过这个吃小孩的怪物，现在的情况有些惨。

数道怨念盯着逃窜的八首，并没有急着追赶。

在八首将所有注意力都放在身后时，深坑边缘忽然出现了一个小女孩。她站在八首后撤的道路中间，缓缓抬起了头。漆黑的眼眶中仿佛隐藏着另一个世界，在她睁开"眼睛"的时候，墙壁上无数只眼睛也一起睁开了。

八首的意识被一股巨大的吸力牵扯，它感觉自己再也无法控制身体了！脚步声响起，刀锋划过，八首扭动头颅的时候，它忽然发现世界正在上下颠倒，不断地旋转。

人性的光芒在黑夜中绽放，韩非用最快的速度斩落了八首的脑袋。一切都好像预演了无数次，已经濒临崩溃的八首睁大了眼睛，看向站在自己面前的身影，紧接着它听到了自己"人"生当中的最后一句话——

"宠物驯养！"

驯养失败！编号0000玩家请注意！怨念无法被驯养为宠物！

系统的提示断绝了八首最后的生路，它在魂飞魄散之前，隐约看到了一座通往彼岸的桥，那座桥散发着人性的光亮，落入了它的心口，贯穿了它的身体。

"编号0000玩家请注意！你已成功击杀大型怨念——八首！首次击杀额外获得经验奖励！解锁午夜屠夫专属猎杀图谱！

"午夜屠夫专属猎杀图谱：杀戮可以提升午夜屠夫的能力，也会影响午夜屠夫的意识，在击杀大型怨念以上的猎物时，你将获得额外经验奖励。在击杀特定猎物时，你将有概率获得特殊奖励。

"注意！这不是在鼓励杀戮，这是一场看清本心的修行。"

大型怨念八首被幸福小区的邻居们围攻致死，它的意识被应月摄入眼眶，残躯中蕴含的大量阴气被瓜分，积攒了数年的怨恨被金生的班主任吸收。

那怪物庞大的身躯就这样消失了，白思念怔怔地呆在原地，有种难以置信的感觉。

他看着站在深坑边缘的韩非更是感到惊讶，表面上儒雅腼腆、带着一股书生气的韩非，在最后面对大型怨念的时候，狰狞的鬼纹遍布全身，手起刀落，果断得简直就像是一个专业的屠夫。

"果然人不可貌相啊。"白思念走到韩非身后，小心翼翼地说道，"我们下一步准备干什么？"

"进入花海里面查看。"韩非杀掉了大型怨念，但是那个F级的任务仍旧没有完成，说明保安公司中还隐藏有秘密。

"之前有保安进入过花海，一旦落入其中，就会被操控，失去自我意识，这地方非常危险，我劝你还是不要轻易尝试。"白思念是出于好心，但他看着在花海里撒欢，宛如混世魔王一般的大孽，眼皮又开始轻轻抽搐。

实际上韩非也在观察大孽，没有八首阻拦，大孽直接跳进了花海中间的血洼里，在那不知道积攒了多久才积蓄下来的血洼里洗澡。要知道保安被送往死楼之前，只需要喝一小口血就足够了，那东西非常的危险。在大孽不断地折腾下，血洼中的血液量开始下降，大孽体表则慢慢浮现出了血红色的花纹。但就好像是故意和蝴蝶作对一样，蝴蝶身上的花纹诡异、妖艳、美丽，大孽身上的花纹霸道、狰狞、瘆人，风格完全不同。

"整座尸山的血都被大孽吸收后会怎样？"

随着血洼里的血液不断减少，开满尸山的红花开始大片枯萎。在鲜艳的花朵之下，是纵横交错的黑色血管，而在更下方的区域，是层层叠叠的"人"。花朵的根茎从它们的大脑中长出，记忆和人性都成了肥料，越是难以忘记的过去，开出的花朵就越鲜艳，滴落的血珠就越鲜红。当一朵朵红色的花瓣凋落，黑色的根茎也开始枯萎，禁锢"人"脑海的网似乎松动了。深坑中响起呓语，感觉就好像尸体在说着梦话。

一开始只有一个两个，渐渐地，所有尸体都想起了一些东西。麻木的脸上露出了各种各样的表情，其中大多数都和痛苦、绝望有关。

"队长？师傅？师傅！"在花海褪去的时候，白思念的目光忽然停在了某个地方，他在原地愣了一下，身体直接跑向了深坑边缘。

"先别过去！"韩非想要阻拦，但那个被称作胆小鬼的家伙，已经顺着韩非留下的锁链跳进了深坑中。

他的身体陷在黑色的根茎中，双腿被尸体绊住，他就仿佛落入了泥潭一样。不过他没有拼尽全力逃生，而是拼尽全力朝着泥潭中央爬去。

本已枯萎的黑色根茎在感知到残魂靠近后，好像又活了过来，它们本能地攀附在白思念的身上，想要将他拖拽进深坑内部。这个看似胆子很小的怨念爆发出了很强的实力，他扯断了周围的根茎，好像没有人能阻拦这种状态下的他。身上的根茎越来越多，白思念被黑色根茎包围缠绕，不过他在身体下陷的同时，也爬到了深坑中心处。

"师傅？"他没有去管自己身上越来越多的根茎，而是双手扯断某一具尸体上缠绕的根茎，将其从层层叠叠的尸山表层拽出。花朵开在灵魂的缝隙中，那具尸体已经没有了任何气息，仅剩下一丝虚幻和微弱的残念。

在白思念抓住他的手后，他费力指向了深坑中心的血洼，脸上蕴含着痛苦和难过。喝掉血洼中的血，注定会成为死楼的玩具和傀儡，但如果不喝的话，根本走不出深坑。血洼里的血蕴含虫卵，那些根茎很讨厌虫子，借助这样微妙的平衡，死楼在保安公司地下建造了这样一个尸坑。

正常来说，被逼跳入深坑的保安没有其他的选择，只能喝下血洼中的血。不服从，就会被永远留下。

但现在韩非来了，新的规则已经出现，原来不好的一切都将被废除。

"抓住！"萤龙将宠物店的锁链扔到了白思念身边，深陷绝望中的他看到了深坑旁边的人。和蝴蝶只会带来灾难和死亡不同，那一群人好像总是可以带来希望。

白思念一手抱住师傅的尸体，另一只手抓紧了沾满动物毛发的锁链，被萤龙和李祸拽到了深坑外面。

看着白思念被拽走,大孽还追着他跑了一段距离,像是在嘲笑,又像是在宣示主权,这地方是它看中的地盘。

在白思念抱着尸体爬出深坑时,韩非脑海里也收到了新的提示。

"编号0000玩家请注意!白思念友善度加十,你已初步获得白思念的信任,你们上升为同事关系。

"白思念(胆小鬼):**特殊怨念,他是保安公司的胆小鬼,人人嘲讽的对象,但整个保安公司最后只有他活了下来!不要小瞧他,当胆小鬼不再胆小时,会变得异常恐怖!**"

系统的信息让韩非有些惊讶,仔细想想确实是这样的。白思念活到了最后,老板也没有轻易杀死他,而是将他困在了记忆中,一遍遍重复着过去,这个怨念身上肯定有什么过人之处。

仅仅在深坑里待了一会儿,已经有很多黑色根茎钻进了白思念的身体,不过他并不后悔自己的决定。不断朝周围的人道谢,这家伙有礼貌得简直不像是一个"鬼"。

深坑中的变故仍在持续,大孽不愧是灾星的化身,它小小的身躯硬是把庞大的尸山搅得天翻地覆。吸干了血池中积攒下来的特殊血液,杀死了那些被温养在血洼中的人蛹和虫卵,撕碎了所有的花朵,割裂了全部的根茎。

看着大孽自由自在快乐的样子,韩非都感到了一丝羡慕。

大孽足足折腾了半个小时,当所有的花朵全部凋谢之后,它跳进了黑色根茎的最深处。在那血洼底部,大孽咬出了一小片带着蝴蝶花纹的人皮,这东西就是尸山的核心。

与人皮相连的根茎被斩断,深坑里所有的尸体都开始发出声音,只不过那声音不是从嘴里发出的,而是直接通过灵魂在共鸣。没有了束缚,不再麻木的残魂找回了自己最真实的感受。尸山轰然坍塌,它们的脑壳上满是缝隙,意识中已经留下了蝴蝶的痕迹。

看到这个环境,韩非也想了很多。

蝴蝶似乎是在人性深处诞生的,只是不知道是蝴蝶利用了最初的那个人,还是那个人自己变成了蝴蝶。对方大费周章,修建这么多东西,在现实里干出那么多疯狂的事情，除了寻找黑盒之外，似乎就是为了制造出另一个蝴蝶。只不过它从来没有成功过，上一次最接近成功时制造出了蜘蛛，而这一次又制造出了大蘖。

确定所有根茎被毁掉之后，韩非在萤龙的保护下跳进深坑，他看着根茎里埋藏的一具具尸体，真的不知道上任楼长为什么要给他的游戏头盔贴上治愈系的标签。

见韩非过来，大蘖顶着那巴掌大的人皮朝他跑来，如果大蘖换个毛茸茸的身体，顶着的不是人皮的话，感觉也会很可爱。

"这是给我的吗？"韩非意外发现，吸取了血洼中的所有血液后，大蘖变得更通人性了，好像也更聪明了。伸手想要取下人皮，在触碰到的时候，韩非脑海里响起了好几声系统提示。

"编号0000玩家请注意！你已中魂毒！请尽快治疗！

"你已成功获得恨意的皮，该人皮上保留有恨意的气息，蕴含着和它同源的诅咒！请慎重保管。随意拿出这张人皮，很有可能被恨意察觉！

"你的宠物大蘖吸取了足够多天敌的血液，成功突破，进入幼虫第二阶段！忠诚度加十！所有基础能力增强，所有属性翻倍，新增幼虫天赋能力——祸首。

"大蘖（F级诅咒蛊虫）：灾祸正在酝酿，而你竟然毫无察觉。成长速度越快，说明你身上的死意越重。从来没有人能够把成年的大蘖收为宠物，因为没有人能够活到那个时候。"

每次看和大蘖有关的系统提示，韩非都会产生一种很复杂的情绪。

大蘖晋升F级是好事，但是貌似它升级的速度越快，就预示着主人身上的死意越浓郁。

换句话说，大蘖过得越顺利，证明韩非距离死亡也就越近。不是真的猛士，根本不敢养这种宠物。

"恨意的皮？这张皮摸着和人皮的触感一样，没想到竟然属于恨意。"韩非很重视那张人皮，他还从来没有见过恨意，"这张皮的出现，让我可以确定死楼中藏有恨意，并且它一定和蝴蝶有关。"

看着人皮上斑斓的蝴蝶花纹，韩非在考虑怎么才能最大限度地发挥出人皮的效果。

见韩非对人皮十分满意，大蘖开心地围着韩非打转，它似乎是想要蹭蹭韩非，结果就是韩非差点被它毒死。

养了大孽还没超过三天，他的抗毒性已经提升到了一个比较可观的地步了。

"干得不错。"嘴唇发黑的韩非依旧坚持给了大孽鼓励，做完这些之后，他开始思考另一个问题。

尸山花海和八首都已经解决，为什么那个F级任务还未完成？

保安公司并不是什么特殊建筑，这个F级任务应该没有那么困难才对。

站立在深坑中，韩非发现没有了人皮压制，那些尸体中残存的微弱执念在慢慢恢复，他们已经被蝴蝶剥夺走了一切，现在只剩下痛苦。看着那一具具仿佛在说着梦话的尸体，韩非心中也有些不忍，他从物品栏中取出了往生刀。

"如果有一天我落入了蝴蝶手中，可能也会落得和你们一样的下场，不生不死，失去一切。"

这深层世界里有太多比死亡更加恐怖的事情，对于那些困在尸体里的残念来说，死亡是韩非能送给他们的最后一份礼物。

"我送你们往生他处，愿你们能够过上想要的生活。"

无数双手臂握住了刀柄，汇聚出了一把温暖明亮的刀。刀锋划过，消融了痛苦，抚平了绝望，给了那些被根茎刺穿的灵魂最后告别的机会。大部分残念烟消云散，还有极少一部分把人性坚守到最后的灵魂，进入了往生刀中，站在了韩非的身后。

别的刀杀戮会染血，刀锋会变钝，但往生刀正好相反，它的刀锋愈发明亮和锋利，其中不经意间露出的气息都会让普通怨念感到畏惧。这样的刀本不该在深层世界出现，这样的刀整个深层世界也只有韩非能够握住。

在帮助深坑里所有残魂解脱后，尸山彻底垮塌。那一件件外衣都代表着一条人命，蝴蝶犯下的罪不可饶恕。

爬出深坑，韩非看向了地下四层的最后一道残魂——白思念的师傅，那个负责带新人的保安。他替白思念而死，没有喝下血洼中的血，而是留在了血洼旁边，似乎是为了帮助和他同样的人。长时间被花朵汲取记忆和人性，白思念的师傅已经什么都不记得了，他只剩下一种本能。

"让开吧，他现在很痛苦。"韩非停在白思念身前。对方抱着师傅的尸体，表情十分复杂，他还没有做好接受这一切的心理准备。许久过后，白思念轻轻将师傅放在地上，安静地跪坐在旁边。

"你师傅帮过很多人,你只是其中之一。不过他最后却毅然决然地选择替你而死,你要好好想想他为什么这么做?"韩非握紧了往生刀,他没有安慰白思念,只是把真相告诉了对方,"或许你的师傅在你身上看到了某种希望,他觉得你能够改变很多东西,你能救下更多的人。"

"我?"从来没有人对白思念说过这些,他也是第一次思考这个问题。

"我没有你的师傅了解你,所以你可以不相信我,但我希望你能相信你师傅的判断。"最后的告别结束,韩非将温暖的刀锋刺入白思念师傅的胸口,但是却好像触碰到了什么东西。

解开白思念师傅的保安制服,韩非发现其贴身存放了一份厚厚的签到表,里面印着所有逝者的名字和照片,还有他们做的一些事情。

保安公司老板也没有完全撒谎,死楼把益民街上的"鬼怪"当作猎物,如果他们不定时为死楼送合适的器皿,死楼的人就会自己外出寻找,到时候死伤会更多。从某种意义上说,他们确实保护了益民街,只不过他们远远没有资格被称为保护神。

厚厚的签到表几乎被血迹浸透,拿着很轻,蕴含的东西却很重。韩非也不知道白思念的师傅是如何将这份名录保存下来的,也许他只是不想让他们被遗忘。

"接下来,这东西应该交给你了。"韩非把那份签到表递给了白思念。白思念默默接过签到表,将其放入怀中,贴身收好。这个胆小鬼好像做出了某个决定,他在不经意间已经开始改变了。

往生刀再次刺入,这一回没有任何阻拦,白思念师傅的残魂进入了往生刀中,本就璀璨的刀锋变得更加明亮,与韩非同行的人又多了一位。

"往生刀认可了你的师傅,也可以说是你的师傅认可了我。"韩非将刀锋收起,同一时间他终于收到了系统的提示。

"编号0000玩家请注意!你已成功完成F级隐藏任务——益民街道的保护神!自由技能点加三!

"隐藏任务完成度超过百分之九十!追加奖励F级称号——益民街道的保护神!

"益民街道的保护神(F级称号):从今天起,你就是益民街道新的保护神。

"获得该称号后,你将有资格打开益民街道上的神龛!益民街道内所有怨念友善度加三,益民街道内所有怨念和遗憾对你的敌意减弱,恨意不在此范围之内。

"编号0000玩家请注意！你已成功升至十二级！自由属性点加一！"

收到系统提示后，韩非才意识到，这个F级任务难的不是杀死八首，而是让所有残念获得解脱，成为被他们认可的保护神。

"杀死八首没有完成任务，帮白思念的师傅解脱后任务才算完成，这益民街道真正的保护神，竟然是一个最普通的人。"

保安公司老板和死楼是一伙的，他只想着自己活命；白思念的师傅很弱，跟死楼力量悬殊，完全不是他们的对手，但他却通过种种方式，尽全力去守护这条街道。

"保护神的判定和实力无关，而是看一个人到底做了什么，这一点倒是挺像正常《完美人生》风格的。"在韩非感慨的时候，他收到了系统的最后一条提示。

"编号0000玩家请注意！个人职场履历已更新——进入保安公司求职，当晚击杀保安公司老板，硬闯公司核心禁区，大开杀戒，整个公司一百七十一位职员，仅一人幸免于难！"

"编号0000玩家请注意！职场杀手称号即将升级！"

脑海里的声音把韩非的冷汗都吓出来了，什么叫整个公司一百七十一位职员仅一人幸免于难？搞得像是他干掉了全公司的人一样？

回头看了一眼尸坑，韩非又看了看自己握过往生刀的手，眼皮狂跳。这系统说的是实话，很难反驳。

打开属性面板，看着已经非常华丽的个人履历，韩非内心觉得非常离谱。顶着这样的个人履历，他基本已经告别正常找工作流程了。在深层世界还好，如果有一天他回到了浅层世界的游戏中，这履历估计会把智能NPC吓死。

顺利升到了十二级，韩非将属性点加在了体力上，现在他的体力数值已经到了十七点，体力每十点是一个分水岭，韩非估计用不了多久就能实现自己曾经的梦想——跑得比"鬼"还要快。

"午夜屠夫这个隐藏职业还真是恐怖，体力点直接双倍，同等级的话，应该没有其他玩家是我的对手。"现在的深层世界似乎只有韩非一个玩家，但等到游戏真正公测后，说不定会有其他人进入深层世界，就像当初那个发疯的游戏测试员一样。

未来会怎样没有人能够预测，韩非也懒得考虑以后的事情，能够活着看到第二天的太阳，他就很满足了。

清理完了保安公司，韩非原本的计划是继续朝死楼探索，但是因为保护神称号的出现，他改变了主意。

韩非一直都很在意幸福小区门口的那个神龛，他很好奇神龛中的东西，但之前一直没有机会打开。

获得保护神称号之后，系统提示他拥有了打开神龛的资格，所以他想要回去看看。

把所有邻居收回灵坛，韩非离开了保安公司。

不知是不是保护神称号起了作用，韩非走在益民街道上不仅没有感觉周围阴森恐怖，反而觉得这地方的一草一木都非常熟悉，就好像自己就在是这里长大的一样。

半个小时后，韩非悄悄从阴影里走出，回到了幸福小区门口。

"我第一次走出幸福小区的时候，就是拿起神龛前面的破碗，靠着神龛中那股力量的庇护才没有被直接害死，我虽然没有见过神龛里的东西，但他好像一直在关注着我。"

小小的神龛就在小区门口的角落里，非常的不起眼。

韩非也是在做好心理准备之后，才伸手抓住了蒙在神龛上的黑布。

"很小的时候，孤儿院的大人曾叮嘱过，不要随便掀开神龛上的黑布，防止惊扰到神灵。他们还说过，路边的神龛里什么都敬，神龛里住着的也不一定就是神。"

掀开黑布，韩非朝神龛看去。

内壁是斑斑驳驳的血污，除此之外，什么都没有了。

"空的？只是一个空壳？"

在韩非准备放下黑布的时候，神龛突然出现了变化，它就好像是拥有自我意识一样，一双眼睛在斑驳的血污中睁开。

手上房东的戒指瞬间发出脆响，韩非在和那双眼睛对视时，他的生命值、精力、意志疯狂流逝，直到他连掀起黑布的力气都没有了。

坐倒在地，浑身瘫软，韩非震惊地盯着神龛。他还没反应过来，黑布已经重新盖上了。

"眼睛，神龛里睁开了一双眼睛？它在吸收我的生命和灵魂！"

向后爬动，韩非看向神龛的目光满是忌惮，他差一点儿就死在了自家门口！

和之前相比，那破旧的神龛似乎恢复了一点色彩。

"编号0000玩家请注意！点亮神龛失败！

"每一个神龛背后都隐藏着不同的'神',有些神龛打开后会给你丰厚的奖励,有些神龛会直接要了你的命。点亮神龛的等级要求为三十级!因为玩家提前探索完益民街道,获得保护神称号,所以提前获取点亮神龛的资格!

"点亮神龛:成功点亮神龛之后,你的名字将被不可言说的存在记住,你会获得他们的诅咒或祝福。

"注意!每一个神龛背后都隐藏着一段不可言说的过去,切记,在你拥有足够的保命把握之前,不要去窥探他们的秘密。"

听着脑海中的提示,韩非呆呆地抚摸着房东戒指,那上面已经有两条裂痕了。

"正常来说三十级才能点亮神龛,也难怪我差点被神龛弄死。"韩非现在只有十二级,如果不是他主加体力,刚才那一下他估计就悬了。

"午夜屠夫能够获得双倍体力,再加上其他的属性加成,我估计自己二十级之前应该能点亮神龛,可惜蝴蝶应该不会给我这个机会。"

从地上爬起,韩非头昏脑胀,他正要将房东戒指收起,更加糟糕的事情出现了。

远处的街道上忽然响起了歌声,那宛如哭丧一般的可怕声音正在快速逼近,对方目的明确,直奔幸福小区而来。

"它是被神龛吸引来的?"没有时间犹豫,韩非抱住灵坛撒腿就跑。平时一直围绕着幸福小区转的歌声,这次更换了目标,幽幽的歌声传入韩非耳中,如同细小的锁链洞穿了他的意识和脑海,慢慢勾连起他的记忆。

"它怎么盯上我了?"破旧的灵坛裂开了一条缝隙,萤龙从灵坛中走出,直接将虚弱的韩非背起,开始疯狂逃窜。

福无双至,祸不单行。韩非点亮神龛失败,正处于虚弱状态,生命值更是只剩下一点,现在他稍微被蹭一下就会死。在如此极端的情况下,歌声又突然出现,它就好像认准了韩非一样,如同附骨之疽,怎么都甩不掉。

"神龛果然不能乱碰,我身上应该沾染了某个不可言说存在的气息。"韩非想起了神龛里那双可怕的眼睛,他面带苦笑,"这破游戏,为什么十二级就可以触发三十级的东西?"

益民街道好像瞬间进入了寒冬,连四周的风里都蕴含着阴冷的气息。

不知从哪来的纸钱在空中飘动,自从歌声响起,整条街都开始变得诡异起来了。

被萤龙背着,韩非壮着胆,抽空回头看了一眼。他死也想要做个明白鬼,看看歌声到底是什么东西。

身后的街道如同死域，除了歌声外，再无任何声响。歌声越来越近，但是什么可怕的东西都看不到。因为看不到，所以韩非更加的心慌。这不是害怕不害怕的问题，在面对歌声时，逃已经是灵魂和身体的本能。

"它的目标是我，萤龙，你带着我朝保安公司那里跑！"韩非绞尽脑汁也想不出什么太好的办法，现在只能牺牲他自己，来帮助其他邻居离开。萤龙没有说话，他从未考虑过丢下韩非，所以直接忽略听到的话。

"我有自己保命的手段，你们跟着我，大家都会魂飞魄散。"韩非极为认真地说道，"我们清理了保安公司，弄清楚了保安公司和死楼之间的联系，如果死楼知道是我们毁掉了保安公司，一定会更加敌视我们。这时候如果我们把歌声引入保安公司，死楼大概率会认为是歌声毁掉了一切，是它屠杀了整个公司一百多个人，拿走了蝴蝶的人皮。"

在性命攸关之际，韩非依旧保持着冷静，自己不好过，也绝对不能让敌人好过。被歌声追赶十分危险，但危险中也隐藏着机会。

"反正是死无对证，不管最后我的结果怎样，歌声都要帮我背这口黑锅。"韩非的声音中带着一股狠辣，虽然他现在是被追赶的角色，但这丝毫不妨碍他算计歌声。

萤龙朝保安公司跑去，但是双手却紧紧抓着韩非，担心韩非另有其他的打算。独眼之中渗出鲜血，萤龙已经在用最快的速度跑了，但还是无法甩开歌声。他感觉很无力，在不可言说的存在面前，逃走已经是一件非常困难的事情了。

一路狂奔，在感觉歌声已经贴到身后的时候，萤龙终于背着韩非进入了保安公司。事实上他这个时候也明白过来了，歌声牢牢记住了韩非的气息，他们根本逃不掉。如果歌声全力出手，他们根本跑不了这么远。

"萤龙，你抱着灵坛，带大家赶紧离开这栋建筑，明天零点再回来这里找我！"情况危急，韩非也没有多说，他只是抓着萤龙的肩膀，重复着三个字，"相信我。"

可能是因为韩非掀开神龛黑布的原因，歌声盯上了他，大家待在一起，全都会死。现在的最优解就是放弃韩非，让其他人走。

很多道理，萤龙和灵坛中的怨念不是不明白，只是曾经被绝望伤得太深，他们陷入疯魔的意识已经不再相信一切。而现在，韩非正用实际行动帮他们重新拾起那份早已被丢弃的"东西"。韩非的所作所为，灵坛里的"人"全都在看着，整个过程中，韩非没有一丝犹豫和纠结，他完全是发自真心的。

歌声已经临近，韩非示意萤龙松手。在几次尝试之后，萤龙终于将韩非放下。

"明晚午夜零点，记得回来！如果我还活着，那个时候应该会出现！"

韩非叮嘱完最后一句话，歌声也已经飘进了保安公司。

萤龙和李祸砸碎公司后窗，他们准备跳窗时，灵坛突然被撞开，一个狰狞可怕的凶虫爬了出来。它不太聪明，不懂得大家为什么要跑，所有人离开的时候，它仍傻乎乎地跑向了韩非。韩非跟一个虫子解释不通，不过说实在的，他看到大孽自己跑过来，心里也有一丝感动。

"怪不得那么多人喜欢养宠物，确实挺治愈的。"

为了给邻居们争取足够多的时间，韩非抓着大孽进入了电梯，直接按了通往二楼的按键。

他也不知道来不来得及，主要是保安公司里也没有其他的楼梯可以走。

电梯门缓缓关闭，在完全关上的时候，保安公司门口隐约出现了什么东西，好像是一个人。

看着电梯逐渐增加的数字，韩非的心也咚咚跳起，现在只剩下他和大孽了。在显示屏上的数字变为二的时候，封闭的电梯轿厢里歌声忽然增大，好像有什么东西抓住了电梯底部。

显示屏上的红色数字开始闪动，随后数字化为了一张人脸。电梯也在这一刻停了下来，韩非根本没有多想，直接拽着大孽往外跑。

歌声如影随形，韩非五官扭曲，嘴唇发黑，紧紧瞪着大孽："找个附近的地方藏起来，千万别被发现！暂时不要来找我！"说完他将大孽从二楼窗口扔下，自己朝着相反的地方跑去。

歌声在脑海中响起，韩非直到现在都没有看见歌声的本体，歌声却好像已经钻进了他的身体中。

在走廊上狂奔，直到尽头，韩非满是冷汗的后背靠住了旁边的一扇门。

已经无路可逃了！

他曾经乘坐过的电梯发出诡异的声响，电梯门自己开合关闭，流出大量的血液。

也不知道过了多久，可能是几秒钟，也可能只是一眨眼的时间，一道身影突然出现在长廊里！

没有再犹豫，韩非知道歌声似乎可以延缓自己退出游戏的时间，所以他在对方靠近之前，果断选择了退出。

　　血色铺满了世界，整片城市都被凝固。

　　意识脱离，时间仿佛被无限放慢，韩非能清楚地看到自己的身体在远去，同时他看到走廊上的一只手抓向了自己的腿！

　　指尖擦过，灵魂仿佛被冻结……

　　韩非的目光向下滑去，却什么都没有看到……

图书在版编目（CIP）数据

我的治愈系游戏. 叁, 往生之刀 / 我会修空调著. -- 武汉：华中科技大学出版社, 2023.6
ISBN 978-7-5680-9292-0

Ⅰ. ①我… Ⅱ. ①我… Ⅲ. ①长篇小说 – 中国 – 当代 Ⅳ. ① I247.5

中国国家版本馆 CIP 数据核字（2023）第 054941 号

我的治愈系游戏　叁　往生之刀　　　　　　　　　　我会修空调　著
Wo de Zhiyuxi Youxi San Wangsheng Zhi Dao

策划编辑：陈心玉　周永华		出版统筹：贾　骥　宋　凯	
责任编辑：林凤瑶		张泰亚　邓英洁	
责任校对：曾　婷		嘉泽晋	
责任监印：朱　玢		美术编辑：姚　芳	
		封面绘图：无　页	

出版发行：华中科技大学出版社（中国·武汉）　　　电　话：(027)81321913
　　　　　武汉市东湖新技术开发区华工科技园　　　　邮　编：430223

印　　刷：北京美图印务有限公司
开　　本：710mm×1000mm 1/16
印　　张：16.5
字　　数：275 千字
版　　次：2023 年 6 月第 1 版第 1 次印刷
定　　价：49.80 元

　本书若有印装质量问题，请向出版社营销中心调换
　　全国免费服务热线 400-6679-118 竭诚为您服务
　　版权所有 侵权必究